성공 확률
제로에서
히어로까지

영업의 신이 된 김 차장

김건형 자전적 비즈니스 소설

대|경|북|스

영업의 신이 된 김 차장

1판 1쇄 인쇄 2023년 4월 24일
1판 1쇄 발행 2023년 4월 28일

발행인 김영대
편집디자인 임나영
펴낸 곳 대경북스
등록번호 제 1-1003호
주소 서울시 강동구 천중로42길 45(길동 379-15) 2F
전화 (02)485-1988, 485-2586~87
팩스 (02)485-1488
홈페이지 http://www.dkbooks.co.kr
e-mail dkbooks@chol.com

ISBN 978-89-5676-954-7

프롤로그

'불나방'의 사전적 의미는 '나비목 불나방과의 곤충을 통틀어 이르는 말'이지만 '성공률이 낮은 유혹에 매력을 느껴 뛰어드는 사람'을 비유할 때 흔히 사용되는 말이다.

이 책은 필자가 대우전자 본사 수출 영업, LG전자 해외 법인/지사 주재원 생활을 하면서 겪은 실화를 모티브(motive)로 한 내용으로, 필자의 28년간의 직장 생활 그 자체가 바로 '불나방'과 같은 삶이었다.

1989년 육군 사관학교를 졸업하고, 5년간의 군 복무를 마친 후 대우 전자에 입사하면서 필자의 파란만장한 직장 생활이 시작된다. 중동, 아프리카, 아시아 지역 TV, 청소기 수출 팀에 근무하면서 가장 기본인 영어 구사력조차 형편없었던 신입 사원 때 악명높은 인도와 이집트 바이어를 상대로 우여곡절을 겪으면서 직장 생활의 최대 위기에 직면한다. 그러나 5년 동안 대우전자의 수출 영업 팀에 근무하면서 해외 영업의 A부터 Z까지 수많은 경험을 통해 튼튼한 기본기를 다지게 된다.

1998년 IMF 외환 위기 즈음에 필자는 LG전자로 이직하여 두바이 법인 IT 제품 담당자로 근무하면서 구조적인 지역 문제(두바이_재수출 시장 중심의 사업 구조)와 '영업 맨'이기에 반드시 안고 가야 하는 원죄(매월 매출 목표, 가격 조정 압박으로 인한 스트레스)로 인해 또다시 커다란 위기에 직면한다. 하지만 거래선과의 '신의(trust)'에 기반한 강한 딜러 네트워크 구축, 브랜드 마케팅 활동 강화, 노트북 PC 전 세계 최초 출시에 힘입어 연간 3천만 달러 매출 구조로 만들면서 2001년 부임 당시 대비 600% 이상 성장한 성공적인 두바이 법인 주재원 생활을 마친다.

한편 필자의 인생 최고 하이라이트(high light)는 부토 여사 암살로 촉발된 폭탄 테러가 난무했던 '07~'08년의 파키스탄 LG 핸드폰 현지 영업을 담당하면서 일궈낸 성과였다.

동종 업계(GSM 핸드폰 사업)에서 시장에 신규로 진입한 브랜드가 1년 반 만에 시장 점유율 0%에서 26%를 차지하며 '국민 브랜드'로 등극한 사례는 지금까지 없었고, 앞으로도 나오기 힘든 획기적인 사례이다.

현지인의 생활 습관과 문화에 대한 철저한 이해를 바탕으로 3개월마다 15일씩 9차례에 걸친 지방 딜러 순회 활동, 술을 마시지 못하는 이슬람 문화와 노래와 춤을 좋아하는 파키스탄 소비자 라이프 스타일에 착안하여 '아티프 아슬람'이라는 가수를 핸드폰 셀럽(Celeb)으로 활용한 '스타 마케팅' 기법을 업계 최초로 도입한 사례, 뮤직폰(Music phone) 출시에 맞춰 LG Music Festival 개최, Nokia의 지방 대상(大商)들을 LG VIP 딜러로 회유하기 위해 '6고초려'한 일 등 '성공 신화'를 창출하게 한 수많은 노력과 사실에 기반한 영업 노하우(know how)를 이 책에서 자세하게 공개한다.

사업 초반기의 조직 구축부터 제품 로드맵 운영 전략, 가격 및 수익성 관리, 재고 관리, 딜러 네트워크 확대 전략, 다양한 차별화 마케팅 기법 실행, 서비스 센터 운영 등 실제 업무에 도움이 될 만한 내용 외에도, 경쟁사 딜러를 회유하면서 목표 달성을 위한 과정 중에 발생하는 인간적 관계 형성, 갈등, 필자의 리더십 묘사는 독자로 하여금 이 책을 읽으면서 또 다른 재미를 느끼게 할 것이다.

독자에게 좀더 실감나는 내용 전달을 위해 어떤 이는 실명 그대로를, 또 다른 사람은 가명으로 사용하였고, 글의 대부분은 사실에 기초했지만 사건, 대화 내용 중 일부는 약간의 각색이 있음을 미리 알려드린다.

지금도 수십, 수백 만 개의 사업장에서 제품은 다르지만, 자신이 몸담고 있는 회사의 해외 영업 분야 혹은 내수 시장에서 매출 증대를 위해 개인적 희생을 마다 않고 노력하시는 당신께 이 작은 글이 하나의 그루터기가 되기를 소망한다. 더불어 거래선 개척, 문제 해결, 목표 달성을 위한 전략과 전술 구사 등 자신의 개인적 역량을 개선하고 마음을 다잡는 데 이 책이 조금이라도 도움이 된다면 작가로서 무한한 영광이 될 것이다.

그런 분들에게 이 글을 바친다.

김건형 드림

차례

3_

파키스탄의 전설을 쓰다

4_

아! 신이시여, 왜 이런 시련을 주시옵니까?

1_

어서와! 해외 영업은 처음이지?

이제 자유다~!

"충성!"

"대한민국 육군 대위 김철민은 1994년 3월 1일부로 전역을 명 받았습니다. 이에 '신고' 합니다."

"자! 이리 와 앉지. 그래 자네는 전역 후 무엇을 할 것인지, 계획은 세웠는가?"

"넵! 잠시 몸과 마음을 추스른 후, 제 자신의 능력을 시험하면서 국가 경제에 조금이라도 보탬이 될 수 있는 쪽에서 일을 찾아보고 싶습니다."

…

"모쪼록 여러분들이 지난 5년간 육군 기간 장교로서 임무를 훌륭히 마치고 전역하게 되어 사단장으로서 진심으로 축하합니다. 여러분의 건승을 기원하며 멋진 도전을 응원하겠습니다."

"충성!"

아! 이제 해방이다! 그동안 얼마나 '자유와 도전'을 갈구했는가! 전역 신고를 마치고 부대 정문을 빠져나온 김철민은 곧바로 강화 행 직행버스에 올랐다. 아직 이른 봄이지만 차창 밖에서 느껴지는 봄 내음이 마치 어머니의 품처럼 포근하게 느껴졌다.

1년 뒤, 'TANK주의'에 몸과 마음을 담다.

김철민 반갑습니다. 이번에 TV 일본 수출 팀으로 배정받은 김철민입니다. 여러분과 함께 대호전자 25기 신입 동기로 근무하게 되어 무한한 영광으로 생각합니다.

영순 저, 학번은 어떻게 되세요?

김철민 아 네, 84학번입니다.

민국 그럼 나랑 같은 학번이네. 영순아! 우리 말 나온 김에 서열 한번 정해볼까?

영순 아~ 참, 형은 고리타분하게. 그냥 입사 동기인데 서로 말까면 안 돼요?

민국 야~ 짜슥아. 동방예의지국! 500년 조선의 얼이 서린 대한민국에서 장유유서는 앞으로도 대대손손 아끼고 존중되어야 할 미풍양속이거늘. 자! 나와 철민 씨는 84학번, 영순이는 87, 미선이는 88, 그리고 대외협력 팀의 윤식이는 영순이와 같은 87, 종수도 87이니까 너희 셋이는 지금부터 말까도 되고, 미선이는 대호전자 25기 입사 동기 중에서 제일 막내.

종수 오케이. 난 불만 없음. 두 형님, 그리고 올림픽 굴렁쇠 학번인 미선이! 모두 반갑습니다. 우리, '위하여!' 한번 하시죠?

민국 영순아, 네가 멋지게 선창 한번 해라! 벙어리, 말 더듬으면 벌주 3잔, 알았제?

영순 아~, 형하고 나는 지금부터 '견원지간'입니다. 헤헤!

민국 마! 그럼 누가 '개'야? 네가 '개'해라. 하하하!

영순 옛 썰! 대호전자 신입 동기 여러분, 이렇게 공식적인 첫 만남을 삼겹살에 쐬주로 모셔서 정말 죄송합니다. 다음 모임 땐 좀더 쌈박한 데로 모실 것을 약속드리면서 건배 제의합니다. 모두 제가 선창하면, 마지막에 위하여! 2번, 한 번은 끊어서 '스타카토'로 해 주시면 됩니다. 알긋지요?

'탱크(TANK) 주의 어쩌구 저쩌구~~' 위하여! 위하여! 위. 하. 여!

(TV 수출 일본 팀, 컴퓨터 자판 두드리는 소리. 다닥 다다닥)

박 대리 철민 씨, 나랑 담배 한 대 피웁시다. 내가 인사 팀에서 전달받은 내용으로는, 군에서 대위로 전역했다고 들었는데, 맞나요?

김철민 네, 대리님.

박 대리 아… 그럼, 수출 관련 용어, 업무 경험이 하나도 없을 텐데…, 적응하는데 시간이 좀 걸리겠군. 전공은 뭐였어요?

김철민 일본어 전공했습니다.

박 대리 그건 다행이네.

김철민 근데, 그것이 좀…. 군사 일본어라서요.

박 대리 군사 일본어? 그건 또 뭐야? 그래도 거래선(buyer) 만나서 일본어로 대화 정도는 할 수 있겠지?

김철민 아…, 죄송합니다. 제 생각에는 기초 비즈니스 일본어부터 새로 배워야 할 것 같습니다. 아무래도 군사 관련 쪽 내용이 많은 데다 장교로 임관해서는 써본 일이 없어서….

박 대리 아! 이거 큰일 났네. 대공사가 필요하겠어. 우선 팀장님께는 내가 잘 말씀드려서 업무 적응 시간을 좀 만들어 볼 테니 수출 관련 용어(선박, 선사, ETD, ETA, TT, L/C 등) 빨리 배우고 바이어와 의사소통(communication skill)은 알아서 하세요.

김철민 네, 잘 알겠습니다.

사실 김철민에게 수출 영업 업무는 거의 맨땅에 헤딩하는 것과 다를 바가 없었다. 수출 용어야 맘먹고 1~2주 밤새워 외우면 어느 정도 알아듣겠지만, 문제는 업무 속성상 바이어 접대, 상담 등 원활한 의사소통이 가장 기본인데, 고등학교 때 제2외국어로 일본어를 재미있게 공부했던 기억과 생도 3, 4학년 때 전공으로 〈군사 일본어〉를 공부했던 것이 전부였다. 애초부터 일본 바이어와 만나서 유창하게 말하고 상담해서 오더 따내는 일과는 아주 거리가 멀었다. 당장 신촌역 사거리에 있는 〈시사 일본어 학원〉에 수강 신청해서 퇴근 후 밤 9시까지 회화 공부하고, 또 매일 새벽 5시에 기상해서 출근 전까지 1시간 동안 EBS Biz 〈일본어 강의〉를 따로 들어야 했다. 그날 이후 김철민의 '주경야독' 강행군은 거의 1년간이나 지속되었다.

(다음 날 사내 커피숍에서)

민국 철민아, 요즘 오제이티(OJT : On the job training)는 할 만하냐?

김철민 야, 내 얼굴 봐라. 이게 사람 얼굴이냐? 팀 내 분위기도 좋고 박대리라고 완전 일본 통인데, 거의 원어민 수준으로 말하는 거 보고 깜짝 놀랐다. 팀 오더는 그 사람 혼자 다 따내는 것 같더라. 혼자서 북치고 장구치고 다한다.

민국 너 X됐다. 안 봐도 뻔하군. 난, 전자레인지 미국 팀에서 일하지 않냐. 전사 매출의 50% 이상이 미국 쪽이라 바빠서 뒈지겠다.

김철민 부럽다. 부러워. 누구는 입사하자마자 촉망받는 사원으로 사랑받고 있는데, 누구는 '말부터' 새로 배우고 있으니…. 난 언제 바이어 만나서 상담하고, 오더 따냐?

민국 고생해라. 어쩌겠냐. 야, 철민아! 오늘 오랜만에 동기들 만나서 술이나 한잔 빨까? 아우들 잘 적응해서 살고 있는지 궁금하기도 하고. 아~ 귀여운 녀석들.

(충정로역 근처 〈돼지 껍데기 집〉에서)

영순 철민이 형, 한잔해요. 요새 빵이치고 있다고 들었는데…. 그래도 팀에서 수습 기간도 주고, 열심히 배우고 있는 중이라면서요. 좋겠어요. 난 경리 팀에 와서 매일 밤 10시까지 구멍만 뚫고 있어요.

김철민 구멍 뚫어? 그게 뭔데? 뭔 구멍을 밤 10시까지 뚫어?

영순 거 뭐냐. 전 세계 법인, 지사 매출, 손익 자료. 매월 전사 회계 보고…. 한번 생각해 보세요. 파일로 정리해서 보관하려면, 구멍 뚫어서 파일첩에 끼워야 할 거 아녀요. 4년간 죽도록 엄마, 아버지가 소여물 주고, 땡볕에서 고추 키워서 날 대학에 보내셨는데, 내 이러려고 TANK 만드는 회사에 들어왔나! 참… 형, 찐하게 술이나 한잔 말아줘요.

민국 야. 야! 25기 동기님들, 들어보니 모두들 빵이치고 있구나. 널널하게 시청이나 왔다 갔다 하는 대외협력 팀의 윤석이만 빼고. 짜샤! 그러게 줄을 잘 섰어 야지…. 너! 영순이 말이야…. 하하 자, 자 한잔 쭉~ 들이키자고. **참아라, 참아라, 그리고 또 참아야 한다. 그래야 대리 달고 과장 달고 부장 달지…. 여기서 못 버티면 끝이다. 우리네 인생.**

모두 파이팅!(쭈~쭈욱, 원 샷!)

중소, 대기업 할 것 없이 대부분의 기업체 신입 사원들의 일상은 비슷한 것 같다. 군 제대 이후 대학 졸업, 학교에서 배운 전공에 따라 제자리를 찾은 사람이 있는가 하면, 전공과 무관한 새로운 분야에서 새롭게 업무를 배우며 '좌충우돌'하는 경우가 다반사였다. 직장 상사와의 갈등, 새로운 업무를 배워 나가면서 그들의 '자리매김'은 생각만큼 녹록하지 않았다.

박 대리 음… 어떻게 얘기해야 할지 모르겠군. 철민 씨 얘긴데, 아무래도 일본어는 '특수어'라 사실 활용 범위가 그리 크지 않거든. 그래서 말인데, 옆 팀(TV 중아 수출 팀)에서 사람이 부족하다는 얘기가 있던데, 미래를 봐서 그쪽으로 옮기는 게 어떨까. 영어권이라 아무래도 활용 가치가 더 크지 않겠어? 난 그렇게 생각해. 철민 씨만 괜찮다면 팀장님께 말씀드려 볼 테니 잘 생각해 보고 나중에 알려줘.

김철민 네, 대리님. 고맙습니다.

사실 일본어는 써먹을 데가 많지 않아서 일하면서도 별로 흥이 나지 않았고, 퇴근 후 밤늦게 학원 다니면서 일본어 공부하는 것도 점점 지쳐가던 때였다.

16

김 과장 김철민… 씨? 박 대리한테 얘기 들었습니다. 중동 쪽 일해 보고 싶은 생각 없어요? 지금 당장 인원이 필요해서….

김철민 과장님, 받아만 주시면 담당 지역은 어디라도 좋으니 열심히 하겠습니다.

김 과장 오케이, 알았습니다.

(다음 날)

김 과장 철민 씨, 팀장님 구두로 허가가 났네요. 내일부터 이쪽으로 와서 근무하셔도 좋겠습니다. 박 부장님이 그쪽 팀장님께 벌써 말은 해 놨다고 하시니 그쪽에서 정리되는 대로 옮기면 됩니다.

김철민 넵!

김 과장 자, 여러분. 한 가지 안내 말씀 드리겠습니다. 일본 팀에서 근무하던 김철민 씨가 오늘부터 우리 팀에서 같이 일하게 되었습니다. 모두 축하와 함께 반갑게 맞이해 주시면 감사하겠습니다. 담당 지역은 아랍에미리트(U.A.E), 우선 OEM 거래선을 맡게 될 겁니다. 육군 대위 출신이니, 병 출신들은 좀 조심하시고…. 하하하 농담입니다.

김철민 안녕하십니까? 앞으로 열심히 하겠습니다. 잘 부탁드립니다.

김 과장 창무 씨, 당분간 업무 수습 코칭은 창무 씨가 좀 수고해 줘.

창무 네, 과장님. 철민 씨 반가워요. 일본 팀에서 근무하신 경험이 있으니 수출 업무 일반은 잘 아실 것으로 믿고, 먼저 아랍에미리트(U.A.E) 바이어 프로파일과 그간의 비즈니스 이력을 모아 놓았으니 이거 보시면서 천천히 적응하시면 될 것 같습니다.

김철민 안 선배, 고맙습니다.

창무 아이~ 철민 씨가 저보다 더 연배이시던데, 말 놓으세요.

김철민 아닙니다. 앞으로도 선배님으로 깍듯이 모시겠습니다.

이렇게 해서 김철민은 대호전자 TV 일본 수출 팀으로 배정된 후, 만 1년 만에 TV 중아 수출 팀으로 소속을 바꾸면서 그의 파란만장한 해외영업 인생이 시작되었다.

김 과장 철민 씨, 요즘 SAKURA 거래선 오더 진척은 어때?

김철민 아… 애네들 때문에 정말 죽겠어요. 물량은 쭈~욱 깔아 놓았는데, 도대체 SAKURA 한국 사무소에서 대금 결제를 진행하지 못하고 있어요. 매달 로컬 신용장(L/C_Letter of credit) 챙기느라 정말 죽겠어요.

김 과장 어? SAKURA 한국 사무소, 일하는 거 하나는 깔끔한데. 전화 한 번 넣어볼까. 오랜만에. 여보세요? 아, 김 과장님 저 대호전자 김영수 과장입니다. 요즘 비지니스는 어때요? 여기 철민 씨 얘기로는 일이 잘 진척되는 거 같지 않은데, 무슨 문제라도 있나요?

SAKURA_한국 사무소 과장님, 그렇지 않아도 말씀드리려고 했는데, 아랍에미리트 본사에서 좀 어려운가 봐요. 아시다시피 대호전자 TV를… 물론 모델은 서로 다르지만, 저희 SAKURA 쪽하고 SUPER GENERAL 쪽으로 나가는 물건이 현지에서 박치기 나서, 물건이 돌지를 않는다고 합니다. 이거 해결해 주셔야 해요.

김 과장 아니 무슨 말씀 이세요? 얼굴도 다르고, 기능도 일부러 차이 나게 해서 가격도 다르게 줬는데, SAKURA 본사에서 엄살 피우는 거 아닌가요?

SAKURA_한국 사무소 김 과장님, 팩스로 현지에서 보낸 항의서(complain letter) 바로 넣어드릴테니 한번 보세요. 이란 쪽 수입 업체에서 SUPER GENERAL 쪽으로 구매선을 바꿨다고 난리입니다. 우리 것보다 SUPER GENERAL에서 파는 모델이 더 경쟁력이 있다고, 당월 견적 송장(proforma invoice)을 캔슬했다는 내용입니다.

김 과장 그래도 그렇지. 이미 다 생산된 물량을 지금 와서 캔슬하면 어떻게 해요? 저는 받아 줄 수가 없으니 내일까지 로컬 신용장 개설해서 알려주세요. 안 그러면 저 여기서 일 못합니다.

SAKURA_한국 사무소 한번 본사에 알아는 볼게요. 이번 달 못 가져가면 다음 달 초라도 가져갈 수 있는지요?

김 과장 철민 씨, 중동 쪽 일을 할 때 명심해야 할 것이 하나 있는데, 그 쪽 시장 특성상 매번 막판에 와서 가격 협상하려는 짓거리들을 하니 철저하게 오더 관리해야 합니다. 오더 일정 받고, 공장 쪽에 생산 걸어 놓고, 바이어에는 예상 선적 일정 동시 공유한 뒤, 매월 20일 이후부터는 대금 결제 확보하는 데 온 신경을 집중해야 합니다. 그러지 않으면, 공장에서 아마 X지랄 떨 거예요.

김철민 네, 지침 주신 대로 잘 관리하겠습니다.

(월 마감 즈음)

공장_출하 팀 따르릉~따르릉. 거기 철민 씨 맞지요? 여기 공장 출하 팀입니다. SAKURA 향 25인치 TV, 지금 몇 대가 창고에 처박혀 있는 줄 알아요?

김철민 네, 알고 있습니다.

공장_출하 팀 자그마치 20피트로 10컨테이너 분량입니다. 어떻게 할 겁니까? 예?

김철민 그러지 않아도 지금 열심히 거래선 쪼고 있습니다.

공장_출하 팀 맨날 쪼면 뭐해요? 일 이런 식으로 하면 정말 곤란합니다.

김철민 거 말이 좀 심하신 거 아닙니까?

공장_출하 팀 너무하긴 뭐가 너무해! 우리가 당신들 뒤치다꺼리나 해주는 사람인교?

김철민 뭐라고? 당신 정말 말 그렇게 할 거야?

공장_출하 팀 뭐? 당신? 야! 니 몇 살이야? 어디서 젊은 놈이….

김철민 야! 자식아, 너 말 다 했어?

공장_출하 팀 그래 말 다 했다. 짜슥아.

김철민 야! 너 거기 그대로 있어! 공장 출하 쪽이라고 했지? 내 지금 기차 타고 내려가서… 너…!

공장_출하 팀 와라 와! 이 짜슥이, 어따 대고. 뭐? 내려 온다꼬? 와서 나랑 함 제대로 붙어 볼까?

철민과 공장 출하 담당자 간에 한바탕 전화 싸움이 일자, 옆에서 일하던 창무가 급하게 말린다.

창무 철민 씨, 좀 기분 푸시죠? 그쪽 원래 다 그렇습니다. 월말에 출하 못 시키는 날에는 저렇게들 방방 뜨고 그래요. 정말 이거 매번 거시기 하는 것도 아니고. 중동 쪽 일이 다 이렇습니다. 저랑 소주 한잔하시죠. 퇴근하시면 회사 앞 대호사랑 주점에서 바로 보시죠.

김철민 아니 일하다 보면 그럴 수도 있는 거지. 거래선이 아무리 늦어도 28일까지는 대금 지불하겠다고 했는데, 나 보고 어쩌란 말인가요? 정말 돌아 버리겠네. 이게 내 잘못이냐고요?

중동 쪽 '수출 영업맨'의 애환, 월말을 잘 버텨라!

Tip

중동(Middle East) 쪽 바이어와 사업을 하려면 이 한 가지는 반드시 알고 있어야 한다. 그들은 대개 성격이 낙천적이라 느긋하게 행동하는(업무 처리하는) 경향이 있는데, 특히 거래 대금 결제 시기와 관련해서는 약간의 인내심이 필요하다. 대부분 월말 혹은 선적 시점 바로 직전이 되어서야 결제를 진행하면서 상호 간에 적지 않은 충돌이 발생하게 된다. 월초 혹은 충분한 시간을 앞두고 사전에 대금 결제를 진행하면 공급자 입장에서 상당히 편리하고 많은 도움이 될텐데, 지난 30여 년의 중동 쪽 업무를 담당하면서 월초 결제로 수없이 바꿔 보려는 시도를 한 바 있으나, 그것이 무리임을 뒤늦게 깨닫게 되었다. 그러니 아예 월말 대금 결제라도 해주면 다행으로 알고 사업하는 것이 훨씬 정신 건강에 이롭다.

김철민 과장님, 이거 믿어도 돼요? SAKURA에서 16인치 TV를 3분기에 10만 대나 깔았어요. 8월 2만 대, 9월 3만 대, 10월 5만 대. 이거 좀 냄새나는데…. 오더 진행시켜도 될까요?

김 과장 어? 가만있자! 얘네들 작년에 총 몇 대나 구매해 갔지?

김철민 상반기 2만 대, 하반기 SUPER GENERAL 이슈 때문에 만 5천 대, 모두 3만 5천 대 구매했습니다. 3분기에만 10만 대 가져가면 올해 13만 대 구매하게 됩니다.

김 과장 그럼 거의 3배 신장하는 매출이네. 얘네들 이거 가져가서 어디다 팔 건가? 아랍에미리트라고 해 봐야 쥐톨만한 시장이고, 이란으로는 다른 재수출업자 물량 감안하면 거기로도 많이 못 가져갈 거고…. 거 참 희한하네. 한국 지사에 확인해 보자고.

SAKURA_한국 사무소 여보세요. 네 과장님.

김 과장 과장님, 이번에 SAKURA로부터 3분기에만 10만 대 구매 오더 받았는데, 이거 가능한 숫자인가요? 제가 볼 땐 아무래도 무리인 거 같은데…, 혹시 재수출 염두한 오더지요? 판매 지역은 어디라고 하던가요?

SAKURA_한국 사무소 저도 정확한 구매선 정보를 받지 않아서 지금 뭐라고 말씀드릴 수 없는데, 저희 쪽에서 재확인한 물량이니 진행하셔도 좋을 거 같습니다.

김 과장 아. 알겠습니다. 수고하세요. 철민 씨, SAKURA에서 달라고 하는 가격은 어느 정도 수준이지?

김철민 기존에 판매하던 모델로는 맞출 수 없는 가격입니다. 20% 정도 가격 인하 요청하면서 몇 가지 불필요 기능은 삭제하더라도 좋으니 가격만 맞추면 문제없다고 합니다.

김 과장 어디 보자. 아! 이번에 베트남 공장 라인 증설하면서 16인치 베이직(basic) 파생 모델을 추가로 라인업하는 거 같은데, 공장 쪽에 확인해서 정확히 원가 분석해 보고, 이쪽에서 키트(kit)로 나가야 하니 컨테이너 장입수량 감안한 물류비도 총원가에 포함되어야 합니다. 재료 비율, 제조 원가율 보고 최종 진행할 건지 말 건지 결정합시다.

김철민 과장님, 원가 분석표 여기 확인 부탁드립니다.

김 과장 이 정도 원가율이라면 영업이익이 그래도 10% 정도 나네요. 오케이, 진행합시다. SAKURA 본사에 다시 한번 확인해서 정확한 납기와 대금 결제 일정에 대한 공식 서한을 입수하도록 하세요.

김철민 네.

(며칠 후)

김철민 과장님, SAKURA 확답 받았고요. 신용장은 매월 25일 1차, 28일 2차 개설, 통지해 주겠다고 합니다. 우리쪽 자재 공급을 위해 30% 선전신환(TT) 결제 방식도 컨펌했습니다.

김 과장 오케이! 잘 해봐! 이번에 이거 성사되면 연말 인센티브 두둑하겠어! 그럼 우리 거하게 한잔 빨자고.

김철민 네.

공장 자재 팀 철민 씨, 8월 베트남 공장에서 2만 대 출하되려면 적어도 자재는 7월 말까지 5천 대, 8월 1주 차에는 만 5천 대분이 확보되어야 합니다. 이거 나가도 되는 거 맞죠? 단일 거래선으로는 워낙 큰 물량이라 공장장님께서도 조금 걱정이 되시는가 봅니다. 잘 챙겨주세요.

김철민 네, 차장님. 생산 확정드리고요. 자재 선적을 위해 7월 중순까지 시스템 오더 드리겠습니다.

김 과장 벌써 7월 초네. SAKURA 건은 잘 진행되고 있지? 돌다리도 두들겨 가면서 건너라고. 얘네들 인도 애들이야. 확인 또 확인해야 돼!

김철민 네, 명심하겠습니다.

(7월 20일)

김철민 과장님 8월 베트남 완제품 출하분, 2만 대 전량 대금 결제 확보했습니다.

김 과장 오케이, 좋아요. SAKURA 한국 사무소에 연락해서 9월, 10월 오더 변경 있는지 다시 확인해 봐.

김철민 넵. 9월, 10월 오더 변동 아직까지 없다고 합니다. 공장에 자재 준비시키겠습니다.

김 과장 오케바리. 거 이상하네. 이렇게 아무 문제없이 진행되다니…. 참! 한 가지! 9월 초면 태평양 지역 연안에 늘 태풍으로 선박 이동하는 데 문제가 있었던 점 감안해서 이미 확정된 오더라면 선행해서 한 번에 5만 대를 8월 말까지 베트남에 보내는 거 어떨까?

김철민 음, 약간 위험하기는 한데, 태풍으로 키트(kit) 자재 제때 못 보내면 공장 라인 가동에 문제 있을 거고, 그러면 바이어 납기도 맞추기 어려우니 긍정적으로 검토해 볼만한 거 같습니다.

김 과장 오케이, 진행하자고. 그리고 오늘 육사 졸업 선배하고 저녁 모임 있는데, 어때 같이 갈래?

김철민 제가요?

김 과장 철민 씨, 내가 생도 4학년 때 학교 나온 거 모르고 있었지?

김철민 아~ 그러세요. 그럼 참석하도록 하겠습니다. 근데 왜 나오셨어요?

김 과장 3금이라고 알지? 육사에서는 술, 여자, 담배 못하도록 되어 있는데, 내가 화장실에서 흡연하다 걸렸었거든. 졸업 며칠 앞두고…. 그러고는 개구리복 입고 중사로 전역해서 대학 마치고 여기 대호전자에 입사하게 된 거지.

김철민 아, 그러셨군요. 많이 속상하셨겠어요. 계속 군대 남아서 기간 장교로 근무했다면 좋았을 것을….

김 과장 응, 근데 후회는 없어. 잘못한 부분에 대해 내가 떳떳하게 책임진 거니까. 자~ 퇴근 후 회사 정문에서 보자고.

8월 중순 무렵, 뭔가 팀 내 분위기가 이상했다.

TV 중아 팀장 김 과장, 베트남으로 키트 보내는 것, 문제없는 거지?

김 과장 팀장님, 좀 문제가 생겼습니다. 공장에서 키트 출하는 정상으로 진행되었는데, SAKURA 본사에서 9월 3만 대 대금 결제 컨펌을 안 하고 있습니다.

팀장 뭐야? 그 친구들 또 왜 그래? 혹시 가격 또 깎아 달라는 거 아냐? 철민 씨 통하지 말고, 이건 김 과장이 직접 SAKURA 본사하고 확인하는 게 좋겠어.

김 과장 네, 제가 직접 챙기겠습니다.

김 과장 여보세요? Mr. Kani(카니)? 대호전자의 김 과장입니다.

카니 아, 김 과장님. 정말 오랜만이군요. 무슨 문제라도 있습니까?

김 과장 9월 베트남에서 선적될 16인치 TV 대금 결제가 아직 진행 안 되고 있습니다. 벌써 8월 말입니다. 어떻게 된 거죠?

카니 첫 선적 진행된 2만 대는 벌써 다른 나라로 재수출된 상황으로 아무 문제 없습니다. 그런데 지금 러시아 쪽 바이어가 추가 오더를 확정해 주고 있지 않습니다. 가격 지원을 더 해 달라고 하는군요.

김 과장 뭐라고요? 지금 와서 선적 가격을 다시 조정해 달라는 겁니까? 잘 아시겠지만, 지금까지 수차례에 걸쳐 선적 가격에 대해 서로 논의하지 않았습니까? 이미 저희 쪽에서 충분히 좋은 가격에 드린 거고요. 더 이상 추가적인 가격 지원은 안 됩니다.

카니 네. 잘 알고 있습니다. 그런데 바이어가 저렇게 완고하게 나오고 있는데 저희도 달리 방법이 없군요. 초도 선적 가격에서 최소 10% 정도 가격 지원 없으면 더 이상 추가 오더는 진행하지 않겠다고 바이어가 아주 완고하게 버티고 있어요.

김 과장 이봐요 카니씨. SAKURA와 대호전자가 1~2년 장사를 한 게 아니잖아요. 벌써 10년이 넘었습니다. 지난 6월 SAKURA 회장께서 당사 방문했을 때 저희 회장님과 10만 대 판매 조건으로 이미 합의한 가격입니다. 그런데 10만 대 중 겨우 2만 대만 가져가 놓고 지금 와서 가격을 깎아 달리고 하는 것이 말이 됩니까?

카니 하여튼 현재 저희 바이어가 추가 가격 지원을 요청하고 있고, 우리로서도 다른 방안이 없는 상태에서 만일 대호전자가 가격을 재조정해 주지 않으면 저희 쪽에서는 추가 작업 진행이 어려우니 그리 아세요. 더 이상 드릴 말이 없습니다. 이만 전화 끊겠습니다. 이쪽 상황에 대해 좀더 면밀히 검토해 주길 바랍니다.

김 과장 이런 날강도 같은 놈들. 이래서 인도 애들하고 비즈니스할 때는 조심했어야 했는데…. 팀장님! 두바이의 카니와 통화했는데, 그쪽 요구사항은 초도 공급 가격에서 추가로 10% 가격 인하해 주면 3만 대, 원샷으로 가져갈 것이고, 우리가 공급 단가 적용 안 해주면 신용장 못 열겠다고 합니다.

팀장 어이 철민 씨, SAKURA에서 이런 요구 사항 있었다는 거 모르고 있었나?

김철민 네, 팀장님. SAKURA 한국 사무소에서도 조금만 더 기다려 달라는 연락만 했었습니다.

팀장 빨리 그쪽 요구 사항 들어줄 수 있는지 내부 확인하고 결정하도록 합시다. 10% 조정하면 우리 쪽에서 남는 게 하나도 없을 듯한데. 정 안 되면 이것만 실어내고 이 건은 여기서 '쫑' 냅시다!

김철민 가격은 다시 검토해 보겠습니다. 그런데 9월 태풍 요인으로 저희가 5만 대 키트를 베트남으로 보낸 상태에서 3만 대로 끝나면 나머지 2만 대 처리가 어렵게 됩니다.

팀장 뭐야? 아니 이 사람 정신 나갔어? 인도 비즈니스 처음 해봐? 아니 뭘 믿고, 선행 자재 선적했다는 거야? 2만 대면 자잿값이 얼마야? 철민 씨가 책임질 수 있어? 김 과장, 이거 정말이야?

김 과장 네, 팀장님. 철민 씨가 드린 말씀 그대로입니다. 죄송합니다.

팀장 이 사람들 이거 정말 큰일 낼 사람들이네. 모두 '경위서' 쓸 각오들 해! 무슨 배짱으로 2만 대 TV 전용 자재를 해외 공장으로 보내고 있어. 이거 다른 거래선으로 팔 수도 없잖아! SAKURA 브랜드 박히고, TV 기능도 범용이 아닌 것으로 알고 있는데….

김 과장 하여튼 5만 대까지는 SAKURA 본사, 한국 사무소와 긴밀히 협력해서 마지막 한 톨까지 쳐 내도록 하겠습니다.

자리로 돌아가는 김 과장, 철민.

김 과장 아, 돌아 버리겠네. 얘네들 때문에 우리가 죽게 생겼군! 결국 인도 애들 가격 장난에 우리가 놀아난 꼴이 되고 말았어. 하~ 참, 기가 막혀서. 내 두 번 다시는 인도 비즈니스 안 한다. 철민 씨, 오늘 삼겹살에 소주 한잔하자. 나 이런 기분으로 그냥 집에 못 들어간다.

(아현역 〈대패 삼겹살〉 집)

김철민 과장님, 팀장님이 저렇게 난리치시는 거, 너무 하신 거 아닌가요? 다 일 잘 하자고 나름대로 아이디어 낸 거잖아요. 만일 태풍 때문에 배 못 뜨고, 자재가 없어서 공장 못 돌리면 당연히 매출에도 차질이 생길 것이고. 일방적으로 우리에게 뭐라고 하는 거, 저는 도저히 이해 못하겠습니다.

김 과장 생각하기 나름이지. 사람들은 과정보다 결과만 놓고 잘, 잘못을 따지려고 들거든. 특히 대기업은 더 그래. 아! 나도 모르겠다. 철민 씨, 인도 애들 어떻게 생각해? 이거 상도덕적으로 맞는 거야? 내가 신입 사원으로 입사했을 땐 그래도 얘네들 이러진 않았었는데. 완전히 사기 당한 기분이야.

김철민 과장님, 그래도 한 가지 다행인 것은, 제가 변동 재료비 기준으로 보니까 여전히 영업 이익이 나는 걸로 되어 있더라고요. 근데 나머지 2만 대도 분명히 가격 깎아 달라고 하지 않을까요?

김 과장 내 장담한다. 얘네들 또 9월 중순쯤 되면 가격 갖고 장난칠 거야. 원래 그런 속셈으로 큰 물량 깔아주고, 출하할 때쯤 돼서 가격 내려 달라고 하면 우리가 달리 방법이 있냐고? 짜슥들 장사를 어찌 그따위로 하냐. 그나저나 그러면 진짜 곤란한데…. 아, 이 거지 같은 인생, 언제나 남들에게 끌려다니는 인생에서 해방될까?

김철민 하하하. 들리는 소문에 과장님 아버님께서 중소기업 사장이라고 하시던 데요. 저 같으면 일찍부터 후계자 수업 받겠습니다.

김 과장 철민 씨, 그게 그렇지 않아. 중소기업, 이거 우리나라에선 '을' 중에 '을'인 거 모르지? 모르기는 몰라도 우리가 받는 이 정도 스트레스는 그분들한테는 새발의 피지. 난 이게 좋아. 뺑이치다 보면 월급 나오고, 그리고 또 뺑이치고…. 애들 쑥쑥 크는 그 맛에 사는 거지. 뽕쟁이하고 똑같아. 약 떨어지면 벌벌 떨다 가도 월급날에 인센티브까지 받으면 어느새 1년 훅 가고. 야! 근데 큰일 났다. 처음엔 10만 대 오더 받아서 연말에 인센티브 주지 않을까 걱정(?)했는데, 이젠 잘리지나 않으면 다행이다. 이런 젠장. 아! 월급쟁이 인생.

김철민 힘 내시죠! 선배님!

김 과장 아, 이참에 철민 씨에게 알려줘야 할 게 하나 있다. 이제부터 철민 씨는 빠이 빠이다. 하하하

김철민 아니, 그게 무슨 말씀이세요?

김 과장 하반기 정기 인사에서 철민 씨 대리로 승급하더라. 축하해! 김대리님.

김철민 아 알고 계셨어요? 근데 이거 대리 달자마자 '경위서' 쓰게 생겼네요. 하하. 자! 한잔하세요. 그리고 지금까지 옆에서 잘 지도해 주셔서 감사합니다. 과장님.

이런 우스갯소리가 있다. 세상에서 가장 사업하기 어려운 민족이 셋 있는데, 첫 번째가 인도, 두 번째가 이집트, 세 번째가 중국이다. 그만큼 인도 바이어와 사업할 때는 돌다리도 두드리면서 건너는 정도의 마음 자세로는 안 되고, 견적 송장/구매 오더 확정/대금 결제 확인하고서 생산, 출하하는 것이 필수적이다. 안 그러면 십중팔구는 나중에 돈 뜯기고 거지 되거나, 대금 받는데 수개월에서 수년이 걸릴 수도 있다. 적어도 내 경험에 의하면 그렇다는 얘기이지만, 그와 유사한 얘기를 직 · 간접적으로 수없이 들어왔다.

에피소드 #1 과장님, 전 앞으로 죽어도 이집트 출장 안 갑니다!

김 과장 김 대리, 다음 주 이스라엘 출장 좀 다녀오지! 이번에 TVCR (TV+VCR) 신모델 출시에 따른 현지 반응 좀 알아보고, 연간 롤링 오더 플랜도 필요할 것 같아서 말이야. 첫 해외 출장이지 아마….

김철민 대리 네, 첫 해외 출장이라 긴장도 되긴 하지만, 좀 설레는데요. 그러지 않아도 거래선에서 기존 모델이 너무 구형인 데다 일전에 호텔용으로 별도 개발 요청이 있긴 했었습니다.

김 과장 그거 잘 됐군! 이스라엘 출 · 입국 시 몇 가지 주의해야 할 것들이 있는데, 잠깐 얘기할까. 회의실 방 좀 잡아주고…. 직접 이스라엘 가는 비행기는 없고, 이집트 카이로에서 경유하는 항공편이 제일 편하지. 현지 도착해서 입국 수속 밟을 때 여권에 도장(stamp) 바로 찍으면 다음에 중동 지역 입국하는데 문제가 생기니 다른 종이에 찍어 달라고 해야 해. 이점 꼭 명심하고…. 입국 심사 마치고 밖으로 나가면, 아마 거래선에서 마중 나와 있을 거야.

김철민 대리 아, 그렇군요. 여권에 이스라엘 출 · 입국 도장이 찍히면 다른 중동 국가 출장 시 입국 자체가 안 될 수도 있다는 건 오늘 처음 알았습니다. 거래선에 출장 일정 통보해서 픽업하는 데 문제 없도록 하겠습니다.

김 과장 요즘, 해외 출장 다녀오면서 출장 중 업무 보고, 결과 보고를 제대로 안 하는 직원이 많아서 팀장님이 짜증을 내고 있으니 거래선 상담 결과, 특히 매출과 관련된 내용은 빠뜨리지 말고 보고 해. 이런 거

잘해야 유능한 직원이라고 칭찬받아. 알겠지? 우선 출장 계획서 초안 만들어서 같이 얘기 좀 하세나.

당시 해외 출장은 가급적 토·일요일을 빼고 평일에 다녀오는 것이 묵시적 관례였다.

(월요일)

김철민 대리 과장님, 그럼 출장 다녀오겠습니다.

김 과장 오케이, 이스라엘 도착하면 전화 연락 줘! 잘 다녀와!

(이집트 카이로 공항)

김철민 대리 이거 좀 걱정되는 군. 이스라엘로 가는 비행기로 바꿔 타려면 적어도 2시간 정도는 여유가 있어야 한다고 과장님이 얘기했는데, 시간이 1시간 반밖에 안 남았군.

이윽고 김 대리가 탄 비행기(대한항공편)는 당초 예정 시간보다 30분 늦게 카이로 공항에 도착했다. 가방 먼저 찾고 이스라엘 텔아비브(Tel Aviv)행 비행기가 있는 터미널 2로 가기에는 시간이 다소 빠듯해 보였다. 그런데 아무리 찾아도 가방이 보이지 않는 것이다. 그러는 사이, 시간은 자꾸 흘러만 갔다. 다급한 나머지 김 대리는 공항 직원에게 도움을 요청하였는데, 이 친구는 김 대리에게 다가와서는 이상하리만큼 친절하게 '문제가 뭐냐, 도와주고 싶다'고 하는 것이 아니겠는가? 고마웠다. 자기가 가방을 찾아 주고, 나를 터미널 2까지 차로 데려다 주겠다고 한다.

10여 분 이상을 공항 여기저기 돌아다닌 끝에 마침내 가방도 찾고, 터미널 2 입구에 다다를 수 있었다. 무지 고마웠다. 이에 '감사'의 표시로 지갑을 뒤져 100달러짜리 지폐 한 장을 그의 손에 쥐여 주었다. 그러자 이 친구가 "Korean Number 1!" 하면서 오른쪽 엄지를 척! 치켜들고는 유유히 사라졌다.

덕분에 김 대리는 잃어버린 줄 알았던 가방을 찾을 수 있었고 바로 터미널 2, 체크인 카운터로 달렸다. 비행기 이륙 시간이 1시간도 채 남질 않았다. 헉~헉. 그런데, 그때는 경황이 없어 눈치를 채지 못하고, 김 대리에게 호의를 베풀었던 것으로 알고 고마움을 표현했던 그 공항 직원이 나중에 알고 보니, 고의로 김 대리 가방을 수하물 창구 한쪽에 버려 놓고 마치 자기가 찾은 것처럼 행세한 것이었다. 터미널 1에서 2까지도 차량으로 이동할 만큼 먼 거리가 아니라 걸어서 충분히 5분이면 다다를 수 있는 짧은 거리였다.

즉 김 대리의 첫 해외 출장 중, 이스라엘로 가는 중간 경유지인 카이로 공항에서의 해프닝은 보기 좋게 '사기' 당한 것이었다. 이후로 김 대리는 이집트인들을 좋게 보지 않는 선입견이 생겼고, 그 상처는 그의 마음 한편에서 분노와 실망으로 늘 자리 잡고 있었다.

김철민 대리 이봐요! 어디로 가야 이스라엘 텔아비브로 가는 비행기를 탈 수 있죠?

체크인 카운터 네? 몇 시 비행기인데요?

김철민 대리 2시 30분 비행 편입니다. 여기 티켓 있습니다.

체크인 카운터 오, 그 비행기는 벌써 30분 전에 떠났습니다.

김철민 대리 뭐라고요? 아니 어떻게 출발 45분 전에 비행기가 뜰 수 있죠?

체크인 카운터 미안합니다. 하지만 어쩌겠어요. 제 잘못도 아닌데요. 이것도 신의 뜻이랍니다(only God knows). 인 샤~알라!

이런 염병! 이게 무슨 개 같은 상황이란 말인가! 트랜싯(transit) 시간이 아직도 45분이나 남았는데, 그리고 승객이 타지도 않았는데 비행기가 예정 이륙 시간보다 1시간 먼저 출발했다고? 그리고 뭐, 인 샤~알라?

김철민 대리 저는 도저히 이 상황을 받아들일 수 없습니다. 관리자 불러 주세요. 항의라도 하겠습니다.

체크인 카운터 관리자 안녕하세요? 뭘 도와드릴까요?

김철민 대리 이러저러해서 이렇게 되었는데, 아니 도대체 이게 무슨 상황이고, 다음 텔아비브행 비행기는 내일 새벽에 있는데, 이거 어떻게 할 겁니까?

익숙하지 않은 영어지만 속된 말로 개거품을 물면서 김 대리는 공항 측에 항의했으나, 이미 엎질러진 물이었다.

체크인 카운터 관리자 지금으로서는 다른 방법이 없고, 일단 공항에서 무료로 카이로 공항 호텔에 방을 잡아 주겠으니 가서 쉬고 있으면 가장 빠른 비행기 편을 알려주겠습니다.

달리 방법이 없었다. 아! 첫 해외 출장인데…. 어떻게 처신해야 할지 몰랐다. 당연히 불안감은 극도에 달했다. 공항에 도착해서는 수하물 센터 직원한테 보기 좋게 사기당하고, 또 비행 예정 시각보다 무려 1시간이나 먼저 출발한 이집트 항공사와 옆에서 승객의 불편은 아랑곳하지 않고 낄낄대며 잡담이나 하는 그 현장이 아직도 머릿속에서 맴돈다. 머리끝까지 차오르는 분노를 참으며 그래도 공항에서 안내해 준 카이로 공항 호텔 방에 들어서자

마자 김 대리는 경악을 금치 못했다.

방안은 아주 남루한 데다 청소도 제대로 되어 있지 않았고, 한 20년 정도는 되어 보이는 낡은 냉장고엔 그 흔한 물도 없었고, 14인치 구닥다리 TV는 전원도 들어오지 않는데다 로터리 스위치의 손잡이는 어딘가 날아가 버리고 없었다. 아! 이런 거지 같은 나라, 사람들, 상황들…. 그렇게 해서 김 대리의 첫 해외 출장은 그야말로 뒤죽박죽 엉망이었고, 카이로 공항에서의 기억은 다시는 떠올리고 싶지 않은 악몽이 되고 말았다.

그 후로도 LG전자에 있으면서 각종 태스크 활동과 거래선 상담차 이집트를 방문할 기회가 많았지만, 그때 그 악몽이 시시때때로 되살아나 이집트에 대한 좋은 감정을 갖기가 힘들었다(물론 그곳에도 좋은 사람이 없겠냐마는…). 그러는 사이 날이 밝았다. 카이로와 서울의 시차는 7시간이니 이미 서울 본사는 점심 시간이 한참 지났을 거다.

더욱 황당한 것은 김 대리를 태우고 갔어야 할 카이로 발 텔아비브행 비행기의 탑승자 명단에 여전히 김 대리 이름이 있었고, 출장 전 알려준 항공편 예정 도착 시간에 맞춰 이스라엘 거래선이 마중 나왔는데, 나와야 할 사람은 나오질 않고…. 몇 시간을 기다리다 결국 대호전자 TV 수출 중동 팀에 전화를 걸었다고 한다. "Mr. Kim이 알려준 비행기의 탑승자 명단에 이름은 있는데, 사람이 도착하지 않았다. 무슨 일이 생긴 것 같다."라고….

사실 1990년대는 북 공작원에 의해 남한 사람이 어디서 납치되었다고 '카더라' 하는 식의 유언비어가 나돌던 시절이었다. 대호전자 TV 중아 수출팀에서는 그야말로 난리가 났다. '모든 정황을 보니 중간에 김철민 대리가 누군가에 의해 납치된 것이 분명하다.' 김 과장은 바로 이 상황을 아현 경찰서에 정식으로 통보, 실종 신고하고 오매불망…. 김철민 대리에게 아무 일이 없기를 바라면서 초조한 마음으로 모두 대기하고 있었다고 한다.

그러는 사이, 김철민 대리는 다음 날 항공편으로 무사히 텔아비브에 도착했고, 명함에 적힌 주소로 택시를 타고 가서 거래선과 첫 대면 비즈니스 상담도 하고 시장 조사까지 마치게 된다. 이 모든 해프닝의 한 가운데 이집트, 이집트 항공, 카이로 공항 호텔, 직원들이 있었다. 미친놈들! '오직 신만이 안다고(only God knows…)?' 그러니 너희 나라는 아직도 그 모양 그 꼴이지…. 사기, 거지근성, 권모술수, 부당한 상거래, 부패 관료, 낡은 시스템…. 이때가 1996년으로 기억된다.

김철민 대리 **과장님, 저 앞으로는 죽어도 이집트 출장 안 갑니다!**

Tip

88올림픽 게임이 개최된 후 세계 여행, 해외 출장의 기회가 일반 사람들에게도 보편화된 시절이 있었다. 경제적 수준이 높아진 탓이 큰 이유였을 것으로 본다. 당시 해외 출장 경험이 부족한 기업체 직원들에게는 동남아, 중동, 아프리카와 같은 후발국, 개발 도상국의 출 · 입국과 관련된 웃지 못할 해프닝이 너무 많았던 시기이기도 하다. 김철민 대리의 이집트 카이로 공항에서 있었던 사례는 아주 흔한 일이었다. 한 가지 이 자리를 빌려 이해를 구하고자 하는 부분은 이집트의 모든 사람들이 하나같이 부정적인 면모를 보인다는 것은 아니다. 당시 김철민 대리가 겪은 그 상황에서 연유한 선입견 정도로 봐주면 좋겠다.

김 과장 이집트 거래선과 오늘 상담 약속 잡혀 있지? 몇 시지?

김철민 대리 네, 점심 식사 마치고 바로 시작될 겁니다.

김 과장 VENHA에서는 사장, 공장장, 그리고 '아흐메드'라는 친구가 참석할 거고. 우리 쪽에서는 팀장님, 나, 김 대리가 참석하면 되겠군. 미리 회의실 준비 상황 챙겨 보세요. 프로젝터는 잘 작동되는지도 확인해 보고….

김철민 대리 네.

(점심 식사 후)

김철민 대리 과장님, VENHA분들 모두 회의실에 모시고 왔습니다. 팀장님께 상담 준비됐다고 말씀드리겠습니다.

팀장 안녕하세요, 살람 알레이꿈? 점심 식사는 잘 하셨나요? 김 대리, 우선 VENHA 사의 작년 매출 결과와 금년도 사업 계획을 화면에 띄워주세요.

아흐메드 박 팀장님, 작년과 비교할 때 금년도 사업은 작년의 두 배 정도 더 할 것으로 보입니다. 그리고 오늘 대호전자를 방문한 이유는 올해 3차 공장 라인 증설에 따른 여러 가지를 협의하고자 왔습니다.

팀장 고맙습니다. 아흐메드 씨 덕분에 이집트 TV CKD(부품 조립) 비즈니스가 전년 대비 2배 성장하는 그림이군요. 이번 라인 추가 증설은 몇 인치용인가요?

아흐메드 16인치와 25인치입니다. 25인치는 이번에 소개된 신모델로 운영할 겁니다. 주로 호텔, 관공서에 납품할 계획입니다.

팀장 좋습니다. 경쟁사 최근 동향은 어떤가요?

아흐메드 내가 누구입니까? 무바라크 대통령 처남과 제가 '절친'입니다. 하! 이번에 대호전자에서 TV 라인 증설에 많은 도움을 주시면 TV 시장의 반은 대호전자가 차지할 겁니다. 25인치 대형은 거의 다 먹는다

고 봐도 되고요. 하하. 참고로 저기 VENHA 사장도 육군 장성 출신입니다. 하하하

김 과장 어유, 저 아흐메드, 여전히 구라가 세군! 팀장님, 이번 상담에서 아흐메드에게 구전은 얼마나 주실 생각이십니까? 지금까지 대통령 처남에게 1.5%, 아흐메드 1%, 대통령 부인에게 0.5%, 모두 3% 정도 커미션 줬습니다.

팀장 올해도 3% 정도면 되지 않겠어? 대신 물량 좀더 짜내 봅시다. 작년 25만 대 가져갔는데, 올해 40만 대로 확 키워 보자고.

아흐메드 지금까지 VENHA와 대호전자는 좋은 비즈니스 파트너 관계를 맺어 왔습니다. 이 점에 대해 늘 감사하고 있지요.

김 과장 아흐메드 씨, VENHA 덕분에 이집트 TV 시장에서 대호전자 매출은 매년 50% 이상 신장되었고, 내년에는 2배 성장하는 그림을 제시해 준 데 대해 대단히 고맙게 생각합니다. 대호전자에 특별히 요청하실 사항이 있는지요?

아흐메드 알다시피 아직까지 25인치 수요가 그렇게 크지는 않습니다. 월 5천 대 생산 목표로 하고 있는데, 이 수량만 가지고는 금형을 제작하는 것이 비효율적으로 보이는군요. 대호전자에서 금형을 1년간 무상 임대해 주실 수 있는가요?

팀장 김 과장, 25인치 금형 여분이 있는지 바로 공장에 확인해 보세요. 아, 그래요? 좋습니다. 아흐메드 씨, 다행히 우리 쪽에 여분의 금형이 있다고 하니 적극 검토해 보겠습니다.

아흐메드 아, 그리고… 16인치 물량을 좀더 키워보고 싶은데, 키트(CKD kit) 가격 조정 가능한지요?

팀장 김 과장, 아직 2개(2달러) 정도 여유 있다고 했지? 그럼 수량을 얼마까지 늘릴 수 있는지 물어보고, 어차피 지난번 SAKURA 쪽에서 저지

른 물량, 이쪽에서 만회해 보자고. 잘됐네. 김 대리, 지금까지 나온 내용을 빨리 정리해서 상담 요약서 작성하고, 티 미팅이 끝나는 대로 바로 사인하고 상담 마치는 걸로 합시다. 여러분! 여러분께서 많이 지원해 주셔서 오늘 상담도 잘 진행된 것 같습니다. '상담록' 작성될 때까지 잠시 차 한잔하시지요?

VENHA 일동 네. 고맙습니다.

(30분 뒤)

김 대리 오늘 상담 내용을 다음과 같이 요약 보고드립니다. 금년도 연간 전체 물동량은 작년 대비 100% 성장하는 50만 대이며, 인치별 수량은 16인치 25만 대, 19인치 15만 대, 21인치 3만 대, 24인치 2만 대, 25인치 5만 대가 되겠습니다. 추가 라인 증설은 16인치와 25인치이며, 특히 25인치 현지 조립 생산을 위해 1년간 금형 무상 임대하고, 내년 2월 1일 대호전자로 반환하는 조건입니다. 사출 시(始)생산 지원을 위해 생산지원팀에서 엔지니어 1명을 10일간 현지 파견 지원하되 출장비와 현지 숙박비용은 VENHA에서 부담하는 것으로 합니다. 인치별 가격 조정은 16인치에서 2달러 지원하고, 19인치는 1.5달러, 21인치와 24인치는 변동 없고, 25인치는 신규 공급가인 125달러로 확정하겠습니다. 보시고 전체적으로 문제없으면, 여기 상담록에 합의 서명 부탁드립니다.

팀장 추가 질문 사항 있으십니까, 아흐메드 씨?

아흐메드 아주 좋습니다. 브라보! 대단히 고맙습니다. 커미션은 지난번과 동일하게 3% 선에서 진행될 겁니다. 확정합니다! 박 팀장님, 펜 좀 빌려주세요.

팀장 여기 있습니다.

아흐메드 VENHA, O.K.

싸인을 마친 아흐메드는 박 팀장에게 빌린 만년필을 슬쩍 자기 와이셔츠 주머니에 꽂아 넣는 것이 아닌가?

팀장 어! 저 친구 왜 만년필을 자기 와이셔츠 주머니에 넣어. 다 썼으면 돌려줘야지. 이거 난감하네. 그거 와이프가 생일 선물로 준 50만 원짜리 '몽블랑'인데! 아! 달라고 할 수도 없고, 참. (쩝)

김 대리 그러면, 그렇지…. 휴~ 이집트 사람들! 하나같이 다들 거지근성이 있어서 커미션으로 받아 처먹는 돈이 얼마인데, 쯔쯧.

1980년대 중동, 아프리카 지역의 상당 국가는 자국 내 산업 보호 및 고용 증대를 위해 현지 생산 방식을 취하는 형태가 많았다. 그것은 즉 한국에서 부품 단위의 키트(kit)를 수입해서 현지에서 조립 생산하는 CKD Biz 형태이거나, 반제품(SKD) 형태로 부품 수입 후 현지 조립하는 형태였다. 특히 이집트의 경우에는 국영 기업체에서 이집트 정부의 지원하에 CKD Biz가 성행했었는데, 당시는 중간에 나까마(커미셔너)를 끼고 그들에게 일정 부분의 거래 알선 수수료(커미션)가 공공연하게 지급되는 시절이었다. 그들 중에는 군 장성 출신이나 대통령 친인척이었던 인사들이 대부분이었다.

민국 철민아, 너 소문 들었어? 참, 골 때리는 상황이더군.

김 대리 왜, 무슨 일인데? 요즘 아시아 유동성 위기다 뭐다 해서 한국 경제도 어렵다는 건 다들 아는 내용이고, 정치 얘기는 빼고, 그럼 뭐?

민국 내가 얼마 전에 인사 팀에 아는 후배가 있어서 들은 얘기인데, 조만간 저성과자들을 대상으로 구미공장에 뭐라더라…. 음! 아! **'개인 역량 증진 프로그램'**이라고 하는데, 그쪽에 보내서 4주간 교육 후 일정 점수 미달하는 사람들은 권고 퇴직시킨다는 말이 있더라고. 야, 솔직히 말해서 우리 같은 실무자 나부랭이가 일 잘못해서 그런 거냐? 경영진들이 회사를 제대로 운영 못해서 유동성 문제 나오는 거지, 안 그래?

김 대리 글쎄…. 그럼 헛소문은 아니겠네. 여기만 문제 있는 거 아니잖아. S사, L사, H사 모두 구조 조정 얘기 뉴스에 나오더구먼. 근데, 전 사원 대상으로 하는 건가? 아니면 고참 부장 중심으로 하는 거야? 마! 좀 제대로 확인해야지. 영순이 너 좀 뭐 아는 거 있어?

영순 우리 팀은 지금도 사람이 부족해서 난리인디요. 난 형님들 도대체 지금 뭔 얘기하는지 모르겠네.

민국 아! 저 골통. 그래 너 아직도 밤늦게까지 구멍 뚫고 있냐? 아직도 파일에 펀칭(punching) 작업하냐고? 아이고, 저 화상. 콱!

윤식 형, 이번 교육 프로그램은 말이 교육이지, 회사에서 내보낼 사람들을 각 팀에서 무조건 10% 정도 차출해서 강제로 내보낼 수는 없으니까 '저(低)성과자 개인 역량 증진 프로그램'이라는 미명하에 최종으로 커트라인 넘지 못하면, 인사 팀에서 노골적으로 명예 퇴직 조건 내걸고 면담한다는 얘기가 있어요. 그리고 현업에서 퇴출된 인원들은 교육 수료 후 자기가 일하던 기존 조직으로 갈 수 없다고 하네요.

민국 윤식이는 역시 발이 넓어. 마음에 들어. 영순이, 너! 좀 배워라. 저건 도움이 안 돼요, 도움이. 우리 25기 동기 중에서 그런 저성과자 안 나오니까 쫄지 말고 한 잔 들이키자. 오늘 치맥 기가 막힌다. 크윽~ 끅!.

김 대리 아, 쪼까 걱정되네.

영순 형, 왜요? 요새 TV 수출 팀 잘나가고 있던데.

김 대리 나 말이야. 크게 한번 사고 친 게 있거든. 아, 그 인도 녀석들 땜에. 이것들이 나중에 가격 깎을 속셈으로 달려든 거지. SAKURA 회장단까지 와서 상담하고, 3분기 물량 10만 대 쫘악 깔아 놓더라고. 8월은 신용장 잘 열더니, 9월 오더부터 신용장 갖고 장난치는데. 결국 베트남 공장으로 보낸 키트(kit) 재고 처리하느라 가격 졸라 까주고, 10월 오더는 날아가고…. 처음부터 그럴 생각이었던 거지. 거기다 김 과장님하고 나하고 말 맞춰서 8월에 태풍 피해 막으려고 키트 밀어낸 게 큰 화근이 되었지. '경위서' 쓰고 난리 났었다. 아휴 재수 없어! 인도 XX들.

민국 그런 일 있었어? 야, 너 대리 단 지 1년도 안 되지 않아! 걱정 마. 걱정들 말아! 우리 월급 3개 합쳐야 고참 부장 1달 월급밖에 안 돼. 내보내려면 고참들 내보내야지. 어디 먹을 게 없다고 피라미를 잡아먹겠냐? 난 걱정 안 한다.

윤식 민국이 형 말이 맞아요. 근데 쪼께 철민이 형이 걱정되긴 하네….

김 대리 아유 저거, 야 너 이리 와! 꿀밤 한 대 맞아! 한잔 따라봐! 너도 한잔해라. 고생 많다. 시청 나리님들 쫓아다니느라.

팀 내 분위기가 조금 가라앉은 듯했다. 엊그제 동기들과 나눈 말이 뻥은 아니었는가 보다.

김 과장 김 대리, 바람 쐬러 나가자. 아, 왜 이리 덥냐? 사무실 안이….

김 대리 네, 그러시죠. 시원한 아.아(아이스 아메리카노) 어떻습니까?

김 과장 요새 항간에 떠돌고 있는 소식 들었어? 저성과자 중심으로 구미

공장에서 '역량 심화 교육 프로그램' 돌린다는 거. 그거 살벌하드만. 아까 팀장님한테 들었는데….

김 대리 어느 정도인데요?

김 과장 우선 연말까지 1, 2, 3차로 나눠서 프로그램 운영할 거고. 각 차수마다 팀에서 무조건 10% 저성과자 차출해서 교육 참가시키고, 교육 중간에 시험보고, 마지막 수료 전에 최종 시험 봐서 60점 미만인 사람은 자대 복귀 안 시키고 인사 팀에서 면담한다고 하지, 아마. 그래서 지금 40~50대 양반들 난리 났다. 애들은 중·고등학생으로 돈 들어갈 데 많지, 만일 회사에서 내쫓으면 쉽게 취직할 수 있는 나이도 아니고…. 아, 요즘 세계 경제가 들썩들썩하더니 올 것이 온 건가?

김 대리 근데, 과장님! 아까 팀장님하고 유럽, 아주, 미주 CIS팀 관리자들 만나서 무슨 얘기 한 거예요?

김 과장 응, 지금 내가 얘기한 거 거기서 나온 얘기야. 1, 2, 3차 운영하면 팀 인원의 30%인데, 그래도 대리까지는 영향 안 가니까 너무 걱정하지 마라.

김 대리 조금 걱정돼요. 솔직히. SAKURA 건도 있고. 저 말고 나머지 인원들은 신입 사원 때부터 TV 수출에서 일한 사람들이잖아요. 아! 스트레스 받네.

김 과장 걱정 말라고. 설사 그 프로그램에 대상자로 선정되었다 치자. 60점 커트라인 못 넘기겠어? 가방끈 긴 사람이. 자, 너무 밖에서 오래 있었네. 얼른 사무실로 들어가자.

(며칠 후)

팀장 김 대리 나 좀 볼까? 요새 회사에서 이러저러한 소문 들었을 텐데…. 우리 팀에서도 한 사람 꼭 가야 한다고 하더구먼. 팀장으로서 고민이 많이 되지. 우리 팀 거래선 리스트 보면 이란, 사우디, 터키, 아랍에미리트 및 주변국이 있는데, 이란과 사우디는 매출 비중이 큰 데다 담당자도 모두 역량 있는 사람들이라 안 되고, 아랍에미리트는 김 과장과 김 대리 둘이서 맡고 있는데, 사람 수에 비하면 매출 비중이 다소 낮고, 김 과장은 팀 내 파트장 역할까지 수행하면서 이러저러한 일을 해 주고 있지. 지난 SAKURA 건으로 팀 전체 수익성에 악영향을 미친 것도 있고, 베트남 공장에 있는 키트 재고도 아직 풀린 것도 아니고, 그래서 미안하지만 이번 교육에 우리 팀 1차로 김 대리가 좀 다녀와야겠어. 김 대리 이번에 좀 구제해 주고 싶었지만, 워낙 인사 팀에서 한 명씩 무조건 차출하라고 들들 볶아서. 그리고 교육 수료 후 원래는 기존 팀으로 복귀가 안 되는 것으로 되어 있지만, 내가 그것만은 상무님께 잘 말씀드려서 김 대리는 꼭 여기로 다시 원복하도록 노력해 봄 세. 어때? 김 대리.

김 대리 아! 네, 예상은 했었습니다. 교육 잘 받고 다시 팀에 복귀하겠습니다.

팀장 그래, 고마워. 이해해 줘서. 열심히 해.

충분히 예견된 일이었다. 대호전자는 TV 매출 비중이 매우 높고, 어느 조직이나 일종의 '텃세'라는 게 있다. 오래전부터 한솥밥을 먹은 사람과 중간에 경력으로 들어온 사람에 대한 보이지 않는 '텃세'가 있기 마련이다. 그것까지 부인하고는 싶지 않다. 더욱이 SAKURA 건은 재고 · 손익 이슈까지 맞물려 누군가 책임져야 할 심각한 사건임이 분명했다. 김 대리는 억울한 감정이 없지 않아 있었지만, 깨끗이 승복하기로 마음을 먹었다. 사사로운 이까짓 이슈로 여러 사람들과 티격태격하는 것 자체가 싫었다.

"까짓것 교육받고, 명예롭게 다시 원복하면 되는 거 아냐? 길게 보자고."

(퇴근 중)

민국 철민아, 너희 팀, 이번 교육 프로그램 대상자는 정해졌냐?

김 대리 응, 예상대로. 다음 주에 구미공장 내려간다.

영순 아! 거기 무지 빡세다고 하던디요. 삼청 교육대라고 하던데…. 4주간 하루 종일 교육받고, 체력 훈련도 하고, 발표에다가 리포트 작성도 거의 매일 있고. 형, 자신 있어요?

김 대리 그럼 자신 있지! 나 아직 젊어! 하하하.

말은 그렇게 했지만, 속 마음은 쓰렸다. 프로그램에서 낙오자가 되는 게 두려운 게 아니고, 솔직히 말하면 쪽팔려서다. 저(低)성과자 대상들만 추려서 온 것이라고 하는데, 그럼 내가 저(低)성과자? 난생 처음 겪어 보는 기분이었다. 아니면, 내가 줄을 잘 못 서서 그런가?

♪ 보람찬 하루 일을 끝마치고서
두 다리 쭉~ 펴면 고향의 안방
얼싸 좋다 훈련병 신나는 어깨춤
우리는 한 가족 팔도 사나이
힘차게 장단 맞춰 노래 부르자
정다운 목소리 팔도 사나이 ♬

군대 갔다 온 사람이라면 모두 다 아는 노래다. 아~ 처량한 내 신세….

아니, 여기가 군대냐?

4주간의 모든 교육 과정을 마쳤다. 리포트 작성, 시험 등 무난히 통과. 그런데 김 대리는 지난 4주간 꽉 짜인 학과 일정 외 매일 저녁 8시부터 9시까지 공장 주위를 뛰고 또 뛰어야 했다. 속에 응어리진 것도 풀어야 했고, 나를 이곳까지 보낸 팀장도 솔직히(마음속으로) 용서가 안 됐다. 하루라도 땀을 내지 않으면 잠을 이룰 수가 없었기 때문이다. '증오, 배신감, 허탈감…'에서 벗어나고 싶은 발버둥이라 할까? 이윽고 본사 복귀 시점이 되었다. 그런데 다시 TV 수출팀으로 복귀하고 싶은 마음이 안 들었다. 아니다. 이왕에 해외

개인 역량 함양 프로그램, 일일 일정표

6시 기상/점호/조깅/세면/아침 식사.

(오전 교육)

- 세계 경기 분석 / · 원가 분석, 손익 분석
- 수출 업무 일반 / · 리더십 고양

(오후 교육)

- 정신교육 / · 팀워크 활동(2시간)
- 생산라인 견학(TV, 냉장고, 세탁기, 에어컨, 전자레인지)
- 하루 정리

저녁 식사/리포트 작성

10시 취침

영업, 수출 업무를 제대로 배우고자 한다면 다른 부서에서 근무하는 것도 괜찮을 것 같다는 생각에 〈청소기 해외 영업팀〉으로 지원했다. TV 중아 수출 팀에 있으면서 사건 · 사고도 많았었지만, 또 좋은 선배 · 사우들과의 즐거웠던 시간, 행복, 보람도 느꼈다. 그러나 하나를 얻으면, 다른 하나는 잃는 것이 인생 아니던가.

빠이빠이~ 나의 '좌충우돌' 이여~~~

Tip

세계 경제 하락의 시기마다 대개 각 기업체에서는 '비상 경영' 체제에 돌입하게 된다. 가장 큰 목적이 회사 생존을 위한 '비용 감소'인데, 그중 '인건비' 축소가 가장 큰 이슈였다. 회사에 잘 다니던 직원을 강제로 줄이기 위한 나름의 방법으로 김철민 대리가 겪은 '개인 역량 함양 프로그램' 같은 제도를 통해 합법적으로 권고 사직, 명예 퇴직, 강제 퇴직 등의 사례가 있었다.

김 대리 안녕하세요? 윤 대리님 되시죠? 김철민 대리라고 합니다.

윤 대리 네, 안녕하세요. 말씀 들었습니다. 우선 팀장님께 인사 먼저 하시죠? 팀장님, 김철민 대리입니다. TV 중아 수출 팀에 계셨던…

구 팀장 어서 오세요! 반갑습니다. 인사 자료는 받아 봤습니다. 주로 중아 쪽 일을 많이 하셨더군요. 청소기 사업부 내 중아 쪽 매출 확대가 긴요한데, 어디 한번 그쪽 일 어떠세요? 아시아 지역 포함해서….

김 대리 네, 팀장님! 좋습니다.

구 팀장 윤 대리, 김 대리님 팀원들께 인사시켜 드리고, 다음 주부터 중아 쪽 거래선 맡아서 할 테니, 이번 주 내로 청소기 관련 부서 및 제품 안내 교육 좀 부탁해.

윤 대리 넵. 김 대리님 우선 팀원들께 인사하시죠? 이번에 TV 중아 수출 팀에서 저희 사업부로 자리를 옮기신 김 대리님이십니다. 뜨겁게 맞이해 주십시오. 김 대리께서는 아주 · 중아 쪽 업무를 보시게 될 겁니다. 기획 파트의 두 이 과장님들, 그리고 유럽 법인 맡고 계시는 서 대리, 중국 담당 병서 씨, 저는 미주 시장을 담당하고 있습니다.

이 과장 기획 파트 이 과장입니다. 아주 · 중아 쪽 거래선은 많은데, 매출이 거의 없습니다. 많이 키워 주세요. 잘 부탁합니다.

김 대리 아, 네. 열심히 하겠습니다.

윤 대리 TV 수출 쪽에 오래 계셨으니 법인 · 일반 거래선 비즈니스는 잘 알고 계시리라 생각합니다. 먼저 청소기는 TV에 비해서 아주 단순한 제품입니다. 거의 95% 이상이 기구 부품으로 구성되어 있죠. 회로 부품은 스위치 조절 장치가 전부이니까 제품 이해하시는 데는 큰 어려움이 없을 겁니다. 우선 오늘은 청소기 전사 조직 구성, 제품 구성에 대해 안내해 드리고, 내일은 현재까지 거래 관계가 있던 바이어 리스트 포함, 비즈니스 이력을 안내해 드리도록 하겠습니다.

김 대리 아! 네, 감사합니다. 근데 한 가지 궁금한 점이 있는데요. 지역별 매출 비중을 보니 미국 법인이 50% 정도 되고, 유럽 법인이 30% 정도, 나머지 중국, 기타 지역이 20%, 이렇게 되네요. 중국, 기타 지역에서 매출이 상대적으로 작은 이유가 있습니까?

윤 대리 하하 차차 아시게 될 겁니다. 간단히 말씀드리면, 청소기는 선진국 중심으로 수요가 일어나고, 상당 부분 인건비가 높은 지역에서 상대적으로 많이 사용되는 제품입니다. 한 달에 10만 원에서 15만 원이면, 가정부를 둘 수 있는데 굳이 10만 원 이상하는 청소기 구입할 필요성이 없고, 중동 지역은 카펫 문화라 청소기 수요가 그렇게 크지 않기 때문입니다. 다시 말씀드리면, 김 대리께서 맡으신 지역 즉, 아시아 · 중동에서 청소기 팔아먹기가 더 힘들다는 거죠. 하하하 그런데, 너무 걱정하지 마세요. 차차 만들어 나가면, 또 누가 알겠어요?

김 대리 아! 그렇군요. 이거 만만치 않겠는 걸요. 아무튼 제품 공부부터 먼저 해야겠습니다.

윤 대리 청소기는 크게 건식, 습식으로 나뉩니다. 사용 용도에 따라 먼지 제거는 주로 건식, 식당이나 물 청소가 필요한 곳에서는 습식을 쓰지요. 부품 구성은 크게 손잡이, 호스, 흡입구, 집진통으로 되어 있고, 주로 몇 와트(W)의 힘을 내는가에 따라 가격이 형성됩니다. 비싼 모터를 쓰면 그만큼 비용이 올라가는 단순 구조입니다. 유럽 등 선진국에서는 헤파(HEPA) 필터가 반드시 있어야 하고, 몇 데시벨(dB)의 소음을 내는가도 중요한 세일즈 포인트(sales point)가 됩니다. 가격은 저가 제품은 30달러대에서 고가는 200달러대까지 다양하게 있습니다. 선적 공급가 기준으로 말씀드리는 것입니다. 오늘 제품 소개는 이 정도로 하고, 내일 연구소에 직접 가서 샘플 시연도 해 보고, 제품 기능에 대해 더 구체적으로 소개받는 일정으로 하겠습니다.

김 대리 기구적 구성은 간단해 보이지만, 판매 관점에서 보면 오히려 TV보다 더 힘들겠는데요. 더욱이 어제 말씀하셨던 인건비가 상대적으로 낮은 아시아나 카펫 생활을 하는 중동 지역에서는….

(다음 날)

윤 대리 김 대리님, 여기 거래선 파일요.

김 대리 우와! 이렇게 많아요. 아시아 쪽 거래선이 대충 잡아 30개, 중동 거래선이 20개 정도. 무려 50개가 넘는 거래선이네요. 이거 바이어 이름 외우는 것조차 쉽지 않겠는걸요.

그렇다. 김 대리는 매출은 쥐꼬리면서 무려 50개에 달하는 거래선 리스트를 받았는데, 안에 내용을 차근차근 들여다보니 정규 오더는 두바이, 사우디, 터키, 태국, 싱가포르 정도(그것도 몇 달에 한 번씩)였고, 나머지는 대부분 일회성 비즈니스였다. 아마 청소기의 경우 비교적 수요가 적은 지역에서 오퍼상을 중심으로 '이런 기종에, 이 정도 기능으로 가격은 얼마…'하는 식으로 수입업자 쪽 요구 사항이 관철되면 오더받고 제품 생산해서 내보내는 식이었던 것이다.

아! 고생길이 훤하다.

Tip

흔히 어떤 제품 영업 부서이건 매출은 상당 부분 시장 수요, 제품 성능, 가격 경쟁력, 브랜드력에 따라 좌지우지되는 경향이 있다. 특히 1990년대 청소기 제품은 아직 한국에서조차도 일반화된 가전제품이 아니었던 터라, 아시아나 중동과 같이 개발 도상국인 지역에서는 실제 수요가 그리 크지 않던 시기였다. 당연히 정규 오더(order)로 꾸준한 판매 성장세를 만들어가는 작업이 어려웠던 것은 사실이었다. 실제 수요가 크지 않았던 이유는 이미 언급한 대로다. 인건비가 싼 지역에서 굳이 비싼 청소기를 구입해서 추가 비용을 들이는 것은 현명한 소비 생활이 아니라 여겨지던 상황 논리 때문이다.

김 대리 아! 진짜 많네. 뭔 거래선이 이리도 많아? 매출은 한 달에 10만 달러도 안 되는데, 어디 보자. 음! 두바이는 법인 영업 형태이니까 '누워서 떡 먹기'고…. 터키, 사우디는 일반 바이어가 구매해 가는 형태인데, 거의 3달에 한 번 가져가는 꼴이군. 여기는 좀더 신경써야 할 것 같고. 아시아 쪽은 그많은 나라 중에서 꼴랑 태국, 싱가포르 정도네! 아하, 태국에서 지사 운영하면서 주변국까지 커버하는 형태구나. 근데 왜 이리 매출이 작지? 싱가포르는 고가 모델 중심으로 반년에 한 번씩 구매해 가고 있고. 쯔쯧. 그리고 나머지 B 군(群)은… 와~ 왜 이렇게 많아! 듣지도 보지도 못한 오이엠(OEM) 거래선들이 천지빼까리네….

청소기 수출 팀으로 자리를 옮긴 후 1달은 족히 거래선 이름, 매출 이력, 그리고 어떤 모델이 주력인지, 서로 매치시키는 것만으로도 머리가 빠개질 정도였다. 그도 그럴 것이 50여 개 거래선이 서로 뒤죽박죽 엉키면서 도대체 언놈이 언놈인지 알아채기도 힘들었다. 팀 매출 회의 때에는, 지역/거래선/매출 현황이 서로 연결되지 않아 버벅댄 적이 한두 번이 아니었다. 한 번은 해외 바이어로부터 전화가 왔는데, 도대체 '이 거래선이 누구이고, 얼마만큼의 주기로 오더하는지, 어떤 모델을 선호하는지, 또 가격은 얼마에 줬는지…'를 알아야 구두 협상이 되는데, 이놈 저놈 헷갈리다 보니 협상 자체가 안 된 적도 있었다.

그러던 중 3개월 정도가 지나자 어느 정도 거래선이 눈에 들어오기 시작했다. 6개월 정도 돼서는 정확히 거래선 이름, 거래선 비즈 이력, 구매 모델, 가격, 매출, 협상 특성까지도 입에서 자연스럽게 튀어나올 정도로 익숙해졌다. 50개 거래선을 이리저리 주무를 정도까지 된 것이다. **이제부터는 매출 확대다!** '내가 이쪽 거래선들을 새로 맡았으니, 뭔가 나의 진가를 보여

줘야 할 것 아닌가!' 김 대리는 자신도 모르게 어느새 **근거 없는 자신감 · 의욕**으로 두 손의 주먹이 불끈 쥐어졌다.

(따르릉, 따르릉)

김 대리 여보세요? 대호전자 청소기 수출 팀입니다. 전화 거시는 분은 누구시죠?

토니 안녕하세요? 말레이시아에서 전화하는 토니(Tony)입니다.

김 대리 아, 토니! 안녕하세요? 며칠 전에 말레이시아 육군 선물용으로 메일 하나 보내셨죠?

토니 맞아요, Mr. Kim. 확인은 해 보셨습니까? 어떻습니까? 가성비 좋은 제품으로 공급 가능하겠습니까?

김 대리 음! 조금 어렵겠지만, 정부 입찰(bidding) 들어가는 오더이니까 한 번 맞춰는 보겠습니다. 이쪽에서 가격 맞춰 드리면, 20피트 한 컨테이너 가져갈 수 있다고 했죠? 그럼 수량이 1,200대입니다.

토니 맞아요. 말씀드린 대로 말레이시아 '국군의 날 100주년 기념'으로 국방부에서 장교들에게 선물 형태로 지급할 겁니다. 지금 유럽 Z사, 일본 N사, 그리고 대호전자 이렇게 3개 사가 입찰에 들어갔고, 저희 회사에서 볼 때 대호전자가 가장 유력합니다. 단 가격이 맞아야 합니다. 이쪽 국방부에서 요구하는 가격이 30달러입니다. 맞출 수 있을까요?

김 대리 네, 이미 내부적으로 특별 가격 조건으로 진행하는 것으로 결정되었고, 다른 요청 사항이 있는지요?

토니 제품 커버에 'Malaysia Army'라는 문구가 은색으로 각인되어야 하고, 제품 박스에는 DAEHO Electronics와 함께 저희 회사명과 브랜드가 나란히 표기되어야 하고, 뒷면에 'Main in Korea'가 반드시 표기되어야 합니다. 박스 도면 디자인 시안은 별도로 팩스 송부드리겠습니다. 납기는 30일 내에 한국에서 선적되어야 합니다.

김 대리 네, 토니 씨. 잘 알겠습니다. 대금은 어떻게?

토니 다음 주 수요일까지 전액 전신환으로 송금해 드리겠습니다. 대신 납기는 꼭 지키셔야 합니다.

김 대리 네, 네. 고맙습니다. 중간중간 진행 사항에 대해서는 메일로 공유 드리고, 최종 박스 디자인 나오면 역시 팩스로 보내 드리겠습니다. 그리고 5월 초에 제가 아시아 지역 출장 예정입니다. 가능하면 그때 뵙고 하반기 오더 협의했으면 합니다.

토니 걱정 마세요, Kim. 미리 일정 알려주시면, 공항 픽업, 호텔 예약해 놓겠습니다. 그럼~.(뚜 뚜)

아! 정말, 꼴랑 20피트 한 컨테이너 오더하면서 왜 이리 주문이 많냐? 박스 디자인 시안 만들고, 시화 공단에 있는 박스 제작 업체에 가서 제작 의뢰하고, 바이어가 전신환으로 송금하면 수출금융 팀에 입금 처리해서 가(假) 매출 잡고, 공장에 생산 오더 넣고, 예상 선적 날짜에 맞춰 선박 예약하고, 출하시켜서 배 띄우고, 최종 선적 서류 제출해서 매출 잡고…. TV에서

90년대 대호전자는 법인 영업 형태보다는 일반 거래선향 오이엠(O.E.M) 비즈니스 형태가 대부분이었던 것으로 기억된다. 그러다 보니 자연 거래선에서 요구하는 대로 박스 디자인부터 제품 기능, 브랜드 표기 방법 등 법인향 오더 대비 훨씬 더 많은 공정이 들어갔고, 특히 대금 결제 처리까지 되어야 모든 업무가 완료되는 프로세스이다. 수출 업무의 A부터 Z까지 거의 모든 과정을 수출 담당자가 진행해야 하는데, 이는 큰 개인적 자산(know-how)이 아닐 수 없다. 사실 법인 중심의 영업을 하다 보면 이런 구체적이고 실질적인 수출 업무가 있는지도 모르는데, 이는 진정한 해외 영업이라 할 수 없다. 이것 역시 개인적 판단이다.

이 정도 일하면 30만 달러 매출인데, 청소기는 꼴랑 36,000달러네. 대충 1/10 수준이구먼. 그래도 **일은 재밌다! 수출 업무의 'A부터 Z까지' 다 해보니 보람은 TV의 10배네.** 수고했다. 김철민!

에피소드 #2 아니, 왜? 화장실에 주전자가 있지?

아시아 · 중아 쪽 청소기 수출 업무도 어느 정도 손에 익어 갈 때였다. 아무래도 가장 큰 시장은 인도 시장으로, 절대 소홀히 할 수 없는 곳이었다. 그런데 인도 쪽 사업을, 출장을 한 번 이상 해본 경험이 있는 분들은 대개 2번 크게 놀란다. 그리고 나중에는 그냥 그러려니 한다. 인구가 지구상에서 가장 많은 나라, 그래서 사업 기회가 언제나 열려 있는 곳이라는 것이 첫 번째이다. 수요가 큰 만큼 경쟁이 아주 치열한데, 주로 가격 위주의 경쟁, 그것도 저가 위주의 가격으로, 웬만큼 가격 경쟁력이 없이는 감히 명함도 내놓을 수 없는 곳이 인도라는 사실을 아는 순간, 두 번째 놀라게 된다. 청소기 제품도 예외는 아니었다. 수량 기준 시장은 제일 큰데, 매출을 보면 한심하기 짝이 없었다. 김 대리는 청소기 수출 팀으로 전배오면서 가장 먼저 해외 출장지로 인도와 방글라데시를 잡았다.

김철민 대리 와~! 대단하군. 과연 인구가 많긴 많구나. 그런데 이 많은 인구, 시장을 갖고 있으면서 왜 우리 거래선은 싱가포르보다 매출이 작은 거야? 쳇! 도저히 이해를 못 하겠군. 뉴델리 지사에서는 거래선에서 요구하는 가격에 맞추지 못하면 사업 기회가 없다고 얘기하는데, 이거 정말 인도 시장 포기해야 되는 건가? 어떻게 이 상황을 팀장님께 보고드리지?

결국 인도 출장은 시장 조사, 거래선과의 상담을 통해 '인도 청소기 사업'이 얼마나 힘든지에 대해 체득하는 정도로 만족해야 했다.

김철민 대리 지사장님, 인도 시장은 도저히 현재 가격으로는 무리이고, 저희가 아무리 원가를 낮춘다고 해도 올해는 기회가 없을 듯합니다. 3일간 신경 많이 써 주셨는데, 죄송합니다. 내일 방글라데시로 가서 Abbas 거래선 상담하고 추가 비즈 기회가 있는지 더 확인해 보는 것으로 만족해야 할 것 같습니다. 수고하십시오.

지사장 그래요. 고생은 고생대로 했는데, 아무 도움이 되지 못해서 나도 미안할 따름입니다. 방글라데시로 이동해서 건강 유의하고, 다음 달 내가 본사 회의차 한국 들어가는데 그때 식사 한번 합시다.

(여기는 방글라데시)

김철민 대리 아씨, 왜 또 지랄들이야, 저놈은 또 뭐지? 아니 순서대로 여권 받아서 수속 밟으면 되지, 왜 급행료 달라고 야단이야. 알면서 또 당할 수밖에 없겠군. 아! 카이로 공항에서의 첫 출장 악몽이 되살아난다. 지긋지긋하다 정말. 이봐요! 여기 100달러요. 여기서 입국 수속 기다린 지가 벌써 2시간이 넘었습니다. 도저히 더는 못 기다리겠군요.

이윽고 겨우 급행료 지불하고 공항 밖으로 나오니 Abbas 거래선 사장이 마중 나와 있었다.

압바스 하이! Mr. Kim. 괜찮습니까? 많이 안 좋아 보이는데. 자, 우선 우리 한국 식당으로 가서 식사 먼저 합시다. 무척 배고파 보이는군요.

김철민 대리 아, 압바스 씨. 전 괜찮습니다. 잘 계셨죠? 정말 배가 고프군요. 여기에 한국 식당이 있다고요? 신기합니다.

한국 식당으로 이동한 두 사람은 도착하자마자 바로 '육개장'을 시켰다. 말이 한국 식당이지, 사장이 한국에서 음식점 서빙 알바 하면서 어깨너머로 배운 한국 요리를 가지고 '다카'에 음식점을 차렸다고 하는데, 종업원도 모두 시커먼 남자들 뿐이었고, 육개장 역시 방글라데시 식으로 요리해서인지 맛이 영~ 아니었다. 그런데 시장이 반찬이라고 김 대리는 5분도 안 되어 한 그릇을 후딱 해치웠다. 살 거 같았다.

압바스 김 대리님, 내일은 우리 시내에 있는 〈독립기념관〉 먼저 관광하고, 그러고 나서 비즈니스 상담하도록 하죠.

김철민 대리 오! 좋은 생각입니다. 바쁘게 할 이유가 전혀 없습니다. 그럼 내일 9시에 호텔 입구에서 픽업해 주실 수 있죠?

압바스 그럼요. 자, 내일 봅시다. 잘 쉬세요.

다음 날 거래선 사장 압바스와 김 대리는 방글라데시 다카 시내에 있는 〈독립기념관〉을 방문했다. 그날따라 기온은 섭씨 40도가 훌쩍 넘는 아주 덥고 습한 날씨였고, 김 대리는 1시간도 채 안 돼서 몸에 이상 현상이 나타나기 시작했다. 아니, 날씨 때문이 아니라 사실 원인은 다른 데 있었다. 어제 한국 식당에서 먹은 '육개장' 때문에 배탈이 난 것이었다. 더이상 독립기념관이고 뭐고 눈에 들어오지 않았다. 압바스 사장에게는 말도 제대로 못한 채 바로 화장실로 달려갔다. 당연히 화장실에 있을 것은 다 있을 거라 생각하면서…. 시원하게 일을 본 후, 여기저기 아무리 둘러봐도 있어야 할 것은 없고, 옆에 플라스틱 못난이 주전자가 달랑 하나 놓여 있는 것이 아닌

가. 잠시 김 대리는 생각에 잠겼다. 저게 무슨 용도지?(아마 족히 5분은 넘게 생각했던 거 같다) 그리고 왜 화장실에 휴지가 없는 거야?(이상하다, 그것도 아주 많이) 아! 맞다. 저 주전자가 바로 그거네. TV에서 몇 번 보기는 했는데. 그 주전자의 용도는 바로 휴지 역할을 하는 ○○○이었다. 그것까지는 좋은데, 어떻게 사용하지? 손으로? 그럼 왼손? 아니면 오른손? 아! 이쪽 사람들 오른손으로는 절대 밑 닦지 않는다고 했지. 그제야 문제를 해결한 김 대리는 일을 보면서 이상한 기분을 느꼈다.

거 느낌 괜찮은데….

Tip

무슬림들은 어떤 경우라 하더라도 절대 왼손으로 악수하는 일이 없다.
비밀은 화장실에 있다.

김철민 대리 여보세요. 김철민입니다. 이번 출장 일정과 관련해서 안내드리려고 전화드렸습니다. 현지에서 공항 픽업과 호텔 예약 부탁합니다. 감사합니다.

익년도 매출 증대를 위해 신모델 출시와 함께 샘플 시연, 가격 조정 등 해마다 9월, 10월은 매우 바쁜 시기이다. 이에 김 대리는 조금 빡빡한 일정으로 해외 출장 일정을 잡아야만 했다. 특히 아시아 지역 매출이 타지역 대비 형편 없었던 탓도 있었지만, 수많은 오이엠(O.E.M) 거래선들과 전화와 팩스를 통한 연락만으로 사업을 확대하는 데 한계가 있음을 느꼈기 때문이었다.

김철민 대리 팀장님, 이번 아주 지역 출장 일정입니다. 목적은 금번에 개발된 1300W 신모델 소개와 함께 내년도 물량 창출입니다. 먼저 태국 지사를 둘러 주변국 포함 시장 현황, 방문 점검과 가능하면 내년도 매출 100% 신장하는 계획을 지사와 협의하고, 이후 말레이시아, 싱가포르, 필리핀, 인도네시아 둘러보고, 아직 베트남은 사업 진척이 없는데 적어도 1~2군데 신규 거래선 발굴하고 복귀하는 일정입니다.

팀장 헉! 전체 출장 기간은?

김철민 대리 네, 10일간 순회하는 일정입니다.

팀장 오고가는 날짜 빼고 8일간 6개국을 둘러본다고? 너무 무리한 일정 아닌가?

김철민 대리 조금 무리를 해서라도 움직여 보려고요. 3분기 매출 계획 수립을 위해 아주 필요한 시점입니다. 걱정 마십시오! 100km 행군도 거뜬히 했었는 걸요. 하하!

팀장 샘플은 가져갈 건가?

김철민 대리 네, 신규 개발된 모델 한 대, 그리고 내년도 주력 모델 540W 캐니스터 타입(Canister type) 포함해서 두 모델입니다.

팀장 김 대리, 고생되겠지만, 의욕이 넘쳐서 보기는 좋네. 잘 다녀와요.

김철민 대리 넵! 금주 수요일 출발해서 다음 주 토요일 귀국하겠습니다. 출장 중 거래선 현황, 매출 진행 여부 등 일 단위 보고 드리도록 하겠습니다.

팀장께 말은 그럴듯하게 했지만, 사실 사과 박스만한 샘플 2대를 각각 손에 들고, 여행용 가방에 백팩을 메고 8일간 6개국을 돌아다니면서 시장조사, 거래선 상담(샘플 시연, 익년도 매출 계획 협의) 일정은 좀 정도가 아니라 매우 빡빡한 출장임에 틀림없었다. 게다가 호텔에서 바이어 상담 장소로 이동하기 위해 택시를 2~3번 갈아탄 때도 있었는데, 그때는 정말 죽을 노릇이었다.

김철민 대리 아~ 돌아버리겠네! 그냥 남들처럼 리플릿(leaflet) 몇 장 가방에 넣고 거래선 상담해도 될 것을 왜 이렇게 사서 고생하지. 아이고, 바보야! 미련 좀 떨지 말고, 약삭빠르게 살아야지.

그러나 몸은 힘들지언정 세일즈맨이라면 샘플 시연도 없이 종이에 박힌 그림 가지고 디자인·기능을 설명하는 것과 무식하게 샘플 시연하면서 그 자리에서 바로 오더 확정하는 것과는 그 '결과'가 분명 다를 것이라는 확신이 김 대리에게 있었다.

"머리로 하는 영업 말고, 장돌뱅이 영업, 진짜로 한번 보여주자!"

태국지사 아니, 김 대리. 뭐 하러 샘플까지 갖고 왔어? 그것도 2대씩이나. 그냥 리플릿 보내면 되지.

말레이시아 Mr. Kim, 이번 모델은 소음은 작으면서 강력한 파워를 가지고 있는 게 특징이군요. 디자인도 예쁘고, 아주 훌륭합니다. 딜러들이 꽤 좋아하겠는데요. 내년 1분기 공급 가격은 어떻게 되죠?

싱가포르 이번 신모델은 디자인도 좋고, 강력한 흡입력에 헤파(HEPA) 필터까지 갖추면서 가격도 꽤 괜찮군요. 현재 모델 말고, 내년에는 이 모델로 주력으로 하고 싶습니다.

베트남 Mr. Kim, 지금 가지고 오신 모델, 두 개 모두 좋습니다. 상급 모델은 백화점과 5% 정도의 프리미엄 고객용으로 판매하고, 저렴한 모델은 기획 모델로 B2B 쪽에 꽤 좋을 것 같습니다. 우선 내년 1월에 두 컨테이너 물량 선주문하겠습니다. 만일 시장 반응이 좋으면, 팩스로 추가 오더 당연히 드리고요. 정말 괜찮은 제품으로 보입니다.

태국, 말레이시아, 싱가포르 찍고, 필리핀으로 이동하는데, 몸은 천근만근이었다. 말레이시아에서는 지난번 'Malaysian Army' 쪽으로 판매한 거래선이 페낭(Penang)에 위치한 관계로 법인 사무실 먼저 들러서 인사드리고,

대호전자에서 수출 업무를 하면서 가장 치열하게 아시아, 중동 지역을 누비며 거래선과 청소기 사업을 논의했던 것이 가장 보람 있고 재미도 있었던 일로 생각된다. 특히 샘플 두 대를 양손에 들고 8일간 아시아 6개국 방문, 거래 협의, 신규 오더 창출할 때의 기분은 뭐라고 표현할 수 없을 정도의 짜릿함을 느꼈다. 살아 있음을 느꼈다. 진정 수출 역군이라는 자부심까지도 들었다. 장사는 말로 하는 것이 아니라 발로 몸소 뛰어다녀야 함을 느낀 때가 바로 그때였다.

점심 식사 후 바로 로컬 비행기 편으로 페낭에 도착, 거래선 상담 후 필리핀으로 이동했던 게 좀 무리가 된 듯싶었다. 온몸이 욱신거리고 머리에 약간의 미열까지 있어서 필리핀 법인에서 거래선 상담할 때에는 거의 졸도 직전까지 갔었다. 이제 인도네시아만 찍고, 서울로 가면 된다. 좀더 참자! 김철민.

"네가 죽나, 내가 죽나 한번 해 보자!"

에피소드 #3 끼워팔기 천재

한 번은 요르단 암만(Amman)을 거쳐 팔레스타인 거래선과의 상담을 위해 국경을 넘으면서 난생처음 신기한 광경을 겪었으며, 알리(Ali)로부터 일생일대의 희한한 제안을 받게 된다.

김철민 대리 지사장님, 감사합니다. 사실 청소기 수출 단가도 약하고, 또 중동은 카펫 문화라 수요가 별로 없어서 지사 매출에도 크게 도움이 되어 드리지 못해 죄송합니다. 그런데 이렇게 차량까지 준비해 주셔서…. 꼭 지사 매출에 도움 드릴 수 있도록 한 건 만들어 보겠습니다!

암만 지사장 청소기 수출이 만만치 않을 걸. TV 수출 영업 팀은 앉아서 거래선 접대받는데, 청소기는 애걸복걸해도 오더 따기가 쉽지 않다는 걸 내 잘 알지. 모하메드가 같이 따라갈 거니까 너무 걱정은 하지 말아도 될 듯해요. 잘 다녀와요.

김철민 대리 네, 다음에 또 뵙겠습니다.

김철민 대리 와~경치 한번 끝내주네. 모하메드! 저기가 사해(Dead Sea)인가요? 마치 바다 같군!

오후 6시나 되었을까? 수도 암만에서 차로 40분 정도 달리니 사해가 눈에 들어온다. 암만과 사해의 고도 차이로 내리막길만 달리다 보니 그것도 나름 꽤 재밌었다. 이윽고 차는 팔레스타인으로 들어가는 검문소에서 섰다. 여기부터는 개별 차량 입·출국이 안 되어서 김 대리는 요르단 국경에서 내려 버스에 올라탔고, 모하메드가 탄 차량은 따로 이동해야 했다. 그런데 갑자기 이스라엘군 복장을 한 국경 수비대 인원이 차에 오르니 사람들은 우르르 일어서서 차 밖으로 나가는 게 아닌가. 김 대리는 영문도 모른 채 차에서 내려오는데, 한 사람이 저쪽으로 가라고 한다.

알고 보니 여자 승객과 남자 승객을 구분해서 몸수색을 하려는 모양이었다. 그런데 이런 개자식들! 남자들은 아주 익숙한 듯, 아무렇지도 않게 위에 걸친 옷은 물론 허리띠를 풀고 팬티만 남긴 채 바지를 훌러덩 내리고는 몸수색을 받는 것이 아닌가?

마치 예전에 TV에서 봤던 다큐멘터리 영화 〈뿌리〉의 주인공 '쿤타 킨테'가 노예상에게 팔려 가면서 손에 찬 쇠사슬을 두 손 위로 치켜들며 울부짖던 그 모습이 생각났다. 아니 아무리 국경이라고 하지만, 이스라엘 국경 수비 대원들에게 힘없는 팔레스타인들은 그저 '쿤타 킨테'와 같이 찍소리 한마디 못하면서 거의 알몸으로 몸수색을 당하는 꼴이 나로서는 무척 화가 났다. 도저히 '인권'이라고는 찾아볼 수 없는 현장이었다. 그러나, 어찌하랴? 힘없는 민족, 국가의 설움인 것을…. 하여튼 팔레스타인과 이스라엘 국경에서 벌어진 신기한 광경에 김 대리는 약간 흥분되어 있었다. '아이고…이런 곳으로 내가 청소기 팔겠다고 왔으니…. 쩝.'

김철민 대리 안녕하세요? Ali 씨, 방금 전 팔레스타인 국경으로 넘어오다가 아주 희한한 경험을 했어요.

알리 하하하, 김 대리님, 우리에게는 아주 흔한 일상입니다. 신경쓰지 마세요! 그나저나 제가 일주일 전에 드린 주문 내역은 살펴보셨나요?

김철민 대리 네, 그럼요. 그런데 조금 의아하게 생각되는 부분이 있어서요. 정말 그 많은 수량을 소화해 낼 수 있겠어요? 20피트 한 컨테이너면 자그마치 수량이 1,200대입니다. 팔레스타인 어디에 그 많은 수량을 판매할 수 있다는 것인지 이해가 안 되는군요.

알리 하하하 걱정 말아요. 그 정도 수량은?

김철민 대리 진짜 이해가 되질 않아서 그래요. 작년에 암만 지사를 통해서 겨우 300대 구매했는데, 이번에 이 큰 수량을 한꺼번에 다 어디다 팔 수 있겠어요?

알리 우리가 누구입니까? 세상에서 유대인들이 장사 제일 잘하는 것으로 알고 있죠? 틀렸습니다. 우리 팔레스타인 사람들처럼 장사 잘하는 민족이 없을 걸요!

김철민 대리 무슨 말이죠? 팔레스타인 인구, 라이프 스타일, 생활 수준을 감안하면, 제 생각에는 절대 한 번에 가져갈 수 없는 수량이에요.

알리 하하 걱정 말라니까요. 저에게 다 생각이 있습니다. 김 대리님! 요즘 TV나 냉장고, 세탁기, 에어컨 한 대 사면, 상점에서 뭔가 끼워서 파는 것이 유행이지요. 보통은 이렇게 생각할 겁니다. 35달러짜리 청소기 판촉을 위해서 1,500달러짜리 냉장고 한 대 사면 청소기를 끼워서 주는 방법은 충분히 생각해 볼 수 있습니다. 고작해야 냉장고 값의 2.3% 정도밖에 안 되니 매장 주인 입장에서는 비싼 냉장고 팔아서 이문이 많이 남아서 좋고, 또 손님은 생각지도 못한 청소기를 공짜로 받아 가니 이쪽저쪽 모두 행복하겠지요. 이건 누구나 조금만 생각해 내면 가능한 일입니다.

김철민 대리 맞아요. 많은 매장에서 고가 제품을 팔 때, 혹은 장기 재고 떨어낼 때 '끼워팔기' 많이들 하죠. 근데, 알리 생각은 뭐죠?

알리 Mr. Kim. 내게 좋은 생각이 있어요. 우리는 남들과 달리 이렇게 광고할 겁니다. 내 목적은 청소기를 한 대라도 더 파는 거고요.

여기 35달러짜리 한국산 청소기 한 대를 사시면 1,500달러짜리 양문형 냉장고를 공짜로 드립니다.

김철민 대리 헉! 아니 그런 기발한 생각이…. 알리는 체구가 거의 곰만 하다. 많이 먹기도 먹지만, 중동 사람들 대부분이 그렇듯 대개 밤 10시가 넘어서 저녁을 먹는 습관 때문이리라. 하여튼 곰같이 미련해 보이는 저 몸에서 어떻게 저런 기똥찬 생각이….

김 대리는 알리의 신선한 청소기 광고 기안에 오랫동안 입을 다물지 못했다. 과연 팔레스타인 민족이군! 이스라엘에서 지금까지도 날아오는 미사일·드론 공격으로 하루에도 사상자가 수십 명 발생하는 끔찍한 테러에도 살아남는 민족 아니던가! 놀랍다. 알리의 기발한 생각이….

"청소기 1대 사면, 2백만 원짜리 양문형 냉장고가 공짜~~~"

물론 청소기 값이 세상에서 제일 비싼 2백만 원은 하겠지만….

Tip

팔레스타인은 이스라엘과 예루살렘을 공유하면서도 가자(Gaza) 지역을 서로 양보할 수 없는 이유로 인해 양 국가 간에 오래전부터 작고 큰 전쟁, 테러가 있어왔음을 누구나 다 알 것이다. 사업 측면에서 보면 사실 팔레스타인에서 이스라엘로 밀수 형태의 중계 무역이 성행하고 있는데, 이는 '물은 위에서 아래로 흐른다'는 진리를 보여주는 단순한 사례이다. 즉 팔레스타인의 '알리'가 1,200대의 청소기 판매를 자신 있게 말한 상당한 근거가 바로 이스라엘로의 밀수출을 미리 염두에 둔 것이었다.

어느 날 대호전자 본사 청소기 수출 팀 팀장이 느닷없이 전 사원을 불러 세워놓고 매출 회의를 한답시고 한자리에 불러 모았다.

팀장 임 대리님은 이번 달 매출 진척이 어떻게 되죠?

(임 대리는 팀 내 유일한 여자 사원이다.)

임 대리 네! 유럽 법인의 경우 전체 매출 계획에서 90퍼센트 정도 진척을 보이고 있는데, 네덜란드 법인에서 현지 환 절하 문제로 이번 달에 선적을 보류해 달라는 주문이 있었습니다. 좀더 챙겨 보겠습니다.

팀장 알겠습니다. 좀더 챙겨 주시고…. 김 대리, 미국 쪽 법인 상황은?

김 대리 건식 청소기 물량은 계획대로 나가고 있는데, 다만 습식 모델의 진척이 좀 더딥니다. 매출 규모는 한 200만 달러 정도 예상하고 있습니다. 계획 대비 80% 수준입니다.

팀장 미국 법인은 항상 계획만 요란하고, 실제 매출은 마냥 그런데 도대체 문제가 뭐야?

김 대리 '블랙 프라이데이' 기획 물량이 예상 대비 판매 실적이 저조한 영향 때문이라고 하는데, 저도 이해가 가질 않습니다. 가격적인 측면에서 본사에서 많이 지원해 주고 있는데, 다시 한번 확인해 보겠습니다.

팀장 다음 중동?

김철민 대리 네! 여전히 매출 진행 정도가 미흡합니다.

팀장 그래서 얼마나 차질이 난다는 거야?(신경질적으로)

김철민대리 팀장님, 잘 아시겠지만 중동 거래선의 특성상 매월 대금 결제 일정이 거의 월말에 다 가서야 확정되는데, 아직까지 신용장 개설 못하고 있는 거래선이 전체 매출의 30%가 넘습니다.

팀장 야, 이 사람아! 그게 어디 하루이틀 일이냐고. 지난달에도 그러지 않았나?

김철민 대리 네, 사실 거의 매달 반복되는 일이긴 합니다. 이번 달 매출 확보를 위해서 월초부터 각 거래선별로 신용장 개설 일정 계획 받고, 푸시(push)하고 있었습니다.

팀장 나 원 참! 오늘이 며칠이야? 27일 아냐? 그럼 날 샌 거네.

김철민 대리 저도 해 볼 만큼 노력했습니다. 마지막까지 다시 한 번 더 챙겨 보겠습니다.

팀장 XXX.

김철민 대리 아니! 팀장님, 지금 뭐라고 말씀하셨습니까? 지금 저에게 욕하고 계시는 건가요? 중동 쪽 거래선 사업 구조를 잘 아시면서, 왜 이해를 못 하십니까? 저희가 물건 선적하면 통관해서 딜러들에게 물건 팔고, 대금을 받아야 신용장 여는 구조로 되어 있습니다. 그러면 매달 말에 입금 확인해서 선적하면 배로 15일 정도 걸립니다. 지난달 선적 물량 판매 후 한 달에 한 번씩 대금 회수하면 저희 쪽에 아무리 빨라야 신용장 개설 시점이 20일 이후에나 가능한 구조라는 말씀입니다. 법인에서 DA 계약서에 서명하는 방식과는 전혀 다른 구조라는 말씀을 드리는 겁니다.

팀장 됐고…. 다음, 중국.

가뜩이나 중동 아시아 지역은 청소기를 판매하기 어려운 지역인 데다 중동 거래선의 대금 결제 방식의 구조적 문제로 매달 김 대리는 살얼음을 걷는 심정으로 일해 왔었다. 그런 노력끝에 처음 거래선을 맡을 당시의 매출 대비 3배 이상 신장하는 매출 구조를 만들어 냈는데…. 팀장의 저런 사고방식이 도저히 이해되지 않았다. 솔직히 여 사원과 남자 사원을 대할 때의 역 차별이 김 대리에게는 더 스트레스로 다가왔다. 심지어 남자 사원에게는 막말하는 경우가 다반사였고, 심한 모욕감을 주기까지 했다.

팀장 자, 이제 며칠 안 남았는데 모두들 마지막까지 매출 챙겨주고, 어이! 이 과장, 오늘 팀 회식이나 하지. 7시에 〈경남식당〉에서 모두들 보자고.

기획파트 이 과장 네! 팀장님, 벌써 예약해 놨습니다.

(팀 회식 자리)

팀원들은 모두 식사하면서 이미 반주로 세, 네 잔씩 했는데, 김철민 대리는 무슨 일 때문인지 연거푸 잔을 비웠다.

팀장 자! 모두들 둥그렇게 원을 만들어 보세요.

기획파트 이 과장 아! 팀장님, 또 그거 하시게요.

팀장 왜? 쓸데없는 소리 말고, 이 과장은 주전자에 '오이주(오이+소주)' 가득 넣어서 가져와. 자! 지금부터 파도타기 하겠습니다. 바로 옆 사람이 마신 후 자기한테 잔이 왔는데 0.5초 지나서도 안 마시는 사람 있으면 다시 백(back)합니다. 먼저 병주 씨부터. 시작. 쭈~욱. 쭉. (병주 씨부터 돌아간 술잔이 어디선가 멈췄다) 다시 백(back)!

병주 씨, 이 과장, 김 대리, 김철민 대리, 임 대리, 또 다른 이 과장…. 계속되는 원 샷에 그렇지 않아도 식사하면서 한 반주 때문이었는지 김 대리는 서서히 취기가 올라오기 시작했음을 직감했다.

'아… 씨, 정말 이런 식으로 팀 회식하는 게 맞아? 술 못 마시는 사람도 있고, 또 어떤 날은 술이 당기지 않을 때도 있지 않은가? 그런데 이렇게 강제로 파도타기 하는 것은 아니지…. 그것도 팀 회식할 때마다 팀장 혼자 좋아서 팀원들에게 파도타기 시키고…' 순간 낮에 팀 매출 회의 때 있었던 일로 머리가 순간 빡 돌았다.

김철민 대리 팀장님, 이거 너무 하신 거 아닌가요? 벌써 몇 잔째 돌고 있는지 아십니까? 저 파도타기 하는 거 싫습니다. 기분 안 좋습니다. 강제 노역도 아니고….

이 과장 김 대리, 왜 그래요? 좀 진정해요.

김철민 대리가 내뱉은 말 한 마디에 술자리는 완전히 싸해졌다. 팀장이 하도 어이없다는 투로 또 혼자 뭐라고 씨부렁댄다. 그런데 이건 요즘 말로 하면 갑질 중에 최고 갑질이다. 아니, 본사 인권심사위원회에 회부할 정도의 심각한 상급자 갑질인 것이다. 그날 있었던 매출 회의, 그리고 저녁 때 이어진 팀 회식 장소에서 김 대리의 불만 섞인 항의로 팀장과 김 대리의 관계는 극도로 나빠진 것은 불을 보듯 뻔한 일이었다.

(며칠 후)

김철민 대리 여보세요. 제일은행이죠? 제가 지금 2천만 원짜리 전세로 살고 있는데, 결혼도 했고 해서…. 조금 큰 집으로 이사가려고 합니다. 대출이 한 2천만 원 정도 필요한데, 가능하겠습니까?

은행 창구 직원 네, 정말 죄송합니다. 고객님. 대호그룹 계열사 임직원분들께는 여신을 드릴 수가 없다고 위에서 지침이 내려와서요. 죄송하지만 신규 대출은 어렵겠습니다.

김철민 대리 아니, 대호전자라는 대기업 직원인데도 단돈 2천만 원 신용대출이 안 된다고요?

남일이 아니었다. 문제는 대호그룹 회장과 정부 간의 알력으로 은행권에서 대호그룹 전 직원에게 신규 여신을 주지 못하도록 한 것이다. 언제 부도가 날지 모른다는 나름의 위험 회피 방책이겠지만….

김철민 대리 이거 큰일이네. 말만 대기업이지. 은행에서 대출도 받을 수 없다면 어떻게 서울에서 애들 학교 보내고, 좀더 큰 집으로 이사갈 수 있겠나? 허울좋은 대기업 직원, 직함 말고 보람 있는 직장 생활, 사회에서 인정받으면서 아이들 키우고, 집도 늘려가고 싶어 하는 것이 보통의 직장인 꿈이 아니던가. 이거 정말 안 되겠네.

(따르릉 따르릉)

LG전자 HE 본부 인사 팀 여보세요. 김철민 대리님 되시죠? 혹시 내주 월요일 경력 사원 채용 관련 면담이 있는데, 오늘 저희 팀으로 방문해 주실 수 있는지요?

김철민 대리 네, 알겠습니다. 감사합니다.

그렇지 않아도 김 대리는 몇 달 전부터 청소기 수출 팀에서 근무하는 것이 지옥같이 느껴졌다. 팀장이랍시고 남 사원과 여 사원을 노골적으로 차별하는 것이며, 매출 회의 때마다 날라오는 욕지거리에 더이상 청소기 수출 부서에서의 근무 의욕을 완전히 잃고 말았다. 더욱이 며칠 전 있었던 파도타기에 공식적으로 대들면서 매일 아침 출근하면서 옥죄이는 가슴 통증과 두통에 시달려야 했다. 하루하루가 지옥이었다. 오죽하면 신촌에 있는 〈연세 세브란스병원〉에서 뇌파 검사 포함 정신과 상담 치료까지 받았을까. 중이 절이 싫으면 떠날 수밖에….

결국 김 대리는 대호전자 25기 신입 동기 몇몇을 남겨 두고, 또 '좌충우돌'하면서 많은 배움을 받았던 TV 중아 수출 팀 선·후배들, 그리고 장돌뱅이로서 아시아/중동 50여 개 거래선을 맡으면서 2년간 300% 매출 신장 만들며 진정한 세일즈맨이었음을 자랑스럽게 느끼게 했던 청소기 수출 팀을 뒤로 한 채 **그의 인생에서 가장 빛났던 LG전자로 이직하게 되었다.**

2_

시험의 무대에 서다

열사의 땅 두바이 입성

2001년 3월, 두바이 공항 활주로는 섭씨 40도의 열기와 90%에 가까운 습도로 숨이 막힐 지경이었다.

김철민 과장 아! 엄청 덥네! 불가마가 따로 없군. 이런 곳에서 어떻게 4년을 근무하지? 복 터졌네. 김철민! 몇 시에 카림 형제를 보기로 했지? 저녁 9시, 알 구레어 센터(Al Ghurair center) 7번 출구. Ok! 조금은 설레는군. 그동안 본사에서 e메일로 업무 연락을 한 사이지만 이렇게 직접 보게 되다니….

카림 안녕하세요? Mr. Kim. 그동안 잘 지냈어요? 두바이의 저녁 기운이 어떻습니까? 그래도 아직은 선선한 편이지요. 곧 4월이면 낮 기온이 50도까지 오르곤 하지요.

김철민 과장 아! 카림 씨, 이렇게 두바이에서 야신과 직접 만나 뵙게 되니 너무 반갑습니다. 앞으로 4년간 잘 부탁합니다.

카림 걱정 마세요. Kim과 우리 형제가 원 팀으로서 공통의 목표를 갖고 뛴다면 분명 좋은 결과가 있을 거예요. 자, 일 얘기는 나중에 하고 우리 저녁이나 먹으러 갑시다.

(LG전자 두바이 법인 사무실)

카림 Kim, 이달 판매 목표가 얼마지요?

김철민 과장 약 250만 달러 정도 됩니다(이 금액은 전년 대비 약 130% 신장하는 목표다). 지난달에 200만 달러, 이번에 250만 달러면 벌써 작년 상반기 매출보다 큰 금액이군요. 하지만 걱정하지 마세요. LG 브랜드 평판이 날로 좋아지고 있으니까요.

야신 형, 지금 무슨 말을 하고 있어? 지난달 LG로부터 구매한 200만 달러, 아직도 창고에 쌓여 있는 거 몰라? 이번 달 초에 들어서면서 S사가 가격을 15%나 치면서 딜러들이 모두 그쪽으로 가고 있어. 나, 아직 이번 달에 10만 달러 어치도 못 팔았고, 190만 달러가 그대로 창고에 쟁여 있다고. 이봐요 Mr. Kim, 형이 얘기한 대로 19인치 LG 플래트론(Flatron) 모니터가 시장에서 반응이 좋은 것은 나도 잘 알고 있고, LG 브랜드 인식이 나날이 좋아지고 있는 건 고무적인 일이지만, 아까 말한 대로 S사도 LG도 모두 한국 회사이며, 동일한 한국산 제품이기에 가격 차이가 나서는 안 되는데, 이달 초 S사가 가격을 15%나 후려쳐서 내 물건이 하나도 나가고 있질 않지요. 당장 현 공급가에서 15% 가격 인하 조정되지 않으면 이번 달 구매 계획은 모두 취소하겠소.

김철민 과장 이봐요. 야신 씨, 지금 무슨 말을 하고 있습니까? LG, S사 모두 한국 회사 맞습니다. 그 얘기는 두 회사에서 제조되는 동일 모델, 유사 기능인 경우 제조 원가가 거의 비슷하게 나옵니다. 시장 가격 차이는 결국 판매 수수료(주로 유통, 딜러 마진)에서 발생할 텐데, 15% 가격을 어떻게 한 번에 내릴 수 있다는 거요? 난 도저히 믿을 수 없습니다. 딜러들이 S사로부터 구매한 인보이스 등 증빙이라도 있다면 보여주세요. 내가 직접 눈으로 보기 전에는 믿을 수 없습니다. 절대 가격 추가 조정은 없습니다. 벌써 이번 달에만 3번째 가격 조정한 바 있습니다.

야신 좋습니다. S사의 현재 딜러 판매 가격 증빙을 구해서 내일 다시 오지요. 나도 LG가 이번 달 들어서 경쟁사의 가격 덤핑에도 불구하고 일부 가격 조정을 해준 데 대해 고맙게 생각합니다만, 난들 달리 방법이 없지 않습니까? S사가 저토록 가격을 후려치는데. 아마도 서울 본사에서 시장 점유율이 LG보다 낮은 데 대해 심한 문책이 있었던 것으로 딜러가 얘기하는 것을 들은 적이 있소.

김철민 과장 카림 씨, 그리고 야신 씨! 내일 시장 가격 현황에 대한 증빙은 따로 보겠지만, 이번 달에 더이상 추가 가격 조정은 없습니다. 이미 가격 대응을 3번이나 했던 것을 잘 알고 있지 않소? 이번에 또 가격을 내려야 한다면, 이것은 내가 필요 이상의 수익을 내고 있다는 얘기인데 이건 내 판매 가격 전략하고도 전혀 맞지 않습니다.

야신 어쨌거나 LG에서 추가 가격 인하하지 않으면 난 더이상 구매 안 하고, 구매를 다음 달로 연기하겠소.

김철민 과장 그럼, 이번 달 구매가 '0'이란 말인가요? 이게 당신들이 얘기하는 형제애, 파트너십입니까? LG전자는 제조업체로, 매달 예상 소비자 구매 가격 세팅 후, 그에 따른 판매 계획, 자재 구매, 생산 계획을 세우고 주간 단위 물동 운영합니다. 이번 달 PCI로의 250만 달러 판매 계획을 이미 본사에 보고했는데, 이제 와서 구매를 다음 달로 연기한다고요?

김 과장의 눈가엔 어느새 눈물이 고여 있었다. 아마도 심한 배신감 때문일 거다. 그동안 법인으로 주재 부임한 이후 지난 몇 달에 걸쳐 PCI와의 파트너십을 쌓고 신뢰감을 얻기 위해 거의 매일 업무를 마치고 제벨 알리(Jebel Ali)에서 두바이까지 자가용으로 달려가 카림 씨 사무실에서 판매 증대를 위한 구체 아이디어 협의, 함께 저녁 식사하면서 개인적 유대 관계 형성을 위해 얼마나 노력했던가? 저녁 식사 후엔 두바이 딜러들과 시샤(중동 지역에 널리 보편화된 물 담배)도 하면서 LG 딜러 네트워크를 쌓는 작업에도 게을리하지 않았다.

만나면 늘 가격 내려 달라는 말밖에 할 줄 모르는 딜러들이지만, 그래서 때로는 얼굴도 쳐다보기 싫은 때가 많았지만, 그들이 내 물건을 구매하고 소비자에게 판매하는 중요한 파트너들인데, 어찌하랴? 두바이 IT 제품 담당 매니저(product manager)로 주재한 4년 동안 집안에 있는 가족(아내와 두 아이들)은 늘 아빠 없이 저녁을 먹어야 했고, 또 밤 12시가 다 되어서 집에 들어온 남편을 보면서 아내는 불만이 많았지만, 아마도 측은한 마음에 단 한마디도 잔소리하지 않았을 게다.

PCI와의 성공적 사업 관계 유지를 위해 매월 물동 계획, 가격 운영 계획, 판매비 운영 전략을 믹스해서 3번 가격 조정이라는 나 나름대로 최대한의 가격 지원을 했는데, 단 0.1달러라도 손해를 보지 않으려는 도매상 특유의 '악랄한 상거래' 행태에 김철민 과장은 큰 배신감에서 하염없이 흘려내리는 눈물을 주워 담지 못했다. 마치 뭐 주고 뺨 맞은 격의 상황 봉착하니, 사나이로서 보여서는 안 되는 눈물을 카림 형제에게 보이고 말았던 것이다. 정말 쪽팔렸다.

카림 Kim! 오늘은 이쯤에서 얘기를 마칩시다. 내일 같은 시각에 다시 오겠소. 난 LG 파트너로서 고객의 요구에 맞춰 가격에 대응해야 할 의무가 있소. 그런데 Kim이 그토록 사정 얘기를 하는 것을 보고, 가격 추가 인하 대응이 어렵다는 것을 이해하지 않을 수 없소. 그렇다고 우리 사업이 여기서 심각한 상황으로 가는 것을 가만히 지켜볼 수만도 없지요. 같이 방법을 찾아봅시다. 그리고 여기 티슈. 눈물 닦으세요. LG와 PCI는 파트너입니다. 내일 다시 봅시다.

아! 두바이 시장은 중동의 허브(Hub)이자 특히 가격 경쟁이 심한 지역이다. 더더욱 IT 제품의 경우 모니터, 스토리지(storage) 제품은 단품 자체의 가격 포지셔닝보다는 두바이 인근 국가에서 데스크톱 PC 조립·판매하는 부품 공급자들은 그야말로 '가격 전쟁'의 소용돌이 속에서 하루하루를 살아야 하는 하루살이 목숨인 거다. 그들은 LG나 S사로부터 통 큰 가격 지원을 받으면 단숨에 부자가 될 수도 있고, 반대의 경우 그야말로 속칭 '똥 재고'로 껴안으면서 몇 달을 제 살 깎아먹으면서 버텨야 하는 무시무시한 곳이 두바이 재수출 시장이다.

두바이는 지리적인 여건상 주변의 아랍 국가와 중 · 북부 아프리카, 심지어 러시아 지역까지 중간 물류 기지 기능을 담당하는데, 아시아의 싱가포르 정도로 보면 된다. 제벨 알리 프리존(Jebel Ali Freezone)을 통해 중계 무역되는 형태도 많았지만, 일단 4%의 수입 관세를 내고 두바이 내로 통관된 후 이란, 이라크를 포함한 주변국으로 다시 역외 수출할 경우 관세 환급을 받게 되는데, 이와 같은 이점을 활용한 재수출(re-export) 무역이 성행하기도 했다.

두바이 담판(당신의 5년 뒤 모습은?)

두바이 재수출 시장은 그야말로 걸프(Gulf) 주변국 외 인근 북부 아프리카 딜러들이 와서 제품 브랜드, 품질보다는 가격 흥정에 의해 매기가 이루어지는 진흙탕 시장이나 다름없었다. 모니터는 경쟁사의 가격 덤핑 이후 어느 정도 딜러 가격을 맞춰주면 최소 3개월 정도는 별 어려움 없이 판매되기도 한다. 그러나 저장 장치인 CD-ROM, CD-RW는 LG 브랜드의 포지션이 높게 형성되어 있음에도 불구하고 0.1달러에 몇천 대가 움직이다 보니 한 달에 5번 이상 도매 가격을 조정해야 하는 지랄 같은 경우가 허다했다. 정말 미치고 환장할 노릇이었다. 아무리 브랜드 위상, 가격 전략, 유통 전략을 얘기해도 막상 최종 협상 단계에 가면 "그래서 얼마에 줄 건데? ○○달러 내려주면 5천 대 추가로 구매해 줄게."하는 식이다.

제품마다 약간의 차이가 있지만 매 6~8월은 비수기로 구매, 유통, 소비자 판매 사이클을 감안할 때 5월 이후 본사로부터 할당받은 매출 목표를 달성하기가 여간 어려운 게 아니었다. 더욱이 7~8월 휴가 시즌에 맞물리다 보면 도매상(특히 독점적 지위에 있는 도매상)의 경우 일정량의 매출 목표도 감안하여 2~3개월 여유 재고를 운영해야 하는 어려운 시기이기도 하다.

야신 이봐요, Kim.

야신이군. 저 녀석 또 가격 깎아 달라고 아우성일 텐데, 왜 또 왔지? 정말 이번에는 더이상 깎아줄 가격 여지가 하나도 없는데, 제발 걔는 보지 않으면 좋겠건만….

김철민 과장 야신 씨, 어쩐 일이세요? 지난번 내가 무리해서 가격 지원해 준 거 벌써 잊은 건 아니죠? 저, 힘들어 죽겠습니다. 본사 수익성 상황이 너무 안 좋아서 이번 달은 법인 구매가 조정이 하나도 없었습니다.

야신 지난번 가격 조정 이후 두 달간 판매가 작년 매출의 150%를 찍었어요. 이제 창고에 재고도 적정 수준이고요. 그런데 대만 A 업체에서 신규 출시한 모니터가 지금 딜러들 사이에 난리입니다. 디자인도 세련되고, 자동 화면 조정 기능에다 270도 스위블(swivel) 기능, 절전 기능이 있는 데다 가격도 LG 플래트론(Flatron) 대비 30% 낮게 판매되다 보니 학생들 사이에 인기가 대단합니다. Kim, 17인치 플래트론 모니터를 대만 A사와 동일 가격에 주면 지금 월 3천 대에서 5천 대로 늘려서 구매할 수 있소.

김철민 과장 아니, 야신 씨, LG 플래트론 모니터는 리얼 플랫(real flat)이고, 대만산 모델은 외부 판넬만 평평하게 만든 가짜 평면 모니터인 거 잘 알고 있잖아요. 이미 소비자들도 플래트론의 품질에 대해서 너무도 잘 알고 있고…. 그런데 어떻게 LG 플래트론 가격을 30%나 낮춰 달라는 것인가요? 당신 제정신이요?

야신 소비자가 볼 땐 모두 같은 평면 모니터입니다. 가격이 10% 정도만 차이 난다면 내가 파는데 문제없지만, 이미 20% 이상 높아진 상태에서 지금 당장 가격을 조정해 주지 않으면 딜러들이 LG 모니터 구매를 취소하겠다고 난리입니다.

김철민 과장 야신, 내가 지금 가격에서 다시 가격을 30% 낮게 공급해 주면 PCI가 아닌 어느 누구라도 그 정도 수량은 판매할 수 있을 거요. PCI가 정말 LG 독점 파트너사가 맞습니까?

야신 Kim, 지금 뭐라고 했소? PCI 말고 어느 누구라도 한 달에 5천 대 판매할 수 있다고요? 그럼 PCI 말고 제3의 회사를 염두에 두고 한 말인가요? '98년도에 카림이 LG와 처음 거래 틀 때, 현금 거래로 장사 트면서 당시 LG에서 한 달에 천 대도 못 팔던 것을 지금 5천 대 판매 증가시켜 온 파트너라는 것을 잊은 게요?

(이윽고 카림 씨가 얼굴이 상기된 채 회의실 문을 열고 들어왔다.)

김철민 과장 굿 모닝, 카림! 안녕하세요?

카림 Kim, 방금 제벨 알리 프리존(Jebel Ali Freezone)에서 사우디, 이란향 전용 재수출 업자와 상담하고 오는 길입니다. 야신, 대만 A사 신모델에 대해 Kim한테 지금 얼마에 두바이 딜러한테 판매가 되고 있는지 얘기했냐?

야신 형, 방금 전 Kim한테 모든 것 다 설명해 줬어요. 그리고 우리의 수정 판매 목표도요.

카림 Kim, 현 공급가에서 가격을 조금 더 지원해 주면, 당장 17인치 플래트론 모니터를 5천 대 구매하겠소. 이 정도면 작년 매출의 2배가 넘는 금액입니다. 어떻소? 매력적이지 않은가요?

PCI의 두 형제가 이렇게까지 나오는 상황이라면, 더이상 버틸 재간이 나에겐 없다. 통상 야신은 물량, 재고 얘기하면서 가격 협상을 하는 전형적인 '나까마' 장사 스타일인데, 그나마 형인 카림은 큰 그림을 그리면서 전체 시장의 시장 점유율, 트렌드 변화에 어떻게 대응할 것인지 등 이러저러한 제안을 하는 역할을 해 왔다. 그런데 오늘은 카림 씨도 가격 지원 요청 얘기 하면서 내게 구매 수량 협상을 하는 꼴을 보면, 내가 잠시 한 발짝 물러서는 것도 현명한 태도라 생각되었다.

김철민 과장 알았어요. 카림 씨, 내 현 상황은 충분히 이해가 됩니다. 하지만 모니터는 이미 본사 수익성 악화 현상이 몇 달째 계속되어서 추가 가격 인하는 어렵고, 대신 월 3만 대 흘려주는 CD-ROM, 1만 대 판매되는 CD-RW에서 가격 아모타이징(amortizing) 해서 PCI가 요구하는 수준의 가격 포지션을 만들도록 합시다. 대신 딜러들한테는 단순히 가격 인하 형태가 아니라, LG 조립 PC 출시 및 독점 공급 등 몇 가지 우리가 원하는 형태의 딜을 만들어야 의미가 있을 겁니다.

야신 아, 좋은 생각입니다. 모니터에 관련해서는 Kim의 의견에 적극 동의합니다만, 스토리지 제품은 어떻게 하겠소? 상황이 크게 다르지 않습니다. 모니터와 동일하게 가격 지원이 되어야 합니다.

김철민 과장 '이런 날 강도들! 얼마나 내 피를 더 빨아먹어야 배가 부른 거야…?'

하지만 IT 제품은 일반 가전 TV, 냉장고, 에어컨, 세탁기와 달라서 단품으로의 가격 포지션, 수익성 증대 노력보다는 여러 제품(모니터, 스토리지, 데스크톱 PC, HDD, SDD 등) 간의 가격 유통 믹스 전략이 상대적으로 중요하고, 시장에서는 '시장 점유율' 현황이 특정 시점의 수익성보다 훨씬 더 중요하게 여겨지곤 한다. 그리고 아이러니하게도 두바이 재수출 시장에서 시장 점유율 30%의 LG 모니터, 점유율 60%의 스토리지 제품으로 강하게 자리매김한 LG의 위상 아래, 당시 재수출 딜러 네트워크를 견고히 구축한 PCI의 제안

(어느 가격이면 몇 대 정도 팔 수 있다는…)은 이상하리 만치 여지없이 맞아 들어가곤 했다.

따라서 IT 주무 담당 매니저(product manager)인 내가 두바이 중심의 도매 · 소매 가격에 대한 월간 · 주간 가격 현황, 트렌드 파악은 기본 중의 가장 기본적인 업무였다. 따라서 연간 전체 물량(수량/금액) 계획 달성을 위한 PCI의 제안에 주판알 튕겨서 결정을 그때그때 바로 하고 딜을 성사시켜야 하는 피 마르는 싸움이 거의 매주 있었던 것으로 기억된다. 그래서 두바이 IT 제품 매니저로 일하는 것이 죽기보다 더 싫었다. 김 과장은 임무를 성공적으로 마치고 본사로 복귀하는 날, 두바이 공항에서 소변을 보면서 두바이 쪽은 다시는 쳐다보지도 않겠노라고 몇 번을 다짐했을 정도였다.

(에에 엥~) 알라~! 중동 지역 국가에서는 일상인 매일 5번의 기도를 올리는 살라 타임(time)이다.

김철민 과장 카림 씨, 내가 두바이 LG 법인으로 주재 파견되어 온 지도 벌써 1년이 다 되어 가는군요. 그동안 PCI의 지원과 협조로 LG IT 제품의 매출이 '19년 대비 200% 성장하는 쾌거를 이뤘습니다. 그런데 돌이켜보면 우리가 정말 잘 하고 있는 것인지…. 내 스스로 질문하지 않을 수 없습니다. 매출은 두 배 성장, 시장 점유율도 모니터는 20%로 비교적 안정 궤도에 들었고, 스토리지 제품의 경우 60%를 점유하게 되었지요. 그리고 두바이 딜러 네트워크도 어느 정도 탄탄해진 것으로 보입니다.

다만 PCI의 야신과 내가 비즈니스 상담을 할 때면 논의의 90%가 가격 & 물량 애기가 대부분이지요. 오늘도 카림 씨는 오전에 야신을 보내서 이번 라마단 프로모션용 가격 협의를 하라고 했지요. 솔직히 이제는 지겹습니다. 제대로 된 가격을 받기 위해서는 4P(Product, Price, Place, Promotion)에도 신경을 써야 하지만, 소비자들 사이에서 LG IT 브랜드 이미지를 'No. 1'으로 이미지 메이킹하는 작업이 반드시 수반되어야 합니다.

카림 Kim, IT 제품은 여느 가전 제품과 크게 다르다는 것을 잘 알고 있을 겁니다. 나는 매일 제벨 알리 사무실과 두바이 사무실에서 수십 명의 딜러들과 사업 협의를 하고 딜을 합니다. 그들은 PC 구성품인 모든 부품을 취급하고 있지요. 이달 데스크톱 PC 가격이 100달러라면 그중 모니터가 40%, 스토리지 제품이 15~20%, 하드디스크(HDD)가 15%… 이렇게 유통 단가가 매겨집니다. Kim은 LG에서 모니터, 스토리지만 공급하다 보니 전체 PC 구성품의 가격 트렌드를 정확히 알 수 없겠지만, 철저하게 전체 수요 & 물량 베이스로 매가가 형성되는데, 가격이 제일 우선시되는 것이 사실이기도 합니다. 가격도 좋고 브랜드 포지셔닝도 잘 자리매김되어 있다면 금상첨화겠지요. 나도 딜러들 휘어잡기가 훨씬 수월해집니다. 그래서 야신이 그 부분에 집중하고 있다는 것을 이해해야 합니다.

김철민 과장 카림 씨, 어찌 내가 그 부분을 모르겠습니까? 하지만 본사에서 내게 한 달에 한 번 가격을 정해 주는데, PCI에서 한 달에 5번 가격 인하 요청을 하면 내가 어떻게 할 수 있겠습니까? 더이상 이런 식의 구멍가게식 사업은 할 수가 없습니다. 제값을 받을 수 있도록 기초 작업을 해야 합니다. **가격 위주의 사업을 하다 보면 언제라도 'No. 1'의 자리는 뺏길 수밖에 없습니다.** 그리고 더이상 PCI에서 딜러가 시장에 ○○달러로 싸게 유통하고 있다는 말은 믿고 싶지도 않고, 솔직히 못 믿겠습니다. 속된 말로 가라 인보이스(fake invoice)를 만들어서 딜러들과 입을 맞춘 뒤 LG를 속이려 든다면 나는 속절없이 당해야만 하는데, 이제 이런 짓은 더이상 못 하겠다는 말입니다. 해서 한 가지 제안을 하겠소!

카림 그게 뭡니까?

김철민 과장 난, 카림 씨를 LG의 진정한 파트너로 믿고 있습니다. 내가 두바이에 있는 동안은(~'04년) PCI와만 사업을 할 거고요. 그런데 지금처럼 가격 위주의 사업 방식으로는 이미 한계에 와 있고, '신뢰성'마저 의심해야 하는 처지에 있다고 말할 수 있지요. 나와 진지한 얘기를 합시다. 한국 구정 휴가가 끝나는 2월 15일, 당신 사무실이 아닌 두바이 시내 어느 호텔이라도 좋습니다. 거기서 단둘이 만나서 그야말로 남자답게 '**웃통 까고**' 얘기합시다. 솔직히 지금 심정으로는 카림 씨의 진정성도 내가 믿을 수 없습니다.

카림 Kim, 좋소! 그럼 내가 두바이 공항 근처의 마리나 호텔로 예약을 할 테니 2월 15일에 그곳에서 봅시다.

김철민 과장 고맙습니다. 카림 씨. 난 당신을 내 형(나이로 보면, 나보다 대여섯 살 많은 형님 뻘이다)으로 여기고 지금까지 힘들게 버텨왔습니다. 이번 둘만의 만남을 통해 진정한 형제애를 재확인하고 싶습니다. 나, 너무 지쳤소. 당신도 많이 힘들어한다는 거 잘 알고 있습니다. 그럼 그때 봅시다

사실 아랍인(무슬림)의 경우, 형제/사촌이 아니면, 타인에게 무릎 위를 보이는 것은 거의 터부시되고 있다. 하물며 남자 둘이서 '웃통 까고' 한 방에서 뭔가를 얘기한다는 것은 거의 미친 짓에 가깝다. 그래서 지금 생각해도 카림은 정말 대단한 사업가라는 생각이 든다. 아마도 지금까지 중동 지역에

주재 파견된 수많은 한국 상사의 주재원 중에 나처럼 무슬림과 웃통 까고 얘기한 사람은 없었을 것이다. 내가 왜 그때 그런 무모한 행동을 했는지 이해가 되지 않는다.

중동 지역에서 사업을 할 때 특히 유의할 사항이 몇 가지 있다. 그중에서 특히 그들의 '종교와 문화'를 이해하고 존중하려는 노력이 수반되지 않으면 자칫 전체 사업을 망칠 수 있는 상황에도 빠질 수도 있다. 위에서 김철민 과장이 독실한 무슬림인 카림에게 제안했던 '웃통 까기' 면담 역시 절대로 입에 담아서는 안 되는 금기 중의 금기 사항이다. 남자 사이에서. 하지만 김 과장은 당시 주어진 목표를 달성해야만 했고, 오로지 가격 일변도의 상담을 주장해 온 카림 형제의 스타일에서 뭔가 돌파구를 만들지 않으면 안 되는 절대절명의 상황이었기에 그런 제안을 하지 않을 수 없었다. 한편 그동안 형성된 김철민과 카림 사이의 '형제애'가 어느 정도 라포(rapport : 상호 신뢰 관계)로 형성되어 있었기에 또한 가능한 일이기도 했다.

(1차 컨센서스 미팅(consensus meeting))

김철민 과장 우리 흔한 비즈니스 얘기는 하지 말고…. 내가 한 가지 카림 씨에게 진심으로 묻겠소. 당신은 앞으로 5년 뒤 어떤 사업가가 되고 싶나요?

카림 지금까지 우리는 모니터, 스토리지 사업에서 너무도 잘 해왔소. LG에서 앞으로도 가격 지원을 잘해 준다면, 즉 S사 대비 동등 가격, 대만산 대비 10% 정도만 높게 가격을 공격적으로 준다면 Kim이 주재하는 2004년까지 Top 1 포지션을 맞춰주지요.

김철민 과장 카림 씨와 내 생각에 차이가 많군요. 나는 PCI가 향후 5년 안에 이런 회사가 되면 좋겠습니다. 들어 보세요. 하드웨어(hardware)뿐만 아니라 조만간 도래할 소프트웨어(software) 가령 게임 분야에 진출해서 명실상부한 중동의 IT 전문 플레이어가 되는 겁니다. 게임 시장 크기는 그야말로 무한대지요. 언제까지 재수출 시장에서 하드웨어 도매 장사만 할 생각입니까?

카림 Kim, 지금 PCI는 모니터와 스토리지 제품은 LG에서 받고 있지만, 다른 PC 구성품은 LG 외 다른 공급사로부터 받아서 유통하고 있지요. 좀더 사실적으로 얘기한다면, 난 LG로부터 데스크톱 PC의 하드웨어를 받아서 중동/아프리카 시장 전체에 조립 PC 제품을 세트로 공급하고 싶은 겁니다. 그러면 자연 모니터, CD-ROM/RW도 더 많이 팔 수 있겠지요. LG에서 베어본(barebone) PC 공급 가능한지 본사에 요청해 봐 줘요! 그리고 향후 모바일 오피스(mobile office) 시장이 엄청 커질 것으로 보는데, LG에서 노트북 PC를 공급해 준다면 우리의 매출 규모도 지금 대비 10배 이상으로 더 키울 수 있을 겁니다.

그리고 몇 주가 더 지났을까. 카림 씨와의 '1차 컨센서스 미팅'에서 향후 PCI가 LG IT 브랜드를 근간으로 전체 파이를 키워 PCI, LG 모두 양적 성장을 위한 양사 간의 눈높이를 맞춰 나가는 작업이 먼저 이루어졌다. 그런데도 그간의 PCI 행태(가격 중심의 도매 장사_나까마 비즈라고 해 두자)는 크게 변함이 없었고, 야신의 가격 후려치기는 여전했다. 그래서 '2차 컨센서스 미팅'이 필요했다. 내 입장에서는 단순히 매출을 늘리는 영업 활동보다는 그들과의 눈높이를 맞추어 내가 원하는 형태의 사업으로 이끌어나가는 작업이 더 중요하고도 긴급했다.

김철민 과장 카림 씨, 지난 번 나와 만나서 여러 가지 얘기를 했음에도 여전히 PCI의 모습은 그대로군요. 안타깝습니다. 우리 또 만납시다! 이번에는 당신 사무실에서 밤 9시에 보는 걸로 합시다. 법인 업무를 마치고 제벨 알리에서 바로 두바이로 오겠소.

제벨 알리에서 두바이까지는 고속도로를 타고 시속 150km 정도로 밟으면 1시간 내 올 수 있는 거리다. 어떻게 하면 수익성을 유지하면서 매출을 늘려 나갈 수 있는가에 대한 나의 제안에 카림 씨의 절대적 동의 내지 수락이 매우 필요했기 때문이었다.

김철민 과장 '가격'은 알다시피 그 '제품의 가치'를 단편적으로 보여주는 것이라고 나는 생각합니다. 자동차를 예를 들어보지요. 벤츠, BMW, 아우디의 경우 같은 3천cc 급 엔진을 가진 차라고 하더라도 한국의 현대, 기아 차보다 훨씬 비싸게 팔립니다. 즉 독일 자동차 3사에는 충성 고객이 있고 기꺼이 내가 한국산 차보다 몇백만 원 아니 몇천만 원을 더 주고서라도 사고 싶다는 구매 심리가 작동하기 때문이지요. 그러기 위해서는 절대적으로 **브랜드 가치**를 높이는 작업이 필요합니다.

소비자로의 판매 접점을 늘리는 일도 시급하고요. 딜러를 좀더 세분화해서 충성 딜러, A급/B급/C급으로 구분해서 제품 공급 시 인센티브 & 마진도 구분해서 줘야 할 필요가 있습니다. 타 브랜드 모니터를 버리고 LG 모니터를 구매하는 소비자에게는 보상 판매도 해 주고, PC 액세서리 제품도 끼워서 공급해 줍시다.

카림 Kim, 좀더 자세히 설명해 주겠소? 두바이는 인근 중동/아프리카로의 재수출 시장입니다. 우리가 어떻게 TV, 냉장고, 세탁기처럼 접근한다는 것이오?

김철민 과장 카림 씨, 우선 브랜드 위상을 높이기 위해 제벨 알리 프리존(Jebel Ali FZE) 내 PCI 사무실, 심지어 창고까지도 LG 로고를 포함해서 PCI 사무실을 방문하는 재수출업자에게 'PCI=LG'라는 브랜딩 작업을 해 주시고, 두바이 시내 소매점에는 LG 충성 딜러들을 별도로 엄선해서 샵 간판과 매대를 PCI 사무실과 유사한 LG 브랜딩 작업이 되도록 딜러들을 설득해 주세요. 우선 타사 대비 브랜드 노출도를 크게 높이는 작업입니다. 난 LG 두바이 법인에서 그동안 IT 제품에 하지 않았던 신문 · 라디오 광고를 하고, 아랍에미리트 포함 걸프 지역 언론과도 '친LG화' 작업을 하겠소.

카림 Kim, 그러려면 마케팅 비용이 상당히 많이 들 텐데요.

김철민 과장 LG IT 제품 매출의 5%까지 광고 비용을 비축한다면, 즉 1년 IT 매출이 2천만 달러라면 약 백만 달러의 마케팅 비용을 우리가 쓸 수 있습니다. 이 건에 관련해서는 법인장님과 관리담당(CFO)께 제가 별도 보고를 드려서 확답을 받아내도록 하겠습니다. PCI가 50%, LG가 50%씩 부담하는 개념으로 소요 마케팅 비용을 산출 · 집행하는 겁니다. 딜러 수준에 맞춰 인센티브를 지급하는 것은 LG에서 내가 준비하겠습니다. 대신 PCI는 LG IT 제품 구매 빈도를 감안하여 딜러 네트워크를 좀더 강하게 구축해 주세요. 반기, 년 단위로 그들을 평가해서 매출 비중, 수익성 등 엄선한 딜러들을 LG 본사에 초청해서 LG 공장도 견학시키고, 한국의 발전된 문화와 아름다운 경치도 볼 수 있게 그들에게 펀(fun)을 제공합시다.

카림 아주 좋은 생각입니다. 지금까지 이런 회사, 브랜드는 없었소. 아주 치밀하면서도 깊이 있게 딜러들을 대우한다면, 매출은 따 놓은 당상입니다. 고맙소 Kim!

김철민 과장 카림 씨, 이제 제 의도를 알겠지요? IT **부품 사업을 하면서 마치 가전 제품처럼 사업하는 겁니다.** 우리가 서로 보조만 잘 맞춘다면 야신이 늘 내게 와서 가격 깎아 달라고 조르지 않아도 되고, PCI는 돈 벌면서 물건 팔 수 있습니다. 그것도 시장 점유율 1위를 계속 유지하면서….

김 과장이 2001년 두바이 법인으로 주재 파견된 지 2년이 넘어서면서 벌써 모니터 & 스토리지 제품은 TV 매출과 비슷한 상황에 이르렀다. 당시 모니터 시장 점유율은 30%, 스토리지는 60%로 탄탄한 구조를 만들어 놓은 상태이다. 두바이에서 제벨 알리 프리존으로 가는 고속도로에 LG IT 광고도 심심찮게 볼 수 있는 숨 가쁜 상황이 된 것이다.

2차 컨센서스 미팅 이후로도 양사 간의 눈높이 맞추기 작업은 김 과장이 원하는 수준만큼 오르지 못했다. 급기야는 총 9번에 걸친 담백한 페이스 투 페이스 미팅(face to face meeting)**이 계속되어야만 했다.**

결국 '9번에 걸친 담판' 끝에 김 과장은 PCI의 카림 씨가 하는 얘기라면 99.99%를 믿게 되었고, 그 또한 사업 개선 제안에 양손을 들고 찬성, 투자를 아끼지 않게 되었다. 그야말로 '척' 하면 '아' 하고 알아듣는 사이가 된 것이다. 그 결과 두바이 쇼핑몰, PC 전문 매장, 심지어 딜러 매장에서도 LG 제품의 매대 점유율(shelf share)는 언제나 경쟁사 대비 우위였고, 'Dusit 두바이' TV 채널에서 LG IT 제품에 대한 특집 다큐멘터리를 제작·방영하기도 했다.

다른 외부 인원의 방해 없이 진행된 김철민과 카림 간의 9번에 걸친 '두바이 담판'은 철저히 김철민의 간절한 필요와 요구에 의해 제안되고 진행되었다. 가격 중심의 네고(negotiation ; 협상)는 중동 아랍인들이 즐겨 사용하는 상술 중의 하나이다. 지루하고 뻔한 가격 얘기를 하면서 상대방의 진을 빼는, 그래서 상담의 우위에 서고자 하는 그들의 독특한 상담 기술이다. 만일 김철민 과장이 카림 형제의 지루한 가격 협상 전략에 휘둘렸다면 4년 동안 6배 성장하는 매출 성과를 절대 내지 못했을 것이다. 그래서 9번의 '**두바이 담판**'은 김철민에게는 '**신의 한수**'였던 셈이다.

칼리드(Khalid)와의 인연

김철민 과장 어… 처음 보는 분인데 누구시죠?

카림 이번에 새로 ACER에서 영입한 칼리드입니다. LG 노트북 PC 판매를 담당하게 될 겁니다. 나와 같은 팔레스타인 출신입니다(당시 두바이 IT 시장은 팔레스타인 계열의 아랍인들이 상권을 쥐고 있었다).

김철민 과장 안녕하세요 칼리드 씨? LG 두바이 법인의 김철민입니다.

칼리드 안녕하세요, Mr. Kim. 만나서 영광입니다. 카림 씨로부터 말씀 많이 들었습니다.

이렇게 해서 칼리드와 김 과장과의 인연은 시작되었고, LG 노트북 PC 출시 & 판매를 위한 둘의 인연은 김 과장이 두바이를 떠날 때까지 지속되었다.

두바이 법인 IT 제품 매니저로 근무한 지 2년이 다 되어가는 시점이었다. 걸프 지역에서 향후 IT 시장의 변화 트렌드를 발 빠르게 간파한 카림은 지난번 김 과장과의 2차 컨센서스 미팅 시 LG 노트북 PC의 출시를 강력히 요청한 바 있었다. 하지만 노트북 PC는 다른 IT 부품 사업과 달리 소비자 구매 패턴도 다르고, 하자 발생 시 재빠른 대처(소비자 클레임 발생 시 재빠른 고객 대응) 및 높은 비용(수리사 인건)은 실제 부품 하자로 인한 기기 불량보다는 소프트웨어 즉 OS 문제로 인한 클레임 때문인 경우가 대부분이다. 수리사 인건비가 유럽/미국/캐나다 등 선진국에서는 상상을 초월할 정도로 높은데, 중동 지역도 크게 다르지 않다. 따라서 비용 관리를 적절히 하지 못한 제조사는 출시 후 눈덩이같이 불어난 적자 때문에 채 1년도 못되어 철수해야 하는 경우가 많다. 그만큼 노트북 PC는 아주 까다로운 제품이어서 당장 눈에 보이는 판매에만 급급해 하다가는 쉽게 낭패를 봐야 하는 어려운 사업이었다.

그리고 모니터, CD-ROM/RW 판매와는 달리 '브랜드 인지도'가 판매에 절대적인 비중을 차지한다. 흔히 노트북 PC 하면 HP, Compaq, Dell 등 미국산 브랜드가 아니면 쉽게 팔리지 않았던 시대였다. 하물며 LG 브랜드를 달고 노트북 PC를 해외로 판매한 경험이 없었던 LG 본사 입장에서는 아주 난처한 상황이었다. 이유는 중동 아프리카 지역 내 LG 모니터, 스토리지(CD-ROM/RW)의 높은 브랜드 인지도로 소비자 & 딜러로부터 LG 브랜드 노트북 PC에 대한 수요는 급상승한 반면 애프터 서비스, 높은 마케팅 비용을 감당할 여력이 본사에 없었기 때문이었다.

김철민 차장 부장님, 잘 알다시피 걸프 지역을 중심으로 나라별로 다소간의 차이는 있지만, LG 플래트론 모니터, CD-ROM/RW의 LG 브랜드 인지도 및 소비자 만족도는 매우 높은 상태입니다. 노트북을 출시해도 바로 유통할 수 있는 딜러 네트워크도 아주 탄탄하고요.
전 자신 있습니다. 출시 1차 연도에 시장 점유율 3%, 2차 연도에 10% 판매 목표를 달성한다면 모니터, 스토리지 사업부와 협업해서 노트북 출시를 위한 광고 자원도 충분히 확보할 수 있습니다. 이미 두바이 서비스 법인에서 중아 지역 내 역내 애프터 서비스 문제도 봐 주기로 확답을 받은 상태입니다.

김 부장 김 차장님, 지난 2년여 동안 중아 지역에서 정말 각고의 노력과 열정을 보여 주신 결과 LG IT 제품 매출 & 브랜드 인지도가 상승한 데 대해 의심의 여지는 추호도 없습니다. 하지만 최근 트렌드를 보면, 대만의 ACER, BenQ 등은 노트북 PC 사업에서 강력한 가격 경쟁력을 바탕으로 시장 점유율을 급속히 높이고 있는데, 이때 상황이어서 자칫 잘못하면 전통적 강호인 미국산 브랜드와 신흥 강자로 떠오르는 대만 브랜드 사이에서 그야말로 샌드위치 신세가 될 수도 있습니다. 더욱이 LG는 노트북 사업에 있어서 재료비 관련 자유도가 매우 낮습니다. 재빠르게 떨어지는 가격 동향에 보조를 제때 맞추지 못하면 악성 재고로 남을 가능성이 많고, 이것이 큰 부담이 되어 전체 노트북 PC 사업부의 생존에도 악영향을 미칠 수 있습니다. 저는 여전히 중동 지역에서 그 정도의 수량으로 노트북 PC를 출시하겠다는데 부정적 시각입니다.

김철민 차장 이미 PCI와 여러 번에 걸쳐 향후 발생할 수 있는 리스크에 대해 충분히 사전에 노출시켰고, 대응 시나리오도 준비해 놓은 상태입니다. PCI의 사업 의지가 하늘을 찌를 듯이 높습니다. 최근 PCI에서 노트북 PC 영업을 위해 디렉터급으로 칼리드라는 사람을 영입해 둔 상태입니다. 다음 달 제품 사업 타당성 조사 확인차 두바이 법인 방문하실 때 PCI 핵심 멤버들과의 비즈니스 상담 및 그들의 사업 계획도 함께 협의할 수 있도록 자리를 준비하겠습니다.

(PC 사업부 회의실)

김 부장 사업부장님, 두바이 법인에서 보는 '중아 지역, 노트북 PC 사업' 전망입니다.

(회의실에는 사업부장 포함 생산, 구매, 품질 관리 등 여러 부서 핵심 인재들이 모두 모여 있었다. 김철민 차장은 사전에 준비한 '중아 지역 노트북 PC 사업 타당성 사전 조사 내용'과 '사업 계획'을 브리핑 중이었다.)

PC 사업부장 좋습니다. 진행하도록 합시다. 단 수익성이 전제되어야 합니다. 김 부장은 좀더 수익성 관점에서 자세하게 점검해 주시고, 초기 안착을 위해 본사에서 지원해 줄 수 있는 방안에 대해 나와 같이 별도 협의합시다. 이상.

이건 거의 기적에 가까웠다. 김 차장이 두바이 법인 IT 제품 매니저로 주재하기 전 1년 전체 IT 제품 매출이 5백만 달러가 채 안 되었던 지역에서 IT 사업 본부의 전체 매출의 40~50% 이상을 차지하는 미주(미국, 브라질) 지역을 제치고 걸프(Gulf) 지역을 중심으로 본사에서 노트북 PC 출시를 공식적으로 허락한 것이었다. 이는 매년 IT 제품 매출이 두 배 이상 성장한 데서 향후 미래 잠재력을 충분히 간파했기 때문이다.

LG 노트북 PC 사업에서 그동안 국내 시장에서는 오이엠(OEM) 방식으로 특히 B2B 쪽에서 나름의 포지션을 갖고 있었지만, 해외 진출은 매우 신중할 수밖에 없었다. 미국, 유럽, CIS 지역이 아닌 두바이에서 LG 브랜드를 단 노트북 PC를 전 세계 최초로 출시할 수 있었던 것은 걸프 지역 내 LG IT 브랜드 인지도, 품질, 강한 딜러 네트워크, 그리고 PCI라는 IT 현지 거상이 있었기 때문에 가능했다.

본사 PC 사업부장님으로부터 'OK' 사인을 받고 두바이로 향하는 김 차장의 마음은 이미 PCI 사무실에 가 있었다.

칼리드 Kim, 오늘 저녁 8시에 지난번 만났던 그 장소(두바이 크릭(Creek) OO 레스토랑)에서 시샤(물 담배) 어때요?

김철민 차장 좋아요. 칼리드 씨. 내가 할 말도 좀 있고, 잘 됐습니다. 그럼 8시에 그곳으로 가겠습니다.

그전에는 1주일에 4~5일을 카림 씨와 만나서 얘기도 하고, 딜러 매장 방문도 하곤 했었다. 그런데 칼리드 영입 후에는 1주일에 한 번도 카림 씨를 보지 못하거나 얘기를 나누기 힘들었고, 대신 칼리드와는 툭하면 시샤를 즐기면서 노트북 PC 딜러들과의 만남의 시간이 많아졌다. '이 녀석 진짜 팔레스타인 사람 맞네! 아주 집요해! 그리고 독해! 그러면서 아주 다혈질이야!(자기가 요구하는 사항이 관철이 안 되면 성질부터 내는 스타일이긴 했다.)' 가격 네고(negotiation)도 야신보다 더하면 더 했지 못하지 않았다.

칼리드 굿 이브닝? Kim?

김철민 차장 굿 이브닝! 오늘 습도가 엄청나군요? 우리 밖에서 무어라도 좀 시켜서 먹으면서 얘기합시다. 방금 전 제벨 알리(Jebel Ali) 사무실에서 일 끝내고 막 나온 터라 나도 배가 고프군요.

칼리드는 나와의 시샤 타임을 즐기면서 오늘도 여느 때처럼 양갈비와(lamb chop) 몇 가지 요리를 시켰고, 김 차장은 가장 좋아하는 포도향으로 물 담배를 주문했다. 아! 좋다! 습도는 꽤 높은 편이어서 금방 와이셔츠가 땀으로 흠뻑 젖어 들었지만, 두바이 크릭 사이드(Creek side)에서의 물 담배 맛은 천하일품이었다. 사실 물 담배는 중동 지역에서 남녀노소 가릴 것 없이 즐기는데, 이는 저녁을 늦게 먹으면서(보통 9시, 10시 이후에 저녁을 먹는다) 이 얘기 저 얘기 하면서 시간 때우는 데는 물 담배만한 것이 없었기 때문이다.

한번 쭈~욱 하고 들이마시면 하얀 연기(사실은 연무)가 찐하게 뿜어져 나오는데, 일상의 스트레스를 날려 보내기에는 정말 제격이다. 그런데 워낙 독해서 궐련 10개비를 동시에 피우는 듯한 현기증을 느끼곤 하기에 건강에는 별로 안 좋겠다는 생각이 들어 약간 찜찜하긴 했다.

칼리드 Kim, 가족들은 모두 잘 계시나요? 두바이 생활을 즐기고 있겠죠. 사실 여기 두바이는 인도, 필리핀, 이란, 사우디, 이라크 등의 사람들도 많아져 이제 더 이상 옛날의 두바이가 아닙니다. 내가 ACER에서 온 건 잘 알고 있지요? 며칠 전 ACER에 있는 친구로부터 들은 얘기인데, 이번에 ACER에서 계획한 신모델은 컴팩(Compaq) 히트 모델(hit model) 대비 70% 가격에 출시한다고 합니다. 태블릿 기능까지 있는데도 말이죠. LG의 9월 가격 정책은 어떻습니까?

이번에 아프리카 나이지리아에서 500대 일회성 딜이 있다고 해서 그쪽과 가격 얘기를 하고 왔는데, 지금 가격에서 200달러를 깎아주면 바로 가져가겠다고 합니다. 맞출 수 있을까요? 이미 50% 성사한 딜이나 마찬가지입니다. 난 꼭 그 가격으로 받고 싶습니다. 내게 무척 중요한 딜입니다. 만일 나이지리아 딜이 성사되면, 오는 10월에 있을 '걸프 IT 박람회'에서 쿠웨이트, 이라크 딜러 쪽에도 적극 오퍼(offer)할 생각입니다.

김철민 차장 일회성으로 500대라…. 결코 작은 수량은 아니군요. 혹시 나이지리아 딜러가 싼 가격으로 물건을 받은 뒤 바로 두바이에서 딜러들에게 덤핑하는 것은 아닌가요? 확실해야 합니다.

칼리드 Kim, 현재 LG 노트북 PC의 상황은 아직도 걸음마 수준입니다. 백방으로 딜러들에게 오퍼해도 워낙 브랜드 인지도가 없어서 모두 손사래를 칩니다. 무조건 제품 인지도를 높여야 합니다. 내게 딜러 채널을 뚫을 수 있는 무기를 주세요!

김철민 차장 칼리드 씨. 매번 본사에 낮은 가격으로 달라고 얘기하는 방법은 좋지 않습니다. 우리 이렇게 합시다. 브랜드 선호도 및 인지도가 없는 상황에서 지금 당장 소매 채널에서 기존 브랜드 제품들과 경쟁하기가 쉽지 않을 겁니다. 따라서 스페셜 딜을 우리 쪽에서 만들고 전체 예상 판매 수량, LG 본사 손익 구조를 감안해서 우선 딜러 채널을 공략할 수 있는 기획 모델을 만들고, 10월에 있을 IT 박람회에서 걸프 주변국 포함 전체 예상 판매 수량을 산출하여 각 국별로 최우선 딜러 리스트를 작성해 주세요. 그걸 근거로 내가 본사에 공식적으로 요청해 보겠습니다.

칼리드 정말 좋은 생각이군요. 통상 IT 박람회가 있기 3~4일 전에 딜러들이 두바이로 들어오는데, 내가 그때 LG 충성 딜러들과의 자리를 마련해 보겠소. LG에서는 제품, 애프터 서비스 등 기본적인 프레젠테이션을 준비해 주시고, 나는 각 딜러들에게 향후 LG 노트북 PC 독점 파트너십을 포함해서 그들이 구매 · 유통할 수 있는 수량을 가늠해 보겠습니다.

신규 브랜드, 신규 모델을 단기간 내에 성공적으로 판매하려면 몇 가지 전략적 접근이 필요하다. 가장 중요한 것은 판매 예상을 할 수 없는 상황에서 무리하게 미디어 광고나 각종 인센티브, 캐시백(cash back) 등 유통 프로모션을 거는 것은 자칫 나중에 부메랑이 되어 큰 실패로 끝날 위험성이 있다. 따라서 그 시장에서 가장 유통 장악력이 있으면서 애프터 서비스까지 맡아서 해 줄 적임자를 먼저 선정하고, 각종 인센티브 프로그램 및 예상 대비 판매가 저조할 것을 사전에 감안해서 향후 발생되는 재고에 대한 가격 보상을 해주는 것이 중요하다. 이것은 그들과의 관계를 경쟁사 대비 차별화해서 그야말로 신뢰에 바탕을 둔 아랍 방식의 사업 메커니즘 구축이라고 할 수 있다.

(2개월 뒤, 걸프 IT 박람회에서)

칼리드 Kim, 오늘 벌써 150대가 나갔습니다. Compaq이 100대, Dell이 50대, ACER가 120대, BenQ가 80대…. LG 출발이 좋습니다. 4일 뒤 누적 판매 대수가 800대를 넘으면 이번 특판은 대 성공입니다.

김철민 차장 칼리드, 축하합니다! 당신이 이 모든 걸 해냈어요! 매일 딜러들과 밤늦게까지 협상하고 딜을 만들어 내더니 결국 성공했군요. 정말 고맙습니다. 그런데 딜러 쪽도 중요하지만, 일반 소비자로의 직판도 힘써 주세요.

칼리드 걱정 마세요. PCI 사무실 전 사원이 매일 돌아가면서 소비자에게 직접 판매하는 일에 투입하게 됩니다. 다른 브랜드와 달리 직접 고객에게 노트북 PC 사용법, 문제 발생 시 응급 조치 방법, 그리고 중동에서 가장 인기 있는 게임 앱 몇 가지를 공짜로 깔아주는 프로모션도 진행할 겁니다.

사실 칼리드는 영화 〈다이하드(Die Hard)〉에 나오는 주인공처럼 아주 잘 생겼다. 하얀색의 와이셔츠를 늘 챙겨 입으면서 구레나룻에 약간의 대머리…. 성질은 좀 괴팍하다. 아주 다혈질적이다. 조금이라도 기분을 맞춰주면 헤헤 웃으면서 밤낮을 가리지 않고 일하는 반면, 뭔가 자기가 원하는 것을(특히 가격 부분) 해주지 않으면 면전에서 대놓고 소리친다. 계급도 없다. LG 두바이 사무실의 담당 매니저는 김 차장인데, 자기가 뭐라고? 그러나 김 차장은 이런 칼리드가 좋았다.

썩은 고기 냄새를 맡으면 상대(사자)의 목덜미를 물어뜯으면서까지 끝까지 자기 배를 채우고 마는 하이에나의 야성이 그에게는 가득 차 있었다. 모니터, 스토리지 제품에 이어 노트북 PC만 점유율이 10% 이상 되면, 그래서 김 차장이 IT 제품만으로도 연간 4천만 달러의 매출을 만들 수 있는 구조가 된다면, 연간 100만 달러의 마케팅 자원을 만들어 그야말로 투자 대비 매출 상승의 선순환 구조를 만들 수 있게 되는 것이다.

'**칼리드야 내게 개겨도 된다. 노트북 PC로만 시장 점유율 10% 찍어다오. 그것도 출시 2년 안에…. 너만 믿는다. 잘 싸워다오. 그래서 노트북에서만 천만 달러 매출 한번 찍어보자!** 그래야 내가 일주일에 3~4일 너와 만나면서 시샤하고 밤 11시에 집에 들어갔었던 모든 것들이 보상받지.'

이때 김 차장의 큰애가 8살, 둘째아이는 이제 갓 4살로 아빠와의 놀이 시간이 늘 기다려지기만 하는 나이였다. 그런데 김 차장이 집에 들어가는 시간이면 아이들은 벌써 침대 속에 파묻혀 잠을 자고 있었기에 볼에 뽀뽀만 해 줄 뿐이었다. 아직도 남들 앞에서 자기 표현을 하지 않으려는 둘째아이를 보면 이내 미안한 마음뿐이다. 아빠가 이렇게까지 해서 얻는 게 있을까? 두바이의 밤은 또 그렇게 저물어간다. 에에~엥 살라 타임을 알리는 나팔 소리와 함께….

하니(Hani)는 영원한 나의 브라더(brother)

하니는 PCI CEO인 카림의 매제로 제벨알리 사무실에서 LG IT 제품의 딜러 유통 관리 업무를 담당했는데, 전형적인 무슬림으로 매우 가정적이고 진솔하며, 지나친 골초이기도 하다. 하니와 나 사이에는 직접적인 업무 관계는 별로 없었지만, 내가 PCI의 야신과 가격 협상 등으로 스트레스받을 때마다 유일하게 나와 말동무가 되어 주면서 함께 담배를 나누어 피우던 형제(brother)였다. 하니와 있을 때면 늘 마음이 편하고, 그의 환대에 고마움을 느꼈던 것으로 기억된다.

김철민 차장 안녕, 브라더 하니? 요즘 어떻게 지내요? LG 베이비(?)는 잘 자라고 있나요?

하니 아! 브라더 Kim! 그럼요. 모든 게 잘 돌아갑니다. 이번 라마단 때 요르단(Jordan)으로 가족과 함께 놀러 오세요. 우리 별장에 가서 시샤도 하고, 바비큐도 먹고요. 언제 요르단에 올 건지 날짜만 알려주면, 내가 시간에 맞게 공항으로 사람 보내지요. 그리고 낮에는 같이 시내 관광도 하고 페트라(Petra)에도 가 봅시다. 인디아나 존스에 나오는 그 유명한 곳 말이요. 아마 분명히 입이 쩍~ 하고 벌어질 멋진 광경을 보게 될 겁니다. 내 장담하지요. 하하하.

김철민 하니 씨, 언제나 당신의 호의에 깊이 감사하고 있습니다. 정말 요르단에 방문해도 될까요? 가족은 그 시기에 한국에 휴가차 들어가서 없고, 나 혼자라도 가지요. 많이 기대되는 군요.

김철민 와~~~우, 이곳이 그 유명한 페트라(Petra)군요.

입구에서 신전이 있는 곳까지 30여 분 정도 걸어가야 되는데, 높이가 거의 100m나 되는 계곡이 영화 〈인디아나 존스〉의 한 장면을 생각나게 하는 멋진 곳이다. 2000년 네팔 바이어 상담 & 방문차 갔을 때 거래선에서 제공한 '에베레스트 비행_쌍엽 프로펠러 비행기에 몸을 싣고 에베레스트 봉우리를 한 바퀴 돌고 회항하는 여행 코스'도 기억에 남는 명장면이다. 그리고 40도를 넘나드는 따가운 햇살 아래 페트라 신전 앞에서 그 크기와 웅장함에 압도당한 순간 역시 내 머릿속에서 지울 수 없었던 멋진 편린이었다. 페트라(Petra) 관광을 마치고 PCI에서 제공한 차에 몸을 싣자 차는 바로 카림 형제들이 있는 별장으로 달렸다.

대부분 중동 비즈니스는 가족 경영이라고 한다. 아버지와 아들 혹은 형제·사촌들끼리 회사를 운영하는 형태를 취한다. 이는 회계에 관한 한 가족이 아닌 다른 제3자에게 좀처럼 맡기지 않는 무슬림들의 독특한 신뢰에 기반한 기업 관리 형태라고 보면 될 것 같다.

요르단은 걸프 지역에서 유일하게 석유가 나오지 않는 국가로 대부분 관광이나 인근 국가와의 교역을 통해 먹고 살 수밖에 없는데, 워낙 땅덩어리도 작은 터라 국민 개인의 생존 본능은 강했던 것으로 기억된다. 낮과 밤의 기온차가 비교적 커서 한낮에는 35~40도를 웃도는 전형적인 사막 기후를 보이다가도 저녁 9시가 넘으면 시원한 밤바람이 불어온다. 특히 별장이 있던 곳은 고원 지역이라 체감상 느낌은 아주 상쾌했던 것으로 기억된다.

카림에게는 3명의 동생이 있다. 둘째가 야신이고, 셋째인 카미스는 요르단에서 IT 관련 제품의 도매 사업을 하고, 막내인 아흐메드가 카미스를 도우면서 소매 쪽을 담당하기도 했지만 이따금씩 두바이 사무실에서 카림 일을 돕기도 했다. 처음 아랍에미리트로 파견될 당시엔 이런 카림 패밀리(family) 가계 구도 및 사업 구조를 잘 몰라서 '어? 이 친구가 왜 여기서 이런 일을 하고 있지?' 하는 때가 종종 있었다.

바비큐는 베드윈족인 아랍인들의 주된 음식이기도 하다. 나라별로 양고기를 요리하는 방식은 조금씩 다르지만, 크게 보면 숯불에 양고기를 토마토·파·양파 등과 같이 꼬치로 만들어 불에 구워 먹는 방식이 있고, 또 다른 한 가지는 뜨거운 돌에서 나오는 열기로 양고기 찜을 해서 쌀과 함께 먹는 형태가 있다. 내가 만났던 카림 형제들은 양고기를 찜 형태로 만들어 쌀밥에 섞어서 손으로 둥글게 말아먹는 요리를 즐겼다.

거나하게 바비큐 식사를 마치고 난 후의 시샤는 정말 분위기 내기에 딱 좋았다. 지난날 하루에도 몇 번씩 지겹도록 가격 협상을 해야 했고, 물량/매출 재촉을 하면서 양어깨를 강하게 짓눌렀던 스트레스와 야신과 소원했던 감정이 하얀 구름과자(시샤 연기)에 스르르 녹아들 때면 여기가 바로 천국이 아닌가 싶었다.

한국에는 100m마다 교회가 있다고 하는데, 이곳 요르단에는 500m마다 모스크가 즐비하다. 밤이면 초록, 파랑, 빨강의 불빛 조명이 모래사막의 적막과 함께 '황홀감'으로 다가왔었다. 김 차장에겐 아직도 독실한 무슬림들에 대한 '존경심'이 있다. 물론 IS와 같은 극단적 무슬림 테러 단체 말고…. 쉽게 화내지도 않으며, 매우 가정적이고, 친구가 어려움에 처하면 손발을 벗고서라도 기꺼이 도와주려는 그런 마음이 존경스러웠던 거다. 특히 라마단 기간에는 아내와의 성 관계도 멀리하고, 좋은 것만 보고, 듣고, 말하며, 생각한다는 그들의 생활에서 어찌 그들을 존경하지 않을 쏘냐?

카림과는 지난 9번에 걸친 '웃통 까고 담판' 이후 진정한 형제애를 가지게 되었다. 그리고 굵고 짧게 콧수염을 기른 하니와는 그의 개인적 인성(친절함과 진솔함)이 너무 좋아 스스럼없이 형제라 부르게 되었는데 두바이를 떠난 지가 20여 년이 지난 지금까지도 SNS로 서로의 안부·사업을 묻고 있다.

2박 3일간의 요르단 방문에서 또 하나 잊을 수 없는 에피소드가 있다. 육군사관학교 졸업 후 장교로 복무하면서 전우(병사)와의 관계 형성을 매우 중요하게 여기고 실천했던 것이 몸에 배어서 인지는 모르지만, 해외 주재 파견을 하면서 가능하면 비즈니스 파트너 혹은 딜러들과의 관계 형성·강화에 많은 노력을 기울였었다. 하루는 카림, 하니와 함께 유적지를 둘러보고 시내로 들어왔는데 느닷없이 어떤 가게에 차를 세우고는 뭔가 먹자고 하는 것이 아닌가. 가게 현관 문 앞에 걸려 있던 커다란 낙타의 뼈(머리에서 꼬리까지 살과 내장을 모두 발라낸 상태)가 가히 압도적이었는데, 카림이 양젖이라며 유리컵을 김 차장에게 권한다. 양젖 특유의 비릿한 맛이 조금 나기는 했지만, 김 차장은 일종의 '친밀감'의 표현으로 그 양젖을 단숨에 들이켰다.

카림이 잠깐 머쓱해 하더니 한잔 더 권하더라.

'어? 또 주네. 가공하지 않은 양젖이라 약간 비위가 상하는데 어쩌지….'

김 차장은 그의 권유를 물리칠 자신이 없었다. 그래서 두 번째 잔도 단숨에 들이켰다. 그리고 세 잔, 네 잔…. 결국 앉은 자리에서 일곱 잔을 마시고 호텔로 돌아왔는데, 아니나 다를까, 그날 밤 배에서 천둥소리가 나고 화장실을 수없이 들락거렸던 웃지 못할 에피소드가 있었다.

LG Cyber Cup(LG 걸프 PC 게임 챔피언십(Championship))

매 11월에서 이듬해 2월까지의 두바이 생활은 꽤 살 만했던 것으로 기억된다. 평균 20~25도로 온화한 기후여서 가족·친구들과 근처 공원에 나가 바비큐 파티를 해도 좋고, 차로 10분이면 닿는 쥬메이라 비치에서 아이들과 함께 물놀이를 하기에도 딱 적당했다.

“거북아 거북아 새집 줄 게 헌 집 다오…!”

차알 싹~ 쫘악~.

쌓은 지 채 1분도 안 돼 밀려오는 파도에 모래성은 금세 온데간데없고 새하얀 조개껍데기들만 즐비하게 널려 있었다. 주변에는 수많은 야자수들이 병풍처럼 둘러쳐 있어 해먹 위에 누워 잠시 생각이라도 잠기다 보면, 신혼 여행 때 둘렀던 ‘괌’의 분위기가 떠올라 그때의 즐거웠었던 시절로 돌아간 듯한 착각마저 느끼게 한다.

두바이는 그야말로 중동의 ‘라스베이거스’라고들 흔히 말하는데, 내가 볼 땐 중동의 휴양지로서 전혀 손색이 없는 ‘중동의 진주’ 그 자체였다.

간혹 검은 천에 히잡을 두른 여인들이 보이긴 하지만, 이란, 쿠웨이트, 사우디와는 비교되지 않을 정도의 ‘자유와 평등’이 보장된 나라인지라 나와 같은 외국 지·상사 주재원 가족(안사람)들에게는 지내기 좋은 곳임에 이의를 달 사람은 아무도 없을 것이다.

현지 아랍인, 인도, 필리핀, 인도네시아, 주변 중동 국가 등에서 일자리

를 찾아온 이방인들, 그리고 유럽/미국/캐나다에서 온 이주민들이 서로 뒤섞여 살아가는데도 길거리에서 고성이 오가거나, 사람들끼리 서로 다투는 모습을 한 번도 본 적이 없었다. 그 이유가 무엇일까? 엄격한 현지 법 때문일까? 아니면 음주를 공식적으로 허용하지 않은 데서 오는 차분한 국민성 때문일까? 하여튼 사건·시비로 인해 마음 상하는 일이 없으니 외국인이 거주하기에 좋은 지역임에는 틀림없었다. 하지만 4~9월까지의 40도에 이르는 폭염은 일상 생활, 좀더 정확히 말하면 외부 활동을 하는데 많은 제약이 따르는 마이너스적 요인이 있다는 것이 하나의 흠이라면 흠이겠다.

2003년 라마단을 5개월 앞둔 시점에 김철민 차장은 새벽 1시까지 잠을 못 이룬 채 아파트 베란다에 걸쳐 앉아 담배 연기를 연거푸 뿜어 댔다.

뭐, 재미난 일 좀 없을까? 아니 의미 있는, 그러면서도 걸프 지역 청소년 대상의 흥미진진한 이벤트를 만들 순 없을까? 매년 신문, 라디오, 빌보드(Billboard) 등 광고에 100만 달러 이상을 투자하고 있지만 과연 투자 대비 효과는 있는 것인가? 매일 아침·저녁으로 차를 몰면서 스쳐 지나가는 제벨알리 고속도로 변의 수많은 입간판 광고를 보지만 딱히 기억에 남는 광고가 없음은 무엇을 의미할까? 유명 광고 회사의 마케팅 담당 이사들이 엉덩이에 불이 나도록 법인 사무실을 들락날락하면서 온갖 과학적 논리와 수치를 들이대면서 빌보드 광고의 효과를 입에 거품이 나도록 설파하고 있는 것이 참 아이러니하게 느껴졌다.

"그래! **경쟁사와 차별화된 LG만의 독특하고 창의적인 마케팅다운 마케팅**을 한번 해 보자!"

두바이 법인으로 처음 주재한 2001년 6월 이후 3년이 거의 다 되어가는 시점에서 잠시 뒤돌아보면 기존의 모니터, 스토리지 제품 외 노트북 PC, 베어본 PC(barebone PC) 제품이 추가되었고, 매출은 년 4천만 달러를 내다볼 정도로 거의 8배 이상 외연적 성장을 이루었다. 더욱이 채널 관리 측면에서도 딜러 채널뿐만 아니라 리테일(소매) 채널에서의 LG IT 브랜드 노출도 & 매대 점유율도 괄목할 정도로 크게 개선되었다.

그런데 김 차장은 요새 깊은 고민에 빠져들지 않을 수 없다. 광고쟁이들의 수법에 의존해서 기존의 관행대로 매체별 구분 광고비를 책정하여, 무작정 브랜드 & 제품 광고를 하는 것이 맞는지, 아니면 소비자에게 직접 다가가서 브랜드와 기술력을 직접 체험하게 하면서 제품 구매를 유도할 수 있는 마케팅 방법을 찾는 게 맞는지? 그럴 수 있다면 그 규모는 어느 정도로 해야 하나? 아무리 고민을 하고 이것저것 따져봐도 쉽게 결정을 내릴 수 없었다. 백만 달러 정도 소요되는 단일 행사를 위해서는 법인장 포함, 본사 사업부 임원들의 이해와 지원을 받아내는 과정이 반드시 수반되어야 했는데, 그 또한 쉬운 일이 아니었다.

김철민 차장 안녕하세요? 유셉 씨, 아랍 젊은이들이 가서 즐기는 PC방을 좀 보고 싶은데 가능할까요? 물론 그곳에서 실제 모니터 점유율이 어느 정도 되는지 확인도 해 보고 싶고요.

유셉 그럼요. 지금 당장 제가 알고 지내는 친구가 운영하는 PC방으로 가 보시죠. 사실 이 숍은 며칠 전에 열었어요. 그곳에서 어떤 브랜드의 모니터가 설치되어 있는지, 그리고 거기서 주로 젊은이들이 어떤 게임을 즐겨 하는지 확인해 보는 것도 괜찮을 것 같습니다.

유셉은 PCI에서 B2B 비즈니스를 담당하고 있었는데, 도매 사업을 하면서 가격 중심의 딜, 치킨 게임에서 오는 수익성 악화로 소매단으로의 공략이 무엇보다 필요했다고 그들은 봤던 것이다. 그래서 카림이 소매점으로의 직접 유통을 위해 유셉에게 임무를 줬던 것이다. 아주 호탕한 성격에 농담도 잘하고, 하하하 하고 웃는 모습이 정말 천진난만했던 친구로 기억되는데, 물론 이 친구도 카림과 같은 팔레스타인 이주민이었다.

"아! 여기 젊은 친구들은 PC 게임을 즐기면서 시샤(물 담배)도 하고, 간단히 군것질도 하면서… 시간을 죽이고 있구나."

(두말하면 잔소리. 한국이나 두바이나 다 똑같다.)

순간 머리를 스치는 것이 있었다. 바로 이거다!

그날로 바로 김철민 차장은 하루 종일 방안에 틀어박혀서는 쓱싹 쓱싹 아웃라인을 잡고, 잠시 담배 한 대 피운 뒤 단계별 세부 계획안, 예산 규모, 시점별 액티비티(activity) 등을 구체화하는 작업에 들어갔다.

- PC 게임 대회 : 청소년 대상
- 브랜드 PC, 모니터 : LG에서 제공
- 걸프 지역 내 국가별 예선, 결선 : LG 주관

라마단은 무슬림들에게 그야말로 금식/금욕의 성스러운 기간이기도 하지만, 생각하기에 따라 가족 상봉, 오랫동안 만나지 못했던 친구와의 재회, 부자·가난한 자를 가리지 않고 서로를 위로하며 기뻐해 주는 마치 우리나라의 추석·구정과 같은 의미를 담고 있다. 즉 축제의 기간이었던 것이다.

LG Cyber Cup

- 목적 : LG IT 브랜드 제고 및 노출도 강화 통한 실 판매 증대
- 기간 : 2003. 6~11월(라마단 기간)
- 대상 : 걸프 지역 내 청소년(~ 대학생)
- 방법 : 국가별 PC 게임 경기/토너먼트 방식

  라마단 종료일, 두바이 시티 몰(Dubai city mall)에서 최종 결선.
- 비용 : (총) 백만 달러
  - 미디어 광고 : 고지 광고(신문/라디오)
  - 에이전시 사용료 : OO달러
  - 국가별 예선 진행 : OO달러
- 국가별 순회 방문(사전 조율)
  - 결선 진행
- 게임 장소 임차, 설비 설치(무대, PC, 음향, 조명...)
- 미디어별 기자단 초청, 인터뷰

(중략)

대략적인 LG Cyber Cup 기획안은 위와 같다.

좀더 자세한 마케팅 기안은 법인 마케팅 디렉터인 아툴과 협의 진행하고, 국가별 토너먼트를 진행하기 위해서는 PCI의 지원이 절실했다. 국가별 LG IT 거래선의 이해와 협조가 동반되어야 하며(장소 섭외, 현지 마케팅, 선수 접객 등), PCI에서는 국가별 예선 때 소요될 게임용 데스크톱 PC와 모니

터를 제공하고, 영국에 적을 둔 게임 전문 운영자인 AAA 에이전시를 통해 PC 게임 운영에 대한 전체 운영을 맡도록 했다.

두바이 법인에서는 두바이 자체 예선, 준결승전, 결승전에 대한 운영을 주관하되, 이는 법인 마케팅 디렉터가 책임지고 미디어 측에도 사전에 충분한 준비·협의하도록 했다.

사실 국내에서 진행되는 작은 규모의 행사를 준비·실행하는데만도 기획/실행/모니터링 등 적어도 2~3개월이 소요되며 막대한 인원이 투입된다. 그런데 법인 IT 제품 매니저 혼자의 기획안에 따라 아랍에미레이트(U.A.E) 자체 지역 행사가 아닌 8개 국가가 참여하는 범 지역 게임 경기를 한다는 거 자체가 제정신으로는 입안(立案)조차 할 수 없는 대형 행사가 아닐 수 없었다. 지금 생각해도 김 차장의 생각 자체가 너무 무모했고, 어찌 저 큰 행사를 치러낼지 아찔할 뿐이었다. 하지만 다행스럽게도 법인장 포함, 본사 모니터/스토리지/PC 사업부로부터 100만 달러가 투여되는 〈LG Cyber Cup〉을 아주 아주 어렵게 허락을 받아냈다. 일상의 매출 활동(국가별 바이어에 제품/가격 오퍼(offer), 본사 제품 구매, 창고 재고 관리 등)은 그대로 하면서 별도로 6개월이라는 시간 동안 8개 국가에 걸친 물리적 해외 출장이 동반되는 준비 과정은 그야말로 피를 말리고, 살을 깎는 고통과 스트레스의 나날이었다.

그렇지만 김철민 차장은 **'남이 다 하는 거 말고, LG만의 독특한 마케팅 행사'**를 기안하고 추진한다는 생각에 머리부터 발끝까지 감도는 엔도르핀으로 마치 온몸이 전기가 감도는 듯한 짜릿함을 느꼈다. 그것도 하루에 몇 번씩. 그만큼 그에게 6개월은 육체적·정신적으로 가장 힘든 기간이었지만, 한편 가장 활력이 넘치는 기간이기도 했다.

김철민 차장 아툴. 아랍에미레이트(U.A.E)에서의 지역 예선전 준비는 계획대로 진행되고 있습니까? 벌써 8월입니다. 에미레이트를 구성하고 있는 5개 지역 내 예선전은 늦어도 8월 말까지 완료되어야 합니다. 차질 없도록 매일매일 중간 상황을 알려주세요.

카림 Kim. 사우디, 쿠웨이트, 바레인, 카타르, 요르단 모두 해서 국가별 50대씩 데스크톱 PC 공급에는 문제 없습니다. 그런데 이란은 어떻게 할 생각이요? 이란 시장이 중동에서 제일 큰 것을 감안하면 비록 이란이 걸프에는 속하지 않지만, 이번 LG Cyber Cup에 이란도 포함시키는 것이 좋을 것 같소만.

김철민 아! 그렇지. 이란은 내 판매 관할 지역은 아니지만 중동 내 이란의 위상을 감안할 때 결코 무시할 수 있는 국가가 아니다. 고마워요, 카림 씨. 이란도 이번 LG Cyber Cup 정식 참가국으로 포함시키도록 하겠소. 이란에는 내가 본사 모니터 사업부에 있을 때 교류했던 IOMG가 있습니다. CEO인 아미르 회장님도 내가 잘 알고 있으니, 그분을 통해 이란 내에서 LG Cyber Cup 예선 포함, 진행하는데 문제 없도록 미리 협조 요청해 두겠습니다.

이렇게 걸프 6개 국가와 이란, 터키까지 포함해서 전체 8개 국가가 LG Cyber Cup 최종 엔트리로 선정되었다. 이제부터 국가별 순회 방문을 통해 PC 게임 경기의 개최 취지와 경기 운영 룰, 방법 등을 알리는 활동이 남아 있었다. 결코 작은 행사가 아니었다. 각 국가별 운영자 역할을 하게 될 LG IT 파트너와의 팀워크가 매우 중요했고, 걸프 뉴스(Gulf New), 칼리지 타임스(Khaliji Times) 등 지역 내 유력 미디어 매체에서 이미 공식적으로 고지한 상황이었기에 간발의 실수라도 발생하는 날이면 정말 큰일이 아닐 수 없었다.

솔직히 처음엔 호기롭게 기안하고 준비된 중아 지역 행사였지만 막상 준비 단계에 접어들면서 용두사미격으로 경기 자체가 흐지부지 끝날 수도 있다는 두려움에 밤잠을 제대로 이룰 수가 없었다.

국가별 순회 방문팀은 두바이 법인에서 IT 담당 매니저인 나와 마케팅 디렉터, 그리고 게임 에이전시에서 2사람을 포함해서 4명이 1팀을 이루어 요르단/이란/사우디/카타르/바레인/쿠웨이트/터키 순으로 장장 3주에 걸친 출장으로 진행되었다. 해당 국가에 도착하면 우선 현지 LG IT 파트너사와 간단히 미팅을 하고 이후 바로 현지 마케팅 에이전시 담당자와 미팅, 예선전 기간 동안 최대한 LG IT 제품(플래트론 모니터, 스토리지, 노트북 PC)에 대한 제품 인지도를 극대화하는 방향으로의 주문이 뒤따랐고, 다음 날에는 실제로 경연이 펼쳐질 장소 방문, 적합성 조사 및 게임 장소 임차 등 관련 계약 조건에 대한 협의를 진행하고, 마지막 3일차에는 예선전 진행을 위한 구체 협의가 진행되었다. 모든 경기에는 누구나 이해하고 받아들일 수 있는 룰이 적용되어야 하며, '공정한' 경기 운영이 수반되어야 하겠기에 준비하는 데 단 하나의 소홀함이 없도록 확인 또 확인 작업이 이루어졌다.

처음 방문한 국가를 요르단으로 정한 데는 나름의 이유가 있었다. 그것은 PCI의 CEO인 카림이 바로 요르단 사람인 데다 그곳에는 카미스, 아흐메드 등 카림의 동생들이 이미 현지에서 LG IT 파트너로 사업을 하고 있었기에 LG Cyber Cup 준비, 시행, 각종 비용 등 협의 단계에서 드러날 수 있는 문제점들에 대한 사전 필터링(filtering) 작업이 수월하다고 봤기 때문이었다. 가령 사우디를 우선으로 출장 일정을 잡았을 경우 거래선의 성격상 LG Cyber Cup 개최 취지와 비용 설명에만 며칠을 잡아먹었을 것이다. 나와 이전에 눈높이를 맞출 수 없었던 터라 그들의 협조를 처음부터 얻어 내기가 쉽지 않았을 것이다.

(여기는 요르단)

김철민 차장 LG Cyber Cup에 대한 기획 의도는 이미 카림 씨로부터 들어서 충분히 알고 있을 것으로 생각됩니다. 모든 제조사가 그들의 제품 판매 확대를 위해 '광고'라는 마케팅 기법을 쓰게 되는데, 수많은 브랜드와 제품들이 거의 비슷한 느낌으로 광고를 하게 되면 소비자들이 실제로 받아들이는 효과는 예상과 달리 작을 수 있고, 실제 판매로도 연결되지 않을 수 있습니다.

여러분, 한번 생각해 보세요!

여러분이 사업을 하고 있는 이 나라에서, 여러분의 청소년(미래 고객)들이 LG 플래트론 모니터와 PC를 사용해 그들이 미치도록 재밌어하는 인터넷 PC 게임 경기를 하는 동안, 실구매자이면서 잠재 미래 고객인 그들이 느끼는 'LG 브랜드'는 일반 TV, 신문 광고에서 보고 듣는 것과는 매우 다를 겁니다. 만일 그들의 가슴속에 LG 브랜드 이미지가 긍정적으로 자리매김한다면, 당장 내일부터라도 LG 모니터, 노트북 PC 한 대 더 판매할 수 있다고 저는 생각합니다.

카미스 전적으로 동의합니다, Kim! LG 제품 판매 확대를 위해 우리 요르단 젊은이들 대상의 PC 게임 이벤트를 개최한다는 발상 자체가 매우 인상적입니다. 〈LG Cyber Cup〉을 준비하고 성공적으로 개최될 수 있도록 최대한의 지원을 아끼지 않겠습니다.

자, 게임 장소로 이동해 봅시다.

여기에 우리 제품으로 해서 LG 데스크톱 PC 50대와 게임 소프트웨어 설치, 그리고 제품 전시도 동시에 진행하게 될 겁니다. 참가자 모두 우리와 동일한 생각을 가질 것으로 저는 확신합니다.

김철민 차장 고맙습니다. 카미스 씨! 이제 제 마음이 아주 편안해졌습니다.

이란 - IOMG

사우디 - Al Jassim

카타르 - Video Home

바레인 - Mega Byte

쿠웨이트 - Al Metrix

터키 - LG 이스탄불 지사

이렇게 해서 3주간에 걸친 LG Cyber Cup 사전 준비 단계인 국가별 순회 일정이 모두 끝났다. 당연히 김 차장을 포함한 출장자 모두 그야말로 녹다운(knock-down)된 것은 두말할 나위가 없었다. 3일마다 국가별로 이동하면서 게임 장소 방문, 미디어 접촉, 설명회 등 결코 쉬운 작업이 아니었다. 아랍에미레이트는 2개 지역으로 나누어 예선전을 치렀는데, 수도인 아부다비(Abu Dhabi)와 경제/금융의 중심지인 두바이에서(사실 LG Cyber Cup 광고 노출도를 최대한 높이기 위한 포석이었다) 개최되었다.

예선전에는 선수들 모두 자신의 학교와 고향의 명예를 걸고 전투에 임하는 기분으로 참가했으며, 경기장에는 참가 선수의 가족·친구들의 응원과 함성 소리에 바로 옆 사람의 말소리를 듣기 어려울 정도로 뜨거웠다.

(2003년 9월 15일)

두바이 지역 1, 2, 3위

아부다비 지역 1, 2, 3위를 가르는 지역 최종 예선일

경기장은 LG 브랜드와 IT 제품의 전 라인업(line up)이 전시되어 누가 보더라도 한눈에 LG가 주관한 PC 게임 경기장이라는 것을 쉽게 알 수 있었다. 물론 앞서 언급한 아랍에미레이트 유력 TV, 신문, 라디오 매체 모두 나와서 중아 지역에서 처음 열리는, 아니 처음 경험해 보는 <지역 인터넷 PC 게임 경기>를 취재하는데 여념이 없었다.

김 차장은 최종 예선이 진행되기 1시간 전에 법인 마케팅 디렉터인 아툴과 함께 이미 경기장에 나와 경기장 및 게임용 PC의 정상적 작동 상황을 지켜보고 있었다.

김철민 차장 아~ 이제 겨우 반이 끝났다. 오늘 에미레이트 최종 예선전이 문제없이 끝나고, 앞으로 1달 뒤면 8개국 예선 통과자들이 모두 모여 이곳 두바이에서 대전을 치르게 된다.

한 모금 쭈~욱 빨아들이는 담배 연기 속에 두바이의 후덥지근한 밤공기가 같이 어우러져 두바이 하늘의 수많은 별과 함께 맴돌고 있었다.

여기는 두바이 시티 몰(Dubai City Mall). 두바이 내 최대 쇼핑몰로 두바이 랜드마크(land mark) 그 자체였다. 이곳에서 6개월 전에 김 차장이 기획하고, 꿈에 그리던 <중아 지역 PC 게임 경기>가 열리다니! 참으로 감개무량했다.

당시로서는 특정 법인에서 그것도 LG전자라는 전 세계 최대 가전회사에서 주력 제품도 아닌 IT 제품 담당 매니저(product manager) 1인이 백만 달러에 가까운 마케팅 비용을 써가면서 단일 행사를 진행한다는 것은 흔하지도 않을 뿐더러 거의 불가능한 일이었다.

아마 모르기는 몰라도 법인, 본사 모두 '김철민은 또라이'라고 모두들 생각했을 것이 분명하다. 그만큼 행사를 준비하는 데 방해도 많았고 노골적으로 뒷담화하는 동료·직장 상사들이 많았음을 김 차장이 왜 모를까.

하지만 **영업의 가장 기본은 투자 대비 효과, 즉 알 오 아이**(ROI_return on investment)**다!**

단 1달러라도 영업이익이 나면 무조건 전진이다. 못 먹어도 간다!

아툴 Mr. Kim, 두바이 언론에서 LG Cyber Cup 관련된 관심과 피드백 들어 보셨나요? 각국의 언론사뿐만 아니라 로컬 TV 방송사, 신문사, 그리고 라디오 방송국에서 지금 이번 지역 PC 게임 이벤트에 대해 모두들 난리입니다. 모든 사람들이 지금 국가별 출전자가 최종 결승에까지 진출할 수 있기를 고대하고 있다는 내용입니다. 올해 목표로 한 마케팅 목표치를 벌써 넘어서고 있어요!

카림 이봐요, Kim! 당신은 누구를 응원할 겁니까? 당연히 에미레이트 팀이겠지요? 하하하. 안 됐지만 예상 우승자는 이란 선수일 거라고들 합니다. 현지 방송에 의하면 이란 선수들은 이 경기에서 우승하기 위해 지난 6개월 동안 매일 합숙을 하면서 연습을 했다고 하네요. 놀랍지 않나요?

샤라쓰비 안녕하세요. Mr. Kim! 샤라쓰비입니다. 지금까지 중동 지역 LG IT 사업 발전과 브랜드 이미지 개선을 위해 노력한 Mr. Kim의 노력에 감사드립니다. 이번 경기에서 LG 공식 파트너사로 운영자 역할을 하게 됐지요. 아미르 회장님(CEO of IOMG_이란 LG 공식 IT 파트너사)께서도 Mr. Kim의 노력과 열정에 깊이 감사하고 싶다는 말씀이 있었습니다.

김철민 차장 아, 샤라쓰비 님, 안녕하세요? 카림 씨가 그러는데, 이번 최종 우승자 후보로 이란 팀을 꼽고 있다고 하는데, 선전을 기대합니다. 역시! 이란입니다. 파이팅!

샤라쓰비는 내가 본사에서 이란 모니터 수출 담당자였을 때 IOMG 사장으로 많은 친분을 나눴던 친구였다. 사실 나보다 많이 연장자였고,

상담 시에는 단 1달러라도 깎으려고 가격 계산이 맞니 안 맞니 하며 따지는 주도면밀한 분이지만, 평상시에는 수더분한 미소를 곧잘 날리곤 했던 아저씨 타입의 아주 훌륭한 사업가였다.

나세르 어이, Mr. Kim. 요즘 어떻게 지냅니까? 많이 피곤해 보이는군요. 대단합니다. 제 지난 인생을 통틀어서 이러한 지역 인터넷 게임 이벤트는 본 적이 없습니다. 정말 잘했습니다. 브라더!

김철민 차장 아하, 나세르 브라더! 언제 두바이에 도착했습니까? 바레인 선수들도 많이 흥분해 있겠군요? 최종 결승전에 바레인 팀이 올라오길 바라겠습니다.

나세르는 중동에서 가장 적은 인구 60만의 바레인에서 LG IT 제품을 취급하는 Mega Byte사의 사장이다. 얼굴은 까무잡잡하고, 키도 작고, 삐쩍 마른 형상이었지만, 사업에 대한 열의와 LG 브랜드에 대한 충성심은 내가 보아온 수많은 LG 거래선 중 단연 최고였다. 그는 지역 대표님과 싸워가면서까지 바레인에서 LG IT 사업권을 지켜준 나의 분신이기도 했다.

자씸 안녕하세요? Kim. 다시 뵙게 되어서 반갑습니다! 와우! 정말 대단하군요! 우리 팀 응원해 주세요. 인샤~알라!

김철민 차장 아, 자씸 씨. 여기에 직접 와 주셨군요. 정말 감사합니다. 요새도 두바이에서 수입되는 제품이 많나요? 늘 미안하게 생각합니다. 제가 어떻게 할 수 있는 부분이 아니라서….

자씸은 사우디에서 LG IT 파트너사로 사업하고 있는데 두바이에서 넘어오는 밀수(illegal importation)로 매 반기마다 두바이 법인, 김 차장에게 가열차게 항의했던 사람이다. 늘 미안한 마음을 갖고 있지만, 항상 물이 높은 곳에서 낮은 곳으로 흐르듯이 두바이 시장의 속성상 마진 1~2%만 남기고 덤핑해서 인근 국가로 재수출하는 구조라 개인인 내가 어찌할 수 없는 부분으로 알 자씸(Al Jassim) 회사가 본의 아닌 피해를 본 적이 많았던 것은 사실이다. 이런 사업 구조 속에서도 그들은 수백 년 전부터 두바이를 통해 장사를 해왔고, 앞으로도 계속 그럴 것이기에 나름의 생존 방법이 있을 거라는 생각이 들긴 했다.

장내 아나운서 아! 안타깝습니다. 본 게임 경기의 주최국인 아랍에미리트 팀이 한 선수의 작은 실수로 준결승전에서 처음으로 패자가 되는 순간입니다. 선수들 모두 망연자실한 모습입니다. 하지만 주위에서는 부모, 학교 친구들 모두 "괜찮아! 괜찮아!" 하면서 뜨거운 응원을 하고 있는 모습이 참으로 아름답습니다. 오늘 아침 9시부터 시작된 준결승전 경기에서 처음으로 에미레이트 팀이 탈락하고, 뒤이어 바레인, 카타르 팀이 패배의 고배를 마셨습니다. 잠시 후 1시간 뒤에는 최종 결승전 경기에 나서게 될 팀이 선정되는데요. 현재까지는 이란, 요르단, 터키 팀이 유력할 것으로 집계되고 있습니다. 자, 그러면 이란에서 온 대표 선수 1명과 인터뷰를 나눠 보겠습니다. 먼저 자기 소개 부탁합니다.

하쉼 저는 하쉼이라고 합니다. 이란 국립대학교 2학년에 다니고 있습니다. 평소에도 친구들과 자주 어울려 게임을 하곤 하는데, 특히 이번에 LG에서 주관한 〈LG Cyber Cup〉에서 우리 팀이 우승하기 위해 지난 6개월 동안 합숙을 하면서 정말 열심히 준비해 왔습니다.

장내 아나운서 아, 그렇군요. 이번 경기는 총 8개 버전이 무작위로 선정되어 각 팀에서 4명이 각자의 배틀 존에서 상대방의 무자비한 육·해·공군의 최신예 무기에 맞서 생존하는 게임으로 알고 있는데, 본인이 알고 있는 나만의 생존 요령이 따로 있습니까?

하쉼 네, 있습니다. 육 · 해 · 공군의 무기 체계는 미사일, 로켓포, 드론 등 직접 상대방을 타격할 수 있는 무기와 탱크, 군함, 전투기 등의 10단계 무기 체계가 있고, 각 레벨마다 아군과 적군의 전력을 잘 모르는 상태에서 최선의 타격 무기를 써야 하기 때문에 고도의 워 게임(war-game) 수행 능력이 필요합니다. 한 사람이 운용할 수 있는 병력은 1개 대대 규모로 초반에 너무 많은 병사를 잃으면 중 · 후반에 사용할 최적의 무기를 선정하여 활용하는 데 어려움이 있기 때문에 매우 신중을 기해야 합니다.

장내 아나운서 그렇군요. 단순히 M-16 소총으로 상대 병사와 진지를 타격하는 단순 게임이 아니라는 데 실로 놀랍습니다. 감사합니다. 아, 잠시 1시부터 본 게임의 하이라이트인 결승전 경기가 있을 예정입니다. 결승전에서 싸우게 될 4개 팀은 이란, 요르단, 터키, 쿠웨이트로 선정되었습니다. 오전 준결승전 경기 중반만 해도 강력한 우승 후보였던 카타르 팀이 쿠웨이트 팀의 드론 공격에 육상 1개 중대 병력이 몰살을 당하는 참사가 있었는데, 결국 대대장이 항복하면서 게임은 쿠웨이트의 승리로 넘어가게 되었습니다.

잠시 후 최종 결승전이 개최되기 전에 잠시 본 이벤트를 주관한 LG 두바이 법인장님의 축하 메시지가 있겠습니다.

두바이 법인장 살람 알레이꿈! LG 두바이 법인장입니다. 제가 LG에서 근무한 지난 30여 년 동안 중동 지역 근무만 벌써 20년입니다. 30년 전 제가 처음 이집트 에어컨 제품 매니저(product manager)로 근무할 때의 근무 환경은 매우 열악해서 요즘과 같은 컴퓨터가 없이 본사와 전신으로 연락했던 기억이 납니다.

그런데 오늘날 세계는 빠른 IT 기술의 진화로 지구 반대편에 있는 친구와 실시간으로 서로 연락을 주고받는 놀라운 모습으로 변했고, 중동 지역 젊은이들이 가장 즐겨 하는 PC 게임 이벤트를 통해 이렇게 '즐거움의 장'을 마련할 수 있어서 개인적으로 감회가 새롭습니다. 걸프 지역 8개 팀이 참가한 이번 〈LG Cyber Cup〉에 방금 전 4개 팀이 최종 결승전에 이르게 되었다고 들었습니다.

여러분 곁에는 늘 LG가 함께해 왔으며 앞으로도 계속해서 여러분의 삶에 즐거움과 기쁨을 줄 수 있는 LG가 되겠습니다.

참고로 여기에는 전세계 최초 풀 플랫 스크린(Full FLAT screen)이라 할 수 있는 LG 플래트론 모니터와 전세계 시장 점유율 1위를 지난 5년간 지켜온 LG 스토리지, 그리고 이번에 이곳 두바이에서 전세계 최초로 LG 브랜드 이름을 달고 선보이는 노트북 PC가 전시되어 있습니다.

여러분 모두의 가슴속에 삶의 기쁨을 안겨다 줄 수 있는 LG가 되겠습니다. 오늘 여러분의 선전을 기원합니다.

장내 아나운서 따뜻한 말씀 고맙습니다. 법인장님! 먼저 가장 강력한 우승 후보인 이란과 마지막 행운의 열쇠를 거머쥔 쿠웨이트 팀과의 'Battle Ship' 게임이 시작되겠습니다.

장내는 양국 선수 8명의 비장한 손놀림과 무언의 수신호 등 엄숙함이 짙게 깔려 있었다. 8대의 PC에는 수십만 바이트의 내부 데이터 처리를 위해 빨강, 노랑, 초록의 램프가 반짝반짝 빛나며 돌고 있었다. 고글을 낀 모습이 마치 F-15 전투기의 파일럿과 비슷한 선수가 미사일 10기를 장착한 전투기를 장난감 다루듯 조종하며 적진 깊숙이 미사일을 날리고 있었다.

또 다른 상대편 선수는 주위의 소음과 시선으로부터 방해받지 않기 위해 두텁고 큰 헤드셋으로 중무장한 채 상대 선수의 레벨 3 공격에서 바로 대응 무기 체계로 전환, 인접 동료 선수한테 메시지를 전달하고 있었다. 흡사 실제 전투에서 대대장이 P-77 무전기로 예하 중대장을 진두지휘하는 그런 모습이었다. 최종 결승전에서는 예선전과 달리 리그전으로 치러졌기에 단 한

번의 실수가 걷잡을 수 없는 전력 낭비로 전환, 패배에 이르는 그런 숨 막히는 순간의 연속이었다. 오후 3시 반, 이제 서서히 윤곽이 드러나기 시작했다. 프로는 상대의 눈빛, 제스처(gesture) 만으로도 게임의 흐름과 승·패의 조짐을 읽을 수 있다.

영화 〈타짜〉에서 마지막 한끝을 잡고 있는 순간, 상대의 눈발에 서린 굵은 핏줄을 보면서 내가 승기를 잡고 있음을 아는 것과 같은 이치일 것이다.

(에엥~ 에에엥~~~)

장내 아나운서 최종 라운드가 모두 끝났습니다. 오늘 오전 9시부터 시작된 준결승전, 결승전 경기를 거치면서 장장 8시간에 걸친 대 전투로 선수들 모두 파김치가 되었을 것으로 생각합니다. 모두 수고 많았습니다. 잠시 최종 우승팀 선정에 문제가 없는지 확인한 후 발표하도록 하겠습니다.

(빵빠람~ 빠바밤~ 빵빠람)

장내 아나운서 제1회 중아 지역 〈LG Cyber Cup〉 최종 우승팀을 소개하겠습니다.

우승팀은 이란 팀입니다. 축하합니다!

김철민 차장 아! 이제 모든 것이 끝났구나! 솔직히 이란이 게임에서 우승을 하건, 쿠웨이트가 하건 난 관심 없다. 빨리 집에 가서 푹~ 쉬고 싶다. 그 얼마나 피 말리고, 괴로웠던 6개월이었나!

LG Cyber Cup 기안, 법인장 내부 보고, 본사 각 사업부 보고, 8개국 순회 방문을 통한 설명회, 제품(게임용 PC) 딜리버리(delivery) & 설치, 에미레이트 예선전, 그리고 나머지 7개국 예선전 중간 모니터링, 마지막으로 오늘 두바이 시티 몰에서의 최종 결승전.

난생 처음 이렇게 무엇인가에 빠져본 적이 없었다. 그러나 더욱 나를 힘들게 했던 것은 이벤트를 진행하면서 매출은 매출대로 챙겨야 하는 업무 압박감과 그리고 '제까짓 게 뭔데! 어디 잘 할 수 있나 보자.'식의 주위의 비아냥과 뒷담화들이었다. 그런데 김 차장은 보기 좋게 해냈다.

2000년 이전, 연 매출 천만 달러 구조에서 모니터와 스토리지 제품의 꾸준한 성장과 더불어 LG 노트북 PC를 전세계 최초로 출시하면서 3년이 지난 현시점에 매출은 300% 성장한 4천만 달러의 사업 구조로 확대되었고, 모니터 30%, 스토리지 60%, 노트북 PC 10%의 시장 점유율 1위에 바탕 한 튼튼한 지역 딜러 네트워크 구축과 IT 제품에서도 'LG=No.1'이라는 브랜드 포지션 구축은 이번 실시된 LG Cyber Cup 성공적 개최와 함께 김철민이 아니면 어느 누구도 해낼 수 없었을 것이라는 강한 자부심으로 그간의 힘겨움을 달래주기에 충분했다.

그다음 김철민의 목표는 무엇인가? 또다시 넘고 또 넘어가야 할 산이 그의 눈앞에 펼쳐져 있었다. 그러나 그는 자신이 있었다.

"그래, 난 할 수 있어! 왜냐면 난 진정한 '또라이'니까! 남이 할 수조차 없는 불가능한 그 무엇도 난 해내고 말 거야. 철민아, 너는 그런 놈이야. 충분히 해낼 능력이 있다고."

에피소드 #4 즐거웠던 순간들…

나의 조국 대한민국이 지구상에서 가장 살기 좋은 이유는 내가 태어나 자란 곳이기도 하겠지만, 봄·여름·가을·겨울의 계절에 맞는 독특한 먹거리와 놀이가 있기 때문이 아닐까? 주로 아시아, 중동/아프리카 지역을 상대로 해외 영업을 하면서 약 27개 정도의 국가로 비즈니스 출장 등 직·간접 경험이 있었기에 어느 정도 지역별·국가별 먹거리 & 관광 명소를 알고 있었다. 가령 아시아 지역을 놓고 볼 때 대한민국만큼 다양한 먹거리와 4계절 풍경을 다채롭게 즐길 수 있는 국가가 있을까? 난 아직도 대한민국에서 태어나고 자란 것을 큰 행복으로 여기고 감사한다.

두바이에 주재하는 4년 동안 기억에 남는 몇 가지 에피소드가 있는데, 여기서 조금 다룰까 한다.

김철민 차장 여전히 날씨 하나 끝내주는군!(앞에서도 잠시 언급한 적이 있는데, 두바이의 11~2월은 외국인이 지내기에 '따봉!'이다.)
오늘 법인 식구들 모두 바다낚시 간다고 했는데, 뱃멀미 나지 않도록 미리 멀미약을 좀 챙겨야지.
안녕하세요? 지역 대표님, 법인장님, 안 부장님! 오늘 날씨 정말 좋은데요. 바람도 이 정도면 낚시하는 데 큰 어려움은 없겠습니다.

법인장 자, 모두들 오랜만에 바다낚시 나가는데, 모두 만반의 준비는 하고 왔겠지? 멀미를 그나마 하지 않으려면 속을 좀 채워야 해. 난 '귀미테(멀미약)'도 붙였고, 아침도 든든하게 먹었으니 오늘 고기 10마리 정도 만 잡으면 목표 달성이야. 하하하!

지역 대표님, 법인장 두 분(판매 법인, 서비스 법인) 외 나머지는 대개 30~40대의 비교적 젊은 사람들이라 뱃멀미 걱정보다는 오랜만의 바다낚시 그 자체에 한껏 들뜬 모습들이었다.

관리담당 법인장님, 그래도 조금은 조심하셔야 합니다. 배 타고 2시간 정도만 나가도, 그곳은 파도가 예상보다 크게 일 수 있습니다. 뱃멀미, 문제 없으신 거죠?

배 타기 전 약 10분 동안 낚시 요령(좀더 정확히는 어종에 따른 낚시 포인트 및 릴 사용 요령), 뱃멀미 날 때의 응급 처치 요령, 그리고 좁은 배 위 공간에서 서로 낚싯줄이 엉키지 않도록 하는 등의 교육이었다. 이곳에서만 평생을 낚시 배를 운행해 온 토박이 선장의 주의와 당부도 당연히 있었다. 안 부장님께서는 뱃멀미가 유독 심해서인지 벌써부터 조금은 겁먹은 표정이셨다. 그외 젊은 직원들은 오랜만에 법인 식구들이 다 모여서 하는 팀워크 빌딩 액티비티에 흥분해서인지 왁자지껄 수다 풀기에 여념이 없었던 것과는 크게 대조되는 모습이다. 하지만 누가 그랬던가? 뱃멀미엔 장사 없다고. 사실 누가 제1타로 뱃멀미하는지 꽤 궁금하기는 했다. 하하하.

법인장 야! 서 차장. 벌써 1마리 낚았어. 그런데 조금 사이즈가 작구먼. 어~허, 박 과장 낚싯줄엔 2마리가 걸렸네. 야 여기 정말 대박인데. '줄줄이 사탕'이야!(60~70년대 태어난 세대라면 아마 '줄줄이 사탕'이 어떤 것인지 금방 알아챌 거다. 사탕이 줄줄이 매달려 있는 모습과 한 개의 낚싯대에 한꺼번에 3~4마리가 낚여서 올라오는 모습이 흡사하다.)

곧이어 이번에는 하나의 낚시대에 3마리, 4마리가 한꺼번에 주렁주렁 매달려 낚여 올라왔다.

와! 이런 경우는 난생처음인 걸…. 내 옆에서 한동안 조용하던 김 과장이 그처럼 기뻐했던 걸 본 적이 없었다.

그런데 아니나 다를까, 처음 낚시 포인트에서 어느 정도 물고기를 건졌다고 생각한 선장은 배를 조금 더 멀리 운전해서 또 다른 포인트에 닻을 내렸다. 그런데 사단은 여기서부터 시작되었다.

그동안 멀쩡했던 바다였기에 약간의 미동만 있을 뿐 이리저리 흔들거리기만 하던 배가 갑자기 요동치기 시작한 것이다. 너무 흔들렸다. 감이 안 좋다. 이윽고 저 멀리 선미에서 누군가의 "우~웩!" 하는 소리가 들려왔다.

바로 다름 아닌 법인장님이셨는데, 낚싯대는 어딘가 내팽겨둔 채 풀썩 자리에 앉아 계신 것이 아닌가. 3시간 전까지만 해도 그렇게 '귀미테'를 외치며 아침까지 든든히 차려 드시고 만만의 준비를 하셨다고 너스레를 떠셨었는데…. 그만 제일 먼저 두바이 바다의 희생양이 되신 것이다. 곧이어 선두에 있던 안 부장님도 얼굴이 노랗게 변한 채 지지대에 몸을 기대어 고통스러운 표정을 짓고 있었다.

우~웩. 우~웩. (김철민 차장 역시 육사 생도 4학년 때, 하계 훈련차 제주도로 이동하는 페리호에서 겪은 뱃멀미가 얼마나 고통스러웠는지 이미 경험한 터라, 법인장님과 안 부장님의 그 고통스러워하는 모습이 남일 같아 보이지 않았던 것은 '동병상련'이라고나 할까.)

참 신기하다. 공원 벤치에 한 커플이 나란히 앉아 있었는데, 남자가 어느 순간에 긴 하품을 하자 바로 뒤이어 옆에 있던 여자도 똑같은 모습으로 하품하는 장면을 많이 보았을 거다. 그렇게 하품과 뱃멀미는 개인에서 개인으로 옮아가는가 보다. 1타로 법인장님이 우~웩, 뒤이어 안 부장이 우~웩 하더니, 그 이후로 여기저기서 우~웩. 우웩.

김 차장 역시 배 저 밑에서부터 치밀어 오르는 이상야릇한 메스꺼움이 없지 않아 있었지만, 침착하게 저 멀리 수평선을 가만히 응시했다. 심한 파도로 마치 청룡 열차를 타는 듯한 어지러움을 느꼈지만 참고 또 버텼다. 생도 4학년 때 하계 훈련을 받기 위해 제주도로 가는 페리호에서의 그 순간을 상기하면서….

이날 두바이 바다낚시에서 법인 식구의 80%가 뱃멀미에 모두 파김치가 된 참사가 벌어지고 만 것이다.

아무리 낮은 산이라도 힘들기는 매한가지다. 뒷동산을 오르나 설악산 대청봉을 오르나 숨이 턱까지 차오르기는 똑같다. 두 번 다시 바다낚시는 하지 않겠다는 푸념 아닌 괴성이 여기저기서 들려온다. 그래도 한 개의 낚싯줄에서 한꺼번에 4마리, 6마리가 엮여 올라오는 그 환희와 기쁨은 아직도 잊을 수가 없는 즐거운 추억이었다.

그날 저녁, 법인 식구들은 두바이 시내 한 식당을 빌려 회와 매운탕을 끓여 먹으면서 서로 저마다의 무용담을 가족들에게 자랑하면서 그렇게 두바이의 저녁은 저물어 갔다.

두바이 바다낚시, 법인 식구 80% 전사…. 4마리, 6마리 줄줄이 사탕… 어떻게 잊을 수 있으리오!

나세르(Nasser)_바레인, 작은 거인…

나세르 안녕하세요? 저는 바레인 LG 공식 디스트리뷰터인 나세르라고 합니다. Mr. Kim과 통화 가능할까요?

김철민 차장 아네. 나세르 씨. 김철민입니다. 일전에 박 부장님으로부터 바레인에 있는 Giga Byte 회사에 대해 전해 들은 적이 있습니다. 어서 들어오세요. 그런데 어쩐 일이십니까?

나세르 아, 그러시군요. 이렇게 Mr. Kim을 뵙게 돼서 반갑습니다. 여기 제 친구(동업자) 오마르를 소개합니다. 우린 대학 동창이고, 바레인에서 Giga Byte라는 IT 회사 설립 이후 줄곧 파트너로 함께 일하고 있습니다.

1990년 초 대학에서 공학을 전공한 나세르와 오마르는 일찌감치 IT 사업의 미래 발전 가능성을 보고 당시 대만의 ACER 공식 비즈니스 파트너로 바레인에서 Giga Byte라는 조립 PC 회사를 설립·유통해 오다가 1997년 LG 두바이 법인으로부터 모니터, 스토리지 제품을 소규모로 구매하기 시작했다. 하지만 인구 60만도 채 안 되는 바레인은 워낙 시장 규모가 작아 법인 IT 주력 거래선 리스트에는 이름을 올리지 못한 상태였다. 2000년까지만 하더라도….

김철민 차장 고맙습니다. 나세르 씨. 지난 1999년 Giga Byte 향 총매출 규모를 보니 80만 달러 정도로 그리 크지는 않군요. 어떻습니까? 요즘 사업이….

나세르 잘 아시겠지만, 1997년 Mr. Park(전임 IT 제품 담당 매니저)을 통해 LG 모니터, 스토리지 제품을 구매하기 시작하여 매년 40%의 사업 성장을 이뤘는데, 이번에 Mr. Kim과 사업을 하게 되어 매우 기쁩니다. 시장 자체가 크진 않지만, 1인당 국민소득이 3만 달러를 넘고 정부에서 추진하고 있는 중 · 고등학교 인터넷 환경 완비 프로젝트가 2000년 7월부터 론칭하기 때문에 비즈니스 기회는 매우 밝다고 할 수 있겠습니다. 특히 LG에서 내놓은 플래트론 모니터에 대한 소비자 신뢰도가 매우 높습니다. 당연히 제 계획은 정부 입찰에서 전체 PC 모니터를 'LG 플래트론'으로 공급하는 겁니다. 이미 바레인 교육부 장관께 제품 프레젠테이션을 마친 상태이고, 매우 긍정적인 피드백을 받아 놓은 상태이지요.

김철민 차장 그거 참 좋은 기회군요. 최대한 제가 옆에서 지원해 드리겠습니다. 자, 상담은 내일 오전에 제벨 알리 사무실에서 하도록 하고, 우리 저녁 식사 어떻습니까? 10분만 기다려 주세요. 곧 업무 정리하고 제 차로 함께 이동하시지요.

(두바이 크릭 사이드의 어느 현지 아랍 식당에서)

김 차장 바레인 내 브랜드별 경쟁 구도는 어떤가요?

나세르 대만의 ACER, BenQ가 시장 점유율로는 전체 시장의 60% 정도를 차지하고 있고, LG가 15%, S사가 10%, 기타 브랜드가 15% 정도 차지하고 있습니다. 가격 포지셔닝은 LG를 100으로 놓고 본다면, S사가 90, ACER가 70 정도로 보면 될 겁니다.

이번에 Mr. Kim을 직접 찾아뵙고 제 사업 계획을 말씀드리면서 가능하다면 지원을 받고 싶습니다. 바레인 IT 비즈니스 아웃룩(out-look)을 간단히 얘기하면, 정부 프로젝트가 매년 15~20% 정도 되고, 조립 PC가 전체의 70% 정도 된다고 보면, 나머지 10~15% 정도는 단품 시장

(Standalone)으로 되어 있습니다. 정부 쪽 입찰은 다분히 가격적 우위점이 있어야 수주하기 수월한데, 저는 좀 생각이 다릅니다. 바레인은 다른 걸프 국가와 달리 아이들 교육 인프라(infra) 투자에 매우 적극적입니다. 해서 LG에서 조립 PC, 플래트론 모니터, CD-RW를 공급하고 나머지 HDD, SDD, 그래픽 카드는 제가 잘 알고 있는 대만 업체를 통해 공급하되 LG 브랜드를 달아서 정부에 공급할 계획입니다. 학교에서 LG 조립 PC를 사용한 학생이 가정용 PC에서도 LG 브랜드를 사용할 확률이 많다고 보기 때문입니다.

김철민 차장 아주 좋은 생각입니다. 중동/아프리카 지역에서 LG IT 성장은 바로 나세르 씨와 같은 개척자 정신과 열정이 있는 분들이 반드시 도와주셔야 가능합니다. 모니터와 CD-RW는 두바이 법인에서 직접 정부 입찰에 입찰할 수 있도록 최대한 가격 지원을 해 드리고, 조립 PC는 당초 사업 구상대로 PCI를 통해서 받으셔야 합니다. 제가 카림 씨께도 지원 사격할 수 있도록 특별히 요청해 놓겠습니다.

나세르 Mr. Kim 정말 고맙습니다. 조만간 제 사업장을 방문해 주시기를 간곡하게 요청드립니다. 조립 PC 구성과 품질 관리, 차별화 애프터 서비스 등 직접 보여 드리고 싶습니다.

김철민 차장 좋습니다. 나세르 씨. 자! 양고기 좀더 드시죠. 저는 시샤 한 대 해야겠습니다.

이렇게 해서 바레인의 작은 거인 나세르와의 인연이 시작되었다. Giga Byte가 지금까지 충분히 잘 해오고 있었지만 내 성에 차지는 않았다. 솔직히 말하면 1999년 80만 달러 매출에서 내가 본사 복귀하는 2005년에는 매출 규모를 반드시 400만 달러로 성장시켜 놓고 말겠다는 나름의 목표를 세웠다. 나세르가 어떻게 생각하든 나에겐 중요하지 않았다. **"안 되면 되게 하라!"**

"10% 성장은 불가능해도, 30% 성장은 가능하다."라는 김쌍수 LG전자 전임 CEO의 사업 철학을 언제나 가슴속 깊이 간직하면서….

갑자기 나세르 씨로부터 다급한 전화가 걸려왔다.

나세르 Mr. Kim. 제발 좀 도와주세요. '알 쿠헤지(Al Kooheji)'가 나를 죽이려고 하고 있습니다. 일부러 LG IT제품의 가격을 덤핑하면서 내가 공급하고 있는 딜러 채널을 망가뜨리려고 하고 있어요. 지금 딜러들이 아우성입니다.

김철민 차장 나세르! 무슨 말인지 좀 내가 알아듣게 천천히 얘기해 봐요. 쿠헤지가 왜 딜러 채널에 LG 물건을 뿌려요? 분명히 내게 얘기하기로는 LG 브랜드 숍에서만 판매하기로 했었는데…. 분명히 '알 쿠헤지'가 당신 딜러들에게 낮은 가격으로 제품을 판매하고 있다는 얘기지요? 좀 더 자세하게 이 메일로 상황 설명해 주시고, 구체적으로 피해 규모를 알려 주세요.

'알 쿠헤지'는 바레인 LG 가전 파트너사로, 엄밀하게 얘기하면 IT 제품을 유통해서는 안 된다. 왜냐하면 바레인처럼 규모가 작은 나라, 시장에서 복수로 제품을 공급하면 반드시 유통 채널에서 박치기가 나기 때문에 통상 가전 제품과 IT 제품을 구분하여 공급해 왔다. 그런데 '알 쿠헤지'는 바레인 내 LG 가전 독점 파트너사이면서 Giga Byte처럼 규모가 영세한 사업자에게 '왜 LG가 제품을 공급해 주는가?' 하는 나름의 불만을 가지고 있었고, '자존심' 문제로 이슈화하면서 몇 번에 걸쳐 두바이 법인장에게 항의하곤 했었다. 이런 현상은 드물진 않지만, 간혹 이해 충돌이 발생, 해당 제품 담당 매니저들이 곤욕을 치르는 경우가 더러 있었다.

김철민 차장 법인장님, 한 가지 긴급하게 보고드릴 사항이 있습니다. '알 쿠헤지'가 브랜드 숍에서만 판매하도록 되어 있는 IT 제품을 Giga Byte의 IT 딜러 채널에 물건을 흘려서 지금 나세르 씨가 난리 법석입니다. 제가 사전에 쿠헤지 씨에게 충분히 양해를 구했고 저에게 약속을 했음에도 이런 일이 벌어진 건 명백한 '약속 불이행' 행위입니다. 엄중히 경고하고 '알 쿠헤지'로는 IT 제품 공급을 중단하도록 하겠습니다.

두바이 법인장 김 차장, 무슨 말인지는 알겠는데, '알 쿠헤지'는 바레인 LG 공식 파트너사입니다. 법인장 생각은 Giga Byte 매출 규모가 그렇게 크지 않은 것으로 알고 있는데, 큰 맥락에서 이번 기회에 아예 IT 제품을 '알 쿠헤지'로 일원화하는 방안을 검토해 보도록 하세요. 소비자 입장에서 보면 모니터를 누구로부터 받느냐는 중요하지 않습니다. 합리적인 가격에 판매 후 서비스를 누가 잘 제공해 주느냐가 더 중요합니다. 이런 관점에서 '알 쿠헤지'가 LG에도 좋을 것 같다는 생각입니다. 지난번 쿠헤지가 와서 IT 제품을 자신에게 일원화해 주면 Giga Byte보다 더 많이 판매하고, 소비자 광고도 더 많이 하겠다고 약속한 적이 있습니다. Giga Byte에게는 좀 미안한 일이지만, 큰 그림을 갖고 바레인 시장을 보도록 합시다.

김철민 차장 법인장님 말씀은 일부 이해가 됩니다만, LG가 중요시하는 파트너십 측면을 보면 제 입장에서는 Giga Byte를 내칠 수가 없습니다. 작년 80만 달러 매출에서 올해 200만 달러로 급성장을 했고, 채널 관리에 매우 열정적이며, 더욱이 IT 제품의 특성(가격 대응, 조립 PC 대응력, 애프터 서비스, 액세서리 프로모션 통한 매출성장 유도 등)에 매우 정통한 양질의 거래선입니다. LG에 대한 충성도 역시 '알 쿠헤지' 못지 않게 아주 높습니다. 법인장님, 이번 이슈는 제가 알아서 처리하도록 하겠습니다.

나세르 Mr. Kim. '알 쿠헤지'의 이해할 수 없는 채널 공격 행위에 대한 LG의 공식 입장은 무엇인가요? 잘 알다시피 Giga Byte는 바레인에서

LG IT 사업 확대를 위해 24시간 내내 전 직원이 충성을 다해 노력해 왔고 그 결과 딜러 포함 모두가 안정적 지위에 있는데, '알 쿠헤지'의 규칙 위반 때문에 딜러 채널이 들썩이고 있습니다. 심지어 LG의 가격 정책에 대한 불신마저 나오고 있어요. 매우 상황이 심각합니다.

김철민 차장 나세르 씨, 상황은 충분히 법인장님께 드렸지만 쿠헤지가 아주 강력하게 IT 제품까지 인수하겠다고 하면서 지역 대표님께도 이슈화시키고 있어 제가 입장이 아주 난처합니다. 하지만 Giga Byte는 LG의 공식 IT 파트너 사이고 이번 상황은 모니터, 스토리지, PC 사업부에도 보고를 드렸고 모두 저와 같은 생각입니다. 조그만 이익을 위해 내 친구를 어떻게 배신하겠소? 내 목숨을 걸고라도 나세르를 지킬 테니 좀더 기다려 주세요.

나세르 고맙습니다 Mr. Kim. 진정 제 형제나 마찬가지군요. 저를 내치시지 말아 주세요. 제 회사는 규모는 작지만 LG를 위해 '알 쿠헤지'보다 몇 배는 더 잘할 수 있습니다. 믿어주세요. 그리고 도와주세요!

지역 대표 김 차장, 잠깐 내 방으로 좀 오세요. 바레인 건으로 좀 얘기할 것이 있습니다.

김철민 차장 네. 대표님. 바로 찾아뵙겠습니다.

(아! 알 쿠헤지가 벌써 지역 대표님께도 손을 써 놨군!)

지역 대표 '알 쿠헤지'가 어제 나를 찾아와서 Giga Byte라는 IT 거래선이 대만산 조립 PC에 LG 모니터 제품을 아주 싼 가격에 팔고 있어서 소비자 불만이 많고 자기 브랜드 숍에 있는 모니터를 팔 수 없다고 하는데 정확히 무슨 상황입니까? 쿠헤지 요청대로 IT 제품을 일원화해서 '알 쿠헤지'에게만 공급할 수는 없나요?

김철민 차장 대표님, 가전 제품과 IT 제품은 제품 속성, 유통 채널, 가격 경쟁력, 채널 관리, 소비자 접점, 마케팅 등 모든 부분에서 다릅니다. 가전 유통에서 강하다고 해서 반드시 IT 제품까지 잘한다고 말할 수 없는 이유가 그것입니다. 그리고 Giga Byte는 이미 LG IT 제품으로 시장에서 시장 점유율 60%를 점유하고 있는 양질의 거래선입니다. 부디 쿠헤지의 말씀만 듣지 마시고, IT 제품 담당자인 저에게 이 문제를 맡겨 주시면 감사하겠습니다.

지역 대표 법인장과 상의해 봤는데. 법인장도 나와 같은 생각이더군요. 바레인에서의 LG 전체 브랜드 위상 관점에서 이 문제를 봐야 할 필요가 있습니다.

김철민 차장 대표님, 제가 좀더 자세하게 왜 IT 제품은 Giga Byte를 통해 유통되어야만 하는가에 대한 설명을 드리겠습니다. 저는 Giga Byte에게 단순히 돈만 바라보고 물건을 팔지 않습니다. 파트너십에 근거한 신용 거래를 강조해 왔고, 단순 마진보다 LG IT 브랜드, 애프터 서비스, 소비자 만족을 위해 '희생, 공헌'해 줄 것을 요청해 왔습니다. Giga Byte는 제 요청에 충실히 잘 따라와 줬습니다. '알 쿠헤지'의 자존심, 힘에 의한 논리로 LG IT 거래선을 죽이는 것은 옳지 않습니다!

구 분	가전 제품	IT 제품
채 널	가전 딜러, 양판점, 브랜드 숍	IT 딜러, 조립 PC 소매점
가 격	연간 변동 없음	매년 25% 이상 가격 하락
제 품	TV, 냉장고, 세탁기, 에어컨 등	단품 판매 어려움. 세트(SET) 판매(모니터 : PC 구성품 중 하나)
서비스	정기 관리	소비자 클레임 시 즉시 대응 필수
마케팅	브랜드 중심(공통 마케팅)	기능 중심 전달
전문성	일반적임	전문적 지식, 식견 중요

지역 대표 김 차장의 논리 정연한 설명에 지역 대표라고 해서 강제로 이래라저래라 할 수 없겠군요. 좋습니다! 김 차장의 의견대로 Giga Byte

를 통해 LG IT 제품 유통하는 것을 허락하겠습니다. 쿠헤지에게는 내가 따로 설명하도록 하지요. 단 앞으로 이런 문제가 다시 재발하지 않도록 '운용의 묘'를 잘 살려주기 바랍니다.

김철민 차장 감사합니다. 대표님! 주의, 당부 말씀 잘 새겨듣겠습니다.

김철민 차장 나세르! 방금 전에 지역 대표님으로부터 Giga Byte와 계속해서 IT 제품 공급해도 좋다는 허락을 받아냈습니다. 축하합니다. 하지만 일부러 '알 쿠헤지'의 심기를 불편하게 해서 또 시끄러워지지 않도록 잘 관리해 주세요. 조만간 내가 바레인을 방문할 테니, 우리 같이 딜러들 만나 뵙고 현재의 상황 설명해 드리도록 합시다. 난 영원한 나세르의 친구입니다.

나세르 알겠습니다. 고맙습니다. 걱정하지 마세요. 바레인에서 훨씬 더 성장하는 모습을 보여 드리겠습니다.

그 이후로 나세르와 김 차장은 친형제와 다름없는 찐한 관계를 유지해 나갔다. 물론 사업상의 어려움이 있긴 했지만 튼튼한 형제애로 난관을 극복해 나가는데 별 큰 장애는 없었다.

"사업은 사람이 하는 것이다."

신의가 바탕이 되지 않은 사업은 돈과 이익에 따라 언제든지 깨질 수 있는 반면, 신뢰에 기반한 사업은 한쪽이 배반하지 않는 한 영속 가능하게 된다. 두바이 주재 근무하는 동안 김 차장의 사업 철학은 언제나 신뢰에 기반한 강한 파트너십이었다. 그 덕분인지 두바이 주재 내내 관할 8개 지역에서 LG IT 시장 점유율은 늘 No. 1이었다.

에피소드 #5 인간아…인간아 넌 왜 그러니?

벌써 두바이 법인에 주재한 지도 4년 차에 접어들었다. 본사 복귀 시점이 이제 불과 1년도 채 안 남았군. 처음 두바이에 발을 내딛고 카림 형제와의 첫 만남. 하루에 5번 가격 조정을 해 가면서 매출을 채워야 했던 염증, 무기력, 그리고 그에 따른 심한 우울증. 9번에 걸친 카림과의 진솔한 면담. LG 브랜드 노트북 출시를 위한 처절한 갈구, 본사 설득. 모니터, 스토리지, 노트북 PC 3개 사업부 제품 영업을 담당하면서 치렀던 수많은 본사 출장자들…. 그리고 8개 국가 대항 중아(중동/아프리카) 지역 최초로 실시한 인터넷 PC 게임 경기(LG Cyber Cup), 힘의 논리 앞에서 바레인의 작은 거인 나세르를 지키기 위해 법인장, 지역 대표님과의 지루한 마라톤 설득. 그러면서도 한편으로는 법인 식구들과의 즐거웠던 망중한 바다낚시, 사막 사파리 투어….

두바이를 떠나는 날, 죽어도 다시는 두바이 땅에 발을 내딛지 않겠노라 다짐하면서 했던 말이 생각났다. '두바이 공항에 오줌 갈기고 두 번 다시는 이 땅을 밟지 않으리…'

누가 그러지 않던가! 국방부 시계는 거꾸로 세워도 돌아간다고….

(그러던 어느 날, 카림이 상담하다 말고 이상한 말을 건네 왔다.)

카림 브라더! 지금 박 부장이 여기 와 있는 거 알아요? 몇몇 딜러들이 얘기하는데, 박 부장이 이상한 질문을 하면서 딜러숍을 돌아다니고 있다고 하던데. "LG 두바이 법인의 Mr. Kim이 혹시 돈을 요구한 적이 있나요?"하면서.

김철민 차장 뭐라고요? 누가 왔어요? 박 부장이 여기 두바이에 와 있다고요? 본사에서 박 부장이 법인에 출장 온다는 얘기가 없었는데…. 아마 딜러들이 잘못 알고 있을 겁니다.

박황순 부장은 두바이 법인에서 IT 담당 매니저로 근무했던 김 차장의 전임자였고, 본사 복귀 후 수출영업 팀에서 팀장으로 근무하고 있었다.

김철민 차장 그런데 딜러들 말이 어떻다고요? 내가 딜러들을 만나면서 '돈'을 요구한다고요(이 무슨 개 풀 뜯어 먹는 소리지)?

카림 Kim, 벌써 야신하고 하니와도 여러 번 확인한 거예요.

그 순간 김 차장의 심장은 지랄같이 뛰었고, 머릿속이 하얗게 되어 벙어리처럼 "왜 왜, 왜?"만을 외치고 있었다.

김철민 차장 아니, 박 부장이 두바이 법인에 출장 오면서 내게 알리지도 않고 이곳에 왔단 말인가? 왜? 그리고 딜러들에게 내가 '돈'을 요구한 적이 없냐면서 묻고 다녔다고? 그것도 LG 딜러들한테….

(삐리릭 삐리릭_전화 벨 소리가 울린다.)

김철민 차장 어! 문 대리. 나야 김철민 차장. 지금 박 부장님 두바이 출장 중이셔?

문 대리 네. 차장님. 두바이로 출발한 지가 벌써 4일이 다 되어가는데요.

차장님한테 말씀하지 않으셨어요? 참. 이상하네.

김철민 차장 응, 그 그래, 알았어. 내가 이상한 소리를 카림 씨한테서 들어서. 지금 자세히 얘기하기가 좀 그런데, 나중에 물어보도록 하지. 잘 있어. (찰칵)

참 이상하다. 오늘은 법인 사무실에 들르겠지. 뭔가 사정이 있었을 거야. 주무 담당인 내게 얘기도 하지 않고, 이곳으로 출장 올 리가 없지(그러나 그날도 박 부장은 법인 사무실에 들리지 않았고, 나중에 본사에 확인해 보니, 이미 출장 복귀했다고 한다).

(따르릉~~)

문 대리 차장님, 저 문 대리입니다. 부장님, 어제 출장 복귀하셨다네요. 법인에서 만나 보셨나요? 법인장님은 따로 뵈었다고 하던데.

김철민 차장 아니, 뭔 이런 경우가 다 있지? 그리고 문 대리, 내가 카림 씨로부터 이상한 얘기를 들었는데.

문 대리 네 뭔데요?

김철민 차장 카림 씨가 그러는데, 박 부장이 두바이 IT 거리에 있는 LG 딜러들을 방문하면서 "난 LG 본사에서 온 박○○라고 하는데, Mr. Kim이 혹시 제품 공급하면서 따로 돈을 요구한 적이 있냐? 사실대로 말해주면 좋겠다."라고 했다는군. 나 참. 아니, 그 양반 뭐야? 설마 내가 딜러들한테 직접 물건 팔면서 그 대가로 따로 돈을 요구했다고 보는 건지, 그리고 본사 영업팀장이 말도 안 되는 상황을 직접 확인하기 위해 두바이에 출장 왔다는 것이 말이나 되냐고? 염탐꾼처럼 말이야.

문 대리 아! 차장님, 지난번 팀 회식 자리에서 팀장님이 이런 말을 한 적이 있었어요. "이번 연말에 조직 변경이 있을 텐데, 다시 두바이 법인 IT 제품 담당 매니저로 나가게 될지도 모르겠다."고 하더라고요. 아니,

이미 4년 전에 두바이 법인에서 근무까지 하셨던 분이 본사 팀장 하다가 다시 옛날 보직을 찾아간다는 것이 전 이해가 안 돼서…, 참 이상하다 싶기는 했습니다.

그랬던 것이다. 내년이면 김 차장이 본사 복귀하게 되고, 그러면 IT 주재원으로 누군가 나와야 하는데, 두바이 법인은 중동 내 다른 지사나 법인에 비해 가족들이 생활하는데 불편이 없을 정도로 학교·쇼핑몰을 포함 인프라가 잘 갖춰져 있어서 조금 일 잘한다 싶은 본사 직원이라면 두바이 법인 제품 담당 매니저로 나오는 것을 선호하던 시절이었다. 그런데 박 부장이 무리를 해서라도 두바이 법인으로 다시 나오길 원했고, 이미 나이가 많아서 IT 제품 담당 매니저 후보자로는 적합한 상황이 아니었기에 뭔가 김 차장이 잘못했을 법한 꼬투리를 잡아서라도 그를 조기 귀환시키고, 대신 자기가 정기 인사 시즌 전에 파견 나가는 것으로 이미 법인장과 입을 맞췄다는 얘기가 본사로부터 흘러나왔다.

죽을힘을 다해 온 열정을 다 바쳐 이만큼 LG IT 위상을 만들어 놓았는데, 거기에 대한 보상은 못할망정 본사 팀장이란 작자가 그런 말도 안 되는 상황을 기획하고 그런 이상한 짓거리를 도모했다는 사실에 심한 배신감을 느꼈고, 그 사건 이후 김 차장은 단 하루도 편하게 잠을 잘 수 없었다.

아! 세상에는 정말 그런 인간들이 있구나. 자기 후임자를 죽여가면서까지 다시 해외로 파견 근무 나오겠다는 개똥 같은 생각을…. **인간아, 인간아, 왜 그렇게 사니? 넌 그 정도밖에 안 되니?** 본사에 있을 때 네 파트너로서 얼마나 도와주고 챙겨 줬는데…. 참으로 더러운 기분이 들었다. 그래서인지 두바이가 더욱더 싫어졌다. 이제 6개월 뒤면 본사 복귀할 텐데….

나중에 안 일이지만, 김 차장이 HE 사업본부에서 MC(정보통신기기) 사업본부로 옮기고 난 후, 얼마 되지 않은 시점이었을 거다. 박 부장은 인사 팀에서 부적격자로 낙인찍혀 불명예 퇴사를 했다고 한다. 그럼 그렇지. 네 수준은 바로 거기까지…. 사사로운 이익을 챙기기 위해 후배를 모함하고 법인장과 모의 작당한 그들의 리그가 너무 싫어졌다. 이런 개똥 같은 XX아!.

김철민 차장 굿 모닝, 브라더 카림! 다음 달에 본사로 복귀하게 됩니다. 지난 4년 동안 PCI와 함께 일하면서 보낸 시간이 저에게 얼마나 의미 있는지 아마 모를 겁니다. 한 가지 알려드릴 말씀이 있습니다. 제가 이번에 본사로 복귀하게 되면 아마도 다른 본부에서 일하게 될지도 모르겠어요. 또 다른 도전을 하고 싶은 거죠.

카림 브라더, Kim. 잘 알았습니다. 항공 편은 정해졌나요? 떠나기 한 시간 전에 야신과 함께 공항에 배웅 나가도록 하지요.

지난 4년여 동안 두바이 법인 IT 제품 담당 매니저로서의 '도전과 응전', 그에 따른 희로애락은 평생 잊지 못할 것이다. 사업에는 독사와도 같이 피·눈물도 없었지만 늘 형제애로 슬픔과 기쁨을 함께했던 카림 형제들!

매출 마감으로 매월 겪어야 했던, 그래서 죽도록 그런 일상적인 일들이 죽기보다 싫었던 세일즈맨의 고통!

3% 성장이 아닌 30% 성장을 위해 **본사에서 정한 매출 목표보다 항상 내 매출 목표를 높게 잡은** 상태에서 목표 달성을 위한 방안을 찾기 위해 수많은 밤을 딜러들과 시샤하면서 하얗게 지새운 나날들…. 경쟁사 대비 차별화 우위 포인트를 찾기 위해 안 돌아가는 머리를 쥐어짜내야 했던 순간순간들. 김

차장에게는 하나도 버릴 것이 없는 소중한 기억과 보람찬 일들이었다.

카림 Kim, 브라더! 내가 007 가방에 현금을 싸 들고 사업하자고 하면서 LG 두바이 법인을 찾았던 것이 엊그제 같은데, 벌써 7년이란 시간이 흘렀고, 이제는 년 3천만 달러의 매출을 꿈꾸게 되었소. 이 모든 것이 Kim 덕분이오. 부디 본사에 복귀해서라도 PCI와 함께한 시간을 잊지 말고, 건강하게 보람찬 직장 생활이 되기를 바라오.

어느새 카림의 눈가에는 그동안 내게 심하게 대했던 것에 대한 사과와 용서, 그리고 함께 성공 사례를 일궈낸 부분에 대한 이런저런 생각 때문에서인지 뜨거운 눈물이 고여 있었다.

김철민 차장 브라더 카림! **곧 중동 아프리카 지역에서 'IT 왕'이 되는 순간을 기도하겠습니다**(Wish your day of IT King in MEA(Middle East & Africa) soon!). 그럼….

카림과 야신이 함께 타고 온 차량이 벌써 두바이 공항 출구를 향해 저만치 내 달리고 있었다.

아! 지난날 김철민의 모든 것을 시험하고 그 결과를 만들어 준 사막의 땅 두바이!

카림의 차량을 보내는 몇 분의 짧은 순간 동안 그간 김 차장과 생사고락을 함께 한 수십·수백의 IT 딜러들과 IT 거래선 사장들의 얼굴이 주마등처럼 흘러갔다. 그리고 마음속으로 김 차장은 또 다른 한 사람에게 감사했다.

여보! 지난 4년 동안 그 많은 시간을 애들과 함께 외롭고 힘들었을 텐데, 아무 군소리 없이 묵묵히 나를 지켜 봐주고 옆에서 응원해 줘서 고마웠소. 오늘의 이 영광과 기쁨을 당신께 바치리다.

3_ 파키스탄의 전설을 쓰다

또 다른 도전

김철민 차장 상무님 이번 태스크 보고 내용은 '파키스탄 단말 사업 타당성 조사'입니다. 인구 1억 6천의 엄청난 잠재 고객을 보유하고 있고, 매년 핸드폰 시장의 성장은 30%로 조만간 중동/아프리카 지역에서 수량 기준 Top 3 안에 들 수 있는 매우 성장 잠재력이 큰 시장입니다. 사업 경쟁 구도는 다른 국가와 비슷하게 Nokia가 50%의 점유율을 보유하고 있고, Sony Ericson이 25%, Motorola가 15%, 그리고 S사가 10% 정도 하고 있습니다. 제품 구성은 낮은 국민소득 수준으로 인해 백 달러 이하의 저가폰이 전체의 70%, 나머지 고가폰이 20%, 프리미엄 제품이 약 5~7% 정도로 현재 기준(2006년) 수익성 측면에서 매력도는 다소 낮다고 말씀드릴 수 있겠으나, 파키스탄 내 디스트리뷰터(distributor)의 역량이 취약한 점을 감안할 때 추가 시장 조사를 통한 사업 타당성 검토가 필요할 것으로 보입니다.

차 상무 김 차장, 수고했습니다. 현재 수준은 이란, 터키, 남아공 대비 미약하지만 연간 제품 성장률을 감안할 때 개인적으로 꼭 해보고 싶은 시장입니다. 부사장님께 말씀드려서 파키스탄 사업 타당성 검사를 위한 후속 작업을 진행할 테니 김 차장이 '1인 태스크' 수행 임무를 맡아 주면 좋겠습니다.

김철민 차장 넵!

그러나 김 차장은 내심 내키지가 않았다. LG전자에서 GSM 오픈 시장 사업을 시작한 지 몇 년 되지 않은 상태에서 초기 사업 영역 확대 태스크 일원으로 이란, 터키, 걸프 지역, 이집트, 케냐(중앙아프리카 물류 허브 기능), 탄자니아 등 시장 조사를 한 상태지만 파키스탄은 정말 쉽게 접근할 수 없는 시장이란 것을 이번 조사를 통해서 알게 되었기 때문이다.

부정적 측면

- 정부 부패 심화, 지속되어 온 정정 불안정
- 70년대 중반 독립 이후 반미 정서 심화, 탈레반 테러 활동 심화
- 낮은 경제 사회 인프라(항만, 항공, 육로 시설 열악)
- 마약, 폭탄 테러 등 생활 스트레스 과다
- 해외법인 투자 제한, 판매 대금 수수 현실적으로 불가. 현지 로컬 에이전트(local agent) 기반의 사업 필수
- 낮은 국민 소득, 저가 제품 비중 너무 높음. 지속적인 수익성 기반 사업 성장 미약

더욱이 맨땅에 헤딩하는 격으로 당시 LG 전자 핸드폰 사업본부는 미국, 유럽, 중남미 등 사업자 시장 중심의 제품 개발, 성과는 내고 있었지만 막 뜨고 있는 GSM 오픈 시장에 대한 사업 경험과 노하우가 거의 없었기에 시장 전체의 50% 이상을 Nokia가 차지하고 있는 상황에서 파키스탄 LG GSM 사업 타당성 조사를 위한 시장 조사는 그럴듯하게 하되, 결국 이러저러한 이유로 흐지부지되는 일반적인 태스크와 비슷한 결과를 도출할 것 같은 불안감이 컸기 때문이었다.

하지만 미션은 주어졌다. 정치 불안정, 반미 정서 심화로 폭탄 테러가 난무하며 마약으로 죽어 나자빠지는 사람이 매일 수만 명에 다다르는, 전 세

계에서 가장 영업하기 어렵다고들 하는 파키스탄에서 이왕 뭔가를 하기로 결정한 이상, 김철민 차장은 정신 무장을 새롭게 하지 않으면 안 되는 상황이 되고 말았다.

안 되면 되게 하라!

될 수 있는 방안을 찾아라!

나의 사전에 불가능이란 없다!

이미 경쟁사는 수천만 대의 핸드폰을 팔면서 돈을 벌고 있지 않은가.

그렇게 김철민은 또 한 번 '또라이'가 되어 보기로 마음을 다잡았다.

김철민 차장 안녕하세요? 지사장님, 며칠 전 이메일로 현지 조사차 지점 방문을 문의드렸던 김철민 차장입니다.

김 지사장 어이~! 김 차장 반갑습니다. 지난번에 잠시 파키스탄 핸드폰 시장을 둘러보고 본사에 보고했다고 들었는데, 이제 본사에서 결심이 섰는가 보죠? 지금 New Allied 사장님께서 지사 사무실에 와 계신데 인사 나누도록 하세요.

김철민 차장 안녕하세요? LG 핸드폰 사업본부에서 출장 온 김철민이라고 합니다. 만나 뵙게 되어서 반갑습니다.

악타르 안녕하세요! 난 악타르(Akhtar)라고 합니다. 이곳에서 LG 가전 파트너사를 운영하고 있습니다. 파키스탄에 오신 것을 환영합니다.

김 지사장 자! 본사의 계획이 무엇인지 브리핑 부탁합니다.

김철민 차장 네, 지사장님. 우선 본사에서는 파키스탄 단말 시장의 향후 미래 가능성에 대단히 관심이 크다고 말씀드릴 수 있습니다. 우선 6개월간의 심층 시장 & 고객 조사 연구 활동이 필요하다는데 임원진의 의견이 일치했습니다. 그래서 제가 앞으로 6개월 동안 카라치(Karachi)에 머무르면서 지사 현지 채용인의 도움을 받아 태스크를 진행할 계획입니다. 잘 부탁드립니다.

김 지사장 이봐요, 우스만 씨. 김철민 차장에게 인사하도록 해요. 아마 파키스탄 핸드폰 사업 타당성 조사를 위해 6개월의 장기간 태스크를 진행할 겁니다. 김 차장을 도와서 같이 태스크를 수행해 주세요.

우스만 김 차장님, 반갑습니다. 저는 우스만이라고 합니다. 지사에서 LG TV쪽 일을 10년 동안 해 왔습니다. 잘 부탁드립니다.

김철민 차장 우스만 씨! 반갑습니다. 저는 김철민입니다. 지난 4년간 두바이 법인에서 IT 주재원으로 근무할 때 파키스탄 카라치 지사장님으로부터 우스만 씨의 업무 능력과 회사에 대한 충성심이 얼마나 강한지를 전해 들은 적이 있습니다. 이번 시장 조사는 약 6개월 정도 소요될 예정입니다. 우선 카라치 중심으로 제품, 가격, 딜러 채널, 경쟁사 사업 구조 등을 폭넓게 짚어보고, 특히 자사 단말기(핸드폰) 출시를 염두한 포지셔닝 관련해서는 매우 자세하게 접근할 생각입니다. 잘 부탁합니다.

우스만 김 차장님, 파키스탄 핸드폰 시장의 급속한 성장세를 감안할 때 아주 적절한 시기에 태스크 진행하게 된 것은 천만다행으로 생각합니다. 아시겠지만, 파키스탄은 제조사가(외국계 회사) 직접 수입 · 판매할 수 없게 되어 있습니다. 즉 브랜드와 경쟁력 있는 제품 · 가격이 그 무엇보다 중요하다고 할 수 있겠지만, 실제 유통 장악력을 가지고 있는 에이전트가 누구인가에 따라 사업의 성패가 달려 있다는 점에서 사업 파트너 선정이 그 무엇보다 중요하게 고려되어야 할 것으로 봅니다. 하지만 제 생각으로는 금번 1차 시장 조사에서는 객관적 경쟁 우위 비교에 좀더 비중을 두는 것이 어떨까 합니다.

김철민 차장 좋습니다. 우스만 씨의 제안에 적극 동의합니다. 그런데 6개월 동안 장기 투숙하려면 식사 · 휴식 등을 고려해서 좀더 트렌디한 호텔에 묵고 싶은데, 콘티넨탈 호텔(Continental hotel) 외 다른 옵션이 있을까요?

우스만 하하하, 김 차장님. 파키스탄에 계시면서 가장 중요한 것이 첫째가 '안전'이라는 사실을 잊지 마세요. 둘째도 '안전', 셋째도 '안전'입니다. 제가 볼 때 가장 좋은 옵션이 '콘티넨탈 호텔'이 아닐까 합니다. 썩 마음에 안 들더라도요.

일단 숙소는 우스만의 조언대로 콘티넨탈 호텔로 정하고, 다음 날 9시에 호텔에서 픽업, 이후 지사 사무실에서 보기로 했다.

김철민 차장 '아, 참! 그 정도로 카라치가 위험한 곳인가? 내가 알고 있는 이슬람 국가와 많이 다르군! 할 수 없지.'

김철민 차장 우스만 씨, 이번 태스크 활동의 가장 큰 목적은 '시장 & 경쟁 분석'입니다.

- 지난 5년간 파키스탄 전체 단말 시장 크기, 연도별 성장률
- 연도별 · 브랜드별 매출(수량 기준) & 시장 점유율(시장 점유율) 수준
- 브랜드별 사업 이력
- 가격대별 고객 분석 데이터_수량/금액
- 카테고리별 히트 모델 #1 ~ #5
- 지역별 매출 비중
  *3대 도시(카라치, 라호르, 이슬라마바드) + 15개 도시
- 채널 구조 : 도매/소매 비중
  *딜러 채널 : 3개 대도시 내 탑 1~3 딜러 리스트…

김철민 차장 이 정도로 생각하고 있는데, 추가로 확인해야 할 내용이 따로 있을까요?

우스만 브랜드별 디스트리뷰터 구조는 당연히 조사되어야 할 것 같은데요. Nokia를 제외한 기타 브랜드의 경우 거의 매년 디스트리뷰터가 바뀌고 있는데, 아마도 재정적인 문제 때문인 것 같습니다. 만약 LG가 A라는 디스트리뷰터와 계약을 맺고 제품 출시하여 성장하고자 할 때 A 디스트리뷰터의 재무 능력(신용장 개설, 수금 관리 등)은 아주 중요한 기본 중의 기본입니다.

김철민 차장 알겠습니다. 그러면 '브랜드별 유통 관련' 데이터를 추가하도록 하지요. 자, 오늘은 카라치 핸드폰 시장에 대한 조사를 하도록 하죠. 먼저 내부 검토 후 실제 소매는 어떻게 형성되어 있는지 보고 싶군요.

우스만 카라치 핸드폰 시장의 약 90%는 도매로 판매됩니다. 다른 국가와 달리 소비자가 소매 채널에서 구매하기보다는 직접 딜러 숍에서 핸드폰을 구입하는 경우가 많은데, 그 이유는 일반 소매점에서 살 때 약 15%의 마진이 붙기 때문이지요. 서비스는 일반 딜러 숍에서도 가능하기 때문에 그 부분에 대한 소비자 클레임은 거의 없다고 봐도 무방합니다. 카라치 시장을 크게 5개 지역으로 구분해 볼 수 있는데, 시내 중심가 쪽의 Pak tower, 그리고 해안가 쪽 쇼핑몰, 나머지 동부, 서부, 남부 지역 등 3개 권역으로 되어 있습니다. 오늘부터 금요일까지 5개 지역을 직접 방문해서 매장 인터뷰를 진행하면 될 것 같네요.

김철민 차장 좀 전에 일반 소비자들이 약 15% 정도의 가격 차이로 소매 매장보다는 일반 딜러 숍에서 구매한다고 했는데, 내가 보더라도 일반 여성들이(학생, 주부 포함) 안전상의 문제 때문에 직접 딜러 숍에 가서 구매하는 것은 어려워 보입니다. 맞나요?

우스만 네. 잘 보셨습니다. 일반 딜러 숍에 여성 혼자 방문하여 구매하는 것은 거의 불가능합니다. 그래서 TV 광고를 보고 브랜드, 모델, 색상, 적정 가격대를 먼저 확인한 후 다음에 오빠나 남동생들이 대신 구매해 줍니다. 아니면 자기 친구가 Nokia A 모델을 쓰고 있다면 그 모델과 같은 걸로 사달라고 합니다.

여기서 파키스탄의 핸드폰 소비자 구매 패턴은 중요한 2가지가 있습니다. 먼저 TV 광고가 소비자 구매에 미치는 영향은 다른 중동 국가 대비 월등히 큽니다. 그래서 대부분의 브랜드 제조사는 TV 광고를 중요한 마케팅 도구로 여기고 있습니다.

그다음 친구 · 직장 동료가 어떤 브랜드 · 모델의 핸드폰을 사용하고 있는가는 매우 중요한 '의사 결정 요소'입니다. 남들이 많이 쓰는 제품은 그만큼 신뢰할 수 있다고 보는 거죠. 그런 성향이 매우 강합니다.

김철민 차장 아, 그렇군요. 제가 MC 본부로 이동한 후 이란, 터키, 레바논, 시리아, 이스라엘, 걸프 6개 국가, 케냐, 탄자니아 등 많은 나라를 가 봤는데, 제각각의 '소비자 특성'을 보이고 있다는 점을 발견했지요, 여기서도 그런 특성을 보이고 있군요.

먼저 젊은이들이 많이 찾는다는 파크 타워(Pak Tower)로 가 보았다.

김철민 차장 예상했던 대로 Nokia가 전체 매대의 50% 이상을 차지하고 있네요. 어떤 모델이 제일 많이 팔리는지, 그리고 그 이유는 무엇인지 알고 싶군요.

우스만 이곳 Pak Tower는 부유층 사람들이 들르는 매우 고가 매장입니다. 따라서 이곳에 진열된 핸드폰을 보고 파키스탄 전체를 평가하시면 안 됩니다. 약 7~8%의 프리미엄 제품을 소비하는 계층 군이 어떤 브랜드 · 모델을 선호하는지, 그리고 소매 비중은 어느 정도 하는지에 대한 '감'만 잡는 것으로 만족하시면 좋겠습니다.

('이브라힘' 매장)

김철민 차장 안녕하세요? LG 핸드폰 사업부에서 나온 김철민입니다. 핸드폰에 대해 몇 가지 여쭤봐도 되겠습니까? 어떤 부류의 고객이 이곳에 오는지요? 그들이 선호하는 브랜드가 따로 있나요? 그 이유는 뭐라고 생각하십니까? 하루에 몇 대나 파시지요? 정확하지 않아도 됩니다. 가능하다면 브랜드별 판매 수량을 보고 싶습니다.

우스만 벌써 5군데 숍 조사를 했더니 배가 좀 고프군요. 뭐 좀 간단하게 먹을까요? 저기 맥도널드가 있는데 햄버거 어떻습니까?

파키스탄은 안전 문제로 외국인이 오픈된 장소에서 눈에 띄는 행동을 보이는 것은 자칫 위험해 보일 수 있지만, 간단한 음료와 배를 채우기에는 그래도 맥도널드 햄버거가 최고였다.

김철민 차장 오늘 나름대로 의미 있는 내용을 발견한 것이 몇 개 있었습니다.

» 프리미엄 소비 계층에서도 브랜드에 대한 의존도는 상당히 높은 편인데, Sony Ericson, Motorola의 브랜드 인지도는 꽤 높은 편임.

» 제품 디자인도 중요하지만, 박스 디자인 또한 소비자가 제품을 선택하는 데 중요한 요소가 되며 대체로 검은색 계열의 색상을 선호(남성의 90% 이상). 하지만 여성의 경우 핑크색에 대한 선호도가 조금 있는 정도.

» 벨 소리가 상대적으로 중요함. 대개 음량이 크고 맑은 사운드를 선호했음. 그 이유를 물으니 오토바이 소음이라고 하는데 공감이 갔음(여느 동남아 국가처럼 대중 교통이 발달하지 못하고 많은 사람들이 쉽게 애용하는 오토바이는 이곳 파키스탄에서도 절대적인 이동 수단으로 도로에 나가면 오토바이 소음으로 머리가 깨질 지경이었다).

» S사에 대한 소비자 만족도는 그리 높지 않았다. 그 이유를 물으니, 디자인도 좋고 가격도 마음에 드는데 주위에서 S사 제품을 쓰고 있는 사람이 많지 않아서 최종 모델 선정 단계에서 다시 Nokia로 마음을 바꾼다고 함(이미 5년 전에 시장에서 자리매김한 S사도 이렇게 고전하고 있는데, 만일 LG가 핸드폰을 내놓는다고 하면 소비자들의 마음을 얻기가 좀처럼 쉽지 않겠다는 생각이 강하게 뇌리를 스쳤다).

김철민 차장 자. 이제 어느 정도 쉬었으니 이번에는 카라치에서 가장 번화한 '싸리나(Sareena)' 시장으로 가 봅시다. 뭔가 유의미한 내용을 얻을 수도 있을 것 같아 기대가 됩니다.

딜러 A 안녕하세요? 무엇을 도와드릴까요?

김철민 차장 안녕하십니까? LG 핸드폰 사업부의 김철민입니다. 만나서 반갑습니다. 사업은 어떻습니까? 잘 되나요? 오늘 지금까지 몇 대나 파셨는지요?

딜러 A 네, 여전히 좋습니다. Nokia 150대, Sony Ericson 30대, Motorola 10대, Samsun 5대 팔았으니 이 정도면 평균 수준이지요.

김철민 차장 와우! 하루에 200대를 팔았다고요. 대단합니다. 이렇게 조그만 숍(나중에 알고 보니 이 딜러는 주위의 조그만 딜러들에게 물건을 대주는 중간 도매상인데, 그래도 숫자가 꽤 좋은 것만은 사실이다)에서. 그런데 왜?

Samsun은 5대밖에 없습니까?

딜러 A　이봐요. 저기 숍 간판 보이시죠? 어디를 둘러봐도 Nokia, Sony Ericson 간판만 보입니다. 숍 간판의 숫자가 곧 판매되는 숫자를 말합니다.

김철민 차장　그렇군요!

내가 이라크에서 핸드폰 사업 개선 태스크 진행할 때 바그다드 가전 딜러 거리에 가면 여기저기 LG, Samsun 간판들이 빼곡히 들어선 것을 볼 수 있었는데, 여기도 거의 비슷한 이치군. 그렇다고 샵 주인들에게 돈을 주고 무조건 Samsun 간판을 달라고 해서 될 일은 아닌 것이다. 결국 Samsun 제품을 달라는 고객이 많아야 파이프라인을 통해 Samsun 핸드폰이 유통될 것이고, 그렇게 되면 자연 숍 주인 입장에서도 Samsun 브랜드 로고를 달려고 할 텐데 그러지 않는다는 것이다. 이상한 일이다. Samsun이 중동 핸드폰 시장에서 이미 20% 이상을 점유하고 있고, 두바이 중심으로 지역 광고도 많이 하고 있는 것으로 조사되고 있는데, 왜 여기 파키스탄에서는 이 정도밖에 안 되는가? 도대체 무엇 때문에 이런 상황에 놓이게 된 걸까(아! 머리가 아파 온다. 수학 문제라면 명쾌하게 답이라도 찾을 수 있지만, 영업에는 답도 없고. 어렵다. 어려워. 정말 어려워.)?

딜러 B　안녕하세요. 어떤 모델 찾고 계세요? 뭐든지 다 있습니다. 들어와서 편하게 보세요.

김철민 차장　안녕하세요? LG전자 김철민입니다. 몇 가지 궁금한 사항이 있는데…. 여기는 비교적 샵 규모가 작군요. 도매는 안 하는가 보죠?

딜러 B　맞아요. 소매만 합니다. 내가 필요한 물건은 여기서 50m 떨어진

'오사마 숍'에서 받아옵니다. 오사마는 전 브랜드를 취급하고 있고 내가 원하는 어떤 모델이라도 취급하고 있으니 정말 편합니다.

김철민 차장　아, 그렇군요. 요즘 가장 잘나가는 모델이 어떤 모델이죠? 역시 Nokia인가요?

딜러 B　당연하지요. 그런데 우리 집에서 파는 물건의 50% 정도는 Samsun 제품입니다. 한국 교민, 그리고 여학생들이 많이 찾고 있지요.

김철민 차장　네! 참 특이하군요. Samsun 모델이 많이 팔리는데 주 고객층이 여성이라는 점이 뭐 때문에 그렇다고 생각하시는지요?

딜러 B　Samsun 제품은 디자인 측면에서 훌륭합니다. 쉽게 고장도 안 나고, 또 여성분들이 좋아하는 다양한 색상의 모델이 많습니다. 근데 문제가 하나 있어요.

김철민 차장　그게 무엇입니까?

딜러 B　현재 Mobile Zone이 Samsun 디스트리뷰터인데, 지난 5년 동안 디스트리뷰터가 3번이나 바뀌었습니다. 여기 딜러들은 다 외상 거래를 합니다. 한 대 팔고 나면 대금을 갚고 대신 마진으로 100루피 정도를 먹습니다. 그런데 디스트리뷰터가 거의 1년에 1번씩 바뀌면 카라치 시장 전체에 물건을 대주는 도매상이 또 바뀔 것이고 다시 동부, 서부, 남부 핸드폰 마켓에 물건을 직접 유통하는 중간 도매상도 바뀔 테니…. 좀 복잡합니다.

우리 소매상은 대금 결제, 애프터 서비스만 잘해 주는 도매상이라면 누구라도 상관 없습니다. 게다가 전체 50% 정도 팔리는 Nokia 제품을 안정적으로만 공급받을 수 있다면 만사 오케이지요. 그래서 여기서는 Samsun이 두바이하고 다르게 매년 고전을 면치 못하고 있는 겁니다. 아마 Samsun 지사와 디스트리뷰터 간에 어떤 문제가 있을 것으로 보이지만, 그건 우리 관심 밖의 일이고.

김철민 차장 아주 중요한 내용을 말씀을 주셔서 대단히 고맙습니다. 자! 더 많이 파세요. 다음에 또 뵙겠습니다.

딜러 C 살람 알레꿈! 어디 분이시죠? Samsun에서 오셨나요?

김철민 차장 안녕하세요. 미안합니다. 하하. LG전자 김철민이라고 합니다. 어떻게 사업하시는지 좀 알고 싶습니다. 특히 소규모 딜러에게 어떻게 물건을 납품하고 계시는지….

딜러 C LG전자에서 시장 조사 나오셨군요. LG TV 굿입니다. LG 에어컨, 냉장고, 세탁기 정말 좋습니다. 저는 Nokia 디스트리뷰터로부터 직접 물건을 받아 주로 동부 지역 딜러들에게 납품합니다. Pak Tower, 해안가에 있는 소매점으로는 딜러를 통하지 않고 직접 공급하고요. Nokia 디스트리뷰터와 매월 첫째 주에 별일 없으면 상담을 하게 되는데, 그때 월 총 몇 대, 금액은 얼마 하는 식으로 목표를 얘기합니다. 특히 Nokia에서 밀고 싶은 모델이 있으면 별도로 마진을 더 주거나 대금 결제일을 현재의 30일에서 45일 많게는 60일까지 주기도 합니다. 그러면 우리는 그만큼 자금을 융통할 수 있는 기회가 되는 거고요. 그럼 결국 내가 매주 팔아야 하는 목표가 있다는 얘기인 거고, 제 밑에는 지역 · 소매 관리 매니저가 5명 있습니다. 제품 공급, 대금 수금, 서비스까지 모두 매니저가 관리합니다.

저 역시 할당받은 목표를 쳐내기 위해서는 지역 중간 도매상 1, 2, 3에게 과거 거래 실적, 대금 결제 능력에 근거해서 목표를 줍니다. 그리고 목표를 달성하는 딜러에게는 Nokia 포함 인기 있는 모델을 안정적으로 공급받을 수 있도록 안전 장치를 주지요. 즉 공부 잘하는 학생에게는 떡 하나 더 주고, 그렇지 못한 학생은 중간 · 기말 시험 때까지 몇 번 더 두고 본 후 결과를 보고 솎아냅니다. 파이프라인이 썩지 않아야 맑은 물을 계속해서 공급할 수 있는 것과 같은 이치이지요. 그런데 LG에서도 핸드폰 출시할 계획인가요? 이미 그런 소문이 딜러들 사이에 자자합니다. 하하하!

김철민 차장 아니 누가 그런 헛소문을…? 그런데 만약 LG가 핸드폰을 출시한다면…, 어떻게 생각하세요?

딜러 C 제 동생이 미국에서 엔지니어로 살고 있는데, 미국에서 LG CDMA 폰이 1등이라는 소리를 들었습니다. GSM은 더 쉬운데…, LG가 파키스탄에서도 핸드폰을 출시하지 못할 이유가 없지요. 근데 Samsun과 같은 절차를 밟지 않는다는 조건이라면 몰라도….

김철민 차장 그게 무엇이지요? 혹시 디스트리뷰터 선정이나 운용과 관련 있나요?

딜러 C 맞아요. 자! 봅시다. Nokia, Sony Ericson, Motorola, Samsun이 주력이고, 나머지 브랜드는 아주 미미합니다. 파키스탄에는 핸드폰을 취급하는 디스트리뷰터가 역시 4개입니다. Nokia를 제외한 3개 브랜드 제조사와 거의 매년 서로 디스트리뷰터를 바꿔가면서 변화를 꾀하고 있지만, 그 나물에 그 밥 아닐까요?

LG가 파키스탄 단말 시장에 진입하려면 최우선적으로 디스트리뷰터에 대한 '답'을 안고 들어와야 합니다. 여기서 십수 년 동안 이 짓 해서 밥 벌어먹는 우리들은 척하면 압니다. LG 냉장고, 세탁기, 에어컨, TV 모두 세계 최고입니다. LG 핸드폰... CDMA 폰의 기술력을 감안하면 될 수 있지 않을까요? 문제는 LG 하면 가전인데, 역시 핸드폰은 가전 이미지와는 연결될 수 없어요. 그것도 숙제네요. 하하하!

김철민 차장 우스만 씨, 사무실로 돌아가서 오늘 딜러 인터뷰 내용에 대한 리뷰 좀 해봅시다. 몇 가지 유의미한 내용(insight)를 찾을 수 있을 것 같아요.

김철민 차장 오늘 진짜 수고 많았습니다. 참 바쁘게 움직였군요. 먼저 소매점 3군데, 그리고 일반 딜러 숍 10군데 조사를 했는데 어떻습니까? 내가 받은 인사이트는 이렇습니다.

1. 우선 파키스탄 핸드폰 시장의 역동적인 모습에 크게 감동받았습니다. 향후 2~3년 내 폭발적인 성장이 예상됩니다.
2. 눈으로 보기에는 매우 복잡하고 질서가 없어 보이지만, 나름대로 규칙이 잘 정립되어 있어서 '제품 유통'에는 전혀 장애가 없어 보입니다.
3. 여전히 Nokia가 초강세라는 점에는 직접 판매 데이터를 보더라도 이견이 없었지만, 소비자 니즈에 약간의 변화 즉 '기회'가 있어 보입니다. Nokia 본사를 통해 공급되는 전형적인 유통 채널이 있는 반면 두바이에서 밀수 형태로 공급되는 루트 또한 작은 비중이 아니더군요.
4. 여성들이 직접 딜러 숍을 방문해서 폰을 구입하는 데는 여전히 안전상의 심각한 문제가 있어 보이지만, 젊은층에서 GSM 폰에 대한 욕구가 아주 다양하게 나타나고 있다는 점에 고무적이었고,
5. 특히 Samsun과 관련해서는 너무 잦은 디스트리뷰터 교체로 딜러들 사이에 불안감이 조성되어 있다는 점이 사업 확대의 최대 걸림돌로 보였습니다. 그런데 소비자 층에서는 K 문화의 영향으로 다양한 요구와 수요가 많다는 것을 발견할 수 있었습니다.
6. 마지막으로 딜러 C로부터 LG의 GSM 폰 출시와 관련한 피드백은 LG 모바일 사업본부에 매우 유익한 조언 정도로 보면 좋을 것 같습니다. 일단 시장에서는 환영하는 분위기입니다. 그러나 기존의 디스트리뷰터 풀(pool)로는 여전히 답이 안 나오네요. 결국 Samsun과 같은 시행착오를 겪든지 아니면 새로운 파트너를 구해야 하는데, 핸드폰 사업의 노하우와 자금력을 확보한 양질의 거래선 후보를 단기간

내에 찾는 것은 거의 불가능해 보입니다. 금번 시장 조사 결과를 본사에 보고할 때 아주 고민되는 부분입니다.

카라치 역시 여느 중동 국가와 크게 다르지 않다. 낮에는 오래된 건물과 정돈되지 않은 상점들, 귀청을 찢을 듯한 오토바이 소음으로 마치 서부영화에나 나올 듯한 스산함과 을씨년스러운 과거의 영광을 그대로 간직한 올드 시티(old city) 그 자체였다. 그런데 밤이 되면서 저 멀리 반짝반짝 빛나는 모스크의 등불과 여기저기에 흐트러져 나부끼는 양 꼬치구이 냄새가 어느새 나도 모르게 내 마음을 어루만져주고 있었다.

'카라치도 밤에는 꽤나 운치 있는걸…'

(시장 조사 6일차)

김 지사장 김 차장, 요즘 수고가 많은데 오늘 저녁은 나와 함께 오삼겹에 소주 한 잔, 어때요? 20년 전에 사우디 건설 현장에 계시다 오신 노부부가 운영하는 한국 식당이 하나 있는데, 실내 분위기는 영 아니지만 맛은 기가 막힙니다.

김철민 차장 네, 지사장님. 그렇지 않아도 햄버거, 카레로 매 끼니를 때우다 보니 고추장 냄새가 무척 그립습니다. 그럼 이번 주 시장 조사 내용을 어느 정도 정리한 뒤 5시 반에 뵙도록 하겠습니다.

김 지사장 안녕하세요? 사장님. 여기 오삼겹 2인분, 그리고 참이슬 한 병 부탁드립니다. 김 차장, 내가 우스만을 통해 들었는데, 일주일에 걸쳐 대부분의 카라치 핸드폰 시장을 둘러본 것으로 보이는데 어떻습니까? 여전히 기회는 있어 보이지요?

김 지사장은 마치 김철민 차장에게 지사는 준비되어 있으니 향후 2~3년 내 전개될 1,000만 대 시장을 결코 놓칠 수 없다는 강한 의지를 보여주고 하루 빨리 시장에 진입하고 싶다는 신호를 강하게 보내왔다.

김철민 차장 지사장님, 단도직입적으로 말씀드리겠습니다. 분명 기회는 있고, 1,000만 대 거대 시장을 놓칠 수는 없습니다. 그러나 리스크 또한 기회 못지 않게 염려되는데, 과연 누가 LG 핸드폰의 '사업 파트너'가 되는가 하는 점입니다. 2년 전 제가 두바이에서 IT 사업 성과를 나름대로 낼 수 있었던 가장 큰 이유는 LG에 대한 충성도와 열정을 가지고 조직 역량을 총동원한 PCI라는 괜찮은 파트너가 있었기 때문입니다. 딜러들 얘기에 따르면 Samsun이 가장 큰 핸디캡은 제품도, 기술도, 디자인도 아니고 제대로 된 사업 파트너를 찾지 못한 것이라고 하는데, 저는 이 말에 100% 동의합니다.

LG가 직접 판매할 수 없는 국가에서는 현지 디스트리뷰터의 역량이 사업 성패의 70% 이상을 차지한다는 점을 아직도 저는 강하게 믿습니다. 아무리 본사에서 혹은 지사에서 지역에 맞는 제품을 개발하고 마케팅에 투자한다고 하더라도 실제 유통과 판매를 담당하는 디스트리뷰터가 LG의 사상(고객 중심)에 반하는 영업 행위를 하거나, LG의 사업 전략/전술을 이해 못하고 과거의 전통적 유통 방식만 고집한다면 절대 LG가 이 험난한 핸드폰 오픈마켓에서 살아남을 수 없을 겁니다. 아랍에미리트만 하더라도 디스트리뷰터 선정을 잘 못하면서 거의 수년 동안 성장을 못하고 애를 썩혀야 했던 뼈아픈 사례가 있지 않습니까?

김 지사장 동의합니다! 역시 김 차장과 같은 생각입니다. 지난 수년 동안 지사장으로 부임한 이후 이 거래선, 저 거래선 LG GSM 폰을 제안해 봤지만 모두 주판알만 튕기는 수준이었습니다. 이미 그들은 배불러 있고 LG의 꿈과 이상과 맞지 않다는 것을 잘 알고 있습니다. 앞으로 남은 기간 동안 건강 관리 잘하시고, 특히 시장 방문 시 최대한 안전에 유의해서 이동하시기 바랍니다. 사업 파트너 선정은 나도 따로 고민해 보겠습니다. 기존 핸드폰 디스트리뷰터 풀에서 찾는 게 더 도움이 될지, 아니면 새로운 디스트리뷰터를 찾는 것이 좋을지.

자! 우리의 MC 본부를 위하여!

어제 저녁 늦게까지 김 지사장과 오삼겹에 소주로 달려서 그런지, 다음 날 김 차장은 오전 내내 숙취로 힘들어했다. 아마도 본 태스크를 통해 본사에서 원하는 형태의 그림이 나와줘야 하는데, 가장 기본적인 사업 파트너 선정 문제에서 좀처럼 해답을 찾기 어려웠던 부담감 때문이었으리라.

배가 없는데, 어찌 바다에 배를 띄울 수 있겠는가?

시장 바닥에서 십수 년을 장사해 온 장사치라도 잡아야 하는 것인지 도통 생각을 정리하기가 어려웠다. 그러면서 하루가 지나갔다. 김 차장은 우선 금번 보고에서는 디스트리뷰터 선정 건은 포함하지 않고, 시장과 고객 관점에서 LG 핸드폰 출시가 과연 타당성이 있겠는지 철저하게 객관적 데이터 중심으로 보고서를 꾸미기로 했다.

김 지사장 김 차장, 내 방에 와서 차 한 잔 합시다.

김철민 차장 네 지사장님, 바로 찾아뵙겠습니다. (5분 후)

김 지사장 본사에 보고하기 전에 우선 잠깐 보고 내용에 대해 이야기를 나눌까 합니다. 시장과 고객 관점에서 볼 때 저는 본사에서 아랍에미리트, 이란, 터키에 출시했듯이 지금이라도 파키스탄에서 단말 출시하는 것이 맞다고 보는데, 우스만과 함께 조사한 내용은 어떻습니까?

김철민 차장　그제 말씀드린 것처럼, 시장에서도 그렇고 소비자 관점에서도 '적당한 시점'이라고 저 역시 생각합니다. Nokia가 50%를 넘는 시장 점유율(market share)로 거의 독점적인 시장 지배력이 다소 부담은 되지만 젊은 소비층을 중심으로 뭔가 새로운 브랜드를 찾는 니즈가 있다는 것을 딜러, 소비자 인터뷰를 통해 발견한 바 있습니다. 현재 시장에서 70% 이상을 차지하는 저가폰 가격대를 감안하면 저희 제품 라인업으로는 약간 부족할 듯싶습니다만, 이는 제품 운용 전략을 어떤 방식으로 STP*하는가에 따라 유연하게 운영할 수 있으므로 큰 문제는 아닐 것으로 판단됩니다.

이때 저기서 누군가 성큼성큼 우리 회의실 쪽으로 다가오는 것이 보였다.

김 지사장　굿 모닝, Mr. Akhtar. 커피 아니면 차를 하시겠습니까?

악타르　굿 모닝 Mr. Kim? 차로 주세요. 김철민 차장도 여기 있는가요? 싸리나(Sareena) 마켓에서 몇몇 가전 딜러가 얘기하던데, LG가 핸드폰을 출시할 예정이라고 합니다. 맞습니까?

김 지사장　아. 아닙니다. 본사 태스크 인원이 이곳에서 잠시 시장과 고객을 조사하면서 사업 기회가 있는지 알아보고 있는 정도입니다.

김철민 차장　안녕하세요? 사장님. 일전에 지사장님한테서 New Allied라는 회사와 사장님 얘기를 들은 적이 있습니다. 파키스탄에서 아주 사업을 잘하고 계시다고 하던데 LG 직원으로서 깊이 감사드립니다.

악타르　맞아요. 파키스탄에서 New Allied는 곧 LG나 마찬가지입니다.

---

* STP(segmentation, targeting, positioning) : 주로 제조사에서 신모델 출시 전 시장을 어떻게 세그먼테이션하고, 고객을 타게팅하며, 자사의 제품 디자인·기능·가격을 포지셔닝할 것인가를 사전에 기획하는 마케팅 기법 중 하나.

LG는 제 인생의 전부입니다. 아마 10년 후에는 제 두 아들이 LG 사업을 이어받게 되겠지요. 하하하.

New Allied는 LG의 파키스탄 가전(Home Electronics & Home Appliance) 공식 사업 파트너사이다. 여러 우여곡절 끝에 기존의 제품별 디스트리뷰터를 정리하고 New Allied로 통합하게 된 주된 이유는 오십이 훨씬 넘은 악타르 사장이 직접 시장 곳곳을 돌아다니며 딜러들에게 LG를 소개하고, 프로모션하는 등 그 열정과 LG에 대한 충성도가 매우 강했기 때문이다. 사실 우리나라에서 50이면 한참 일할 나이지만, 중동에서는 사업 일선에서 물러나 뒷방 할아버지 역할을 할 나이이기에 파키스탄처럼 험난한 나라에서 지역 곳곳을 누비며 시장을 개척한다는 것은 웬만한 체력이 아니면 버텨내지 못했을 것이다.

그에게는 지샨과 샤지브라는 두 아들이 있었다. 둘 다 모두 똑똑했지만 큰 아들 지샨은 어려서부터 너무 쉽게 오냐오냐해 주는 식으로 자라온 터라 사업보다는 '잡기'에 능했고 게으른 반면, 동생 샤지브는 아주 당돌하리만큼 똑 부러지고 다부진 데가 있었다. 중동 어느 국가나 마찬가지로 대개는 아버지가 일궈온 사업을 큰아들에게 물려주는 것이 관례인데, 지샨이 사업에는 관심이 없이 주색잡기에만 능하니 아버지인 악타르 사장으로서는 여간 걱정이 아니었다. 하루도 편하게 잠을 못 이룬다고 지사장께 푸념을 늘어놓곤 했다고 한다.

지사장님과 드래프트 내용을 검토하던 중 악타르 사장의 방문으로 자연스럽게 3인은 LG 단말(핸드폰)의 파키스탄 출시 가능성 여부에 대해 자신의 생각을 나누게 되었다. 특히 악타르 사장은 뭔가 새로운 제품을 큰아들에게 줄 것이 없는가 하고 고민하던 차였다. 사실 주색잡기에 능했고 딜러 방문조차 시답지 않게 생각하는 지샨에게 악타르 사장은 LG AV(Audio & Video) 제품을 테스트 삼아 맡겨 봤지만 1년도 안 돼 말아먹었고, 그 후로 이런저런 제품을 줘 봤지만 사업 성과를 내지 못했던 이력이 있었다.

시간은 어느덧 흘러 1차 태스크 활동을 마치고 본사 복귀할 시점이 되었다.

김철민 차장 지사장님, 지난 1개월 동안 많은 것을 보고 느꼈습니다. 본사 임원진에 1차 태스크 보고 후 또 나오게 될지는 두고 봐야겠습니다만, 핸드폰 사업본부 일원으로서 뭔가 말씀드리기 어려운 진한 '흥분'을 느끼고 갑니다.

(본사 1차 태스크 보고)

김철민 차장 상무님, 이상으로 1차 태스크 활동을 보고드렸습니다. 개인적인 전반적 소감은 파키스탄 핸드폰 시장의 향후 성장 잠재력을 감안할 때 충분히 매력적인 시장으로 보입니다.

차 상무 1차 리포트를 검토하니 몇 가지 의문점이 남네요. 경쟁 구도는 중동 여느 국가와 비슷하게 Nokia의 절대적인 지위와 SEMC, Motorola가 3강 구도를 유지하고 있는데, 유독 다른 국가와 달리 Samsun이 파키스탄에서 시장 점유율 10% 수준밖에 안 되는 점이 좀 궁금합니다. 다른 국가에서는 평균적으로 보더라도 점유율 20~25%로 자리매김하고 있는데, 우리가 가지고 있는 제품 라인업 구조로 파키스탄과 같이 저가폰 비중이 큰 시장에서 과연 성공할 수 있는가 하는 의구심이 드는군요.

김철민 차장 상무님 정확하게 보셨습니다. 파키스탄, 카라치 전역에 걸친 딜러와 인터뷰한 결과 Samsun의 경우 가장 큰 문제점은 '잦은 디스트리뷰터 교체'로 전국적 단위의 도매상들 사이에서는 위험한 사업으로 인식되어, 제품 다량 유통에 대한 거부감이 큰 것으로 조사되었습니다. 왜 그런 가에 대해서는 팩트 베이스로 말씀드리기가 어려운 것이 좀 아쉽습니다. 매년 거래선을 바꾸면서 나타날 수 있는 단점 정도로 생각됩니다. 그리고 낮은 국민소득 수준과 정부의 부정 부패 심화로 수입상 입장에서 '투자' 개념이 아니라 백투백(back to back) 오더* 기반의 사업을 하고 있다는 점을 말씀드리고 싶습니다. 즉 시장에서 소비자가 요구하는 모델만 수입하는 형태지요. 그러니 Samsun과 같은 글로벌 기업에서 더욱이 두바이 중심의 대대적인 브랜드 홍보와 제품 마케팅을 해도 파키스탄에서는 실효성이 그리 크지 않을 수밖에 없는 것입니다.

차 상무 그렇군요. 그렇다면 우리에게도 사업 파트너가 가장 큰 걸림돌로 여겨지는데, 맞습니까? 조금 휴식을 취하고, 다음 주에 바로 2차 태스크 추진하세요. 이번에는 'LG가 신규 출시할 때 어떤 거래선을 사업 파트너로 선정하는가?'가 주요 미션입니다.

김철민 차장 우선 기존의 로컬 디스트리뷰터를 선정하는 것을 전제로 장·단점(pros & cons)을 살펴보고, 그것도 아니다 싶으면 제로베이스(zero base)에서 출발하는 것을 고려해 보겠습니다.

'07년 기준 파키스탄 GSM 오픈 마켓은 대략 아래와 같은 이미지와 판세

---

* **백투백(back to back) 오더** : 일반적인 오더(order)의 프로세서는 공급업체로부터 상품을 구매해서 창고에 보관한 다음 고객에게 판매하는 방식이다. 그러나 백투백 오더는 '고객에게 판매를 완료하고 부족한(필요한) 재고만큼만 공급업체에 상품을 주문하는 방식'을 취한다.

였다.

» 100% 오픈 마켓으로, 매년 높은 성장률을 보이고 있으며, 저가폰의 비중이 전체의 60% 이상이었는데, 그중 Nokia가 50% 이상 점유율을 보이고 있다.

» 2006년 LG의 GSM 폰 사업은 거의 무의미했다(시장 점유율 0.1%).

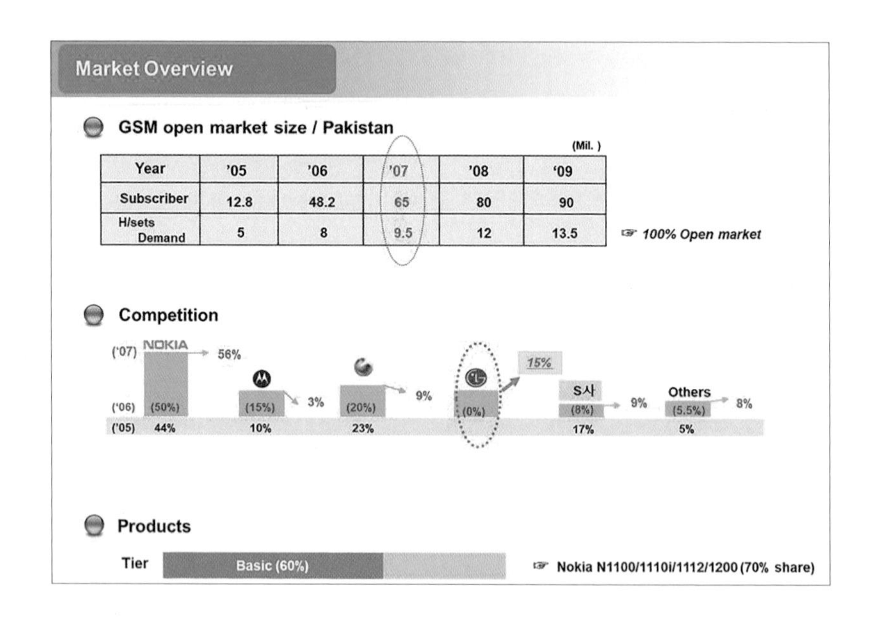

(2차 태스크)

김철민 차장 하이, 우스만! 방금 전 카라치 공항에 도착했습니다. 2번 출구에서 기다리고 있을 테니 픽업 부탁합니다.

우스만 네, 알겠습니다. 30분 후에 뵙겠습니다.

김철민 차장 지사장님은 잘 계시지요? 지난번에 뵈었던 악타르 사장님도 잘 계시고요?

(지사 사무실에 도착하여, 지사장 방에서 차 한잔 마시면서 금번 2차 태스크 활동에 대한 방향을 협의 중)

악타르 Hello Sir!(지사장님한테 하는 인사말, 늘~ 그렇다)

Mr. Kim 안녕하세요. 여기 제 큰아들 지샨입니다(He is not a Son but big SUN for me).

(왜, Son이 아닌 SUN이라고 하냐면, 지샨은 그만큼 악타르 사장에게는 희망이고 미래였기 때문이었을 것이다)

지샨, LG 핸드폰 사업본부에서 출장 오신 김철민 차장께 인사드리거라.

지샨 처음 뵙겠습니다. '지샨'이라고 합니다. 오시는 길은 어땠습니까? 다시 카라치에 출장오신 것을 환영합니다.

김 지사장 김 차장, 악타르 사장님께서 왜 '지샨'을 데리고 왔는지 알겠어요? 흐흐흐.

김철민 차장 아뇨? 지사장님, 왜요? 전 전혀 모르겠는데요.

이윽고,

우스만 김 차장님, 이미 아시겠지만, 파키스탄 단말 시장은 4개의 디스트리뷰터가 모두 관리하면서 Nokia 디스트리뷰터인 United Mobile 외 다른 디스트리뷰터들은 독점 개념이 아닌 이 브랜드 저 브랜드를 동시 취급하고 있지요. 브랜드 입장에서 보면 어느 하나에 올인할 때 생길 수 있는 위험 회피가 어느 정도 가능하고, 3개 거래선 중에서 잘하는 회사에 투자를 집중하면서 사업을 다각화할 수 있다는 장점이 있는 반면에 브랜드 충성도는 크게 기대할 수 없는 단점이 있기는 합니다. 즉 United Mobile을 제외한 3개 디스트리뷰터를 자금력, 채널 장악력, 마케팅 능력, 미래 성장 가능성 등을 4개 축으로 해서 강점/약점을 수

치화해서 가장 점수가 높은 거래선을 택하는 방법이 있을 수 있고요. 또 다른 하나는 일반 딜러 채널과 소매 시장을 구분해서 복수 거래선을 운영하는 방안을 고려해 볼 수도 있겠습니다. 제 생각에는 LG 전략에 따라 저가폰은 일반 딜러 채널로, 고가, 프리미엄 모델은 소매에 강한 디스트리뷰터를 운영하는 방안을 제안드립니다.

김철민 차장 음~ 2차 태스크 활동 전에 이미 내가 사전 검토한 내용들로 어느 사례이든 장단점이 있어 쉽게 결정을 못 내리겠군요. 좀더 확신이 서려면 직접 4개 디스트리뷰터를 만나서 자사 모델 라인업 계획도 소개하고, 그들 각자의 의사를 타진해 보는 것이 좋겠습니다. 지금 현 상황이 행복한 고민인지 아니면 후보 거래선 모두에게 퇴짜 맞을 수도 있는 불행의 씨앗이 될지 모르겠지만…. 하하하~.

(4개 디스트리뷰터와 인터뷰 후)

김철민 차장 지사장님, (우스만 씨도 같이 들으세요) 지난 4일간 파키스탄 핸드폰 사업 출시를 염두에 두고 현지 디스트리뷰터 네 곳과 직접 인터뷰하면서 받은 피드백입니다. 당초 예상대로 Nokia의 독점 디스트리뷰터인 United Mobile은 LG 핸드폰에 대해 전혀 관심을 보이지 않았고, 자기들 자랑만 늘어놓는 행태를 보여 우선 자사 파트너 풀에서 제외하겠습니다. 나머지 세 곳 중 A사는 자신한테 독점을 주면 년 20만 대까지 해 보겠다고 하고, B사는 LG의 어떤 정책이라도 자신들은 환영한다면서 다소 호의적인 반응을 보였습니다만, 문제는 자금력이 부족해서 매월 수입 규모가 들쭉날쭉하다는 데 있습니다. 어느 달에는 15만 대 수입했다가 또 어떤 달은 5만 대 하는 식으로요. 이래서는 저희 제품을 주더라도 안정적 사업을 기대하기 어려울 듯 싶습니다.

C사는 현재 Samsun을 주력으로 월 7~8만 대 판매하고 있는데, 아무

래도 제품 특성상 같은 한국산에다 정보 및 가격 유출 등 부담감이 없지 않는 것이 사실입니다. 지금까지는 LG가 특정 거래선에 올인하는 형태의 사업을 할 때 취할 수 있는 선택지에 대해 말씀드렸습니다. 파키스탄을 카라치, 라호르, 이슬라마바드 등 권역별로 나누어 유통하는 방안과 일반 딜러 채널과 소매로 구분해서 판매권을 부여할 때의 각각의 장단점입니다.

김 지사장 쉽지 않은 옵션들이네요. LG 가전은 발로 차도 시장 점유율 10%는 거뜬히 만들 수 있는데, 모바일은 1% 시장 점유율 만들기가 '하늘의 별 따기'입니다. 정말 어렵더군요.

그만큼 LG 가전은 중동 지역에서 십수 년 전부터 브랜드 위상을 높이기 위한 활동과 지역 특화 모델을 개발하면서 명실상부한 No.1 포지션을 유지하고 있다. 그러나 LG 단말은 사업한 지도 얼마 안 된 상황에서 기술적 특성이 너무 강한 제품 속성상 가전처럼 쉽게 접근하기가 어려웠고 기존의 진입 장벽을 깨기가 쉽지 않았다는 얘기였다.

지사장 우선 초도 물량을 안정적으로 가져가면서 유통 장악력까지 갖춘 거래선이 누구인지 좀더 무게를 두고 생각해 보는 것은 어떨까요? 아무래도 우리가 제대로 준비되지 않았는데, 복수 거래선을 운영하는 것은 답이 아닌 것 같습니다.

김철민 차장 저도 지사장님과 같은 생각입니다. 이미 다른 국가에서 실패를 맛본 사례가 있는데요. 가령 사우디를 예로 든다면 자금력과 채널 유통 장악력, 그리고 소매 중심의 소비자 마케팅이 비교적 잘 된 Axiom이라는 에이전트에 LG GSM 단말기(핸드폰)를 줬었는데, 결국 Nokia, SEMC에만 주력하고 LG 핸드폰은 끼워팔기식 정도로만 유통하다 보니 출시 1년이 지난 현재도 년 매출 10만 대를 못 넘기는 수준입니다. 즉 **LG만의 방식으로 출시, 소비자와 직접 소통하는 방식**이 필요할지도 모르겠습니다.

한 번 실수는 용납될 수 있어도, 두 번 세 번 같은 방식으로 실수한다면 어느 누구라도 용서받을 수 없는 일이다. 김 차장은 갑자기 머리가 무거워지고 가슴이 답답해 옴을 느꼈다. '누가?' 팔 것인가에 대한 명쾌한 정리가 되지 않은 상태에서 후속 작업, 전체 그림 그리기는 무의미했기 때문이다. 앞서도 언급한 적이 있지만, 중동 사업에서 사업 성패의 70% 이상을 좌지우지하는 것은 결국 '누가_Who'로 귀결되기 때문에 더욱 고민이 되는 것이다. 이미 시장에는 플레이어가 존재하고 있다. 그들의 싸움 방식도 다른 지역, 국가와 크게 다르지 않다. 그러면 기존 플레이어 중 하나를 택할 것이냐? 아니면 전혀 새로운 후보자를 플레이어로 육성하여 같이 싸우게 할 것인가?

김철민에게 주어진 시간이 그리 많지 않았다. 고민이다. 그렇다고 고민의 굴레에 사로잡혀 마냥 허둥댈 수만도 없는 상황이었다. 그렇게 또 카라치의 밤은 자정이 넘도록 뿌연 담배 연기와 함께 저물어갔다.

(따르릉~~ 갑자기 모르는 번호로 발신음이 연거푸 울렸다)

악타르 여보세요. 김 차장님, 악타르 사장입니다. 김 지사장님과 함께 오늘 3시에 LG 사무실에서 볼 수 있을까요?

김철민 차장 안녕하세요? 악타르 사장님. 좋습니다. 지금 우스만 씨와 함께 본사에 보고할 리포트를 작성하고 있었습니다. 그럼 3시에 뵙도록 하겠습니다.

악타르 모두 안녕하십니까? 여기에 지샨 그리고 마케팅 디렉터도 함께 데리고 왔습니다. 오늘 여러분들에게 LG 그리고 저에게 아주 중요한 내용을 말씀드릴 것이 있어 이렇게 찾아왔습니다. 작년에 김철민 차장이 파키스탄 핸드폰 시장 방문한 이후 많은 시간을 두고 심도 있게 고찰한 결과입니다.

지샨, LG 분들에게 네 계획을 설명해 드리도록 하거라.

지샨 네 아빠. 아마도 두 분 모두 파키스탄 핸드폰 시장이 어떤지에 대해 잘 알고 있을 것으로 생각합니다. 올해는 작년과 비교할 때 약 30% 정도의 큰 성장이 있을 것으로 예측됩니다. 악타르 사장님께서는 파키스탄 제1 GSM 사업자인 Telenore사 회장님과도 매우 친분이 깊으시며, 파키스탄 단말 사업협회 보드 멤버 중의 한 분이시기도 합니다. 그래서 저희는 LG GSM 사업 공식 파트너사로 파키스탄 핸드폰 사업에서 충분히 큰 역할을 해낼 수 있을 것으로 믿어 의심치 않습니다. 잘 아시겠지만 New Allied는 전국적 규모의 가전 딜러 네트워크와 1,500여 명의 직원, 그리고 20여 개 서비스 센터를 운영하고 있습니다. 악타르 사장님께서는 지금 LG와의 커다란 전략적 사업 제휴에 크게 고무되어 있으십니다.

김철민 차장 알겠습니다, 지샨. 그리고 New Allied의 깊은 고민과 연구, 사업 제안에 깊이 감사드립니다. 그런데 New Allied는 지난 8년간 파키스탄에서 LG H.E(Home Electronics)와 H.A(Home Appliance) 제품 사업에 집중해 온 것으로 알고 있습니다. LG 핸드폰 사업본부의 일원으로서 감히 말씀드립니다만, 저는 New Allied가 가전에서 잘해 온 것처럼 핸드폰 사업에서도 잘 해낼 것으로 생각하지 않습니다. 핸드폰 사업은 가전 사업과 크게 다릅니다. 제품/유통 채널/그리고 시장과 고객에 대한 접근 방식이 철저하게 다르기 때문인데, 이 부분에서 LG전자 본사 임원진 어느 누구도 여러분의 사업 제의에 흔쾌히 동의하실 분은 없을 것입니다. 제가 드리는 말씀에 대해 다시 한번 심도 있게 고민해 주십시오.

지금까지 전세계 어느 곳에서도 가전 업체가 GSM 핸드폰 사업을 해서 크게 성공한 사례가 없습니다. 자칫 잘못된 사업 운영으로 크게 손해를 입는다면 지금까지 잘해 온 가전 사업마저도 크게 위험해질 수 있습니다. GSM 핸드폰 사업은 투자와 매출 규모 측면에서 결코 가벼운 사업이 아닙니다. 만일 GSM 핸드폰 사업에서 크게 손실을 보실 경우, 결코 회복할 수 없을 정도로 회사 자체가 위험에 빠질 수도 있습니다.

김 지사장 김 차장, 우선 오늘은 악타르 사장께서 어떤 생각을 가지고 있는지, 왜 LG 핸드폰 사업을 하려고 하는지에 대해서만 좀더 들어봅시다.

김철민 차장 지사장님, 다시 한번 말씀드립니다만, 가전 회사가 GSM 핸드폰을 유통한 한 사례가 아직까지 없었고, 자칫 핸드폰 사업을 잘못 건드렸다가 자금 유동성이 막히는 날에는 지금까지 파키스탄 가전 사업으로 연간 4천만 달러 매출하던 New Allied가 하루아침에 파산할 수도 있습니다. 매우 신중하셔야 합니다.

악타르 김 차장님, 당신이 염려하고 계신 부분에 대해 충분히 이해갑니다. 하지만 우리는 이미 결론을 내린 상태입니다. LG가 저희에게 GSM 핸드폰 사업의 기회를 준다면 정말 최선을 다해서 성공 사례를 만들어 보겠습니다.

김철민 차장 '아! 정말 미치겠네. 어떻게 설명을 해야 이해를 하는 거지…?'

핸드폰 사업은 그야말로 '돈 놓고 돈 먹기'인데, 조금이라도 삐거덕 하는 순간에 회사 전체가 날아갈 수도 있다. 매월 10만 대 수입·유통한다고 가정하고 평균 단가를 50달러로 잡아도 월 500만 달러, 1년이면 6천만 달러가 왔다 갔다 하는 초대형 사업이다. 지금까지 이 바닥에서 굴러먹던 디스트리뷰터들이야 문제 발생 시 나름의 생존 방안이 있겠지만, 지난 8년간 가전 사업에서 잘 해온 New Allied라고 하지만, 핸드폰 업계에서는 그야말로 하룻강아지 아니던가. 본사 입장에서도 장기 재고에 따른 자본 잠식 등을 감안하면 절대 허락하지 않을 사안이다.

김철민 차장 지사장님, 금번 2차 태스크의 주요 목적은 '디스트리뷰터' 선정이라고 할 수 있는데, 엊그제 공유드린 핸드폰 유통 파트에서는 현 4개 디스트리뷰터 중심으로 사실에 입각한 선택지 초안을 본사에 보고드리고, 어제 악타르 사장께서 제안하신 내용은 추가하는 개념으로 리포트 정리하겠습니다.

김 지사장 좋습니다. 그렇게 하도록 합시다. 그런데 오늘 아침에 또 악타르 사장께서 전화를 주셨어요.

(화상 회의)

김철민 차장 상무님, 카라치 지사장님께서도 화상 회의에 참석하셨습니다. 금일 2차 태스크 보고는 '거래선 선정' 관련된 내용으로, 지사 의견과 제 의견은 먼저 이메일로 보내드린 보고 장표 내용을 참조해 주십시오. 이번 태스크 활동 기간 내내 곰곰이 숙고하고 또 연구해 봤습니다만, 기존 파키스탄 핸드폰 디스트리뷰터를 운영하는 방안은 아무래도 자사에 크게 도움이 될 것 같지 않습니다. 이미 여러 국가에서 발생하고 있는 이슈들이 이곳 파키스탄에서도 재현될 수 있다는 가정입니다.

때마침 New Allied에서 LG GSM 사업 제의가 들어왔는데, 그 부분은 유첨에 자세하게 정리해 드렸습니다만, 의외의 방법이 될 수도 있겠다는 생각입니다. 저도 처음에는 악타르 사장님의 제의에 절대 반대하는 의견으로 말씀드린 바 있는데, '**LG만의 일하는 방식**'으로 접근한다면 New Allied도 옵션 중 하나로 생각하셔도 좋겠습니다.

차 상무 New Allied 사장님은 나도 잘 알지만, 과연 잘 해낼 수 있을까요? 여전히 나는 New Allied가 가전 디스트리뷰터로서의 역할과 소임을 다하는 것이 LG에도 좋을 것 같습니다. 잠깐만요! 지역 대표님께서 전화를 주셨네요. 잠시 휴식 시간을 갖고 10분 후 다시 회의 진행합시다.

지역 대표 차 상무, 어제 제가 보낸 메일 생각해 보셨습니까? 악타르 사장께서 아주 의지가 확고하십니다. 단 조건이 있는데, 김철민 차장을 파키스탄 핸드폰 제품 담당 매니저(product manager)로 보내 달라고 하는군요. 만일 LG에서 자원 이슈로 파견하는 것이 힘들다면 자기가 김 차장 주재 비용을 모두 부담하겠으니 LG에서는 사람만 보내 달라고 합니다. 아마도 1, 2차 태스크 진행하면서 딜러와 시장에서 김 차장에 대한 좋은 피드백을 받고, 또 김 차장과 얘기하면서 악타르 사장이 좋은 이미지를 받은 것 같아요. 장기 파견 형식이라도 가능하겠습니까?

차 상무 대표님, 메일 보고 저도 고민을 해 봤는데, 김 차장은 MC 본부에서 향후 인도 시장 포함한 이머징(emerging) 마켓에서 아주 유용하게 쓸 인재로 제가 향후 딴 곳에 김 차장을 활용할 계획인데, 악타르 사장께서 그 정도로 의욕이 강하시다면 김철민 차장을 파키스탄에 내보내도록 하겠습니다. 전세계 어느 곳에서도 만들어 내지 못한 성공 사례가 파키스탄에서 나올 수 있도록 지역 대표님께서 많이 지원해 주십시오. (딸깍!)

(다시 화상 회의)

차 상무 김 지사장님, 방금 전 제가 메일 하나 보낸 것이 있습니다. 김철민 차장을 이번 하반기 정기 인사에서 파키스탄 단말 제품 담당 매니저로 파견하겠습니다. 김 차장, 지사장님과 별도 협의해서 향후 제품 담당 매니저로 파견되면 무엇을, 어떻게 할 것인지 고민해 보시고 출장 1개월 연장해서라도 복안을 가지고 본사 복귀해 주세요, 이상.

김철민 차장 네, 상무님, 알겠습니다.

'아니 뭐가 어떻게 돌아가는 건지…. 아니 뜬금없이 무슨 파키스탄 GSM 핸드폰 담당 매니저로 파견이라니….'

김 지사장 김 차장, 악타르 사장께서 지역 대표님께 정식으로 New Allied가 LG GSM 사업을 하겠다고 말씀하셨답니다. 그 전제 조건으로 김 차장을 파키스탄 단말 제품 담당 매니저로 파견 보내 줄 것, 이에 대한 지역 대표님 요청은 출시 1년 안에 반드시 100만 대 매출을 해서 다른 중아 지역 국가에 성공 사례가 전파될 수 있도록 New Allied를 총력 지원해 줄 것 등 이제 모든 것이 한 방에 결정되었네요. 하하하.

거래선 선정 완료, 단말 제품 담당 매니저 파견 결정. 축하합니다! 100만 대 판매를 위하여….

우리 '오삼겹' 먹으러 갑시다. 소주 한잔하면서 축하해야지요.

김철민 차장 아…네, 지사장님. 감사합니다.

김 차장의 머릿속은 여러 가지로 또다시 복잡해졌다. 출시 1차 연도에 100만 대? 그것도 가전 거래선인 New Allied 통해서 말이다. 아직 인도 같은 큰 시장도 년 50~60만 대밖에 못 팔고 있는데…. 그것이 과연 가능한 숫자일까? 그리고 이미 1, 2차 태스크 활동을 통해 카라치 이곳저곳을 안 다녀 본 곳이 없는데, 이제 막 10살, 6살 된 두 아이를 데리고 이 험한 파키스탄에서 4년을 살아야 한다는 생각에 착잡하지 않을 수 없었다. 왜 세상은 이토록 불공평할까? 누구는 미국, 유럽, 캐나다 등 선진국 시장에서 신입 사원부터 해외 주재원으로 파견 나가고, 누구는 중동 아프리카 오지에서 20여 년을 해외 영업 담당자로, 또다시 파키스탄 단말 제품 담당 매니저로 나가고…. 아무리 생각해도 김 차장은 자신에게 곧 닥쳐올 오지에서의 주재 생활을 생각하니 가슴이 '턱' 하고 막혀 옴을 느꼈고, 더욱이 백만 대 판매 목표와 함께 LG GSM 오픈 시장 사업 역사를 새롭게 써야 한다는 부담감에 가슴이 터질 지경이었다. 그날따라 '오겹살'이 맛없었던 것은 너무도 당연했다.

나머지 공부

지난 1년 동안 3차에 걸친 '파키스탄 핸드폰 사업 구축'을 위한 태스크를 마치고 카라치 지사 단말 제품 담당 매니저로 주재 파견 결정된 이후 김 차장은 준비해야 할 것이 많았다. 우선 살고 있던 아파트를 전세로 내놓고 애들 학교 이전에 따른 서류 준비, 사내 파견 프로세스(process) 등.

그러나 그중에서도 가장 스트레스였던 것은 제로 베이스(zero base)에서 기존의 기라성 같은 글로벌 플레이어들과 싸우기 위한 준비, 즉 게임 플랜(game plan)의 수립이었다. 사업의 주체를 명확히 하고 어떻게 거래선 조직을 핸드폰 디스트리뷰터로 변화시킬 것이며, 연도별 매출 계획을 작성하고 목표 달성을 위한 단계별 실행 계획을 수립하는 것이었다. 다시 말하면, **백지 위에 100만 대 매출 탑을 쌓는 밑그림**이다. 차라리 아무런 지식, 백그라운드가 없는 상태라면 나을지도 모르겠다.

New Allied는 이미 파키스탄에서 가전 사업으로 8년을 운영해 왔고 현지에서 아주 사업을 썩 잘했던 우량 가전 디스트리뷰터였다. CEO부터 서비스맨까지 가전 개념으로 무장된 사업체를 가장 경쟁이 심하고 실패할 위험성이 큰 핸드폰 사업에서 기존의 글로벌 브랜드, 디스트리뷰터와 동등한 조건에서 게임을 한다는 것 자체가 난센스(non-sense)인데, 그래서 LG 핸드폰 출시 위한 제반 여건이 그 어느 때보다 더 어렵게 느껴졌던 것이다.

김 차장은 과거 고 3 때의 모습을 떠올렸다. 가정 형편이 꽤나 어렵던 시절이었다. 그래서 재수, 삼수는 꿈도 꿀 수 없는 처지였기에 무조건 고등학교를 졸업하는 동시에 대학에 입학해야만 했다.

"그래! 정신만 살아 있으면 못할 것이 없다!"

김 차장은 그날로 이발소로 달려가 이부 머리(빡빡이)로 잘랐다. 외부로부터의 유혹(친구들과의 모임이나 약속)을 원천적으로 차단하겠다는 마음에서다. 지금 상황이 고 3 시절의 그때와 다를 바가 하나도 없었다.

'불가능을 가능으로, 한번 바꿔보자!'

30여 년 전의 그때를 회상하며 김 차장은 목욕탕으로 향했다(요즘은 예전과 달리 남자 이발소가 따로 있기보다는 대부분 목욕탕 안에서 간단히 머리 손질을 할 수 있는 간이 이발소가 있다).

김철민 차장 사장님, **해병대 머리**로 잘라 주세요.

이발사 네? 지금 군대 갈 나이는 아니신 것 같은데…. 해병대 머리로 싹 밀어 달라고 하신 거 맞죠?

김철민 차장 네. 맞습니다.

(LG전자 본사 쌍둥이 빌딩)

지역 대표 어, 당신 누구야?

김철민 차장 안녕하세요? 지역 대표님. 김철민 차장입니다. 이번에 파키스탄 단말 제품 담당 매니저로 인사 발령 났습니다.

지역 대표 아! 당신이 김철민이군! 그런데 머리가 왜 그래? 그거 해병대 머리 아닌가?

김철민 차장 네. 맞습니다. 부임 전 두바이 사무실로 찾아가서 정식으로 인사드리도록 하겠습니다. 본사 출장 오셨는데, 건강히 업무 잘 보시고…. 그때 뵙겠습니다.

지역 대표 그래. 그럼 그때 봅시다.

"음~ 정신 무장을 새롭게 한다는 의미로군! 저 친구 뭔가 일내겠어."

한국 인천항에서 카라치 항구까지 이삿짐을 보내면 대략 한 달 반 정도가 소요되기에 김 차장은 부임 일자에 맞춰 일찌감치 출발했다. 짐이 오기 전까지 카라치에서 넉넉잡아 2달 정도 묵을 호텔을 잡아야 하는데, 주재원 기준 한 달 주거 비용 한계 내에서 호텔을 잡다 보니 보통 출장 때와는 달리 3스타급 정도의 호텔을 잡아야 했다. 으! 이건 말이 호텔이지, 도로와 바로 인접해 있는 덕분에 새벽 3~4시까지 치달리는 오토바이의 굉음 소리, 그리고 마치 군대 막사를 방불케 하는 철제로 된 침대, 화장실 문은 야전 막사에서나 쓰는 천 가리개 정도였다. 정말 귀신이라도 나올 듯한 기괴한 느낌마저 들어 등골이 오싹할 때가 한두 번이 아니었다. 이거 제대로 실감나는군!

카라치가 나를 이런 식으로 환영하다니…. 짐이 도착하기 전까지의 약 1달 반 동안의 호텔 생활은 그야말로 최악이었다. 지사 우스만과 거래선 사장, 지샨과 사업 구축을 위한 업무 협의를 마치고 밤 10시에 호텔에 돌아오면 도통 잠을 이룰 수가 없었다. 연신 울려 대는 오토바이 소음과 환하게 창문을 비추는 가로등 불빛이 그의 잠을 방해하는 것이다. 그래도 국방부 시계처럼 파키스탄의 시계도 돌아갔다.

한국을 떠난 지 50여 일 만에 아내·두 아이와 상봉한 이후 개인 주택에 터를 잡았다. 생활은 많이 안정되었고, 스트레스도 스스로 조절할 수 있는 정도가 되었다. 이제는 본격적으로 핸드폰 사업을 구축하기 위한 준비를 하고, 실행을 할 때였다. 시간이 벌써 2달이나 흘렀다. 본사는 기다려 주지 않는다. 사람이 파견된 지 3개월이 지나도 실적이 나오지 않으면 이런저런 방법으로 가만두지 않는다. 그것은 냉혹한 현실이다. 사업 구축하면서 동시에 정식 구매와 판매 위한 업무까지 병행하다 보니 몸과 마음은 서서히 지쳐갔다.

김철민 차장 굿 모닝, 지샨! 벌써 3개월이나 지났군요. 제가 여기에 온 지 3개월 동안 우리는 크게 3가지 중요한 일을 해 냈죠.
첫째, 판매 목표와 연동한 사업 구조 수립
둘째, 가전 조직에서 핸드폰 사업을 위한 별도의 조직 구축
셋째, 유통 진입 전략 & New Allied 단계별 실행 계획
그리고 지금부터는 GSM 일반 기술 및 기능에 기반한 제품 운영 전략 수립에 좀더 노력해야 합니다. 그러기 위해서 우스만과 지샨에게 한 가지 제안하고자 합니다. 매일 저녁 업무가 끝나는 7시부터 자정 혹은 새벽까지 글로벌 GSM 기술 트렌드와 LG GSM 제품, 마케팅 방법 등 '나머지 공부'를 할 생각인데, 아주 지루하고 힘겨운 시간이 될 것입니다. 어떻습니까? 지샨, **나와 함께 파키스탄에서 '핸드폰 판매왕'으로 성장하는 길에 함께 하겠습니까?**

김 차장은 그동안 가전 사업에 너무도 충실했던 New Allied사의 조직 역량을 핸드폰 사업으로 확대·강화하고 사업의 실질적 오너인 지샨을 완전히 제로 베이스에서부터 단련시키기로 했다. 일전에 확인한 대로 지샨은 아버지의 뜻에 따라 LG AV(Audio & Video) 제품을 맡아서 사업을 해 봤으나 모두 말아먹은 적이 있는데, 그 이유는 지샨이 주색잡기에 능했지만 사업

에 대한 관심이나 욕심이 없었던 때문이었다. 그러나 악타르 사장은 LG 중아 지역 대표 및 본사를 상대로 마지막이라는 심정으로 딜을 걸었는데, LG GSM 사업에 지샨을 오너로 하고 회사의 사운을 걸 요량이었다. 그만큼 악타르 사장은 후계자 양성에 절대적이었다.

기라성 같은 United Mobile 외 3개 디스트리뷰터와 맞짱 뜨려면 그들보다 더 많이 알아야 하는 것은 당연하고, 더러는 고객 중심의 'LG Way'까지 정신적 재무장을 해야만 했던 아주 절체절명의 시점이었다. 그래서 매일 업무가 끝나는 저녁 7시부터 밤 12까지 나머지 공부를 시켰다. 현 글로벌 통신 트렌드는 어떻고, CDMA에서 GSM으로 넘어오는 기술적 과정과 LG 핸드폰의 과거 초기 출시 모델부터 2007년도 상반기까지의 제품 라인업 지식 습득과 소비자 니즈를 감안한 세일즈 포인트는 무엇인가? 경쟁사 모델과의 직접(apple to apple) 비교 및 제품/가격 포지셔닝 방법을 1부터 100까지 하나하나 세세하게 터치해 나갔다. 내심 6개월 정도의 '학습 및 토의' 시간표를 짜고 매일매일 진도 확인이 가능한 상황판까지 활용했다. 그렇게 나머지 공부를 한 지 한 3개월 정도 나 되었을까.

(어느 날)

지샨 Sir, 미안합니다만, 오늘은 나머지 공부에 참석 못 할 것 같습니다. 중요한 가족 행사가 있어서….

보아하니 지샨이 어느 정도 한계에 도달한 듯 보였다. 허구한 날 친구들과 어울려 댄서들 불러 놓고 양주 까면서 놀았던 철부지가 하루아침에 고시 공부하는 학생처럼 될 수는 없는 노릇이었다.

김철민 차장 아! 지샨. 이제 겨우 한 달 지났어요. 그리고 아직 우리는 실제적인 제품, 디자인, 기능, 작동 방법에 대한 공부에 들어가지도 못했거든요. 정말 가족 행사에 꼭 참석해야 하나요? 안 가면 안 되겠어요?

지샨 미안합니다. 제발요.

옆에 있던 우스만이 김 차장에게 눈짓으로 신호를 보낸다. 오늘 하루 정도는 봐 주자고…. 김철민 차장과 우스만, 그리고 지샨은 어느새 원 팀이 되어 상대의 눈만 보더라도 그 사람이 하려고 하는 얘기를 눈치채고 알아들을 정도로까지 녹아들어 가고 있었다.

김철민 차장 좋습니다. 지샨. 가족과 뜻있는 시간을 갖도록 하세요. 그러나 이거 한 가지 꼭 알아야 합니다. 우리는 여전이 United Mobile에 한참이나 뒤져 있습니다. 이번 주말에는 딜러들과의 협상 방법 등에 대해 토의할 겁니다. 그럼….

(며칠 후)

김철민 차장 우스만, 지샨 모두 잘 들어요. 우리는 지금 핸드폰 사업 준비 단계에 있습니다. 이미 충분히 늦은 시간이지만 시장과 고객과 제품에 대한 연구 없이는 중동 내 다른 국가와 같이 기존의 Nokia, Sony Ericson, Motorola, Samsun과 경쟁해서 절대 이길 수 없습니다.

그래서 오늘부터 조직 재정비, 제품 로드맵, 가격 및 수익성 운영 전략, 오더 관리, 채널 진입 전략, 쇼룸 운영, 연간 마케팅 및 서비스 등 8개 분야에 대한 본격적인 연구와 협의를 진행할 것입니다.

모두 단단히 각오들 하세요!

Studying…before Penetration

- **Questionnaires…by myself.**
  - a. Who shall carry LG GSM handset ?
    - . Loyalty …
  - b. Do we have the right products (models) which meets Pakistani's needs ?
    - . Customer insight…
  - c. Does LG has the right channel which deliver LG GSM phone ?
    - . Channel coverage & penetration strategy…
  - d. How LG can sell-in to GSM open market properly ?
    - . LG brand acceptance & awareness …
  - e. Warranty (after SVC) ?
- **How to Approach …?**

이는 마치 군사 작전을 방불케 할 정도의 섬세하면서도 전략적인 접근이었다. 단순히 내용을 전달하는 것이 아니라, 기본 개념은 김 차장이 전달하되 우스만과 지샨에게 파키스탄 고객 관점에서 김 차장의 논리가 과연 타당성이 있는지 의견을 묻고 상호 토론하는 식의 **'나머지 공부'**였던 것이다.

ㅣ핸드폰 조직 구축

김철민 차장 우선 핸드폰 조직과 관련된 내 생각을 말해 보겠습니다. New Allied는 이미 파키스탄 No.1 가전 회사로써 조직 구성 · 운영에 전혀 문제가 없습니다. 그런데 우리가 핸드폰 사업을 할 때 오히려 현재의 조직이 문제가 될 수도 있다는 점을 간과해서는 안 됩니다. 보통 인건비 비율은 전체 매출의 약 2% 정도를 차지하는 게 정상입니다.
파키스탄 단말 연간(2007년 기준) 수요를 약 천만 대로 보고, 우리의 타깃 시장 점유율을 수량 기준으로 10%라고 하면 백만 대 정도가 됩니다. 금액으로는 평균 단가를 50달러로 잡을 때 약 6천만 달러 정도가 될 거고요.
백 만대 판매 달성을 위해 나는 Nokia나 기타 브랜드와 같이 대도시 중심의 도매상을 통한 푸시 셀인(push sell-in) 방식을 택하지 않을 생각입니다. 이미 다른 중동 국가에서 이런 형태의 단순 유통 방식으로 비용을 크게 들이지 않으면서 무임승차하려고 했지만 모두 실패했습니다. 왜 그럴까요? 그만큼 LG 핸드폰의 브랜드 파워가 자연 구매를 일으킬 정도로 크지 않기 때문에 1달에 30만 대를 파는 United Mobile 조차도 LG 핸드폰을 팔려고 애써 노력을 하지 않을 겁니다. 그래서 결국은 장기 재고로 남게 되고, 이것이 나중에 큰 적자로 나타나 추가 자원 투입을 할 수 없는 상태의 악순환 구조에 빠지게 됩니다.
LG 가전 제품은 이미 파키스탄에서 제품에 따라 다소 차이가 있지만 30~40% 정도로 잘하기 때문에 대형 유통 딜러를 통해 밀어내기식 판매를 하더라도 크게 문제가 없습니다. 소비자 가격 수준은 6개월 동안 전혀 변동이 없으니 이 또한 문제가 되지 않습니다. 하지만 단말 사업의 경우 가전 사업의 그것과 매우 다릅니다.
파키스탄을 9개 판매 권역으로 구분하고 각 권역에서 셀인 & 아웃(sell-in & out)을 동시에 전담할 영업 조직과 프로모터 조직을 갖추어야 합니다. 초기에는 LG 프로모터가 셀 아웃(sell-out)_ 딜러 숍에서 소비자 손으로 판매되는 부분의 상당 부분을 지원·담당할 것입니다.
자! 다시 한번 봅시다. 2007년 파키스탄 단말 사업에서 우리의 타깃은 수량 기준 100만 대, 금액으로는 6천만 달러가 됩니다(물론 현시점에서는 거의 가능성 없는 수치이지만…. 나중에 알게 될 거다. 이것이 얼마나 무모한 도전이라는 것을).
New Allied의 단말 전체 수익을 총매출의 10% 정도로 관리한다고 하면, 그중 인건비가 다시 2% 정도가 되니 100만 달러 내외에서 합리적으로 조직을 구성하고 운영할 수가 있습니다. New Allied 본사에서 가전+단말 공통 조직(기획, 총무, 브랜드 마케팅, 본사 회계)을 관리하고 영업 조직을 가전과 단말로 각각 분리 운영하는데, 특히 단말 초기 셀 아웃(sell-out) 촉진을 위해 전국적 단위의 프로모터 조직을 권역별로 최소 5명 운영하게 할 겁니다. 그렇게 되면 전체 단말 조직은 약 200명 안팎에서 운영된다고 볼 때 무슨 일이 있더라도 연간 100만 달러 내에서 관리되어야 한다는 뜻입니다.

내가 생각하는 조직도는 다음과 같습니다.

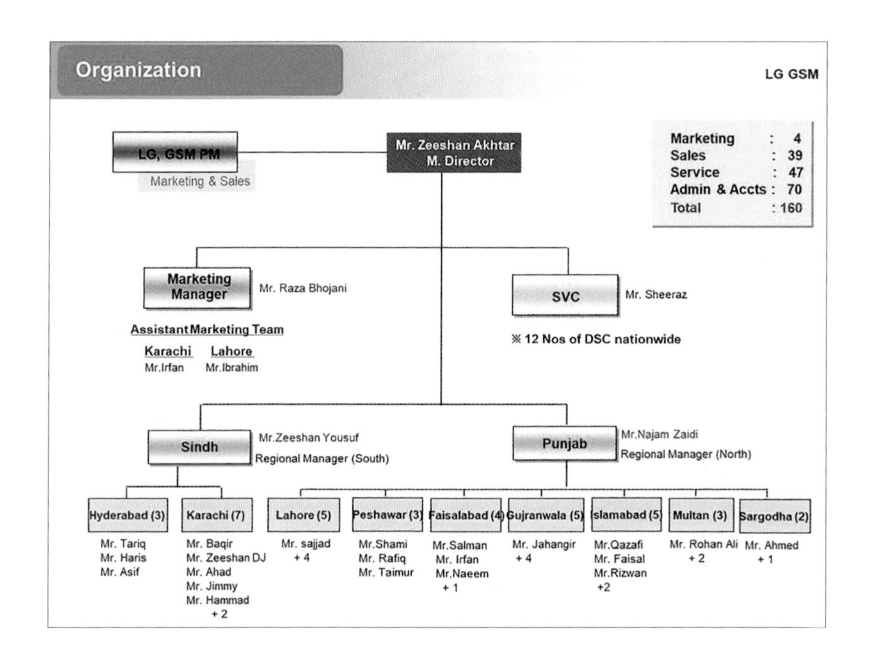

결코 만만치 않은 조직입니다. 현재의 가전 조직보다 거의 2배나 많습니다. 만일 우리가 예상한 판매 목표보다 훨씬 판매가 일어나지 않으면 최소 6개월 단위로 인원이 구조 조정되어야 합니다. 그러지 않으면 New Allied는 심각한 적자 구조에 직면하게 될 거고요.

지샨 어때요? 정신이 번쩍 들지요(또 가족 행사를 핑계로 땡땡이치지 않을 거지)?

지금까지 단말 조직의 가전 조직으로부터의 분리 운영 필요성과 영업과 프로모터 조직을 원 팀으로 해서 셀 인(sell-in)보다는 셀 아웃(sell-out)을 좀더 지원하는 형태로 운영하는 것을 제안했습니다.

지샨은 내일 당장 아버지(악타르)께 우리의 조직도를 보여드리고 아무리 늦어도 3월까지는 구축 완료될 수 있도록 잘 설득해야 합니다. 질문 있어요?

지샨 김 차장님, New Allied 가전 조직은 파키스탄 전체를 15개 도시로 구분, 각 도시에 매니저를 두고 있습니다. 단말이라고 해서 굳이 별도로 가전과 분리된 영업 매니저를 둘 필요가 있을까요? 이미 10년 이상 지역을 관리해 온 가전 베테랑 매니저한테 단말 영업까지 맡겨도 될 것 같은데요.

김철민 차장 **무조건 안 됩니다.** 내가 작년에 파키스탄 단말 태스크 1, 2차 활동을 진행하면서 누차 강조해 온 말이 있습니다. 가전 사업 마인드로 단말 사업을 해서는 절대 성공할 수 없습니다.

에어컨, 냉장고에 들어가는 컴프레서(compressor)의 동 파이프 국제 원자재 가격이 올라가면 시장 점유율 1위인 가전 업체는 그만큼 소비자 가격을 올려서 판매합니다. 소비자도 어느 정도 자잿값 인상을 이해하고 있는 상황으로 큰 불만이 없습니다. 자연스레 장기 재고에 대한 압박감도 없으니 영업 조직은 마음이 급할 것이 별로 없습니다.

하지만 단말은 180도 다릅니다. 1년에 평균 20~25% 정도 소비자 단가가 자연 하락합니다. 신기술, 매 6개월 단위의 신모델 출시에 따른 영향이지요. 장기 재고를 갖고 있다는 말은 앉아서 돈을 까먹겠다는 것과 똑같습니다. 오늘 100달러짜리 단말기가 안 팔리면 내일 90달러에라도 팔아야 합니다. 한 달 뒤에는 제조원가 80달러 밑으로도 팔아야 하는 그런 상황이 옵니다. 가전에서 일 잘하는 매니저는 가전 마인드로 손해를 보지 않기 위해, 100달러를 고수하다가 6개월 후 40달러에도 안 팔린다는 사실을 뒤늦게 알게 됩니다. 그때는 이미 수억 달러를 잃어야 하는 상황이 될 수도 있습니다.

지샨, 내가 말하는 의미를 잘 알겠어요? 반드시 가전 조직과 분리된 단말 조직을 만들어야 합니다. 이건 내가 직접 지샨에게 주는 오더입니다. 이 점에서는 **나랑 협상할 생각 하지 마세요!**

I 제품 로드 맵(PRM_product road map)

김철민 차장 다음은 두 번째로 제품 카테고리 중 어떻게 소비자 계층을 세그먼테이션하고 타게팅한 후 포지셔닝시킬 것인가에 대한 논의 중 제품 운영 전략(PRM_product road map)에 대해 알아봅시다. 우리가 PRM을 구성할 때 단순히 기능 및 가격 중심으로 소비자를 구분하는 방식으로는 LG보다 훨씬 다양한 모델과 디자인에서 월등한 경쟁사와 절대 경쟁할 수가 없어요. 그래서 나는 파키스탄 단말 PRM에 소비자 사용 신(scene)을 고려한 다차원적 PRM 개념을 적용해 보려고 합니다. 즉 동일한 가격과 유사한 기능의 핸드폰으로 경쟁사와 일대일(net to net) 경쟁하는 제품 운영 전략을 짜는 것이 아니라, 파키스탄 소비자 구매 심리와 사용자 환경을 고려해서 자사가 가지고 있는 제품의 강점을 의도적이면서 적극적으로 재포지션시키는 방법을 사용할 겁니다.

시내 밀집 상가나 도로 한복판에 서 있으면 수십 · 수백 대의 자동차와 오토바이 소음으로 통화하는 데 무척 힘들다는 경험을 이미 했을 겁니다. 그래서 Nokia의 A10 모델, SEMC E50, Motorola M 모델 대비 훨씬 통화 음량이 크고 명확한 음성을 전달하면서 링톤(ringtone)이 강한 핸드폰을 기획하되, 소비자 사용군을 다시 이런 시끄러운 환경에 많이 노출되는 40~50대의 도시 남성 고객으로 구분하고 타게팅한 뒤 그들의 구매 수준을 감안 100~130달러 선에 포지션시킬 생각입니다. 여기 KG200 모델을 보세요.
이번에 본사에서 의욕적으로 사운드에 특화된 모델을 개발했는데, 경쟁사 동급 모델 대비 10db 높다는 것이 수치적으로 이미 검증되었습니다. 여성보다는 상대적으로 남성이 선호하는 색상과 탄탄해 보이는 디자인으로 지난번 소비자 조사에서 매우 좋은 반응을 얻은 바 있습니다. 난 이 모델을 좀더 공격적으로 포지셔닝해서 110달러에 소비자 가격을 놓고 월 판매 대수를 기존 유사 모델의 3천 대에서 월 만 대 판매하는 것을 목표로 할 생각입니다. 이에 대한 지샨 생각은?

지샨 오늘 여기 오기 전에 이미 시장 조사를 했고 일정 부분 피드백을 받은 바 있는데, 딜러들은 저희가 아주 공격적으로 가격을 놓는다면 월 만 대 판매는 일도 아니라고 합니다. 그래서 만일 LG에서 동 모델 소비자 가격을 100달러에 놓는다면, 그 숫자 정도는 제가 만들어 낼 수 있을 것 같습니다.

김철민 차장 뭐라고? 100달러? 지샨, 우리가 소비자 가격을 100달러에 놓으려면 적어도 본사에서 공급받는 가격을 80달러 정도로 해야 하는데 2메가 카메라 픽셀, 36시간 지속 작동 배터리, 256MB 메모리 등 스펙을 감안할 때 그런 가격은 경쟁사 어느 모델에도 없어요. 본사에서 하락하지 않을 겁니다.

지샨 하지만 김 차장님, 저희는 이제 막 LG 핸드폰 디스트리뷰터로 New Allied라는 이름을 달고 시장에 진입한 상태입니다. New Allied에 매우 호의적인 딜러들에게 제대로 팔 수 있는 무기를 줘야 합니다. 만일 우리가 김 차장님이 제시한 가격으로 KG200을 포지션하면, 그들은 아직까지 LG 핸드폰을 팔아 본 경험이 없기 때문에 분명히 겁을 먹을 겁니다. 나 역시 마찬가지고요. 현 단계에서는 그들에게 누가 LG이고 New Allied인지를 알 수 있도록 해 주는 것이 더 중요합니다. 딜러 가격을 줄 때 말입니다. KG200으로 돈을 벌 수 있도록 해줘야 합니다. 그러고 나서 우리는 다른 저가 모델 혹은 고가 모델 판매를 생각해 볼 수 있습니다.

김철민 차장 '어…이 녀석 봐라. 제법인데…그래도 3개월 동안 나머지 공부를 해서인지 나름의 잣대로 고객과 딜러와 제품을 믹스(mix)시킬 수 있는 수준이 되었네.'

김 차장은 내심 굉장히 기분이 좋았다. 왜냐하면 어제까지만 해도 악타르 사장 눈에는 지샨이 늘 골칫거리였다. 하라는 사업에는 신경도 쓰지 않고 친구들과 어울려 양아치 짓을 해서 그의 마음을 꽤나 어지럽게 만들었기 때문이었다. 그런 지샨이 이제서야 조금씩 변하기 시작한 것이다.

김철민 차장 좋아요! 지샨.
당신의 참신하고도 가치 있는 아이디어 · 제안에 깊은 인상을 받았어요. 스페셜 가격으로 파키스탄 시장 진입을 위한 본사 가격 지원을 공식적으로 요청해 보겠습니다. 또한 인도와 마찬가지로 파키스탄 젊은이들 또한 발리우드(Baliwood) 노래와 춤에 열광하는데, 이러한 영상을 무료로 제공해 줄 수 있는 별도의 앱을 개발 · 제작 공급한다면 역시 좋은 반응을 얻을 것 같아요. 핸드폰의 가격은 150~180달러 사이에서 세팅하면 될 것 같습니다. 이 모델은 아직 개발 전 단계로, 본사 R&D 쪽에 얘기해서 인도와 파키스탄을 한 시장으로 묶어 개발 인풋 들어가면 큰 무리는 없어 보입니다. 인도와 파키스탄 인구만 해도 얼추 15억입니다.

이렇게 김 차장은 지샨과 함께 2007년 파키스탄 LG 핸드폰 제품 운영 계획을 만들면서 경쟁사와는 다른 개념으로 철저하게 시장과 고객을 분석해 나갔다. 전체 모바일 시장을 5백만 대로 놓고, 우선 가격과 제품 기능으로 저가폰부터 프리미엄 카테고리까지 4단계로 구분한 뒤, 그중 수요 계층이 가장 큰 저가폰과 중간 가격대에서 각각 히트 모델을 창출할 대표 모델을 선정했다. 그렇게 탄생한 모델이 KG-200과 KG-270이었다(동 모델이 어떤 상징성을 갖고 있는지는 나중에 좀더 알아보기로 하자).

그런데 문제는 다른 데 있었다. 핸드폰 사업을 하면서 수익성을 확보하기 위한 2가지 방법이 있는데, 그중 하나가 '박리다매' 정책이고, 다른 하나는 모델 단위당 판매 수익률이 높은(즉 제조 원가율이 낮은) 프리미엄 모델을 많이 판매하는 것이다. 알다시피 파키스탄 단말 사업에서 LG는 이제 막 걸음마 단계인 완전 초보였기에 당연 500달러 이상의 고가폰 사용자들은 Nokia를 포함한 글로벌 탑 브랜드를 선호했기에 LG에서는 어쩔 수 없이 하이엔드 고객과 프리미엄 고객은 아예 초기부터 포기하는 제한된 제품 전략을 구사할 수밖에 없었다. 그래서 김 차장은 가장 수요가 큰 저가 가격대와 중간 가격대에서 사활을 걸고 모든 역량을 KG200과 KG270에 집중하는 전략을 구사했다.

I 가격 & 수익 구조(Pricing & Profit structure)

김철민 차장 지샨, 혹시 4P라는 말은 많이 들어봤겠지요? 어떤 사업을 하더라도 제품의 차이는 있겠지만 사업 운영 측면에서 볼 때 공통의 4요소가 있습니다.

우선 **제품**(product)이 있어야겠지요(엄밀히 말하면 'right product'를 말함). 경쟁사들과 유사한 제품/모델이 아니라 차별화된 제품이 필요합니다.

아마 LG 가전 사업을 통해 LG전자 본사에서 같은 에어컨이라고 하더라도 지역 환경과 소비자 사용 환경을 고려한 '지역 특화 모델'이란 것을 많이 들어봤고 또 실제로 제품을 봤을 겁니다. 가령 남아공의 경우 '모기 에어컨'이라는 제품을 LG전자 본사 에어컨 개발 부서가 대학 연구소와 공동 연구를 통해 개발 · 도입했는데, 소비자 반응은 가히 폭발적이라 할 만큼 대단했었습니다.
핸드폰은 가전 제품과 다소 제품 성격이 다르지만, 후발 주자가 기존의 기라성 같은 글로벌 No.1, No.2 업체와 경쟁하기 위해서는 경쟁사 대비 차별화된 디자인 · 기능 · 기술이 접목된 제품이 반드시 필요합니다. 지금 당장은 파키스탄에서 LG 핸드폰의 초기 도입 단계로 큰 물량을 기대할 수 없는 상황이므로 이미 개발된 모델을 가져다 팔아야 하지만 시장 점유율 15~20%로 어느 정도 수량이 나오는 시점이 되면 LG만의 특화된 모델이 필요하고, 개발 기획까지 요청할 수도 있습니다.
그리고 두 번째는 **가격**(price)을 둘 수 있는데, 기본적으로는 제조 원가(manufacturing cost)라는 개념에서 출발하지만, 우리는 영업 사이드에 있기에 주로 소비자 구매 가격, 혹은 딜러 가격 관점에서 얘기할 수 있겠습니다. 즉 LG전자 핸드폰 사업 본부로부터 받은 가격에서 New Allied의 운영 비용(operation cost)과 수익(profit)을 감안하고 대형(Mega City) 딜러, 다시 2차 판매자(2nd layer of dealer) 공급 가격을 산정하고 그들의 수익(margin or mark-up)을 반영해서 최종적으로 소비자 가격이 산출됩니다. New Allied 가전 제품은 대부분 이런 가격 구조에 의해 소비자 판매가를 산정하고 운영해 왔을 겁니다. 핸드폰 경우도 크게 다르지 않습니다.
그런데 나는 남들이 다하는 방식으로 파키스탄에서 핸드폰 가격을 놓지 않을 것입니다. 우선 'KG200을 몇 달러로 해서 포지셔닝할 때 경쟁사의 어떤 모델과 직접 경쟁하고 이때 내 예상 판매 수량은 어떻게 될 것인가?' 하는 관점에서 '변화'를 두고 싶습니다. 쉽게 얘기하면, KG200의 LG에서 New Allied로 판매되는 공급가를 100달러라고 하면 처음 얘기했던 보통의 가격 구조 산출 방식에 따를 경우 120달러나 125달러에 소비자 구매 가격이 형성될 겁니다.

그런데 LG의 1차 경쟁 브랜드, 모델을 Samsun의 A100(가명)이라고 할 때 A100의 소비자 가격이 120달러인데 LG KG200을 Samsun과 동일한 가격에 놓으면 내 판단으로는 한 달에 100대 판매도 힘들 것입니다. 이미 Samsun이라는 브랜드 · 제품에 대한 소비자 인식과 LG의 그것 간에는 큰 갭이 있어 소비자의 선택은 당연히 Samsun A100이 될 것이기 때문입니다. 그러면 우리는 KG200을 몇 달러에 놓아야 할까요? 120, 115, 110 혹은 125, 130달러? 어떤 가격이라도 우리는 취할 수 있습니다. 그런데 1대를 팔아서 이익이 단 1%라도 남지 않는다면 장사를 할 이유가 없겠지요.

또 한 가지 절대 머릿속에서 나오는 생각대로 예측하고 실행하지 말 것을 이 자리를 통해 제안하고 싶습니다. 가격은 제품이 팔릴 만한 가격으로 책정되어야 합니다. KG200을 130달러에 놓았을 때 과연 이것이 적정 가격이라고 할 수 있을까요? 소비자 조사를 통해 최대한 예측 가능성을 높이는 활동이 중요합니다. 간이 조사 방식이라도 반드시 시장과 고객으로부터 답을 얻어야 합니다.

지난 주에 우리는 단말 조직과 전국적 단위의 프로모터 조직이 필요하다는 얘기를 했었습니다. 프로모터를 적극 활용해서 KG200의 출시 가격과 제품에 대한 소비자 호응도를 9개 주요 도시 모두에서 조사하고 정리된 데이터를 기준으로 지샨과 내가 최종 소비자 가격을 책정하면 됩니다. 그런데 이 시점에서 내가 지샨한테 한 가지 질문해 보지요. 우리가 파키스탄에 처음 진입하면서 6개의 모델을 출시하게 되는데, 6개 모델 모두 같은 방식으로 소비자 가격을 산정하는 것이 좋을까요? 아니면 다른 어떤 방식이 있을까요?

지샨 차장님, 소비자 조사 기반의 가격 구조, 소비자 가격 책정 정책은 제가 처음 듣는 얘기입니다. 지금까지 악타르 사장님한테도 들어 본 적이 없었어요. 매우 합리적인 접근 방식으로 보입니다. 그러면 6개 모델 각각에 대해 유사한 방식으로 접근해야 할 필요성이 있겠군요.

김철민 차장 아닙니다, 지샨. '전략과 전술의 개념 차이'를 예로 들어 보지요. 전략은 기본적으로 크게 변하지 않으면서 내가 의도하는 방향으로 끌고 나가는 비교적 시간의 지속성을 갖고 있습니다. 그런데 전술은 상대와 상황에 따라 내가 취할 수 있는 행동에서 크고 작은 변화를 줄 수 있지요. 즉 우리가 가전 사업에서 혹은 기존의 핸드폰 판매자가 사용하는 가격 구조, 소비자 가격 산출 방식에서 탈피해서 KG200의 판매 승률을 높이기 위해 '어떻게 적정하게 가격을 책정하는가?'가 전략적 가격 산출이라면, 6개 모델 중에서 우리의 '의도'에 따라 어떤 모델을 경쟁사의 동급 모델 대비 가격을 일부러 높게 놓아서 딜러나 소비자의 관심을 우리가 많이 팔고자 하는 KG200으로 유도할 수 있습니다.

쉽게 말하면 KG200을 제외한 모델들은 100달러에 LG로부터 구매해서 소비자 가격을 120달러에 놓으면서 가장 수요가 크고 수익성도 기대할 수 있는 중간 가격대에서 KG200을 110불에 놓는다면 딜러나 소비자는 어느 모델에 더 관심을 둘까요? 당연히 KG200 모델에 손이 먼저 갈 겁니다. 즉 6개 모델 중 나는 다른 5개 모델은 의도적으로 가격을 평범하게 혹은 내가 수량을 포기하더라도 높게 가격 포지셔닝시켜서 KG200으로 소비자 시선을 집중시키고 이 모델로 **'수량과 이익'** 두 마리 토끼를 잡을 수 있다면 이는 좋은 '믹스(mix) 전략'이 될 수 있을 겁니다.

KG200의 피엘씨(PLC_Product Life Cycle)를 10개월로 잡고 출시 1개월 차

에 300대, 2개월 차에 1,000대, 최고 피크가 예상되는 6~8개월 차에 월 5천 대를 판매하는 수량과 연동된 가격 전략을 운영한다면, 나는 지샨에게 큰 박수를 보낼 겁니다. 그러나 가격만 가지고 우리가 예상하는 판매 목표를 달성할 것으로 생각하는 것은 아주 천진난만한 생각입니다. 사업이 그렇게 호락호락하지 않습니다. 우리가 핸드폰 사업을 시작하면서 어느 정도 판매가 올라가면 반드시 경쟁사로부터 '진입 장벽'을 치거나 방해하려는 거센 움직임이 도처에서 나타날 겁니다. 이것까지도 미리 염두에 두고 있어야 합니다.

아마 지샨이나 우스만 모두 지금 이맘때가 되면 가격 전략만 가지고도 머리가 깨질 듯이 아플 것 같은데, 이번 주에는 매일 1개 모델씩 어떤 소비자 가격으로 책정하면 좋을지, 그 가격에는 어떤 판매 전략이 담겨 있는지 서로 협의하고 토론하는 시간을 갖도록 합시다.

아직도 갈 길이 멉니다.

그날 밤, 어느새 시계 바늘은 새벽 1시 반을 가리키고 있었다. 저녁 7시부터 6시간 넘게 '가격'에 관련된 코칭과 토론으로 모두 다 몸과 마음이 지쳐갔다. '나머지 공부'는 가르치는 선생님이나 학생 모두에게 힘든 작업임에는 틀림없다.

| 오더 관리(Order management)

김철민 차장은 2005년 두바이에서 HE(TV & IT) 사업본부로 복귀 후 잠시 동안 GSCM(Global Supply Chain Management) 시스템 구축을 위한 프로젝트 멤버로 활동했던 기억을 떠올렸다. 1970~80년대 대한민국은 수출 지향 산업 정책을 쓰면서 중진국 진입의 기틀을 마련할 수 있었는데 LG, Samsun, Daewoo 등 국내 주요 가전 업체는 당시 해외 법인을 운영할 여건과 능력이 되지 못해 특히 중동 대부분의 국가에서는 해외 지사를 운영하면서 바이어로부터 오더를 받아 한국에서 조립, 생산, 수출하는 백투백 오더(back to back order) 관리 위주의 구조였다. 그런데 바이어들의 경영 역량 역시 그리 선진화되지 못했던 상태로 매뉴얼 관리 위주의 경영이 대부분이었다.

즉 LG전자 본사로 구매 오더를 내는 주기 또한 일정치 않아 판매단에서 재고가 부족하면 구매 오더 발주하는 형식이다 보니, 즉 납기(delivery)를 위해 제조업체는 일정 수량을 미리 생산, 양산품 재고를 비축(keep)하고 있다가 바이어로부터 오더 확정되면 선박 수배, 해상 운송, 현지 입고, 판매하는 형태였다. 특히 New Allied처럼 지난 10여 년을 가전 회사에서 출발하여 성장한 업체는 재고에 대한 인식이 현재와는 매우 달랐는데, 그것은 재고는 곧 자산(재고=자산)이라는 식의 인식이었다. 무슨 말이냐 하면, 재고는 부채가 아니라 내가 언제든지 고객한테 인도(판매) 가능한 자산이며 이는 곧 '돈'이라고 봤던 것이다. 그들의 DNA는 철저히 가전 업체, 가전 사업 방식 그 자체였다.

하지만 핸드폰 사업은 철저하게 다르다. 재고는 비용(재고=loss)으로 인식되며, 내가 필요한 적정 수량을 얼마나 적기에 판매할 수 있는가가 결국 공급 관리(supply chain management)의 핵심이다. 그것도 모델별 판매 상황이 다르다 보니, 한두 모델이 아닌 6개 모델 모두에 대해 동일한 방식의 판매와 재고 기반의 공급망 체계 관리는 New Allied에게는 결코 쉬운 일이 아니었다. 그런데 모델이 10개 이상으로 늘어난다면 절대 쉬운 문제가 아니었다.

2000년대 후반부터 서서히 월 단위 공급 체계에서 주 단위 공급 체계로 바뀌었는데, 당시 LG전자 HE, HA 사업본부 내에서 실제 적용하는 데 적지 않은 어려움이 있었던 것으로 기억한다. 그만큼 공급 체계를 바꾼다는 것은 단순히 인식의 변화 외에도 시스템 개발→도입→적용이라는 경영 전반의 체질 변화가 동반되어야 가능했던 것이다.

김 차장은 지금까지 New Allied 경영진과 수십 차례에 걸쳐 가전 사업과 단말(핸드폰) 사업의 차이를 설명하고 설득하는 데 진이 다 빠질 정도였다. 과연 월 단위 수급 체계를 주 단위 수급 방식으로 바꾸는 것에 대해 악타르 사장을 비롯한 영업 및 마케팅의 핵심 멤버들이 수긍하고 회사 경영 전체를 개선하는 데 과연 동의할까? 이처럼 자문(self-question)을 수십·수백 번을 해 보았으나 결국에는 '중간 타협점'을 찾아야 된다고 결론내렸다. 엄밀하게 말하면 이것도 저것도 아닌 일종의 꼼수였는데, 그것 말고는 달리 뾰족한 방안이 없었기 때문이었다.

New Allied가 LG전자 카라치 지사의 김철민 차장한테 월 단위 오더를 주면 김 차장은 주 단위로 New Allied 단말 재고 현황을 별도로 파악하여 이를 근거로 LG전자 본사에 주 단위 공급 수량을 매뉴얼로 확정하는 형태로 운영했다. 이러다 보니 LG전자 카라치 지사와 New Allied 오더 관리 부서 간 항상 내부 충돌이 발생했었다. 모델별 주 단위 판매 수량과 재고 수량을 정확히 파악해야 했는데, New Allied 단말 영업·회계 팀에서는 회사의 비밀 자료(재고 숫자, 장부 내 판매 데이터) 누설을 빌미로 자료 제공을 꺼려했기 때문이었다.

하지만 김 차장은 주 단위 셀인(sell-in), 재고 숫자 파악 없이는 본사로의 오더 확정이 불가능하다는 철칙을 고수하면서 당시 지사 프로모터 관리 요원이었던 까쉽을 하루에도 몇 번씩 New Allied 단말 창고에 직접 보내 거의 싸우다시피 해서 데이터를 얻어오곤 했다. 정말 이렇게까지 해야 하나 싶을 정도의 자괴감이 들어 몇 번이라도 포기하고 싶은 심정이었지만, 영업

맨이라면 반드시 지켜야 할 몇 가지 수칙 중 한 가지를 되뇌면서 참고 또 참아냈다. 이런 데이터 확보 작업은 2년에 걸쳐 거의 매주 진행했다.

영업은 숫자가 말해준다. 그런데 거짓에 기반한 데이터 조작은 회사를 결국 망하게 하는 사유가 된다.

지금도 김 차장은 그때 당시 주 단위 셀인 데이터(sell-in 데이터)를 얻어내기 위해 까쉽을 다소 모질게 채근했던 것에 대해 미안한 마음을 갖고 있다(New Allied에서 판매 데이터를 줄 때까지 몇 시간이고 기다리고, 자료 확보가 안 되면 그날 퇴근하지 말라고도 했으니, 이 얼마나 큰 내부 갑질이었던가).

| 채널 진입 전략(Channel penetration strategy)

김철민 차장 지샨, 오늘은 우리의 1차 고객이라 할 수 있는 '딜러'와의 관계 설정 및 어떠한 방법으로 LG 핸드폰을 단시간에 가장 효과적이며 확실하게 유통할 것인가에 대한 연구와 토의를 해 봅시다.
먼저 파키스탄 전체를 3개의 대도시 권역으로 나눈다면 인구와 생활수준(좀더 마케팅 관점에서 말한다면 '가처분 소득'으로 보자)을 고려해 카라치, 라호르, 이슬라마바드로 구분할 수 있는데, 맞지요?

지샨 네, 맞습니다.

김철민 차장 우선 각 도시별 최근 인구 데이터와 가처분 소득 분포 자료가 필요한데….

지샨 김 차장님, 미안하지만 파키스탄에는 그런 자료가 없습니다. 구글에서 찾아봐도 제대로 된 자료를 찾기가 쉽지 않을 거예요.

김철민 차장 알았어, 알았다고(이런 제기랄! 이런 시장 자료 없이 어떻게 사업을 논하고 전략 · 전술을 짜겠다는 말인지…, 나도 한심하다).

파키스탄과 같이 정쟁이 불안정하거나 부정 부패가 심한 후진국_개발 도상국에서는 인구, 생활 수준, 가처분 소득, 수입 규모 등 우리가 시장과 고객을 구분하고 판매 목표를 설정하는데 기본적으로 필요한 수치 데이터 확보는 사실 쉽지 않았다. 그래서 김 차장은 어쩔 수 없이 우선 가용한 방법으로 데이터를 추출하여 활용하기로 했는데, 말하자면 New Allied가 10여 년 정도 가전 사업을 하면서 직·간접적으로 확보한 도시 규모, 인구, 각종 생활 관련 수치 등의 데이터를 최대한 수집해서 우리 나름의 로직을 걸어 데이터를 변형, 가공하는 방법으로 대응하기로 했다.

김철민 차장 자! 실제 핸드폰 구매 행위는 가장 마지막 단계인 딜러 숍에서 이루어지므로, 가령 United mobile이 카라치 도시 대형 딜러(Mega City dealer)를 통해 공급하는 수량이 몇 개이며 비중은 어떻게 되는지, 즉 대도시에서 다시 중간 유통 단계라 할 수 있는 B급 규모의 도시를 지난번에 우리가 태스크 활동하면서 조사된 7개 도시라 확정한다면 아마 이런 '핸드폰 유통 가상도'를 그릴 수 있겠군요.

1차 도시	비중 (%)		2차 관할 도시
Karachi	50	→	**Hyderabad**
Lahore	35	→	**Multan, Gujranwala, Sargodha, Faisalabad**
Islamabad	15	→	**Peshawar, Rawalpindi**

그런데 여기서 우리가 짚고 넘어가야 할 문제가 하나 있어요!

Nokia를 포함한 다른 경쟁사와 같이 디스트리뷰터가 카라치, 라호르, 이슬라마바드 내 각각의 메가 시티 딜러(Mega City dealer)에 제품을 공급한 뒤, 그들로 하여금 물이 높은 데서 낮은 데로 흐르듯 자연스럽게 유통하는 전형적인 채널 운영 전략을 활용할 것인지, 아니면 1차 메가 시티 딜러를 과감하게 포기하고 바로 2차 공급선 즉, 메가 시티 딜러로부터 제품을 받아서 유통하는 '중간 딜러'를 직접 공략할 것인지를 정해야 합니다. 지샨, 당신의 생각은 어떤 방법이 우리에게 도움이 되며, 그 이유는 무엇인지 설명해 볼까요?

지샨 음~, 제 생각은 우리가 제품을 원하는 수량만큼 유통하려면 우선 New Allied로부터 제품을 구매하는 딜러들의 자금력이 중요합니다. 현재는 메가 시티 대형 딜러 정도만이 대금을 결제하는 데 문제 없을 겁니다.

두 번째로 셀인 데이터 확보 등 모델별로 몇 대가 팔려 나가는지, 그리고 New Allied 창고에 몇 대의 재고가 있는지 등 판매와 재고의 관리가 매우 유리한 대상도 메가 시티 딜러 정도입니다.

마지막으로 현재의 New Allied의 제한된 조직을 감안하면 3개 대도시 메가 시티 딜러와의 관계를 유지 · 관리하는 것도 벅찬 것이 사실입니다. 이미 Nokia, Samsun도 위와 같은 이유들로 인해서 도시별 큰 딜러만 관리하는 정도입니다.

김철민 차장 난 지샨과 생각이 많이 다릅니다. LG 핸드폰의 브랜드 파워와 소비자 인지도는 매우 낮은 상태입니다. 까놓고 얘기하면 길가는 사람 아무나 잡고 LG 핸드폰에 대해 알고 있느냐고 물어보면 100이면 100 모두 모른다고 할 겁니다. 이게 우리의 현실입니다.

그러면 우리가 메가 시티 딜러에게 카라치, 라호르, 이슬라마바드의 수요를 감안해서 50:35:15의 비율로 나눠서 물건을 공급해 준들 메가 시티 딜러로부터 물건을 구매해 가는 하부 딜러단에서 LG 어떤 모델이 있는지도 모르는데 어떻게 구매를 하겠습니까? 메가 시티 딜러들의 판매 방식은 매우 단순합니다. 2차 중간 딜러들이 달라고 하는 모델만 파는데, 그것도 수량 기준의 백투백(back to back) 오더에 기반합니다. 이런 현상은 지난번 3차 태스크 진행하면서 딜러들과의 인터뷰 시 이미 확인된 내용이기도 하지요.

그래서 나는 Nokia나 Samsun의 유통 방식이 아니라 직접 2차 딜러단에 공급할 것을 여러분에게 제안합니다. 물론 메가 시티 딜러에게는 카라치에서 일부 상권만을 주는 방식으로 따로 관리하고요. 즉 도시별 1차 메가 시티 딜러에게 전 물량을 유통하는 것이 아니라 실제로 소비자에게 제품을 판매하는 3차 딜러에게 물건을 공급하는 2차 딜러를 New Allied에서 직접 접촉, 거래 계약 포함해서 거래 관계를 트는 방법으로 해서 파키스탄 전국적으로 피가 돌도록 해야 합니다.

제품 출시 후 우리의 시장 점유율이 약 10% 될 때까지는 대금 상환기일도 Nokia가 30일 준다면, LG는 60일 정도 주고, New Allied 핸드폰 조직의 영업 인원과 프로모터가 직접 2차 딜러, 도시 상권별 마스터(Master) 딜러를 직접 관장하는 방식을 취하는 겁니다. 그러면 New Allied에서 원하는 방식대로 셀아웃(sell-out) 기반의 오더 관리가 가능해지고, 궁극적으로는 소비자가 원하는 모델의 가격 책정과 제품 마케팅을 통해 푸시 셀 아웃(push sell-out)이 가능해지게 될 겁니다.

나는 Nokia나 Samsun처럼 기존 방식대로 유통 진입하는 것에 대해 결사 반대합니다. 'LG 방식'대로 딜러와 소비자를 대우하고 왕으로 모셔야 합니다!

김철민 차장은 두바이에서 IT 제품 담당 매니저로 근무할 때나 중동·아프리카 여러 국가를 순회, 지원·활동을 하면서 늘 가슴에 품었던 나름의 철칙이 있었다. 그것은 바로 **'차별화'**와 **'집중'**이었다. 제품, 디자인, 기술, 심지어 가격의 경우에도 경쟁이라는 구도에서 보면 거의 모든 경쟁자가 나중에는 서로 상당 부분을 공유하게 된다. 즉 이놈이나 저놈이나 그렇고 그런 상황이 된다는 얘기다. 하지만 **무엇을, 어떻게 할 것인가**(what & how to do)의 관점에서 특히 파키스탄에 처음 진입하는 LG 핸드폰 사업의 경우라면 '차별화' 시도는 경쟁사 대비 시간과 노력을 투자할 때 매우 중요한 비교 우위가 될 수 있는 것이다.

LG의 채널 진입 전략은 대략 아래 그림과 같이 '차별화'가 시도된 것으로 설명될 수 있다.

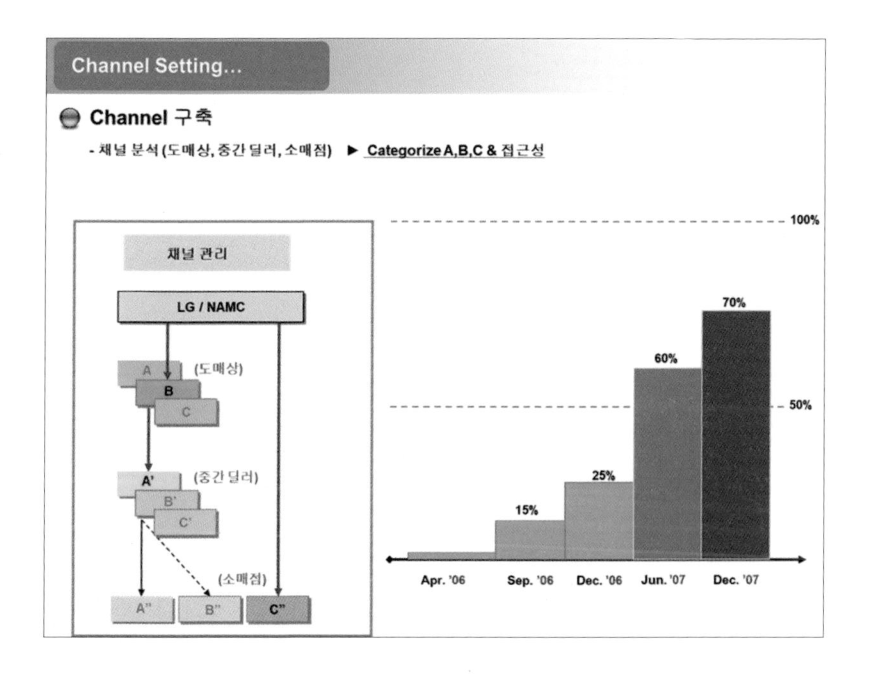

유통 단계를 단순하게 도매상(wholesaler), 딜러(2차, 3차), 소매상으로 구분하고 도매상 공략 시 카라치, 라호르, 이슬라마바드의 메가 시티 딜러를 공략하기보다는 각 도시 내 상권별로 점유도가 강한 마스터(master) 딜러를 직접 공략하며, 2차, 3차 딜러(중, 소규모 딜러) 레벨에서는 자금력과 구매력을 고

려하여 A, B, C급 딜러로 구분, 상대적으로 자금력이 약한 B, C급은 제외하고 의도적으로 A급 딜러만을 공략하고, 지역별 유수(비교적 매장 규모가 크고 내부 마케팅(in-store marketing)이 잘 되어 있는 소매점)의 소매상은 New Allied에서 딜러를 경유하지 않고 직접 공급하는 차별화된 유통 진입 전략임.

Nokia, Sony Ericson, Motorola, Samsun 모두 A 도매상에게 90% 이상의 유통을 전담시키면서 서로 헐뜯고 물어뜯는 상황이 반복된 점에서 LG의 차별화 유통 전략과 큰 차이가 있다고 할 수 있음.

| LG 핸드폰 안테나숍(Antenna shop)_쇼룸/LG FUN shop

앞서 지샨을 거의 양아치 정도의 수준으로 가치 절하해서 얘기한 적이 있는데, 그래도 '썩어도 준치'라고 지난 10여 년간 파키스탄 LG 가전 사업으로 계속 시장 점유율 1위를 지켜온 악타르 사장의 후계자가 아니던가? 일보다는 놀기를 더 좋아한 성향 탓이었지 기본적인 사업가 기질은 그 아버지의 그 아들이었다.

거의 한 달 동안 저녁 7시에서 새벽 1~2시까지 '나머지 공부'를 한 탓이었는지 지샨도 이젠 어느 정도 일에 욕심을 내기 시작했다. 단말 조직을 가전 조직에서 분리 운영(신규 인력 과감히 채용)하고, 연간 제품 로드맵(product road map)을 기획하면서 어느 가격대에서 어떤 모델로 월 5천 대에서 1만 대 판매 구조를 만들 것인가에 대한 제품 운영 전략을 세우고, 가격 포지셔닝 시 모델별 타깃 물량과 연계된 가격 운영 전술을 협의했으며, 전국적인 딜러 채널 진입 방법에 대한 고찰 등 참으로 많은 부분을 다뤘다. 김 차장도 슬슬 누적된 피로감 때문인지 뭔가 새로운 것을 은근히 바라는 눈치였다.

김철민 차장 지샨, 오늘 우리 잠시 일 얘기는 그만두고 뭔가 재미나고 신나는 일 없을까요?

지샨 Sir, Sir, Sir! 그럴 줄 알고 미리 준비해 뒀지요. 헤헤. 저도 평생 이렇게 열심히 공부한 적이 없었어요. 지금 몸이 근질근질해 미치겠어요. 제 친구 유세프를 소개해 드립니다. 이봐, 유세프! 김 차장님께 인사드려.

유세프는 공교롭게도 지샨과 이름이 같다. 집에서 부르는 이름이 지샨이었는데 패밀리 네임이 유세프로 지샨과는 코흘리개 때부터 둘도 없는 단짝이었다. 고등학교까지 같이 다녔고, 쉽게 말하자면 지샨의 꼬봉 역할을 담당해 왔다. 하지만 영화배우 못지 않게 잘 생긴 데다가 180cm가 넘는 훤칠한 키로 여자 꽤나 후리고 다녔을 관상이었다. 김 차장은 지샨 악타르(LG 핸드폰 사업 오너)를 지샨 1, 유세프를 지샨 2로 장난삼아 부르곤 했다.

유세프 만나서 반갑습니다. 차장님, 유세프라고 합니다. 아주 어려서부터 지샨의 절친이었지요. 그리고 현재는 지샨을 도와 핸드폰 영업 이사로 일하고 있습니다. 잘 부탁드립니다. 오늘 제가 그동안 밤 늦게까지 공부하고 토의해 온 차장님을 위해 재미난 거 준비해 놨으니 함께 나가시지요.

Come on Kim, Sir! Let's move!

파키스탄은 무슬림 국가로 철저하게 술(음주)을 금지하고 있다. 그런데 지샨 1, 2가 누구더냐! 술은 인간의 역사와 함께해 왔다. 파키스탄 역시 블랙마켓이라는 것이 나름대로 형성되어 있었는데, 주로 외국 대사관에서 반입한 양주가 일반 시중에 간헐적으로 유통되고 있었다.

그날 지샨 1, 2는 당연히 술은 마시지 않았지만, 자동차로 1시간을 달려 도착한 별장에는 36년산 보드카와 무희가 준비되어 있었고, 방안에는 55인치 LCD TV 화면에서 방글라(인도 댄스 음악)가 흘러나오면서 분위기가 물씬 달아올랐다. 무희는 격렬한 방글라 리듬에 맞춰 잘록한 허리를 이리저리 흔들면서 방안을 어지럽게 돌아다녔다. 한참 동안 춤추던 무희가 지샨 앞에 이르러서는 목을 뒤로 젖히며 가슴을 앞으로 내밀었다. 그러자 지샨은 지갑에서 100루피 한 장을 꺼내어 무희의 가슴 속에 꽂아 주었다. 무희는 더욱 흥을 돋우며 현란한 엉덩이춤을 추었고, 그럴 때마다 지샨도 그녀의 수고에 대한 답례로 또다시 100루피를 가슴 속 깊이 꽂아 주었다.

김 차장은 난생처음 겪어보는 신기한 광경에 자신도 모르는 사이에 보드카 한 잔 두 잔을 연거푸 마시며 그렇게 취해 가고 있었다.

'파키스탄의 부자 애들은 이렇게 노는구나.'

김 차장은 이상야릇해 오는 몽환적 분위기에 도취되어 어느새 새벽 3시가 다 되었는데도 자리를 뜨지 못하고 있었다.

(다음 날)

김철민 차장 지샨, 어제 너무 멋진 경험을 했어요. 땡큐!

지샨 천만에요! (You are Welcome, Sir!) ㅎㅎㅎ

김철민 차장 오늘은 조금 머리가 복잡하지 않은 가벼운 주제로 토의해 볼까 합니다. LG 핸드폰에 대한 소비자 인지도는 지난 번에 한번 얘기한 적이 있었던 것으로 기억합니다만, 현재는 거의 'zero'에 가깝습니다. 우리는 볼륨 모델(volume model)도 필요하지만 LG의 디자인과 기술력을 과시할 수 있는 프리미엄 모델도 당연히 필요합니다. 그런데 현재의 판매 경험으로는 어느 누구도 LG 폰을 자기 매장에 전시하고 싶어 하지 않을 겁니다. 매장 내 점유율(shelf share)은 곧 브랜드 판매력과 직접 연결됩니다.

LG 폰보다는 한 대라도 더 팔고 싶은 요량으로 Nokia나 Samsun 모델을 진열대에 전시하고 싶은 것은 너무나도 당연하겠지요. 그래서 딜러 어느 누구도 LG 폰을 진열대에 전시해 놓고 손님을 기다리지 않을 거란 얘기지요. 하지만 우리는 더 많은 모델을 숍에, 진열대에 올려놓고 싶은 욕구가 있습니다.

서로 상반된 상황입니다. 그러면 우리는 어떻게 해야 할까요? 마냥 LG 폰이 잘 팔리기를 기다려야 할까요? 미안하지만 그럴 가능성은 매우 작습니다. 우리 스스로 쇼룸을 만들어서 LG의 디자인과 기술력을 함께 보일 수 있는 프리미엄 모델부터 많은 수량을 움직일 저가 볼륨 모델까지 모든 색상의 폰을 전시하는 겁니다. 그런데 **좀 꾀를 부리고 싶습니다.**

제품을 전시하는 공간을 확보한다고 해도 아직 출시 초기 단계로 LG 폰만 전시한다면 쇼룸을 방문하는 고객이 하루에 열 명도 안 될 겁니다. 그래서 이런 생각을 해 봤습니다.

LG 폰을 Nokia, Samsun 폰과 같이 진열대에 전시 해 놓되, 쇼룸에서 제품을 파는 사람은 New Allied 프로모터가 합니다. 숍 간판도 멀티브랜드 숍(multi brand shop)으로 할 것이고요. 마치 소비자가 보면 LG 쇼룸이라는 것을 눈치채지 못하도록, 물론 딜러들도 가급적이면 눈치 못 채게 말이죠.

제품을 판매할 때도 약간의 속임수(trick)를 쓸 겁니다.

Nokia A100 모델을 사려고 쇼룸에 소비자가 방문하면 New Allied 프로모터는 처음에는 소비자가 요구하는 대로 Nokia A100 모델의 기능 · 가격 등 필요한 정보를 모두 얘기해 줍니다. 그런데 실제 판매 단계에서는 "이번에 새로 LG에서 출시 한 KG200이라는 모델이 있는데, Nokia A100보다 10달러 싸면서 카메라 화소 수도 더 많고 특히 사운드가 아주 강해서 길거리에서도 전화받는 데 전혀 문제 없습니다. 어제도 KG200을 10대나 팔았습니다."라고 하면서 소비자를 Nokia에서 LG로 전환하는 **'적극적 판매'**를 할 겁니다. 이런 쇼룸을 내 생각 같아서는 10개 도시에 각각 10개씩 설치해서 전국적으로 100개의 안테나 숍(Antenna shop)을 설치 운영하는 겁니다.

김철민 차장은 나중에 밝히지만, 이런 형태의 안테나 숍(Antenna shop)이 LG 핸드폰 출시 초기에 소비자 구매를 유도하는 데 실제로 많은 도움이 되었다고 했다. 지금 생각해도 기막힌 방법이었다. 아니 군바리 출신 영업맨의 머리에서 이런 기똥찬 아이디어가….

안테나 숍(Antenna shop)의 중요한 역할 중 하나가 매장 내 마케팅(in-store marketing) & 의사 소통 등을 주위의 다른 숍에 전달함으로써 특히 제품 사업 초기에 적극 활용하면 매우 긍정적인 피드백을 받을 수 있다.

숍 내부에 LG 위주의 브랜딩을 하되 LG 폰 외 Nokia, Sony Ericson,

안테나 숍(Antenna shop)으로 실제 활용한 사례. 싸리나(Sareena) 시장/카라치/파키스탄

Samsun 제품도 함께 전시하여 소비자는 이것이 LG에서 의도한 쇼룸이란 것을 눈치채지 못하게 한다. 그런데 실제 판매된 폰의 90%가 LG 폰이다(셀아웃(sell-out) 데이터 기준).

I LG 핸드폰 전용 서비스센터(Service Center) 구축

파키스탄에서 LG 핸드폰 사업을 시작하기 전에 염두에 둔 가장 중요한 숙제는, 과연 어떻게 하면 가능한 한 빠른 시일 내 전국적인 서비스망을 갖추는가였다. 이는 수익성을 고려한 투자 관점에서 보면 함부로 덤벼들 사안이 아니었다. 즉 사업 초기 판매 수익은 쥐꼬리만 한데, 전국적인 서비스센터망을 구축하면서 들어가는 비용(건물, 장비, 인건비)을 전혀 고려하지 않을 수 없기 때문이었다. 그렇다고 언제 발생할지 모르는 제품 하자와 그에 따른 소비자 클레임에 대해 대응할 준비 없이 핸드폰 사업을 할 수는 없었다. 핸드폰 사업을 하는 동안 고객의 요구·요청에 제대로 응대하지 못해 자칫 불만이 증폭되어 그나마 잘하던 가전 사업 전체에 나쁜 이미지를 준다면 그건 정말 재앙이 아닐 수 없다. 김 차장은 두바이 법인에서 IT 제품 담당 매니저로 근무할 때 LG 브랜드 노트북을 전 세계 최초로 출시하면서 가장 본사로부터 태클을 받았던 것이 애프터 서비스 문제와 비용 커버 여부였었다.

김철민 차장 지샨이 타고 다니는 차가 BMW 750i인가요? 운행 중에 고장이라도 나면 어떻게 하지요? 카라치에 BMW 공식 서비스 센터를 본 적이 없는데….

지샨 심각한 정도의 고장이라도 나면 두바이로 보냅니다. 경정비는 이곳에서 '야매'로 하고요. 사실 BMW 공식 매장이 카라치에는 없어서 차가 고장이라도 나면, 이곳에서 어떻게 처리할 방법이 없지요.

김철민 차장 그럼 차를 두바이까지 보내서 수리하고, 다시 차량을 인도받으려면 적어도 1달 이상은 걸릴 텐데, 차 없으면 불편하지 않나요?

지샨 김 차장님, 제가 직접 운행하는 차량이 3대나 됩니다. 다른 거 끌면 됩니다. 하하!

지샨에게는 BMW 750i 외에도 영국제 3,500cc 레인지 로버(Range Rover), 그리고 마즈다 브랜드 오픈카가 있다. 모두 두바이에서 밀수한 방법으로 통관된 차들로 중간 딜러로부터 웃돈을 주고 구매한 것들이다. 여기 사는 부잣집 애들은 다 그렇게 한단다. 쳇!

김철민 차장 좋습니다. 파키스탄에서 BMW 세단을 몰 정도의 부자들은 집에 여분의 용도로 차가 여러 대 있어서 한 대가 고장 나더라도 생활하는 데 전혀 문제가 없을 겁니다.

그러나 핸드폰은 어떤가요? 하루 24시간을 끼고 사는 게 핸드폰입니다. 업무용이든 개인용이든…. 그런데 사용하던 핸드폰이 고장이라도 나면 어떻겠습니까? 모든 것이 올 스톱입니다!

그래서 나는 LG 핸드폰 사업을 할 때 가장 중요하면서도 기본적으로 구비되어야 할 것 중의 하나가 바로 '서비스 센터'라고 생각합니다. 아마 모두 동의할 겁니다. 그런데 한 달에 꼴랑 천대 팔면서, 그것도 50달러짜리 혹은 120달러짜리 합해서. 서비스 센터를 구축하려면 건물도 필요하고 각종 계측 장비, 수리 도구, 일정 수준의 부품, 그리고 서비스 전담 엔지니어도 필요합니다. 핸드폰 팔아서 벌어들이는 순수익은 쥐꼬리만한데 많은 비용을 투자해야 한다면 쉽게 엄두가 나질 않을 겁니다. 그래서 내가 처음 카라치에 왔을 때 했던 말을 여러분은 기억하고 있을 겁니다.

핸드폰 사업은 아무나 하는 게 아니다. 잘못하면 회사 전체가 하룻밤 사이에 훅 하고 날아갈 수 있다.

하지만 그럼에도 불구하고 서비스 센터는 반드시 구축되어 있어야 합니다. 악타르 사장님께 선(先) 투자하라고 하세요. 지샨! 서비스 센터 운영 비용은 선 투자 개념으로 New Allied에서 건물과 인원에 대한 초기 비용을 투자하고, LG에서는 각종 계측 장비나 일정 부분 비축해 둬야 할 핵심 부품(LCD 액정 스크린, 배터리 등)을 지원하도록 제가 본사 및 두바이 서비스 법인장님께 요청하겠습니다.

지샨 차장님, 걱정은 붙들어 매세요! 반드시 악타르 사장님께 잘 말씀드려서 소비자가 불편해하지 않도록 준비하겠습니다. 이토록 서비스가 중요한지 미처 몰랐습니다.

김철민 차장 좋습니다! 그럼 이제는 좀더 정교하게 전국적 서비스망을 어떤 규모와 방법으로 할 것인지에 대한 고민을 해 봅시다. 항상 사업가는 **'투자 비용 대비 수익성 관점'**에서 고민하는 습관을 들여야 합니다.

그전에 잠시 한 가지 확인하고 싶은 사항이 있습니다. Nokia나 Sony Ericson, Motorola는 소비자 클레임 시 어떻게 응대하지요? Samsun은 한국의 서비스 센터 운영 노하우가 있어서 자체 서비스 센터를 운영하고 있을 것으로 봅니다만….

지샨 네, 맞습니다. Samsun은 카라치, 라호르, 이슬라마바드에 직영 서비스센터를 두고 있고, 중 · 소 지방은 딜러들이 자체적으로 해결하는 방식이며, Nokia나 SEMC, Motorola는 디스트리뷰터가 서비스를 담당하기는 하는데, 실제로는 딜러들이 자체적으로 수리해 주는 형태를 취하고 있습니다.

김철민 차장 딜러들이 자체적으로 수리해 준다고요? 어떻게? 그많은 부품을 어디서 어떻게 조달받지요?

지샨 급하게 부품이 필요하면, 새 핸드폰이나 중고 폰에서 부품을 뜯어서 고쳐 주는 방식입니다.

김철민 차장 아! 그래요?(아프리카의 나이지리아 태스크 활동 시 딜러들이 운영하는 방식과 별반 다를 것이 없군. 완전히 개판이구먼. Nokia 마저도….) LG에서 서비스센터만 제대로 운영한다면 의외로 우리에게 좋은 무기가 될 수도 있겠군요.

지샨 훌륭한 무기? 그게 무슨 의미인가요?

김철민 차장 나중에 차차 알게 될 겁니다. 자, 우선 수익성을 감안한 서비스센터망을 어떻게 구축할 것인지 기안해 봅시다. 지난번 채널 진입 전략 수립 시 LG 폰의 판매 권역을 10개 지역으로 구분한 적이 있지요? 초기 판매 수량 & 유통 커버리지를 감안할 경우 전국적 유통망 전체를 한꺼번에 커버하려고 하면 초기 투자 비용이 너무 많이 들어갑니다. New Allied에서 직접 고객을 응대하고 컨설팅해 줄 수 있는 직영 서비스센터는 우선 12개소 정도만 운영하도록 합시다. 가령 카라치의 경우 지역 크기와 핸드폰 전문 매장이 4개소인 것을 감안하면 소비자 접근성이 가장 좋은 시내에 1개소를 두고, LG FUN shop에 각각 1개씩 해서 총 5개를 운영하는 계획입니다.

Tip

LG FUN shop : 2006년 전 세계적으로 히트친 초콜릿폰의 출시에 맞춰 프리미엄 고객 대상의 제품 전시 & 소프트웨어 업그레이드 및 LG전자 본사에서 마케팅 커뮤니케이션용으로 제작·공급된 각종 광고물을 보여주는 곳으로, 소비자가 방문해서 차도 마시고 제품 교육, 컨설팅을 받을 수 있도록 만든 곳이다.

이런 개념의 LG FUN shop은 LG GSM 오픈 시장 출시 이래 아마 최초로 적용된 사례가 아닐까 한다.

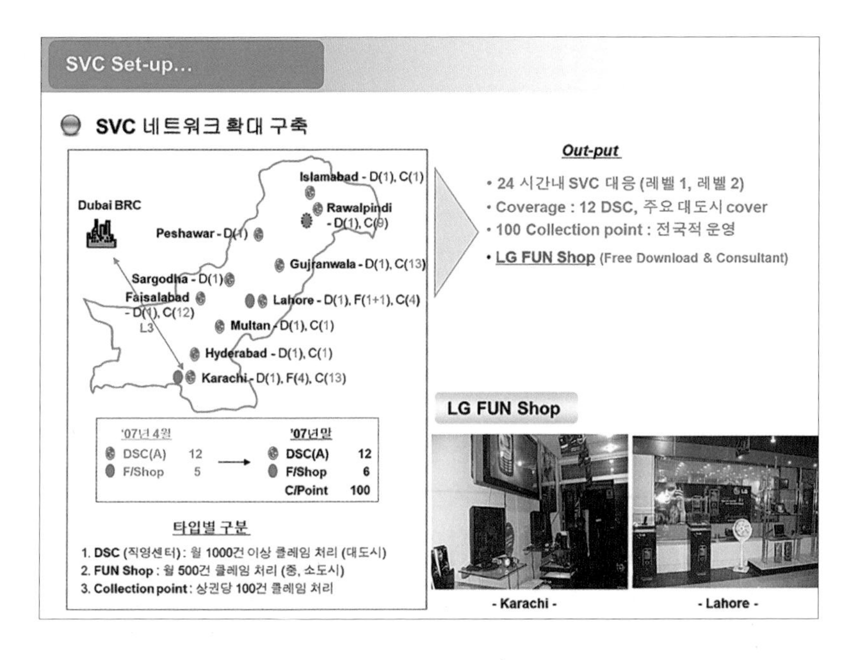

여기 PPT 장표를 보면 2007년 4월 기준 직영 서비스센터(Direct SVC center)는 전국적으로 12개소, 그리고 LG FUN shop 5개소를 운영하는 계획으로 되어 있고, 모델별 연간 판매 수량을 감안해서 연말에는 LG FUN shop을 1개소 더 늘리고, 나머지는 LG 충성 딜러 100군데를 선택해서 간이 서비스 센터를 구축하게 되면 1차 연도 진입 커버리지는 모두 충족하게 됩니다(나중에 본격적으로 LG 충성 딜러 얘기가 나오지만, 이러한 충성 딜러가 GSM 오픈 시장(Nokia, 삼성 포함)에서 가장 성공적 사례라고 불릴 정도의 판매 실적을 내는 데 기본적인 토대가 된다).

중아 지역 대표님으로부터 파키스탄 LG 핸드폰 출시 1차 연도에 100만 대 판매 목표를 달성하는 조건으로 내가 차출되어 이곳으로 파견된 점을 지샨이나 우스만은 잘 알고 있을 겁니다.

내 목숨과 New Allied 단말 사업의 미래는 지샨 당신에게 달려 있다는 것을 명심하고 진심을 다해 사업에 임해야 할 겁니다. 이미 우리는 요단강을 건넜고, 엄청난 투자가 진행되고 있습니다. 백척간두에 선 기분으로 죽을힘을 다해야 합니다.

지샨 옛썰! 차장님은 진정, New Allied에서 LG GSM 사업을 이끄는 실질적인 지휘관(commander)이십니다!

이때부터 지샨과 악타르 사장은 김철민 차장을 볼 때마다 커맨더(commander)라고 부르기 시작했다. 그렇다. 우리는 마치 군사 작전을 방불케 하는 치밀한 사업 계획을 세우고 각종 전술을 기안하며 실행해 나가고 있었던 것이다. 그 어느 누구도 생각지 못한 차별화된 아이디어와 타오르는 열정으로….

| 제품 마케팅(차별화 시도)

김철민 차장 지샨, 지금까지 우리가 연구하고 토의한 내용을 간단히 정리해 볼까요? New Allied에서 기존의 LG 가전 사업에 핸드폰 사업을 추가하면서 하드웨어 측면에서의 '무엇을, 그리고 어떻게_ What & How'에 대해 공부했습니다. 단말 조직을 새롭게 구성하고 제품 전시와 판매까지 담당하는 안테나 숍(antenna shop) 기능을 갖춘 쇼룸을 설치하고, 전국적 서비스 센터 및 고객 클레임 대응을 위한 기반 시설 구비에 우선 투자하기로 한 바 있습니다.

소프트웨어 측면에서는 **업무 개선 및 경쟁사 대비 차별화 활동**을 얘기했는데, 가령 연간 **제품 운영 계획**을 어떻게 가지고 갈 것이며 모델별 **판매 목표 수량과 연계된 가격 포지셔닝, 월별 오더 관리** 및 어떻게 보면 가장 중요하다고 볼 수 있는 **판매 채널 구축 및 진입 전략**에 대한 연구와 심도 있는 토의를 했었지요. 매일 저녁 7시에 만나서 그날 그날의 토의 주제와 안건을 정하고 어떤 항목은 내가 주도적으로 이끌어 간 것도 있었지만, '어떻게'라는 부분에 대해서는 서로 토의하고 방향성을 정하는 방식으로 밤늦게까지 진행되면서 나도 힘들었지만 지샨이나 우스만 모두 고생했어요. 지금까지 잘 따라와 줘서 고맙습니다.

지샨 차장님, 차장님이 올 1월에 파키스탄 핸드폰 제품 담당 매니저로 부임한 이래 정말 여러 가지 일이 있었지요. 거의 6개월 정도 매일 반복된 '나머지 공부'는 저에게 큰 '도전'이었습니다. 처음에는 흥미도 못 느꼈고 꼬박 5~6시간을 앉아서 집중해야 했는데, 정말 미칠 지경이었거든요. New Allied에서 단말 사업을 총괄하는 입장에 있다 보니 죽어도 이 짓을 안 하겠다, 못 하겠다고 나자빠질 상황도 아니었다.

보세요! 조직, 서비스 센터, 쇼룸 구축하는데 수십억 원이 들어가고, 저에게 딸린 식구들만 수백 명인데, 솔직히 처음 1~2달은 마지 못해 '나머지 공부'에 참석했지만 차장님이 핸드폰 사업 포함, 신규 제품 사업 출시에 필요한 거의 대부분을 소개하고, 서로 대화하면서 많은 것을 배웠습니다. 이제는 Nokia 제1 디스트리뷰터인 United Mobile 이끄발(Iqbar) 사장과 대적해도 이길 자신감이 생겼습니다.

김철민 차장 와우! 정말? 지샨, 나도 이렇게까지 오랫동안 우리가 함께 '나머지 공부' 시간을 공유할 줄은 기대도 못했어요. 아마 1달도 못돼서 지샨이 넉 다운돼서 "나 도저히 못하겠으니 아빠에게 얘기해서 동생 '샤지브'에게 LG 핸드폰 사업을 하게 하든지 아니면 가전 사업이나 열심히 하자."고 말할 줄 알았는데, 역시 대단합니다. 나는 **지샨이 악타르 사장님보다 더 훌륭한 사업가가 될 것으로 강하게 믿습니다.**

지샨 고맙습니다. 고맙습니다!

그날 지샨과 김 차장은 형제 이상의 찐한 신뢰와 우정을 느꼈다.

김철민 차장 하지만 마지막으로 우리가 머리를 쥐어짜 내야 할 숙제가 하나 있어요. 그게 뭘까요? 우리는 지금껏 '나' 입장에서 신규 사업을 위한 투자와 '해야 할 일'에 대해 얘기했습니다. 그러다 보니 우리의 약점을 일부러 외면하려는 측면도 있었지요. 부족한 부분을 숨기고 싶어 하는 인간의 본성이지요. 누차 얘기하지만, 파키스탄 핸드폰 고객들은 LG가 GSM 단말기를 생산 · 판매하고 있는 회사라는 것을 전혀 모릅니다. 핸드폰 브랜드 인지도가 거의 '제로(zero)'에 가깝다는 얘기죠.

우리는 머릿속에서만, 그리고 본사 영업팀에서 안내해 준 제품 마케팅 자료만 가지고 소비자 가격을 논하고 몇 대 팔겠다고 계획서를 만들었습니다. 정말 우리 생각대로 폰이 팔려 나갈까요? 그것도 어제 시작한 우리가 가장 경쟁이 심한 GSM 오픈 시장에서 Samsun보다 더 많은 100만 대를 팔겠다니 **지나가는 소가 웃을 일입니다.**

지샨 아닙니다! 차장님.

김철민 차장 적어도 적어도 LG 핸드폰 브랜딩 작업과 우리가 기획하고 있는 예상 히트 모델, 초콜릿폰에 대한 제품 마케팅을 하면서 우리의 핵심 가치(core value)를 소비자에게 적극적으로 알리는 활동이 현시점에서 매우 필요합니다. 이점에 모두 동의합니까?

지샨, 우스만 넵!

김철민 차장 그럼 어떻게 할까요? 지샨, 내가 지금까지 말하고 실제 기안한 것들 중에서 **김.철.민**의 **'일하는 방식'**에서 가장 핵심이 뭐였던가요?

지샨 음…, 아 네! 지금까지 차장님은 **'차별화 & 집중'**에 대해 강조를 많이 하셨습니다. 맞나요?

김철민 차장 오~! 나의 영원한 양아치…, 아니 수제자 지샨! 하하!

(솔직히 이 정도까지 지샨이 대답할 줄은 꿈에도 미처 몰랐다)

맞아요. 전 하나를 하더라도 경쟁사가 하는 것을 그대로 따라 하거나,

그동안 해 오던 습성을 벗어나지 못하고 답습하는 것에 늘 의문점을 가지고 있었습니다. 그리고 실행에 옮기기 전 늘 "왜, 왜, 왜, 왜, 왜?"를 다섯 번 나 스스로에게 물었지요.

'왜, 그래야 하는 걸까? 저렇게 많은 광고비를 들여가며 브랜드 & 제품 마케팅을 하는데 과연 실판매로 연계되기는 하는 걸까? 누구를 위한 마케팅이지? 광고쟁이 or 소비자? 아니면 우리(LG)?'

핸드폰 사업만을 놓고 보면 LG는 이미 Nokia, Samsun 대비 한참 뒤져 있습니다. 그런데 그들과 똑같은 방법으로, 혹은 비슷한 방법으로 따라가면 정말 그들을 따라잡을 수 있을까요?

반드시 **그들이 하는 방법과 '차별화' 되어야** 합니다.

늘 그래왔듯이 나에게 얼마의 광고비 여력이 있으니 광고 회사 임원, 담당자 불러 놓고 비딩(bidding) 걸어서 그중 그나마 낫다고 하는 회사의 광고 스크립트(script)를 보고 대충 몇 마디 한 뒤, 그다음으로 광고비를 얼마만큼 깎아서 가장 돈을 적게 들이면서 광고 올릴 것인가가 광고주의(New Allied 마케팅 부서) 일반적인 일하는 방식이었습니다. 이제 이런 거 하지 말자는 얘기입니다.

LG가 GSM 사업을 중동 · 아프리카에서 한 지가 채 5년도 안 되었습니다. 두바이, 이집트, 터키, 이란 정도지요. Samsun은 우리보다 몇 년 더 일찍 GSM 폰을 출시했는데, 절대적으로 LG에 크게 앞서고 있습니다. 반면 LG는 거의 대부분의 국가에서 가전 사업을 하고 있고 시장 점유율 1위를 유지해 오고 있지요.

핸드폰 사업 측면에서 보면 중동 · 아프리카 지역에서 LG 가전 브랜드 위상이 강하게 소비자 마음에 자리잡고 있는 점이 오히려 장애가 될 수도 있습니다. LG 핸드폰 브랜드를 알리고 소비자 가슴속에 각인시키는 데 더 많은 시간이 소요된다는 얘기지요.

파키스탄도 거의 같은 맥락에서 접근해야 합니다. LG GSM 폰의 출시는 다소 늦었지만, 이미 CDMA 폰으로 미국, 유럽 사업자 시장에서 리딩하고 있으며 수많은 사업자 요구에 부합하는 폰을 만들려면 그에 걸맞은 기술력과 디자인이 뒤따라줘야 합니다. 따라서 GSM 폰에서도 기존의 경쟁자들과 충분히 경쟁할 수 있다는 점을 소비자에게 알려야 할 필요가 있습니다. 그리고 다시 한번 강조하지만, 2007년 우리의 연간 판매 목표(수량 기준)는 100만 대입니다.

그중에서 KG270이 전체 판매의 50% 정도를 끌고 가고 약 30% 정도를 KG200에서 만들어 줘야 합니다. 제품 디자인, 기술력은 '초콜릿폰'에 맡겨 둡시다. 워낙 고가 모델이라 수량은 크게 기대하지 않을 겁니다. 그러나 딜러와 소비자 모두에게 '와우(WOW)' 임팩트는 충분히 줄 수 있을 것으로 저는 봅니다.

다시 정리하면 LG GSM 사업 신규 출시에 따른 2007년 마케팅 목표는 LG 단말 브랜드 이미지 제고에 두고 그 방법은 CDMA 사업 성과 재조명을 통해 GSM 폰에서도 Nokia나 Samsun과도 충분히 경쟁할 수 있다는 우리의 의지를 적극적으로 알리고 '초콜릿폰'을 통해 경쟁사 어느 누구도 갖고 있지 못한 '디자인 & 기술력'을 피알(PR) 및 TV, 라디오, 입간판 등 전통적인 매스 미디어(mass media)와 딜러 채널단에서의 각종 제품 로드쇼(roadshow), 프로모션, 이벤트 등 360도 전방위의 마케팅 방법을 동원할 것입니다. '초콜릿폰' 출시 후 3개월 동안 2007년 전체 광고비 자원의 50%를 쓰도록 합시다.

이것이 바로 '**차별화 & 집중**'입니다.

KG270을 월 5만 대, KG200을 월 2만 5천 대 판매하기 위해 우리는 **지금까지 어느 누구도 해보지 않은 독특한 방법으로 딜러와 소비자에게 접근할 것**입니다.

그 구체 내용은 내일 다시 얘기합시다. 지금 머리가 너무 깨질듯이 아프고 복잡하군요. 미안해요.

김 차장은 부임 후 계속되는 긴장감과 100만 대 판매의 부담감에 매일매일을 엄청난 스트레스 속에서 살아야 했다. 어떻게 제로(zero)에서 100만 대를 만들지? 그것도 GSM 오픈 시장에서…. 그것은 거의 불가능에 가까운 미션이었다.

(다음 날)

김철민 차장 누가 그러더군요. 마케팅이란 뭐냐? 그건 'Art of Money…' 즉 '돈을 들여서 그 무엇을 만들어내는 종합 예술과 같은 것'이라고. 지샨, 우스만 모두 이해되나요? 그런데 마케팅에 들어가는 돈의 크기가 문제가 아니라 어떻게 쓰느냐가 더 중요하다고 봅니다. 그래서인지 자칫 허공에 날릴 수도 있는 불특정 다수를 위한 공중파 광고에는 믿음이 가질 않습니다. 좀더 고객에 다가가야 하고 실용적이어야 합니다. 그리고 절대 분산 투자되어서는 안 됩니다. 내 생각을 말하겠습니다. 우선 마케팅의 기본이 되는 '대상과 방법'으로 크게 구분하고 각각에 대해 융단 폭격을 하는 겁니다. 우리의 1차 고객은 내 물건을 소비자에게 전달해 주는 딜러들이어야 합니다. 그들과 우호적인 관계를 형성하고 우리 편으로 만들기 위한 지원책이 있어야겠지요.
세부적인 '무엇을 할 것인가?'에 대해서는 추후에 다시 논의합시다. 그리고 우리가 마케팅 행위를 하는 궁극적인 목적은 2차 고객, 즉 소비자와의 의사 소통인데, 흔히 말하는 매스미디어(mass media) 광고와 소비자 대상의 프로모션 등 비티엘(BTL : Below the line) 활동까지도 포함됩니다.
여기 미리 준비한 PPT 장표가 있습니다. 그림을 보면서 설명해 보지요.

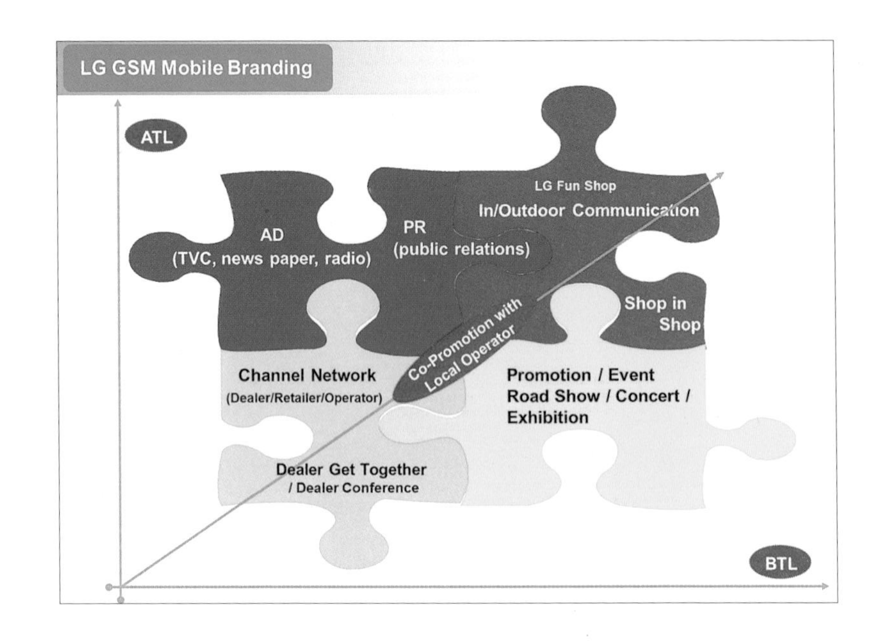

우리가 앞으로 해야 할 가장 시급하면서도 중요한 목표는 'LG GSM 핸드폰 브랜딩' 작업입니다. 3차원적 시각에서 접근하면 크게 ATL, BTL* 그리고 사업자와의 협업이 있습니다.

미디어(media)를 통해 LG GSM 브랜드와 '초콜릿폰'을 적극적으로 알림으로써 LG GSM 폰에 대한 친근감을 늘리고 신뢰감을 갖도록 해 줍시다. 그러기 위해서는 PR(Public relations) 및 광고 등 전통적 미디어 마케팅을 하며 숍 단에서도 LG FUN shop, Antenna shop을 확대 운영하고 딜러 숍 대상의(in & out door) 의사 소통 활동을 강화하는 겁니다.

---

* BTL(Below the line) : 제품 판매 촉진을 위한 방법에는 TV, 라디오, 신문, 잡지 등 일방적으로 정보를 제공하는 ATL(Above the line) 방식과 미디어를 매개하지 않는 BTL 방식이 있다. BTL은 제품 프로모션시 각종 이벤트, 전시, PR, 옥외 매체(빌보드, 숍 보드), 인터넷 등 쌍방향의 성격을 가지고 있는 것이 특징이다.

제품 소개 및 LG & New Allied의 지원 활동을 알리기 위해 딜러 초청 행사도 열고, 그들 숍을 직접 방문해서 비공식적 지원 방안에 대해 얘기해 줄 겁니다. 소비자와의 접점에서는 각종 프로모션, 이벤트를 개최하며 특정 기간 동안 LG GSM 폰의 전 라인업을 로드쇼를 통해 적극 알리며 정부에서 주최하는 각종 전시회, 박람회에도 적극 참여할 것입니다. 이러한 모든 활동들은 우리의 제품 라인업과 연계되어 출시, 판매 목표와 부합되도록 기안하고 추진되어야 합니다. 따로따로 노는 계획이 되어서는 절대 안 됩니다.

지샨 미안하지만, 지금까지 설명해 준 내용을 과연 다 해낼 수 있을까요? 얼핏 봐도 15개가 넘는 핵심 활동과 행사가 있는데 광고 기안하고 업체 비딩(bidding)하고 실행하는 것만으로도 족히 3개월은 걸립니다. 근데 저 많은 것을….

우스만 지샨, 저는 New Allied의 강점 중 하나가 '조직 운영'이라고 생각하는데, 우리 한번 해 봅시다! 일부는 가전 조직의 지원도 받고, LG에서도 적극 지원하겠습니다.

지샨 우스만 씨, 당신은 저 많은 활동들이 시계 톱니바퀴처럼 착착 들어맞게 돌아가도록 만드는 게 얼마나 힘든 일인지 모를 겁니다.

그렇다. 김 차장은 지샨과 우스만을 앉혀 놓고 3시간에 가깝도록 마케팅의 긴요성과 해야 할 것들에 대해 소개하고 설명해 줬지만, 솔직히 그 어느 누구도 쉽게 실행할 수 있는 수준의 레벨이 아니었다. LG가 원하는 방향으로의 '판매 목표 달성'과 '단말 브랜드 이미지'를 빌드업하기 위해서는 타이밍이 그 무엇보다 더 중요했고, 수많은 활동이 서로 맞물려 가면서 그야말로 오케스트라 합주와 같은 고난도의 'Art' 그 자체였다. "Marketing is an Art of Money…."

김 차장은 커맨더(commander)로서 그리고 지샨은 실행의 최선봉 오케스트라 지휘자로서 두 사람이 환상의 조합을 만들어내야만 가능한 일이었다. 김 차장은 파키스탄에 오기 전부터 단 한 번도 '실패'를 생각해 본 적이 없었다. 그의 눈빛은 활활 타올랐다. 지샨의 얼굴도 붉게 상기되어 있었다. 어느새 3명은 같은 꿈, 하지만 어쩌면 이루지 못할 수도 있는 꿈을 이루어내기 위한 장도의 도전이 얼마나 고달프고 몸서리치도록 힘이 드는지 잘 알기에 10분 동안 아무도 말을 이어 나가지 못했다. 그만큼 '위대한 작업'이었기 때문이리라.

파키스탄 카라치 핸드폰 마켓_LG shop sign-board

에피소드 #6 그건 오해라고…

파키스탄에서 홀로 지낸 지가 벌써 2개월이 다 되어간다. 잠자리도 그렇지만, 거지같은 호텔에서의 끼니 때우기도 점점 지겨워졌다. 해외 여행을 장기간 하다 보면 자연스레 나타나는 현상이 두 가지가 있는데, 그 하나는 고향에 대한 향수와 다른 하나는 김치찌개, 순대국, 돼지갈비 등 내가 자라면서 먹어온 어머니의 손맛에 대한 찐한 그리움이 아닐까 한다.

1주일 뒤면 가족이 카라치에 도착한다. 이것저것 사둘 것이 좀 있어 우스만과 함께 거리로 나섰다. 그런데 갑자기 전화벨 소리가 연거푸 다급하게 울려왔다. 도로 위를 쌩쌩 내달리는 자동차와 오토바이 머플러에서 뿜어져 나오는 소음으로 전화 벨소리를 금방 알아채기가 어려웠다. 핸드폰 창을 들여다보니 지샨이 여러 번 전화를 했던 모양이다.

김철민 차장 지샨, 무슨 일이예요? 지금 밖에서 뭐 좀 사려고 돌아다니고 있는데….

지샨이 뭐라고 자꾸 얘기하는 것 같은데, 좀처럼 알아듣기가 어려웠다. 오토바이 굉음 때문이다. 오토바이가 많은 동남아 지역을 여행해 본 경험이 있다면 내가 무슨 말을 하는지 쉽게 이해될 것이다. 골이 깨질 만큼 시끄러워 심한 곳에서는 전화 통화 자체가 어려울 정도다.

지샨 차장님, 크, 큰 문제…. N, No, Nokia가… A100… 딜러 가격을…(치지지~ 뚝)

김철민 차장 뭐라고? 뭐라고? 안 들리니 다시 한번 크게 말해 줘요.

지샨 어제 Nokia가 딜러 가격을 5달러나 내렸다고요.

김철민 차장 무슨 모델? 그래서? 뭐.

지샨 차장님, 차장님! 지금 KG270 모델이 전혀 나가질 못하고 있어요. 디…딜러가, 딜러들이 모두 난리입니다. Nokia와 같이 5달러 깎아 달라고…, 항의하면서.

귀를 찢을 듯한 오토바이 소음으로 김 차장은 지샨이 말하는 소리를 제대로 알아들을 수 없었다. 뭔가 가격을 깎아 달라는 소리를 하는 것 같은데 무엇 때문에, 얼마나 가격을 내려줘야 하는지, 그리고 한꺼번에 가격 조정 인하할 수 없는 상황 등 이러저러한 얘기가 서로 오고간 것 같은데 중간에 전화도 끊기고…. 하여튼 자연스럽게 서로의 목소리가 커져갔다. 정말 짜증이 났다. '도대체 뭐라는 거야?'

김철민 차장 지샨, 지샨! 한 번에 어떻게 가격을 10%나 깎을 수 있겠어요? 잘 알다시피, 내가 어떻게 선적 가격을 만들었는지 알잖아요. 본사에서 지샨의 요청대로 가격을 깎아주지 않을 거예요. 분명히 말했지만 한꺼번에 5달러씩 가격을 후려치는 일은 없을 겁니다. 그리고 지금 밖에 있는데, 지샨이 무슨 말을 하는지 정확히 들을 수가 없어요. (더 큰 소리로) 뭐라고요? 다시 말해 주겠어요?

불과 10분 남짓한 짧은 시간이었을까? 지샨과 김 차장은 서로 많은 얘기를 한 것 같은데 무슨 얘기가 서로 오고 갔는지 제대로 정리가 안 되었다.

난잡했던 기억밖에 없었다. 뭔가 낌새가 이상한 느낌이 들었다.

'지샨, 얘가 도대체 뭐라고 하는 거야? KG270 가격을 5달러 깎아 달라고? 아니 판매한 지 얼마 안 된 모델을 한꺼번에 10% 내려 달라고 하면 앞으로 어떻게 가격 관리를 하겠다는 것인지? 도대체 정신이 있는 거야 없는 거야. 쩝.'

김철민 차장 지샨, 다시 한번 더 얘기하는데…. 난 KG270 가격을 한 번에 5달러씩 내릴 수가 없습니다(볼륨을 최대한 높인 상태). 그러니 Nokia의 가격 덤핑 공세에 우리가 할 수 있는 다른 방안을 찾아보도록 해요.

지샨 차장님, 차장님! 제, 제발~~ 도와주세요. 이미 KG270 모델이 창고에 재고로 쌓이기 시작했다고요. 이번에 제 요청에 귀 기울여 주셔야 합니다. 아니면 이 모델 단종하는 수밖에 없습니다.

김철민 차장 뭐라고? 아니, 내게 감히 이런 식으로 얘기할 수 있어요? KG270을 단종하겠다고?

한참 동안 지샨의 전화기가 꺼진 것도 모르고 김 차장은 계속 뭔가를 얘기했다. 가격이 어쩌고 저쩌고. KG270은 아주 기본적인 모델로 무조건 연말까지 끌고 가야 할 모델…, 혼자서 주절주절.

'어! 전화기가 꺼져 있었네. 뭐야 이거?'

(다음 날 오전 사무실)

악타르 굿 모닝, Mr. Kim? (김 지사장)

굿 모닝, 커맨더(commander)? (김철민 차장)

김 지사장 하이, 안녕하세요? 어쩐 일이세요? 어서 들어오시지요. 우스만! 커피 좀 부탁해요.

한 30분간 김 지사장 사무실에서 악타르 사장과 얘기가 있었다. 그런데 평소와는 달리 웃음소리가 안 나고 뭔가 쎄한 분위기가 사무실 밖으로 흘러나오고 있었다. 그러고는 악타르 사장께서 조금은 상기된 모습으로 나지막이 인사를 한 뒤 사무실 밖으로 나갔다.

(5분 뒤)

김 지사장 김 차장, 잠깐 내 방에 와서 차 한 잔 합시다.

김철민 차장 네, 지사장님.

김 지사장 방금 전 악타르 사장이 심하게 김 차장에 대해서 불평을 하던데 어제 지샨과 무슨 일 있었습니까? 지샨이 김 차장과 전화 통화한 후 집에 들어와서 저녁도 안 먹고 울면서, 어떻게 김 차장이 자기한테 소리칠 수 있냐고 악타르 사장 부부에게 컴플레인했다고 하던데.

김철민 차장 아~ 네. 지사장님!

그러면서 김 차장은 어제 지샨과 통화하면서 있었던 상황을 하나도 빠짐없이 보고했다. 당시 밖에서 전화 통화가 어려울 정도로 심하게 시끄러웠던 점을 포함해서. 그날 오후 악타르 사장이 다시 지사에 들렀다.

김 지사장 김 차장, 악타르 사장께서 하실 말씀이 있다고 하네요. 잠시 들어오세요.

김철민 차장 네.

악타르 안녕하세요? 커맨더! LG GSM 폰 사업을 시작하면서 조직도 정비하고, 쇼룸을 새로 오픈하고, 서비스 센터도 카라치 포함 라호르, 이슬라마바드 등 대도시에 A급 3개소를 운영하고 있지요. 지샨도 매일 저녁 7시에 Mr. Kim과 만나서 공부하는 것이 크게 도움이 되고 있다고 하더군요. 그런데 어제 저녁에 갑자기 지샨이 나와 지 엄마한테 Mr. Kim과 통화하면서 Mr. Kim이 자기한테 큰 소리쳤다고 울면서 얘기하더군요.

Mr. Kim, 지샨은 어려서부터 아주 곱게 자랐고, 심성이 착한 아이입니다. 한 번도 남한테서 욕을 먹거나 홀대받은 적이 없었지요. 애 엄마가 "어떻게 Mr. Kim이 내 귀한 지샨한테 그렇게 막 대할 수가 있느냐?"면서 지금까지 흥분해 있는 것을 내가 토닥이고 있다가 이리 온 겁니다. Mr. Kim, 지샨에게 차근차근 살살 얘기하면서…

김철민 차장 악타르 사장님, 김 차장은 어제 김 지사장에게 얘기한 그대로 그당시 상황과 주변 소음으로 지샨과 통화하면서 약간의 해프닝이 있었던 점을 악타르 사장께 소상하게 설명했다. 아마 당시의 주변 소음 때문에 내 목소리가 커진 것을 지샨은 자기한테 샤우팅하고 모욕한 것으로 받아들였던 모양인데 본의 아니게 이런 오해가 발생한 점 죄송하다고 말씀드렸다.

사장님, 그런데 전 이렇게 생각합니다.

사자가 새끼를 낳으면 강하게 키우기 위해 일부러 낭떠러지로 밀어낸 뒤, 살아남은 놈만 키운다고 합니다. 제가 왜 지샨에게 소리치고 함부로 대하겠습니까?

지샨은 사장님이나 부인께 아주 소중한 큰아들입니다. 악타르 사장님의 사업을 이어받아야 할 후계자이고, 현재는 이 어려운 핸드폰 사업을 맡아서 꾸려 나가고 있습니다. 지샨이 나약해지면 이 큰 사업을, 경쟁사의 더럽고 지저분한 공격을 어떻게 이겨낼 수 있겠습니까? 저에게 조금만 더 시간을 주십시오. 아직 많은 것을 느끼고 배워야 합니다. 지샨에게는 이유야 어쨌든 제가 미안하다고 전해 주시고, 오해를 불러일으킨 점 사과하겠습니다.

악타르 좋습니다. 커맨더. 믿고 있겠습니다(하면서 내 어깨를 토닥거리며 지산을 잘 부탁한다는 무언의 신호를 보냈다).

그러고 나서 다시 하루가 지났다. 갑자기 지역 대표님으로부터 전화가 왔다.

중아 지역 대표 어, 김 차장!

김철민 차장 네, 지역 대표님. 안녕하셨습니까?

지역 대표 어제 저녁에 악타르 사장하고 부인이 내게 전화하면서 항의하던데, 당신 왜 지샨한테 소리지르고 했어요?

김철민 차장 대표님, 그건 오해이십니다. 어제 악타르 사장께서 사무실에 오셔서 제가 자초지종을 다 말씀드렸고, 밖에서 전화 통화하면서 소음으로 발생한 해프닝이라고 말씀드렸습니다. 그리고 본의 아니게 이런 상황이 발생한 점 사과도 드렸습니다.

지역 대표 다 듣기 싫고, 다시 한번 지샨한테 소리지르고 함부로 대해서 동일한 문제가 발생하면 당신 바로 본사 복귀시킬 테니 그렇게 알아요. 알겠죠?

김철민 차장 네. 명심하겠습니다. 주의하겠습니다. (딸깍)

김 차장은 3일 전 길거리에서 지샨과 통화하면서 발생한 해프닝을 두고 이렇게까지 사실이 왜곡되어 전달되고 윗분들이 화를 내실 만한 '꺼리'가 되는지 도저히 납득이 가질 않았다. 하지만 다른 한편으로는 당사자가 아닌 제3자들이라면 그렇게 오해할 수도 있겠다는 생각도 들었다.

참으로 사람들은 동일한 상황·사건을 두고도 자기만의 잣대로 판단하고 세상(인생)을 보며, 다른 사람의 말에는 귀 기울이려 하지 않는 것이 어쩌면 인간의 본성이 아닐까 하는 생각으로 씁쓸했다. 하하하!

그저 해프닝일 뿐인데…. 왜 아무도 내 말을 들으려고 하지 않지?

지방 순회(3개월마다 15일씩 지방 9개 도시 딜러 순회 방문)

김철민 차장 우스만! 며칠 전에 부탁한 거 오늘 좀 볼 수 있을까요?

우스만 네, 카라치에서 라호르까지 비행기로 이동 후 거기서 이슬라마바드와 라왈핀디까지 육로로 이동해서 다시 카라치로 이동하는 코스가 있고, 카라치에서 물탄까지 비행기로 이동, 이후 파이잘라바드, 라호르, 이슬라마바드, 라왈핀디, 페샤와르까지 7개 도시를 거점 순회하는 코스가 있습니다.

시장과 고객을 제대로 보려면 조금 시간이 더 걸리고 피곤하더라도 주요 7개 대도시 순회하는 방법을 추천드립니다. 중간중간에 위성 도시를 돌면 더 효과적이겠지요.

김철민 차장 좋아요. 우리의 정기 지방 순회 코스는 우스만이 제안한 루트를 기본 베이스로 하겠습니다. 대략 15~17일 정도 소요될 테니 안사람과 가족들이 너무 걱정하지 않도록 잘 얘기하고….

다음 주 월요일 바로 물탄으로 이동할 테니 항공표는 미리 예약해 두고, 딜러들에게 보여 줄 샘플은 잘 챙겨 주세요. 제품 로드맵(PRM : Products Road Map) PPT 장표는 내가 따로 준비하겠습니다.

이번에 우리가 전략적으로 운영할 KG270과 KG200 모델에 대한 딜러 관심을 이끌어내는 것과 2분기에 새로 출시되는 KG300 모델 소개가 제일 큰 목적입니다. 그리고 미리 말해 두는데, 이번에 우리가 기획한 'Dealer Get Together' 행사는 무슨 일이 있더라도 매 분기 실행할 테니 마음 단단히 챙기세요.

소비자 마음을 얻기 전에 우선 딜러들을 우리 편으로 만드는 작업이 가장 급선무입니다.

두고 보세요. 난 확신합니다!

Nokia가 딜러들을 그냥 장사치 정도로 대우한다면, LG는 그들을 우리의 고객이 아닌 가족으로 만들 겁니다. 장사할 때 가장 기본은 **'신뢰'**라는 내 생각에는 전혀 변함이 없습니다.

김 차장은 두바이 법인에서 PCI의 카림 씨와 있었던 에피소드(9번에 걸친, 두바이 담판, 즉 '웃통 까고 면담')와 양사 간의 신뢰에 바탕 한 파트너십을 사례로 우스만에게 일장 연설을 했다.

그리고 'Dealer Get Together' 활동하면서 우리는….

» LG GSM 글로벌 트렌드, 상황 소개

» LG 선도 신기술(3G, DMB technology) 소개

» 제품 로드맵 공유(매번 주기적 업데이트)

» 샘플 시연

» LG, New Allied와 사업을 할 경우, Nokia, Samsun 대비 얻게 되는 이점(딜러 입장, 가격, 인센티브, 가격 조건, 안정적 공급 등)

» 마지막으로 딜러와의 관계 구축을 위한 만찬 활동을 하게 될 겁니다.

» 팀 구성은 LG에서는 나와 우스만, New Allied 측에서는 지샨 1 & 2, 그리고 단말 마케팅 디렉터, 영업 이사, 각 지역 영업 매니저로 합시다.

우스만 김 차장님, 근데 문제가 하나 있습니다. 지샨이 그러는데, 카라치

제품 로드맵 설명 'dealer get together' 파이잘라바드 07년

에서 아주 중요하고도 급한 용무가 있어 이번 지방 순회 행사에 참석을 못 하겠다고 하는데요. 다음부터는 꼭 참석하겠다고 하면서….

김철민 차장 허락할 수 없습니다! 도대체 우리가 이 활동을 왜 하는 겁니까? LG와 New Allied가 파키스탄에서 GSM 핸드폰 사업을 한다는 사실을 공식적으로 딜러들에게 천명하고, 우리가 팔 물건을 소개하고, 어떻게 팔겠다는 것을 알리는 아주 중요한 활동인데, LG GSM 사업을 총괄하는 지샨이 빠진다는 게 말이 됩니까? 우스만 씨, 악타르 사장님께 내 정식으로 항의하겠으니 전화 연결시켜 주세요.

김 차장은 지샨의 이러한 행동을 전혀 이해할 수 없었다. 왜 그동안 LG 오디오·비디오 사업을 말아먹었는지 능히 짐작할 수 있지만, 일단 LG GSM 사업의 실질적인 오너로서 이런 식의 정신나간 사고 방식과 행동에 정말 돌아버릴 지경이었다.

일전에도 말한 바 있지만, 지샨은 아버지의 후광을 얻고 학생 때부터 오렌지족과 다름없는 삶을 살아왔었기에 시골 동네에서 핸드폰이나 팔고 있는 딜러들을 만나서 허리를 굽히고, 내 물건을 사 달라고 사정사정해야 하는 자체가 그에게는 쪽팔림 그 자체였기 때문이다. 이것을 깨야만 했다.

책에서 '고객은 왕'이라고들 하지만, 실제 적용은 그렇게 쉬운 문제가 아니다. 악타르 사장께 직접 전화를 걸어서 'Dealer Get Together' 행사의 필요성과 중요성에 대해 다시 한번 설명하고, 지샨이 반드시 이 행사에 참가하도록 요청했다. 그리고 나서 몇 분이 지나자, 지샨이 '물탄'행 비행기 표를 끊었다는 얘기를 전해 들을 수 있었다. (에휴!)

('물탄' 지방 순회 첫 경유지)

김철민 차장 우와! 카라치 하고 또 다르네! 여기는 완전히 '강촌'이구먼! 이봐요, 우스만, 저기 좀 봐요!

BMW 520D와 수레 끄는 당나귀가 도로 위를 나란히 달리는 모습이 김 차장에게는 아주 신선하게 다가왔다. 14~15세기와 21세기가 한 세상에 공존하는 그 실체를 직접 눈으로 보았기 때문이다.

김철민 차장 오늘 물탄에서는 몇 명의 딜러들을 보게 되나요? 우선 Nokia 물건을 제일 많이 파는 딜러, Samsun 폰을 제일 많이 취급하는 딜러, 그리고 LG에 호의적인 딜러들을 모두 보면 좋겠군요.

우스만 미안합니다만, New Allied 영업 매니저를 통해서 확인한 내용인데, Nokia 딜러는 우리를 만나 볼 생각이 없답니다. United Mobile에서 LG와 만나는 것을 알면 어떤 불이익이 돌아올지 몰라서 싫다고 합니다. 나머지 딜러들은 모두 수락했습니다.

그렇다. LG를 제외한 파키스탄 GSM 폰 사업은 United Mobile과 같은 디스트리뷰터가 시장 점유율 50%를 차지하는 Nokia의 힘을 등에 업고 도심에서 시골까지 거의 모든 딜러들에게 그야말로 '갑질'을 하고 있었던 것이다. 김 차장은 이런 상황이 오히려 LG에게는 '기회'가 될 수 있음을 직감했다.

'갑질'을 당하는 딜러들이 얼마나 '정'을 그리워할 것이며, '평등한 사업 관계, 인간적인 대우'를 원하겠는가!

LG가 딜러들이 진정으로 목말라하는 것을 채워준다면 의외로 쉽게 내 편으로 만들 수도 있겠다는 생각을 해봤다. 다만 시간이 많이 걸리겠지. '**시간의 함수**'라. 그러면 어떻게 정해진 시간 내 빨리 내 사람으로 만들 수 있을까…그렇다! 마치 내 가족, 친구와 같은 마음으로…그들이 애타게 목말라하는 것을 채워주자! 김 차장이나 New Allied 쪽 인원들이나…모두 처음 해 보는 'Dealer Get Together' 활동이라 처음부터 각본대로 돌아 갈리 만무했다.

딜러 숍 방문 시 지샨을 어떻게 소개할 것이며, 사업 제의는 어떻게 하고, 샘플은 언제 보여 줄 것인가 등, 하나같이 모두 다 허둥대는 모습이 역력했다.

별 대수롭지 않은 것 같지만, 주(主). 종(從)이 명확히 구분되는 파키스탄 신분제 속에서 딜러가 왕(King)이 되어야 하고, New Allied의 황태자인 지샨이 시골 딜러들에게 머리 숙여가며 부탁을 해야 하는 상황 자체가 New Allied 직원들에게는 아주 부자연스러우면서도 쉽게 받아들일 수 없는 일이었다.

지샨의 얼굴이 이따금씩 울그락 붉으락해지는 것을 김 차장은 옆에서 똑똑히 지켜봤다. 물탄 같은 시골 동네에서 핸드폰이나 파는 딜러에게 지샨이 무릎을 꿇고 내 물건 하나 더 팔아 주십사 하고 애원해야 하는 상황을 이전에 과연 상상이나 했을까…

(그래, 지샨! 더 쪽팔려야 한다. 그래야 악타르 사장을 능가하는 훌륭한 기업 CEO가 될 수 있다…)

김철민 차장 안녕하세요! 사업은 어떠십니까? 잘 되고 있습니까? 저는 LG 전자 김철민이라고 합니다. 그리고 여기는 New Allied 핸드폰 사업을 총괄하는 '지샨'입니다.
지샨, 물탄에서 Samsun 제품을 가장 많이 팔고 계시는 분께(the King of Samsun mobile dealer) 인사드리세요. 하하하~

지샨 아, 안녕하세요? 저는 '지샨'이라고 합니다. 만나, 만나 뵙게 되어 반, 반갑…습니다. 으~~~

김철민 차장 좋습니다. 사장님! 괜찮으시다면, 저희가 LG GSM 사업에 대해 잠깐 말씀 좀 드리고, 샘플도 보면서 New Allied가 앞으로 어떻게 사장님을 도와 드릴 것인지에 대한 프레젠테이션을 드리고자 합니다. 괜찮으시겠지요?

나잠 굿 모닝, Sir? New Allied 라호르 지역 총괄 매니저인 '나잠'입니다. 지샨 사장님은 New Allied의 악타르 회장님 큰아들이시기도 합니다. 사장님과 좀더 가깝게 LG 핸드폰 사업에 대해 말씀도 듣고, 조언을 구하고자 오셨습니다. 이런 활동이 처음이라서 조금 수줍어하시는 부분이 없지 않아 있는데, 지샨 사장님을 환영해 주시면 감사하겠습니다.

사실 파키스탄의 대부분 핸드폰 딜러들은 LG 가전 사업의 주인인 악타르 사장을 누구보다 잘 알고 있었다. 왜냐면 가전 딜러를 하던 사람들 중에서 핸드폰 딜러로 종목을 바꾼 이들이 많았기 때문이었다.

딜러 A_Samsun 메인 딜러 안녕하세요? 지샨. 먼저 누추한 우리 가게를 방문해 주셔서 매우 영광입니다. 아, 차 한잔하시지요. 아니면 시원한 물 한잔 드릴까요? 좋습니다! 저는 이곳 물탄에서 도매를 하고 있는데, 주로 Samsun 폰을 취급합니다. 저와 사업 파트너 관계에 있는 딜러가 20명 정도 됩니다. 1주일에 만 개 정도를 판매하고 있습니다. LG GSM 폰은 제가 처음 듣는데, 어디 한번 샘플 좀 볼까요? 아… Samsun과 같은 한국산 브랜드군요!
이미 Samsun 폰에 대해 어느 정도 아시겠지만, 주로 남성보다는 여성 고객이 많이 찾고, 40대 중년 남자가 주요 고객입니다.

처음에는 일행 어느 누구도 기대도 하지 않았는데, 처음 방문한 딜러는 마치 실타래에서 실을 쭈욱 쭉 뽑아내듯이 전체 시장 상황이며, Samsun 폰은 어떻고, Nokia는 어떤 문제가 있는지, LG 폰에 대한 관심 사항은 뭐고… 등, 한 번에 많은 것들을 쏟아냈다. 김 차장은 딜러가 하는 말을 최대한 하나도 놓치지 않기 위해 열심히 메모를 해 나갔고, 지샨도 옆에서 귀를 쫑긋 세우며 경청해 나갔다.

예상과 달리 1시간 이상 대화가 진행되었다. 분위기도 썩 좋았다. 팀과 딜러는 초면임에도, 상호 간의 호기심과 사업 제휴에 대한 깊은 대화로 시간 가는 줄 몰랐고, 그에 대한 감사의 표시로 저녁 만찬 때 다시 만나기로 약속을 정했다.

첫 딜러 방문 치고는 나름대로 성과가 있었으며, 우스만이 저 만치서 김 차장에게 사인을 보내주었다.

첫 번째 딜러를 보고, 팀 일행은 길 건너 조그만 딜러 숍으로 향했다. 거리에는 한눈에 봐도 조잡하고 싸구려처럼 보이는 옷가지며 아이들 장난감이 즐비했다. 모두 값싼 중국산 제품들이었다. 35도가 넘는 찜통 더위에 여기저기 흐트러져 있는 당나귀 똥으로 발걸음을 옮기기가 쉽지는 않았다.

김철민 차장 아니, 저기는 우리가 방문하기에 너무 작은 숍이 아닌가요? 이봐요 나잠 씨! 우리가 꼭 저 숍을 방문해야 하나요?

나잠 Kim, Sir. 보기에는 허접한 딜러처럼 보이지만, 물탄에서 제일 큰 딜러입니다. 모든 브랜드를 취급하고 있지요.

김철민 차장 아, 그래요? 내가 보기에는 전혀 그렇게 보이지 않는데…아무튼 알겠습니다. 지샨, 먼저 들어가세요(자! 환한 웃음을 머금고…하하하).

지샨 안녕~하세요? 저는 지샨...어쩌고저쩌고…(두 번째 딜러 방문이어서인지 한결 목소리가 힘차 보였다).

딜러 B 어서 오십시오. 저 역시 LG가 핸드폰을 판매한다는 사실은 금시 초문인데…, 두바이에서 LG 판매는 어떻습니까?(대뜸 두바이에서 LG GSM 폰의 판매 상태를 물어보는 모양새가 한눈에 척 봐도 장돌뱅이 전문가임을 눈치챌 수 있었다)

우스만 두바이는 고가폰 시장으로 파키스탄과 시장 자체가 달라서 직접 비교하기가 좀 그렇습니다. 최근 LG와 New Allied가 GSM 사업을 위한 젠틀맨십(Gentleman-ship)을 맺고 제품 소개와 함께 향후 LG GSM 전략을 소개하기 위해 이렇게 방문한 것입니다. 멀티-브랜드를 취급하면서 물탄에서 제일 크게 사업을 하시는 것으로 들었습니다. 저희 팀원에게 앞으로 도움이 될 만한 것이 있다면 말씀 부탁드립니다.

딜러 B 아, 그렇군요. 잘 아시겠지만, 여기 물탄에서도 Nokia가 전체의

50% 이상을 하고 있는데, 카라치에 있는 디스트리뷰터 모두 물량만 푸시하고 지원은 거의 안 하고 있습니다. 심지어 재고가 있는데도 강압적으로 물량을 밀어내서 '전 떼기'하고 있는데, 크게 재미가 없습니다. 어제 내가 마진을 2% 남겼는데, 오늘은 1% 이하로도 넘겨야 하니 영~ 죽을 맛입니다. 대신 Samsun은 마진도 좋고 수요가 점점 늘어나는 추세라서… 마진율이 5%가 넘습니다. 여전히 대량 판매는 Nokia로 하고 있지만, 솔직히 돈은 Samsun으로 벌고 있지요. LG라면 내게 얼마의 마진을 줄 수 있겠소?

나잠 사장님, LG는 GSM 폰은 이제 막 시작이지만, 이미 CDMA 폰으로 미국, 유럽에서 No. 1 브랜드로 품질과 기능에 있어서는 걱정을 하지 않으셔도 됩니다. 더욱이 LG는 다른 브랜드와 달리 파트너십을 맺은 딜러 중심으로 업계 최고의 마진 보장과 함께 90일의 외상(credit)을 제공할 것입니다. 따라서 딜러 입장에서 안정적 물량 유통과 충분한 마진 확보로 장사하지 않을 이유가 없지요. 이번에 LG에서 야심차게 준비한 모델 2개를 소개하겠습니다.

KG200 모델로는 마진을 확보하고 KG270에서 수량 베이스의 판매만 이끌어 주신다면 New Allied에서 최대한의 지원을 약속드리겠습니다. 여기 2분기 제품 운영 전략을 봐 주세요.

중간 가격대에서 KG200으로 월 500대, 저가 폰 카테고리에서 KG270으로 3천 대 정도 운영해 주시고, 고가폰 가격대에서는 'SHINE' 폰으로 깔아 주시면 초기 LG GSM 폰 사업 안정화에 크게 도움이 되실 겁니다.

딜러 B KG200, 아주 단단해 보이는군요! 가격은? KG270도 이 정도면 아주 준수합니다. 그런데 한 가지 요청이 있습니다. 우리 숍에만 Nokia 모델을 포함해서 80여 개의 모델이 전시 · 판매되고 있습니다. 물론 한 달에 10대도 안 팔리는 모델이 있기는 하지만…. LG에서

KG200, 270을 제대로 알릴 수 있도록 TV 광고가 절실히 필요합니다. 그러지 않으면 소비자 입장에서 1/80의 선택을 할 때 LG 폰을 살 확률은 거의 없습니다!

지샨 사장님, TV 광고에 대해서는 전혀 걱정하지 않으셔도 됩니다. 몇 달 전부터 이미 제품 광고를 준비해 왔습니다. 아마 그 광고를 보시면 크게 놀라실 겁니다. 안심하고 저희와 말씀 나누셔도 됩니다. 염려하시는 것처럼 LG GSM폰에 대한 소비자 인지도가 현재 거의 'zero'인 것을 여기 있는 LG나 New Allied 모두 잘 알고 있습니다. KG200, KG270을 히트 모델로 만들기 위해 우리는 업계 최초로 '셀럽(celebrity) 마케팅'을 핸드폰 광고에 접목할 계획입니다. 잘 알고 있는 아브라(Abrar) 가수가 LG GSM KG270 전속 모델로 활동하기로 이미 계약을 마쳤고, KG200은 아티프 아슬람(Atif Aslam)이 젊은층을 타깃으로 TV 광고에 출연할 것입니다.

딜러 B 정말 그래요? 내가 열렬한 아브라 팬입니다. 40~50대 중 · 장년 남자라면 모르는 사람이 거의 없는데, KG270 판매가 아주 기대되는군요. 저기 저 모델이 '초콜릿폰'인가요? 그런데 키패드도 없고, 뭔가 좀 이상하군요.

(이런 저런 기능을 살펴본 후) 우와~~~놀랍습니다.

'초콜릿폰', 내가 당장 계약하겠습니다. 가격은 얼마죠? 천 대 사겠습니다. 나한테 독점 줄 수 있는 거죠?

나잠 하하하, 사장님, 사장~님. '초콜릿폰'은 지금 전 세계적으로 수요가 넘쳐나서 물건 받기가 좀 어렵습니다. 대신 이번 6월쯤에 선보일 SHINE 모델을 한번 봐 주십시오. 출시 전 LG 딜러분께만 먼저 보여드리고 SHINE 폰에 대한 피드백과 지역별 예상 판매 수량을 알고 싶어서 이번에 샘플로 몇 대만 가져왔습니다. 색상은 은색, 금색, 핑크색 이렇게 3가지 출시 예정입니다.

딜러 B 정말 놀랍습니다. 황홀할 지경입니다. 부드러운 터치감과 슬라이드 업(slide up) 시 나타나는 터치 키패드, 선명한 카메라 화면까지…. 아직 이런 핸드폰을 본 적이 없습니다.

김철민 차장 사장님, 오늘 저녁에 저희가 이 지역 주요 딜러 몇 분을 모시고 저녁 식사를 가질 예정입니다. 참석해 주시겠습니까? 오시면 PPT 화면을 통해 2분기 제품 운영 전략은 물론, 사업 구체 제안, 광고 기획, 서비스 정책 및 판매 지원을 위한 프로모터 운영 등 경쟁사와 확연히 다른 LG GSM 폰 사업 제안을 들으실 수 있습니다. 어떻습니까?

딜러 B Mr. Kim. 정말 감사합니다. 무슨 일이 있더라도 꼭 참석하겠습니다. 저녁은 제가 쏘겠습니다.

김철민 차장 하하하, LG 핵심 딜러 20여 분 정도 모실 예정입니다. 물론 도매와 소매로 각각 구분지어서 구체적인 사업 제안을 드릴 겁니다. LG GSM 패밀리 모임이라고 할까요? 같이 사업하시는 딜러 몇 분 더 모시고 오십시오. 대 환영입니다. 이따가 뵙겠습니다. 그럼!

벌써 5군데 딜러 숍 방문으로 팀원들 모두 점점 지쳐갔다. 그러나 의외의 환대와 LG GSM 폰에 대한 호감을 보여준 데 대해 기분은 모두 다 업되어 있는 상태다. 오늘 적어도 7~8개 핵심 딜러 방문을 마치면 소기의 목적을 달성한 것으로 봐도 좋지 않을까~. 팀원들은 마지막 힘을 내서 또다시 발길을 옮겼다. 한낮의 뜨거운 열기가 어느새 시원한 바람으로 변해 땀으로 흠뻑 젖은 와이셔츠를 뽀송뽀송하게 말려 주고 있었다.

김철민 차장 지샨, 우스만! 오늘 물탄 지역 딜러 10여 군데를 둘러봤는데, 각자 한번 소감이 어떤지 말해 볼까요?

지샨 김 차장님, 정말 놀랍습니다. 딜러분들께서 이 정도로 Nokia의 불공정한 대우와 거래 조건에 대해 부정적인 시각을 갖고 있는지 몰랐습니다. 더욱이 그들 모두 LG GSM에 대한 호감도도 높았고요. 특히 '초콜릿폰'에 대해서는 열광 그 자체였습니다. 아직도 그때의 상황이 믿기지가 않습니다.

우스만 오늘 딜러 몇 분과 샵을 방문하면서 저희 모두 LG GSM 사업에 대해 좀더 자신감을 가져도 좋겠다는 점을 느꼈습니다. 앞으로 저희가 무엇을 어떻게 해야 할지에 대한 방향성이 나왔다고 봅니다. 대부분의 딜러들이 저희가 제안한 거래 조건에 흔쾌히 동의를 해 주셨고, 특히 '초콜릿폰' 포함 KG200, KG270, SHINE 모델에 대한 높은 관심을 보여 주셨습니다. 저희가 기획한 대로 이번 2사 분기에 제대로 가격 포지셔닝을 한다면 좋은 피드백이 나올 것 같습니다.

김철민 차장 좋습니다. 저도 지샨이나 우스만이 느꼈던 그대로 지금 이 활동을 잘만 수행한다면 반드시 성공할 것이라는 나름의 확신을 갖게 되었습니다. 오늘 7시부터 예정된 대로 약 20여 분의 딜러 분들을 모시고 저녁 만찬을 하게 됩니다. 딜러 분들과 사업 관계 형성 · 구축을 위해 노력해 주고, 시장 · 경쟁사 동향을 좀더 면밀히 파악할 수 있는 좋은 기회가 되기를 바랍니다. 자, 좀 쉬다가 나중에 7시에 회의실에서 보도록 합시다.

그날 딜러들과의 첫 공식적인 '만남의 시간'은 예상대로 잘 마무리되었다. 제품에 대한 자신의 의견을 개진하는 딜러도 있었고, 경쟁사 대비 합리적인 가격 포지셔닝에 대한 의견을 주기도 하는 반면, 어떤 딜러는 대놓고 KG200, KG270, SHINE 폰에 대한 첫 오더(1st PO_Purchase Order)를 제시하기 하였다. 매우 고무적인 일이 아닐 수 없었다.

'칫! 소주라도 있으면 주~욱 한 잔씩 돌리면서 "위하여!"를 외쳤을 텐데,

술을 멀리하는 이슬람 문화가 그때만큼 야속한 적이 없었다.'

김 차장은 만찬이 끝나고 약간은 누추하면서 퀴퀴한 냄새까지 나는 호텔 방의 소파에 몸을 던져 누웠다. 그러고는 오늘 있었던 활동 및 딜러 반응을 복기하면서…, 자신도 모르는 사이에 스르르 잠이 들었다.

(다음 날)

김철민 차장 자, 오늘은 파키스탄 제2의 도시 라호르로 가지요? 차로 5시간은 족히 걸릴 거리군요. 어제와 마찬가지로 거기서도 할 일이 많을 것 같으니 이동 중 차에서 좀 쉬는 것도 좋을 것 같군요.

라호르 자체는 그렇게 큰 도시가 아니지만, 주변 위성 도시들과 펀잡 지방(5개의 강줄기가 한곳에서 만나 드넓은 곡창 지대를 이룸)의 경제를 아우르는 곳으로 피부적으로 느끼는 도시 이미지와 상권 자체는 카라치보다 더 세련되고 활기차 보였다. 도시 중심가에 핸드폰과 주변 액세서리, IT 제품을 전문으로 취급하는 도매 상권이 형성되어 있었고, 실제 소비자 제품 구매는 구역마다 콤플렉스를 중심으로 행해지고 있었다.

Tip

라호르 시장 접근 전략은 우선 소매 시장(수십 개의 소매 밀집 상가가 이루어진 상권) 공략보다는, 라호르 포함 주변 위성 도시인 파이잘라바드, 물탄, 구지란왈라, 구지랏, 사고다 등의 지역으로 물량을 공급하는 도매상을 집중 공략하는 데 두었다. 사업 규모 기준 No1~No3까지 모두 아우르며, 특히 LG의 초기 공략 대상인 Sony Ericsson과 모토로라를 주로 취급하는 딜러들과의 '안면 트기'부터 '비밀 협상' 등 구체 작업이 필요했다. 라호르에서 커버되는 지역이 워낙 광범위해 각개 전투보다는 특정 타깃을 정해 화력을 집중해서 조그만 고지라도 우선 탈환한다는 나름의 전략이었다.

나잠 Mr. Kim, 라호르에는 도매 상권이 2군데로 나누어져 형성되어 있는데, 그중 한 곳은 라호르에서 Nokia, Samsun 제품을 인근 도시까지 공급하는 도매상 밀집 구역에 있고, 다른 한 곳은 라호르 자체 소매에 좀더 무게를 두면서 특정 소도시에 물량을 제한적으로 공급하는 딜러 마켓이 있습니다.
우선 제 생각은 처음부터 너무 상대하기 어려운 상권을 공략하는 것보다는, 소매 상황과 인근 도시에 물건을 대주는 지역부터 먼저 접근하는 것이 좋겠습니다.

김철민 차장 좋습니다. 나잠 씨 의견대로 합시다.

나잠 안녕하세요? 칼리드! 어제 전화드렸던 나잠입니다. 여기 LG GSM 매니저 Mr. Kim과 New Allied 핸드폰 사업 총괄 사장이신 지샨, 그리고 LG 카라치 지사의 우스만 씨를 소개드립니다.

칼리드 안녕하세요, Mr. Kim. 지샨, 그리고 우스만 씨. 쌍수를 들어서 환영합니다. 짜이(Red Tea+milk) 한잔하시면서 LG GSM에 대해 소개 부탁합니다. 그런데 악타르 사장님은 잘 계시죠?

지샨 네, 사장님. 잘 계십니다. 감사합니다!

김철민 차장 숍에 들어와 보니 사업 규모가 대단하시군요. 물론 도매 중심이겠지만, 라호르 소매 시장으로 나가는 비중과 인근 도시로 공급되는 물량 비중이 각각 어떻게 되는지요?

칼리드 저는 100% 도매만 하고 있습니다. 전체 물량 중 라호르 소매 딜러에게 약 30%, 인근 파이잘라바드와 사고다, 구지란왈라에 나가는 비중이 약 70% 정도 됩니다. 그중 Nokia가 40%, Samsun이 15%, 소니 에릭슨이 15%, 모토로라가 5~7%, 그리고 중국산 논-브랜드 비중이 20% 정도 됩니다.

김철민 차장 소니 에릭슨과 모토로라 비중이 카라치 시장보다 작은데 그 이유는 무엇입니까?

칼리드 새로운 모델이 없고, 잘 팔리는 특정 모델 중심으로 월 5천 대에서 만 대 정도 나갑니다.

김철민 차장 아, 그렇군요. 그러면 인근 지방으로 제품을 공급하실 때 마진을 어느 정도 취하시는지 말씀 좀 해 주세요.

칼리드 Mr. Kim, 그건 영업 비밀입니다. 공짜로 알려 줄 수는 없지요. 하하하 농담입니다. 여기서 1.5~2% 정도 남기고, 물량 베이스로 약간씩 차이가 있습니다. 관계가 좋은 딜러에게는 전 브랜드 포함해서 잘 팔리는 모델을 더 주면서 관계를 형성 · 유지하고 있습니다.

김철민 차장 마진은 카라치와 거의 엇비슷하군요. 잘 팔리는 물건을 안정적으로 공급하는 것은 곧 돈을 쉽게 벌게 해주니 핵심 딜러 관리하는데 많은 도움이 되겠군요. 좋은 전략으로 보입니다. 최근 Nokia와 Samsun의 변화에 대해 알려 주시면 더 고맙겠습니다.

칼리드 Nokia는 거의 모든 딜러들이 느끼는 것과 별반 다를 것이 없습니다. 어떤 때는 재고가 남아돌 정도로 물량 푸시하다가, 또 어떤 때는 수입 통관에 문제가 있어 꼬박 1달 이상을 기다려야 하는 경우도 있습니다.

Samsun이라… Samsun 매우 훌륭합니다! 모델도 좋고 가격, 거의 안정적 마진을 보장해 줍니다. 특히 라호르 Samsun 영업 매니저가(파키스탄) 거의 2~3일에 한 번씩 방문해서 가격 변동이 있을 때는 바로 신규 가격으로 적용해 주니까, 딜러 입장에서는 맘을 놓을 수 있고 손해 볼 일이 없어서 그보다 좋은 점이 없지요. 마진도 Nokia보다는 더 좋으니, 저는 Samsun 쪽을 더 밀고 있는 편입니다.

김철민 차장 아~, 네. 의견 감사합니다. 여기 제 명함을 놓고 갑니다. 그리고 오늘 저녁 9시에 콘티넨탈 호텔에서 LG GSM 제품 & 가격 소개 및 지샨이 직접 사업 제휴를 위한 제안을 드릴 겁니다. 꼭 오셔서 LG GSM 파트너가 되어 주십시오. 아셨죠? 칼리드 씨.

칼리드 '캄사' 합니다(이 친구는 어떻게 알았는지 간단한 한국말 한두 마디 정도는 하고 있었음.)

나잠 Mr. Kim, 다음은 라호르 마피아 사무실로 가겠습니다.

김철민 차장 마피아?

나잠 네~~. 라호르에서 GSM 폰 '대부'로 불립니다. 한 달에 너끈히 10만 대 정도 취급하는 거상(巨商)입니다.

김철민 차장 리얼리? 그럼, 연간 못해도 100만 대 이상을 판다는 계산인데…. 자! 빨리 가 봅시다. 아주 궁금합니다.

나잠 아흐메드 사장님, 안녕하셨습니까? 여기 LG 전자 핸드폰 대표 Mr. Kim과 New Allied 핸드폰 사업 총괄 사장이신 지샨께서 함께 계십니다.

아흐메드 안녕하시오, 나잠 씨! 그런데 우리 사무실에는 왜 온 거죠? 난 LG GSM 폰에 대해 관심이 없습니다. 특별히 하고 싶은 말도 없고요. 좀 바빠서 먼저 나가 보겠습니다.

'으~~~, 이런 X 같은 경우가… **'라호르 마피아'**라고 하더니, 한 달에 10만 대 판매하는 '거상'이라더니, 아니 그러면 이래도 되는 거야! LG 없이도 돈 충분히 벌고 있으니, 만나고 싶지도 않고 만날 필요도 없다 이거지?' 그날 김 차장과 지샨, 팀 일행은 보기 좋게 녹아웃(knock out) 펀치 한방을 크게 얻어맞은 격이 되고 말았다. 그것도 심하게, 아주 심하게…

물탄, 파이잘라바드, 그리고 라호르 몇몇 딜러로부터의 심심한 호의와 긍정적인 피드백으로 한껏 고무되어 있었는데 라호르 마피아는 LG 관련 인원을 거들떠보고도 싶지 않다는 것이다. 팀원 모두 맥이 풀리고, 우울해 보이기 까지 했다.

김철민 차장 (하 하 하, 하 하 하…) 지샵, 이게 우리의 신랄한 진짜 포지션 입니다. 한낱 딜러가 LG전자 제품 영업 매니저와 New Allied CEO를 거들떠보지도 않는군요.
나잠! 일단 사무실에서 나갑시다. 그리고 오늘 이 순간은 내 영원히 잊지 않도록 하겠소. 이 인간 넘어져 쓰러질 때까지, 안 되면 될 때까지 집요하게 따라붙어서 반드시 우리 편으로 만듭시다.

그렇다. 김철민 차장은 그날의 그 망신과 창피함을 결코 잊을 수가 없었다. 첫날의 수모를 포함해서 **'6고초려'** 한끝에 결국 아흐메드는 자기 사업의 20%를 LG GSM으로 메꾸게 된다. 그렇게 변하는데 6개월 이상이 걸렸다. 방법은 이랬다. 김 차장은 라호르를 방문할 때마다 별도로 나잠과 함께 아흐메드 사무실을 방문해서는(철저히 예의를 갖춘 상태에서) 제품 및 가격, 그리고 연간 제품 운영 전략과 함께 샘플을 보여주었다. 별도로 라호르 지점의 나잠이 한 번은 티 미팅차 방문해서 사업 제안하고, 그다음에는 아흐메드 사무실에 LG LCD 32˝ TV를 선물로 밀어 넣고, 냉장고 들여 넣어주고, 또 그러고는 폰이 20개 들어 있는 박스를 슬며시 밀어 넣었다. 대금을 주면 더 좋고, 결제를 안 해주더라도 상관 없었다. 김철민 차장이 얘기한 대로 10번 찍어 안 넘어갈 나무가 없기를 바라면서…, 찾고 또 찾았다. 그리고 마지막 6번째 날, 김 차장과 나잠이 그의 사무실을 찾은 날, 아흐메드는 티-보이(tea-boy)를 시켜 따뜻한 짜이(홍차)와 함께 김 차장에게 담배를 권하면서 한마디 이어 나갔다.

아흐메드 "LG GSM 폰 괜찮아 보이니 우선 이번 달에 600대만 사무실에 놓고 가십시오."

(김 차장은 속으로 쾌재를 불렀다.) '야호! 10번 찍어 안 넘어가는 나무가 없다더니, 정말 틀린 말이 아니었어. 결국 라호르 마피아가 내게 손을 들고 항복한 거야~. 김철민 너 해 냈구나!'

김철민 차장 아흐메드 씨, 좋은 결정 그리고 어려운 결정하셨습니다. LG와 New Allied에서 최고의 VIP 대우를 해 드리겠습니다. 언제든지 문제가 있으면 하시라도 나잠에게 말씀해 주십시오. 제가 직접 보살펴 드리겠습니다. 진정으로 감사드립니다!

이렇게 해서 라호르 마피아는 '07년 LG GSM 폰 매출 120만 대 중 20만 대를 움직이는 최고 딜러로 변했고 '07년 LG VIP 딜러 트립의 한 참가자로 한국, LG 전자 본사를 방문하게 되는 역사를 쓰게 된다.

김철민 차장 라호르에서의 'Dealer Get Together' 행사는 안타깝게도 아흐메드 씨가 불참하기는 했지만 35명의 딜러가 참석해서 아주 성공리에 마쳤습니다. 모두 수고했습니다. 오늘 푹~ 쉬시고 내일은 다시 파키스탄 수도 이슬라마바드를 공략하러 갑시다. 여기서 이슬라마바드까지는 400km가 조금 넘는군요. 모두 잘 자요~

팀 일행은 다음 날 아침 9시에 호텔 조식을 마치고 9시 반에 이슬라마바드로의 대 장정에 나서게 된다. 그런데 갑자기 우스만이 호들갑스럽게 김철민 차장에게 뭔가를 속닥인다. 내용인즉 '07년 파키스탄은 곧 있을 대통령 선거를 앞두고 대부분의 국민들로부터 두터운 신임과 존경을 받고 있는 부토 여사를 지지하는 파와 반대 정적 간 극렬한 시위 선동과 폭동이 도처에서 일고 있었는데, 어제 라호르에서 폭탄 테러로 수십 명의 사생자가 발생했다는 것이다. '그럴 수도 있겠지….' 하면서 김 차장은 별 대수롭지 않게 생각했다. "호랑이를 잡으려면 호랑이 굴로 들어가야 한다." 우리의 'Dealer Get Together' 대 장정은 무슨 일이 있더라도, 심지어 폭탄이 쏟아지는 상황에서도 반드시 실행되어야 할 최우선의 LG GSM 채널 진입 전략 중의 하나였다.

우리의 고객인 **'딜러' 방문 행사는 무슨 일이 있어도 중단 없이 진행**되어야 한다.

LG GSM 폰의 브랜드 최초 상기도(Top of the Mind)는 거의 'zero'이다. **고객을 찾아가지 않는, 책상 위 전략 전술은 그저 아무 쓸데없는 망상에 지나지 않는다**. 이것이 김철민 차장의 '고객 중심'의 최우선 사업 전략 & 철칙이었다.

라호르에서 이슬라마바드까지는 고속도로를 이용했는데(참고로 이 고속도로는 OO년 대우건설에서 공사하여 개통되었음), 차량 3대로 나눠 탄 팀원들 중에는 일찌감치 잠에 곯아떨어진 친구도 있었고, 또 기존 방문한 지역 딜러로부터 걸려온 문의 전화 응대로 이동하는 내내 손에서 전화기를 떼지 못한 친구도 있었다. 반면 김 차장은 도로 양옆으로 펼쳐진 드넓은 들판(파키스탄은 세계 최대 밀 생산지이기도 함)과 한가로이 물가를 서성이며 풀을 뜯고 있는 물소(거기서는 '버팔로'로 불림)들을 보면서 넋을 잃고 있었다.

폭탄 테러, 마약…, 이런 것만 없다면, 파키스탄은 어쩌면 지구상에서 몇 안 되는 아름다운, 살기 괜찮은 나라가 될 텐데…. 이윽고 차는 내리 5시간을 달려 이슬라마바드 조금 못 미친 라왈핀디 내 콘티넨탈 호텔에 도착했다.

도시 규모가 워낙 작아 소규모 소매 딜러를 직접 방문, 인터뷰하기보다는 라왈핀디와 페샤와르 지역 포함 대형 도매상들을 먼저 공략하기로 했다. 우선 라왈핀디 내에서 Nokia 제품을 가장 많이 취급하는 딜러를 방문했다. 그만큼 거느리고 있는 딜러가 많아 지역 내 유통 규모, 경쟁사 지원책 등 고급 정보를 얻기 위한 나름의 복안이 깔려 있었다.

나잠 안녕하세요. 유세프 사장님! 여기 LG ○○, New Allied ○○. 그리고 주절주절….

유세프 굿 모닝, 나잠 씨 그리고 LG 팀 분들! 이곳은 조금 분주하니 제 방으로 들어가시죠. 저는 라왈핀디에서 Nokia 제품을 제일 많이 판매하고 있고, 소니 에릭슨, 모토로라 지역 독점 판매권을 가지고 있습니다.

Tip

유세프는 훗날 LG GSM의 파키스탄 북부 최대 딜러로 성장하였다. 그는 성격이 매우 급하고 말이 빨라서 처음엔 적지 않은 오해도 있었지만, 워낙 심성이 착해 홀로 어머님을 극진히 모시는 효자로 기억하고 있다. 그 역시 LG VIP 딜러 트립의 핵심 멤버로 어머님과 함께 한국, LG전자 본사를 방문하게 된다.

김철민 차장 한 달 총, 몇 대 정도 판매하시는지요? 평균 판매 단가는 어느 정도 됩니까?

유세프 라왈핀디만 월 3만 대, 인근 페샤와르까지 합치면 5만 대 정도 됩니다. 이슬라마바드는 생활 수준이 꽤 높은 지역으로 평균 200달러 이상의 고가폰이 나가지만, 지방의 경우 평균 70~80달러 정도로 보면 될 것 같습니다.

나잠 사장님, 이번에 LG에서 중점적으로 판매할 KG200, 270 모델을 먼저 보시고, 6월 말 출시할 'SHINE 폰' 샘플도 한번 봐 주시기 바랍니다.

유세프 오~호호호! KG200, 단단해 보이면서 먼지에도 쉽게 더러워질 것 같지 않고 특히 사운드가 커서 마음에 듭니다. 딜러 가격은요?

나잠 마스터 딜러(LG GSM 핵심 딜러) 가격은 85달러 정도로 책정하려고 합니다. 소비자 예상 구매 가격은 120~125달러로 보면 될 것 같고요.

유세프 나잠 씨! 무슨 농담을 그렇게 하십니까? Nokia N6 모델(KG200보다 카메라 해상도가 약간 낮은데, 전체적으로 비슷한 사양 보유 기종)의 딜러 가격이 70달러입니다. Nokia가 얼마나 잘 팔리는 브랜드인 줄은 알고 계시죠? LG GSM 폰을 누가 알고 있지요? 그 가격으로는 내 가게에서 한 달에 고작해야 100대 정도밖에 못 팔 겁니다. 내 장담하지요.

(사실 이 사람은 대단한 Nokia 충성 딜러였다. LG에 대한 초기 반응이 영~ 못마땅해 했던 딜러 중 하나였음)

나잠 사장님, KG200을 정말 그렇게 혹평하셔도 되나요? 하하하. 나중에 후회하지 않을 자신 있는 거죠? 자, 우리는 단순히 제품 내놓고, 가격만 일방적으로 딜러에게 통보하고 사업하지 않을 겁니다. 조만간 Nokia, Samsun에서 꿈에도 생각해 보지 못할 매우 독특하면서 대담한 판매 지원책과 마케팅을 LG에서 선보일 겁니다. 이런 LG GSM, 대장정 로드맵에 유세프께서 큰 응원을 해 주시면 좋겠습니다.

지샨 안녕하세요? 지샨입니다. 사장님… LG에 큰 관심을 보여 주시면, 당신에게 최고, 최고, 최고 대우와 함께 전폭적인 지원을 해 드리겠습니다.

그러나 그날, 지샨과 팀 일행은 유세프로부터 즉각적이고 긍정적인 사업 제의를 받아 내지 못했다. 그런데 어찌 보면 그것은 너무도 당연한 것 아닌가…전체 50% 이상을 하는 Nokia 제품으로 해당 상권에서 제일 큰 규모로 장사하는 사람이 이제 막 소개 단계인 LG GSM 폰을 거들떠보기라도 하겠는가 말이다. 하지만 나잠은 지역 프로모터들을 불러 놓고 아주 특별한 지시를 내린다. 라호르에 마피아(아흐메드)가 있다면, 북부 지역 상권에는 '유세프'가 있다. 이들만 우리 편으로 만든다면 초기 물량은 바로 나오게 돼 있다.

특명 2호, 얼판 유세프(Irfan Yousef)를 구워삶아라!

이슬라마바드, 라왈핀디를 커버하는 5명의 프로모터들은 New Allied 가전 부문에서 이미 수년간에 걸쳐 혹독하게 훈련을 마친 유능한 인재들이었다. 초기 조직 안정화를 위해 악타르 사장께서 특별히 지역 프로모터 운영시 처음부터 선발한 끈기와 열정이 대단한 친구들이었다.

3개월마다 진행되는 'Dealer Get Together' 행사에서 유세프는 4차 활동 이후로 LG 팬으로서의 변화를 보이기 시작했다.

팀이 방문하면 지역 내 전체 매출에서 LG GSM 포지션을 인보이스 서류를 들춰가며 자세하게 공유했고, KG200, KG270의 LG 공급가를 ○○달러로 지원해 주면 ○○대까지 팔겠다는 역 제안을 공격적으로 하기도 했다. 김 차장은 이런 시장의 변화, 딜러들의 **'친 LG화'** 과정을 몸소 지켜보면서 매 순간순간이 가슴 벅차올랐고 깊은 환희와 보람을 느꼈기에 2년간의 계속된 지방 순회 활동에도 전혀 지치거나 힘들어하는 모습을 보이지 않았다. 참으로 신기한 것은, 팀 일행이 라호르 방문을 마치고 이슬라마바드로 이동하자 바로 라호르에서 발생한 폭탄 테러로 십수 명의 사상자가 발생했고, 또 라왈핀디에서 Dealer Get Together 행사를 성공적으로 마치고 페샤와르로 이동하는 날 이슬라마바드의 대형 ○○호텔에서 역시 자살 폭탄 테러가 발생, 호텔의 반이 날아간 아찔한 순간을 경험하면서도 팀원 모두 무사했던 것이다. 유튜브를 보다 보면 '찰나'의 짧은 순간에 생과 사의 갈림길에서 위험을 피한 동영상이 많은데, LG & New Allied, 'Dealer Get Together' 팀 일행은 아마도 아마도 신의 도움으로 그런 끔찍한 위기의 순간을 두 번씩이나 넘길 수 있었다고 스스로 위안을 삼으면서 결국 7번에 걸친 대 장정을 마칠 수 있었다.

페샤와르는 파키스탄과 아프가니스탄 경계에 인접한 도시로 유서 깊은 지역이면서, 아프가니스탄에서 파키스탄으로의 밀 무역이 성행하는 곳이라는 점에서 현지인이 아닌 이상 매우 접근하기 어려운 지역이다. 따라서 지금까지 Nokia 본사 인원이 페샤와르 지역에까지 와서 고객을 찾고 문제 해결을 위한 일체의 행동이 없었던 것 또한 당연한 이유였다. 심지어 LG 팀이 방문한 숍에서는 무장 강도의 습격을 차단하기 위해 판매 사원이 AK 소총을 계산대 밑에 거치해두고 자랑삼아 우리들에게 뽐내기까지 하던 그런 곳이다.

사뭇 의협심으로 지역 정서에 반하는 행위를 한다면 어떤 참사가 일어날지 어느 누구도 장담할 수 없다. 이 지역 현지 파키스탄 사람조차도 행동하는데 매우 조심해야 했다. 이런 지역 정서적 특성으로 LG GSM 지방 순회팀은 전 지역에서 유일하게 딜러 초청 행사를 하지 못하고 개별 숍 방문, 인터뷰, 제품 소개, LG GSM 사업 전략 공유했던 유일한 지역으로 남게 된다. 그러나 페샤와르 딜러만큼 순수한 마음으로 LG 팀 일원들을 환대해 준 지역이 없었다. 그것은 아이러니이다.

김철민 차장 휴~ 카라치에서 물탄, 파이잘라바드, 라호르 경유하면서 이곳 페샤와르까지 총 9개 도시, 15일이 소요되었군요. 우리가 만났던 딜러 한 분, 한 분이 훗날 우리에게 물량으로 보답할 중요한 파트너가 될 것이라는 데 저는 확신합니다. 특히 지샨은 처음 해 보는 매우 힘든 과정이었을 텐데 너무도 훌륭하게 리더십을 잘 보여줘서 개인적으로 매우 고맙게 생각합니다.

그리고 나잠, 지역 순회의 2/3 이상을 저와 팀원의 안전과 딜러 캐어 등 실로 엄청난 일을 해 줬습니다. 아주 감사하게 생각합니다. 다음 6월, 'SHINE 폰'이 파키스탄에 정식 출시되기 전 다시 만납시다.

팀원들 모두 수고했습니다.

'Dealer Get Together' 행사 도중
'LG GSM 핸드폰_제품 로드맵 프레젠테이션'하는 김철민 차장

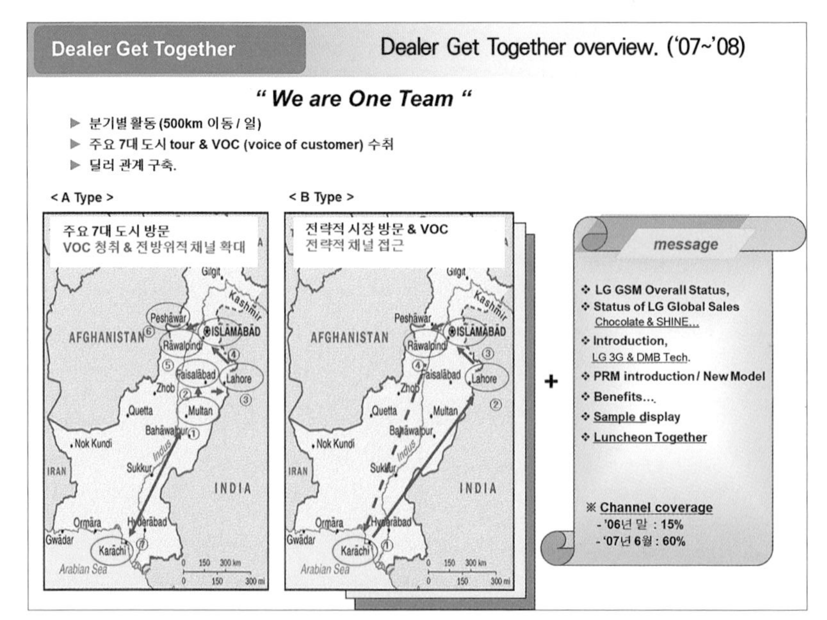

딜러 방문_물탄 지역 딜러 초빙 만찬. 08년 3월

딜러 방문_페샤와르 식사. 07년

페샤와르 딜러샵_07년

라호르 딜러와 함께_08년

딜러 방문_라왈핀디_07년

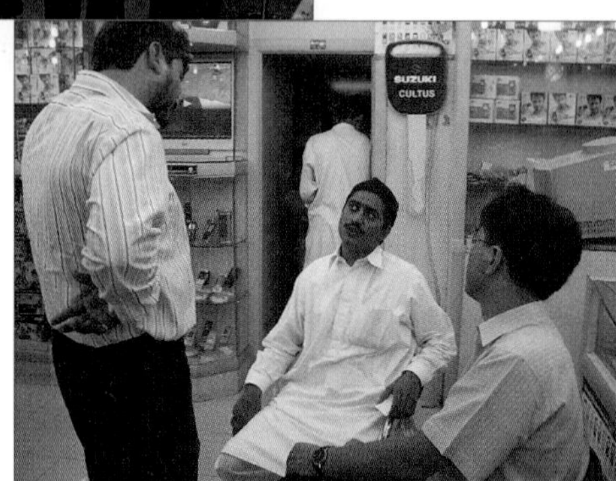

얼판 유세프_라왈핀디

아흐메드_라호르

칼리드_라호르

변화를 위한 노력들

| 셀럽 마케팅(Celebrity Marketing)

흔히 말하는 셀럽 마케팅(Celebrity marketing)은 신규 브랜드 혹은 브랜드력이 약한 기업에서 제품 출시 초기의 열세를 극복하고 원활한 판매를 목적으로 유명 연예인이나 인기 스포츠 스타의 힘을 빌려 마케팅에 활용하는 방법(tool) 중의 하나로 보면 된다.

김 차장은 '06년 파키스탄, LG GSM 사업 타당성 조사를 위한 태스크 수행 당시 가장 핸디캡이었던, 즉 핸드폰 부문에서 소비자로부터 브랜드 이미지가 형성되어 있지 못한 약점을 어떻게 극복할 것인가에 대한 해답을 찾고자 많은 고민을 한 바 있었다.

김철민 차장 지샨, 이게 다 뭐지요? 이 사람 누군가요? 가수? 영화배우? 고놈 참 멋지다! ^^

지샨 유세프 굿 모닝? Mr. Kim, 지난번 말씀하신 KG200의 '셀럽(Celebrity)'인 아티프 아슬람(Atif Aslam)입니다. Mr. Kim은 상상도 못할 걸요. 파키스탄 젊은이들이 '아티프'에게 얼마나 열광하는지~. 아마 질질 쌀 걸요! ^^

(이윽고 아티프 아슬람의 노래가 흘러나온다. 메~라~, 메~~라~, ○○○○)

김철민 차장 아, 그렇군! 그럼 '아티프'와 KG200의 제품 광고 위한 계약은 이미 체결되었겠군요. 광고 계약 범위는 어떻게 되나요? TV? 라디오? 빌보드?

지샨 전부 싹 다요!

김철민 차장 무슨 의미지…? (김 차장은 지금껏 셀럽 마케팅하면, 유명 연예인이 기껏해야 TV 광고에 출연하거나 옥외 광고판 아니면, ○○ 홍보대사 정도의 사례밖에 머리에 떠오르는 것이 없었다. 그래서 좀 의아했다. 뭘~ 다?)

아, 저기 저건 뭐지요?

지샨 유세프 저건 번팅(Bunting)이라고 해서 핸드폰 전문 매장이 즐비한 빌딩 내부 건물의 벽에 붙일 그림입니다. Mr. Kim, 이건 어때요?

김철민 차장 그건 또 뭐지?

지샨 유세프 혹시 스트리머(Streamer)라고 들어 본 적이 있나요?

김철민 차장 글쎄…잘, 떠오르지 않는데…아하, 그거군!

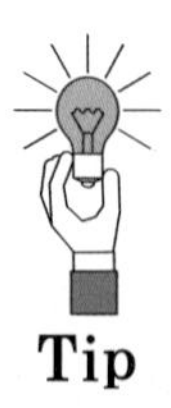

LG전자 법인 마케팅 성공 사례에 자주 등장하는데…, 이를테면 도로 양옆 가로등이나 다리 난간에 'LG 로고 혹은 제품 이미지'를 플래그(flag) 형태로 해서 설치하면, 마치 흐르는 물줄기를 보듯 자연스럽게 소비자로 하여금 브랜드 & 제품 이미지를 연상시키거나 떠오르게 하는 방법.

다시 시간을 약간 거슬러 가보자. 김 차장과 지샨, 우스만이 매일 저녁 '나머지 공부' 하던 그 즈음에, 이런 논의가 한창 있었다. 이때 김 차장은 지샨에게 '히로시마 원자폭탄'과 같은 정도의 360도 전방위적인 고강도의 마케팅을 요구한 적이 있었다.

김철민 차장 지샨, 우리가 단말 사업을 시작하면서 가장 먼저 극복해야 할 과제 중의 하나가 어떻게 브랜드 & 제품을 소비자 가슴에 각인시키는가였습니다. 여러 방법 중의 하나가 바로 '마케팅'이라고 할 수 있지요. 전통적인 마케팅 기법은 온 오프라인(On-Off line)으로 나뉠 수 있는데, 그 기법과 사례는 실로 무궁무진합니다. 흔히들 마케팅하면 TV 광고나 라디오 광고, 혹은 빌보드 정도로 보는데, 이런 것들은 수많은 방법 중의 하나에 지나지 않습니다.

지샨 차장님, 그렇지 않아도 마케팅 담당 이사와 LG GSM 브랜드 마케팅에 대한 얘기를 많이 했습니다. 결론부터 말씀드리면, 셀럽(Celebrity) 마케팅 방법을 쓰는 것이 지금 현재 LG & New Allied에 가장 효과적인 방법(tool)이 될 수 있다는 결론을 내렸습니다. 이미 악타르 사장님께 부탁해서 TV 커머셜 광고를 위한 초기 자금도 어느 정도 확보해 놓았습니다. 기존처럼 LG와 New Allied가 50:50 분담하는 개념이라면 KG200 출시를 위한 TV 광고 시작에는 문제는 없어 보입니다.

김철민 차장 아, 좋아요! (어이구, 이제 제법이네. 서당개 3년이면 풍월을 읊는다더니 나랑 같이 '나머지 공부' 3달 하더니 곧잘 '썰'을 풀 줄 아네. 기특하이~) 그런데 지샨, 내 한 가지 특별하게 주문하고 싶은 것이 있는데, 들어줄래요?

지샨 그럼요. 원하시는 거 모두 다요.

김철민 차장 자…우리는 단말 사업 관련된 모든 것을 '제로베이스'에서 출발했습니다. 단말 브랜드 인지도를 포함해서….

김 차장은 그때 칠판 위에 뭔가 그림을 그리기 시작했다.

여기 '비커(beaker)'가 있고, 물이 가득 담겨 있습니다. 아마 과학 수업 시간에 이런 실험을 많이 해 봤을 겁니다. 스포일러에 잉크를 빨아 넣어서 한 방울 그리고 또 한 방울 떨어뜨립니다. 비커에 들어 있는 물의 양과 비슷한 정도의 잉크를 붓지 않는 한, 꽤 많은 시간이 흘러도 물의 색깔은 쉽게 검은색으로 변하지 않습니다. 어때요, 지샨? 비커에 한 방울 두 방울 잉크를 떨어뜨리는 방식으로 우리가 흔히 말하는 '마케팅'을 한다면 과연 효과가 있을까요?

핸드폰의 피엘씨(PLC_Product Life Cycle)는 기껏해야 1년도 채 안 되고 LG 같은 신생 브랜드는 출시 3개월 만에도 곧 모델이 죽어 버리는 상황이 올 수 있습니다. 그런데 스포일러로 한 방울, 두 방울 떨어뜨리면서 비커의 물이 10분 만에 시커멓게 변하기를 바란다면 그건 큰 착각이겠지요? TV 광고 하나 틀면서 '제품 광고' 한답시고 시건방 떨면 어떤 일이 벌어질까요? 내 확신하는데, 돈은 돈 대로 수억 원 이상을 쓰면서 KG200 몇 대도 못 팔고 모델 자체가 죽어버릴 겁니다.

지샨 그래서요, 저에게 원하시는 게 뭐죠?

김철민 차장 **히. 로. 시. 마. 원. 폭!**

지샨 무슨 말인지…?

김철민 차장 **무차별 융단 폭격! 할 수 있는 모든 방법 동원! 짧고, 굵게!**
단,한 가지… 유럽, 미국 등 서양 애들이 하는 방식 말고 철저하게 현지화해서 파키스탄 스타일로!

지금도 김 차장은 불만이 한 가지 있다. 왜 한국산 제품, 모델 광고하면서 유럽이나 러시아의 쭉쭉 빵빵 여성 모델을 쓰는지…? 실수요자는 한국 여성들인데…?

지샨 아, 이제 알겠습니다. 감이 팍 옵니다.

이 세상 어느 기업에서도 한 번도 해보지 못한 방식으로의 '브랜드 & 제품 마케팅'을 LG 파키스탄의 김철민과 우스만, 그리고 New Allied의 지샨이 만들어 냈는데…

KG200 출시 전

» LG GSM 브랜드 & KG200 출시 고지 광고(TV, 라디오, 빌보드)
» 미디어 초청 제품 설명회
» 'LG FUN Shop' 내 제품 전시
» 딜러 숍 간판 정비(혹은 교체)
» 더미 폰(dummy handset) 전시

KG200 출시 후

숍 단
» 더미 핸드폰 확대 전시(목표 유통 커버리지 감안)
» 소비자 대상 각종 이벤트, 프로모션 실시
» 로드 쇼
» 제품 박스 패키징('아티프 아슬람' 가수 인물 사진 + 제품 이미지)
» 번팅, 스티커, 포스터 부착

도로 위
» 스트리머 캠페인/빌보드 광고

등 수많은 마케팅 현장, 활동마다 항상 'KG200=아티프 아슬람(Atif Aslam)'이라는 등식을 적용했다. 이렇게 생각하면 어떨까?

"여기 19살의 샤자드라는 파키스탄 청년이 있다. 아침에 학교에 가기 위해 오토바이를 타고 거리로 나서는데, 길 양옆으로 그가 그토록 좋아하는 가수 아티프의 웃는 얼굴과 함께 LG KG200이라는 광고 문구가 보인다. 수업 도중 친구들과 얘기하는데 어쩌다가 아티프 가수의 최신곡 얘기가 나왔고 자꾸 머리에서 맴돈다.

이윽고 하교 시간에 큰 도로변으로 오토바이를 몰고 나왔다. 100m 앞 큰 빌보드 광고가 눈에 또렷이 들어왔다. 아티프의 얼굴과 KG200…. 아침에 봤던 스트리머 광고 패널의 그림과 똑같다. 샤자드는 어제 누이가 폰 하나 사 오라고 부탁해서 핸드폰 매장을 들러 보기로 한다. 마음속에는 벌써 Nokia 최신 모델, 혹은 Samsun에서 나온 따끈따끈한 최신 기종을 그리고 있었다. 핸드폰 전문 상가에 도착해 보니, 길거리에서 LG 티셔츠를 입은 남녀 프로모터들이 피켓을 들고 크게 소리치면서 전단지를 돌리고 있었는데, 거기에도 '아티프(Atif) & KG200' 선전 광고 문구가 있었다. 그러나 크게 개의치 않고, 얼른 뛰어서 어떤 매장 안에 들어섰다. 매대 여기저기를 보니 한쪽 벽면을 온통 '아티프 사진 & KG200 제품 사진'으로 패킹한 제품 박스가 가득 진열되어 있었다.

숍 주인하고 Nokia, Samsun 폰 중 '어느 것이 누이에게 좋을까?' 하고 얘기하는데 주인이 KG200을 제안한다. 하는 수 없어서 처음에는 안중에도 없었던 LG GSM 폰 KG200 박스를 뜯어서 제품을 꺼내 이것저것 시연해 보니 꽤 괜찮아 보인다. 그래도 누이는 Nokia나 Samsun 폰을 사달라고 주문한 터라 아무래도 누이에게 다시 한번 더 확인해 보고 사도 늦지 않겠다 싶어 그날은 그냥 숍에서 나와 집으로 향했다. 저녁을 물리고 샤자드는 누이에게 오늘 숍에서 있었던 일을 얘기해 주고 있는데, TV에서 광고가 나온다. 바로 '아티프 아슬람'이다. LG KG200 제품 광고… Mera LG KG200 ab sab kuch **핸드폰…**.

누이는 아티프를 보고 뛸 듯이 기뻐하며 소리 지른다.

"끼아악~~~ 아티프, 아티프, 오 나의 사랑~~~!" 이후 샤자드는 누이에게 어떤 폰을 사면 좋겠는지 다시 물어보는데, "당연히 LG KG200 이지…." 내 친구 샤샤도 어제 KG200 샀는데, 사운드도 크고 키 패드도 잘 눌리고 카메라가 2MP(메가 픽셀)라 사진 찍으면 또렷이 나온다고…. 그리고 가격도 아주 좋다고 하면서…."

우리는 주위에서 명품 의류 브랜드 혹은 유명 가전, 자동차 회사에서 신제품, 모델 출시 때 셀럽(Celebrity)을 이용한 TV 광고와 신문, 잡지 광고를 쉽게 접할 수 있다. 그런데, 그런데, 이토록 무차별적인 360도 전방위의 셀럽(Celebrity) 마케팅을 기존에 한 번이라도 본 적이 있는가? 김 차장과 지샨은 이것을 "Star Marketing"이라고 불렀는데, 한 가지 더!

김철민 차장 당초 제품 로드맵 소개 시 얘기한 것처럼 '07년 LG GSM의 히트 모델 운영 전략은 저가폰 가격대에서 KG270을, 중간 가격대에서 KG200을, 고가폰 카테고리에서 SHINE 폰을 출시하고 년 전체로 100만 대 판매를 만들어내는 것입니다. 그런데 미안하지만,
브랜드 최초 상기도, 'zero'

유통 커버리지, 'zero %'

시장 점유율, 'zero %' …이게 우리 현실입니다.

모든 것이 'zero'인 상태에서 **1년 안에 100만 대 판매, 시장 점유율**(제품 점유율) 13%를 만들어 내야 합니다.

그래서 우리는 불가능을 가능으로 만들기 위한 마케팅 활동의 하나로 KG200을 월 3만 대 판매하기 위해 'Star Marketing' 기법을 적용하고 숍 단에서, 혹은 도로 위에서, 미디어 매체를 통해 360도 전방위에 걸쳐 '**KG200=아티프 아슬람**(Atif Aslam)'이라는 등식을 적용할 겁니다. 그리고 월 9만 대 이상 판매해야 할 KG270에도 이와 똑같은 공식을 적용하고자 합니다.

(김 차장은 비장한 각오와 엄중한 목소리로 힘주어 말했다.)

지샨, 우스만 찬성!

김철민 차장 그럼 KG270의 셀럽은 누가 하지요?

지샨 아브라(Abrar)가 적임자입니다. 국민 가수로 특히 중 · 장년층에서 최고의 인기를 누리고 있어요.

2천년 초반 한국에서는 가수 현철의 "손대면 톡 하고 터질 것만 같은~ 봉선화 연정" 노래가 TV 거의 모든 채널을 누비고 있었는데, 파키스탄에서 아브라(Abrar)은 바로 한국의 '현철'과 같은 정도의 인기, 유명세를 갖고 있었고 누구나 쉽게 접할 수 있는 50달러 이하 가격대의 폰인 KG270에 딱 맞아떨어졌다.

그래서 '07년 파키스탄 GSM의 역사에

LG KG270 = Abrar(아브라)

LG KG200 = Atif Aslam(아티프 아슬람)

LG SHINE = Emran Hashimi(임란 하쉬미)가 파키스탄 전역을 도배하게 된다.

결과는 **대성공이었다.**

파키스탄 GSM 판매 역사상 신생 브랜드이면서 처음 출시한 제품·모델로 사업 시작 10개월도 안 돼서 단일 모델로 월 9만 대 판매를 찍은 사례는 없었다. 그 기록은 '23년 오늘까지도 깨지지 않았을 것으로 추정되며, 앞으로도 그런 사례는 없을 것이다.

LG & New Allied 핸드폰 팀이 **'불가능을 가능으로 만든'** 역사의 주인공이었던 것이다.

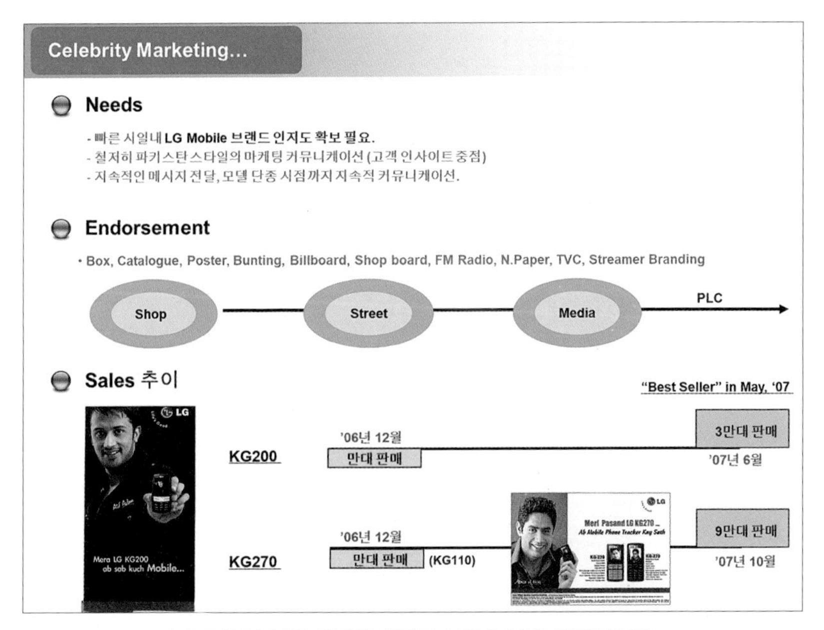

LG GSM 360도 전방위 마케팅 사례 & 판매 변화(실측치)

셀럽 마케팅(Celebrity Marketing) 사례(360도 전방위 마케팅)

LG GSM폰 딜러 샵 간판_젤름

핸드폰 사업 초기 단계, 딜러 숍 내 LG GSM 핸드폰 판매 진열대

LG GSM폰 샵내 전시

LG GSM폰 시골 딜러샵 내부

LG GSM폰 옥외광고_라호르

LG GSM폰 프로모터들과 함께

에피소드 #7 하늘이시어, 제발 비를 멈추어 주소서!

몇 달째 지속된 가뭄으로 '07년 카라치의 여름 한낮 하늘은 오늘도 어김없이 벌겋게 달아올랐고, 뜨거운 열기 때문인지 그많던 까마귀도 좀처럼 찾아보기가 어려웠다. 이따금씩 독수리 한 마리가 하늘 위를 빙빙 돌며 들쥐 사냥을 위해 레이다망을 좁혀 가고 있을 뿐이었다.

김철민 차장 휴~ 벌써 5월 초군! 이제 얼마 안 있으면, 작년 '초콜릿폰'에 뒤이은 블랙 라벨 시리즈(Black Label series) SHINE 폰이 출시되는데, 지샨은 무슨 생각을 하고 있는지 궁금하군! (띠리릭, 띠리릭~)

지샨 여보세요. 굿 모닝, 커맨더(commander) 썰!

김철민 차장 아, 지샨. 그냥 지샨이 'SHINE 폰' 출시에 앞서 뭘 하고 있는지 궁금해서.

지샨 하하하! 아주 엄청난 뭔가를 준비하고 있지요.

김철민 차장 그, 그래요…. 그게 뭔데요?

지샨 아마 상상도 못 하실 걸요! 잘 들어 보세요...

'06년 6월 김 차장은 파키스탄 단말 태스크를 추진하면서 글로벌적으로 센세이션을 일으켰던 '초콜릿폰'의 위력을 또렷이 기억한다. GSM 오픈 시장의 후발 주자로서 LG전자가 단말 제조 업체였음에도 브랜드조차 낯설었던 그 시절에, 지난 5년여 동안 시장과 고객으로부터 철저히 외면당했던 온갖

설움과 슬픔을 한방에 날려 보낸 것이 바로 '초콜릿폰'이었다. 디자인적으로나 기술적으로도 완벽 그 자체였다. LG전자 핸드폰 사업본부 임직원 및 해외 법인, 지사 단말 제품 담당 매니저(Product Manager) 모두 그때만큼 자부심을 느낀 적이 없었다.

블랙 라벨 시리즈(Black Label series)의 1탄이 초콜릿폰이었다면, 1년 후 제2탄 'SHINE 폰'이 출시되면서 그 역할을 대체해야만 했는데, 파키스탄에서 '새로운 뭔가(something new)'가 필요한 시점이기도 했다. 그동안 LG 카라치 지사와 New Allied 핸드폰 팀은 조직 정비, 채널 진입, 브랜드 & 제품 마케팅, 서비스 센터 확대, LG FUN shop & 쇼룸 등을 확대 운영해 온 것은 주지의 사실이다. 아울러 3개월마다 주요 7개 도시를 순회 방문하면서 도시 간 이동 골목에 있는 인구 10만 이하의 농촌 마을까지 샅샅이 훑었다. 비행기에서 자동차로….

처음 그렇게 냉소적이었던 Nokia 충성 딜러가 KG200, KG270의 판매 호조에 힘입어 LG GSM 패밀리가 되어 갔다. 라호르의 마피아가 그랬고, 라왈핀디의 유세프가 그랬다. 이제 어느 정도 친(親) LG GSM, 충성 LG GSM 딜러가 지방 도시 곳곳에 포진되기 시작했다. 마치 머리에서 발끝까지 뻗어나 있는 정·동맥을 타고 신선한 산소가 공급되듯이 파키스탄 지방 곳곳에서 LG GSM 폰을 실어 나르는 파이프라인이 구축되고 있었던 것이다.

지샨 커맨더(Commander)! SHINE 폰 출시를 앞두고, PC 버번(PC Bhurban) 호텔에서 딜러들과 함께할 엄청난 것을 준비하고 있어요!

김철민 차장 뭐? 이런 세상에…! 지샨, 진정 LG GSM 폰을 사랑하고 있어… 진정한 리더로서 정말 손색이 없다고. 어떻게 저런 멋진 생각을 했는지 놀라지 않을 수 없군! 그런데 어떻게 저런 멋진 생각을 하게 되었지?

지샨 Sir, Sir, Sir(지샨은 자기가 좀 잘한다 싶은 일이 있으면 의기양양해 하면서 김 차장을 부를 때 늘 습관적으로 'Sir'라는 호칭을 3번 부르는 습관이 있었다. 우스개 소리이다.^^) 지난 3회에 걸친 지방 순회와 New Allied 프로모터들이 24시간 딜러 관리를 해 온 덕에 이제 제 말에 귀 기울이는 딜러가 수십, 수백에 달하고 있어요. 이번 SHINE 폰 출시는 그들 모두를 PC 버번(PC Bhurban) 호텔에 초청, 대대적인 자축 행사와 함께 'SHINE 폰' 판촉 행사를 하려고 합니다. LG 측 VIP로 저는 꼭 MEAR HQ(중아 지역 본부) 지역 대표님을 모시고 싶습니다.

제가 이만큼 성장한 모습을 직접 보여 드리고 싶기도 하고요.

김철민 차장 그래. 맞아. 지샨, 반드시 지역 대표님을 모셔야지. 우리 모두 자축의 시간, 성공적인 SHINE 폰 출시 이벤트를 멋들어지게 만들어 보자고!

지샨 New Allied에서 기획한 내용은 대충 아래와 같습니다.

딜러 초청 : 대상 선정 기준(판매 수준에 따라 슈퍼 A, B 클래스로 구분)

예상 참석 인원 : 전국 단위 300명

행사 개념

1부 LG GSM 발자취 요약 소개_ 엠씨('06. 6월~'07. 5월)

» LG 초콜릿폰 출시 이벤트 : '06. 6(PC 라호르 호텔)

» LG & New Allied GSM 발자취

- Star Marketing 영상 소개(KG270, KG200)
- 아브라(Abrar), 아티프 아슬람(Atif Aslam) 초빙 가수 실연(노래, 춤)
- 딜러 인터뷰 영상 소개

» LG FUN shop, 쇼룸 & 서비스 인프라 현황

2부 LG VIP, 감사 메시지 전달(중아 지역 대표)

» 우수 딜러 시상 : 자동차, 오토바이

3부 SHINE 폰 출시

» 제품 소개

» 제품 마케팅 계획 발표

» 모델 시연

4부 기부 행사

» LG 핸드폰 판매 수익금 일부, 병원 기증(딜러 함께 자발적 참여)

※ 당시 LG, New Allied는 단말·가전 사업을 하면서 판매 수익금 일부를 가난하고 형편이 어려운 사람들 혹은 병원에 기부해 왔음.

김철민 차장 좋아요, 지샨, 잘 알다시피 SHINE 폰은 반드시 성공해야 합니다. 작년 이맘 때 PC 라호르호텔에서의 '초콜릿폰' 출시 순간을 나는 아직도 기억합니다. 수백 명의 딜러가 참석해서 함께 어우러졌었던 그 시간을… 초콜릿폰은 우리에게 크나큰 정성적 가치(브랜드 이미지 & 제품력)를 줬지만, 워낙 가격대가 높아 실 판매는 그리 높지 않았었지요. 이번 블랙 라벨 시리즈 2탄인 SHINE 폰으로 GSM 단말 브랜드 위상 제고와 함께 월 5천 대 이상의 판매가 이루어져야 수량과 금액, 두 마리 토끼 모두를 잡을 수 있습니다.

지샨 물론입니다. 잘 알고 있습니다. 그래서 금번 출시 기념 행사에 제가 직접 참여해서 하나부터 열까지 모두 챙기고 있는 겁니다. 이미 이벤트 콘셉트에 맞게 준비할 것들은 거의 70% 정도 완료되었고, 참석하게 되는 딜러의 레벨에 따라 타깃 물량도 기안해 놨습니다. 반드시 이번 행사를 성공적으로 끝내야 합니다. 저는 먼저 PC 버번(PC Bhurban)에 가서 최종 준비 & 리허설을 보러 먼저 떠나겠습니다.

김철민 차장 OK, 지샨. 그럼 난 중아 지역 대표님, 지사장님과 같은 비행

편으로 거기로 갈게요.

여기는 PC 버번(PC Bhurban) 주요 도로에서 호텔 정상까지는 차로 40~50분은 달려야 겨우 도달할 수 있는데, 산 입구 초입부터 길 양쪽으로 'LG 핸드폰' 브랜딩 작업이 되어 있었고, 호텔 입구에 들어서면서 웰컴 보드(welcome board) 포함 'SHINE 폰' 입간판, 저녁 만찬을 위한 회전 테이블 수십 개와 무대 위로는 'SHINE 폰' 걸개그림을 비롯 초청 가수 공연을 위한 밴드와 앰프 시설이 설치되어 있었다. 행사 시작 3시간 전, 딜러들이 하나 둘 모이기 시작하면서 장내는 금세 소란스러워졌다. 저마다 할 얘기들이 많았을 것이다.

LG GSM이 이렇게 빨리 치고 올라올 줄이야 아무도 예상치 못했다. LG 카라치 지사와 New Allied 핸드폰팀이 딜러 숍을 돌아다니면서 모델 소개, 사업 제안하던 때가 엊그제 같은데, 이미 시장에서는 노이즈(noise)가 거세게 일고 있었던 것이다. 대부분의 딜러들이 이미 구면이었다. 김 차장은 여기저기 돌아다니면서 딜러들에게 인사하느라 바빴다. 그러던 중 갑자기 지샨으로부터 다급하게 전화가 온다.

지샨 Sir, Sir. 으흐흑!
김철민 차장 지샨, 무슨 일이죠? 지금 울고 있나요?
지샨 Sir, 어떻게 하면 좋아요? 으흐흑!
김철민 차장 지샨, 지샨. 지금 어디예요? 바로 그쪽으로 갈게요.
지샨 커맨더! 커맨더! 흐흑!
김철민 차장 지샨, 무슨 일이에요? 왜 그래요?
지샨 하늘을 보세요. 금세라도 비가 쏟아질 것 같지 않아요? 흐흑!

(지샨은 연거푸 나지막하게 그러나 아주 서글피 울고 있었다)

김철민 차장 지샨, 좀 침착해 봐요. 아~! 비가 오면 안 되는데….

계획 B는 당연히 준비가 안 되어 있었다. 그도 그럴 것이 지난 몇 달 동안 비 한 방울 내리지 않은데다 오늘 행사는 야외 특설 무대에서 진행하는 것을 전제로 모든 것을 준비하였기 때문에 비가 내린다면 정말 지샨에게는 거의 '재앙'이나 다름 아니었다.

이번 행사를 위해 300여 명의 딜러를 초청하면서 예약한 객실이며, 야외 특설 무대, 앰프, 조명 그리고 아브라(Abrar) & 아티프(Atif) 가수 초빙, 밴드 인원, 모델 십수 명…, 비로 인해 야외 행사가 취소된다면 비용만 수억 원을 날릴 판이었다. 더욱이 지샨이 LG GSM 사업 오너로서 이만큼 성장해 왔음을 아버지 악타르 사장과 New Allied를 전폭적으로 지원해 주신 LG 중아 지역 대표께 내심 자랑하고 싶었는데 비가 오면 그야말로 모든 것이 허사가 되고 마는 것이다.

지샨 Sir, 제발 비가 오지 않게 빌어줘요. 비가 내리면 모든 것이 물거품이 되고 맙니다.

지샨은 김 차장의 가슴에 얼굴을 파묻고 펑펑 울었다. 1년 전 지샨은 거의 양아치 수준이었다. 악타르 사장이 넘겨준 사업마다 말아먹었고, 친구들과 어울려 주색잡기에만 빠져 있었던 철부지였다. 그러던 지샨이 이제는 수백 명의 조직을 거느린 New Allied LG GSM 조직의 보스(boss)가 되었는데…, 그래서 악타르 사장과 LG전자 중아 지역 대표한테 자랑스럽게, 떳떳하게 그간의 성장을 보여 드리고 싶었던 것이다.

김철민 차장 **오~ 신이시어! 제발 비를 멈추어 주소서!**

내 진정으로 사랑하는 지샨을 위해 오늘 하루만큼은 제발 비를 거두어 주소서…! 제발, 제발…!.

(김 차장도 함께 마음속으로 펑펑 울었다.)

잠시 후 장내 아나운서로부터 SHINE 폰 정식 출시를 알리는 멘트가 날아왔다. 하늘을 보니 여전히 짙은 구름이 두껍게 드리워져 있었다. 한두 방울씩 빗방울이 떨어지자 객석을 가득 메운 3백의 딜러들은 하나둘 우산을 펴서 쓰기 시작했다. 그렇게 있기를 30분이 지났을까? 빗 줄기는 더 굵어졌다. 그러나 자리를 떠나는 딜러 한 명 없이 행사 초반 분위기는 물씬 무르익어가면서 더욱 뜨겁게 달아올랐다.

KG270 셀럽인 아브라(Abrar)가 연단에 나타나 노래를 부르자, 금방 무대는 흥겨운 리듬과 춤으로 뒤범벅이 되었다. 비는 여전히 추적추적 내리고 있었다.

오! 신이시어~!

진정 이 행사를 수포로 만드시렵니까? 부디 비를 거두어 주시옵소서.

그리고 다시 십여 분쯤 지났을까. 언제 그랬냐는 듯이 방금 전까지 짙게 내리었던 검은 먹구름이 물러나고 비가 그쳤다. 무대에서는 악타르 사장의 연설이 끝나고, 뒤이어 LG 중아 지역 대표 김 부사장님의 축하 메시지가 마이크를 타고 흘러나오고 있었다.

김철민 차장 지샨, 그동안 지샨의 충정 어린 노력에 하늘이 감복해서 비를 멈추게 하셨군! 모든 것이 이제 정상으로 돌아왔네. 축하해요, 브라더!

지샨 고맙습니다. 고맙습니다. 커맨더!

신께서 제 소원을 져버리지 않고 비를 멈추게 해 주셨습니다!

(그러고는 마침내 작은 미소가 지샨 얼굴에서 퍼져 나왔다.)

김철민 차장 **역시 신은 우리를 저버리지 않으셨구나! 감사합니다~!**

'07년 5월 26일, LG SHINE 핸드폰 출시, PC Bhurban 호텔/파키스탄

'SHINE 폰' 출시 축하 행사 중, 딜러들이 우산과 방석을 머리에 쓴 채 비를 피하고 있는 모습

'SHINE 폰' 출시 축하 행사 중, KG270 셀럽(Celebrity), Abrar 축하 노래 공연에 열광하는 딜러들

I LG 뮤직 페스티벌, 라호르에서

햇살이 유난히 따가운 어느 일요일 아침, 김 차장은 한 잔의 커피와 함께 모처럼의 여유를 가진다. 저토록 아름다운 꽃이 우리집 정원에 피워 있었나? 정원에는 진한 빨강, 노랑, 검붉은 흑장미가 서로 뒤엉켜 묘한 앙상블을 만들어 냈다.

지난 1년 반 동안 쉼없이 달려왔다. 그래서인지 정원에 피워 있는 꽃을 보고도 꽃으로 느끼지 못했던 것이다. 김 차장은 이내 지긋이 눈을 감은 채 은은하게 올라오는 커피 향과 장미꽃 내음에 살짝 미소를 머금어본다.

사랑도 행복도 모두 상대적 개념이다. 하루에도 몇 번씩 파키스탄 도처에서 발생하는 폭탄 테러와 매일 수백 명씩 아편 중독으로 죽어 나자빠지는, 어찌 보면 정상적인 인간 생활을 영위하기 어려운 환경 속에서 김 차장은 아이러니하게도 '행복감'을 느끼고 있었던 것이다.

그러다, 다시 잠시 뭔가 골똘히 생각에 잠겼다.

'지난 1년간 New Allied 핸드폰 팀과 하나가 되어 뼈를 깎는 아픔과 피를 토하는 노력 끝에 엄청난 성과를 만들어 냈는데, 내가 과연 이 험난한 오지의 나라 파키스탄에서 꿈과 희망을 한창 키워 나가야 할 청소년들을 위해 보상할 수 있는 방법이 뭐 없을까?' 때마침 본사 핸드폰 사업본부에서는 '뮤직폰'의 개발과 보급에 한창 열을 올리고 있었다. 단순한 기능과 디자인의 개선 차원이 아니라, 소비자 사용 신(scene)을 철저히 연구하고 그들의 삶 속에 녹아들어 갈 핸드폰 개발의 한 축이 사운드와 음악 동작(music play) 기능을 단순화한 '음악 특화 폰'이었다.

"그래, 바로 이거야! LG는 단순히 기능, 디자인만 파는 회사가 아니다. 김 차장이 지난 1년 동안 120만 대 판매하면서 거둬들인 수익의 일부를 조금이라도 파키스탄 학생들을 위해 환원해 주는 것은 어떨까?"

곧바로 김 차장은 아이디어를 구체화하는 작업을 했고, New Allied의 경영진(악타르 사장, 지샨)에게 개념을 설명하고 지원을 요청했다.

개념은 '노래 경연과 뮤직 페스티벌로 기쁨/환희(FUN)를 제공'하되, LG 뮤직폰의 성공적 출시와 실 판매 증대를 위한 판촉 활동을 병행한다.

phase 1 노래 경연(AWAAZ BANEY STAR, Students Singing Competition)

» 참가 자격 : 초등학생~대학생
» 경연 방식 : 도시별 예선, 결선(최종 결선은 LG 뮤직 페스티벌 1부 행사에서 경연)
» 최종 우승자 혜택 : 앨범 제작/지원
» 우승 상금 : 500만 루피(100만 루피 현금 지급)

LG 준비

» 노래 경연 대회, 기자 초청 발표회(초기 구전 마케팅(viral marketing) 기대)
» 경연 기간 중 LG 핸드폰 딜러 샵에 뮤직 폰 집중 전시. 판매촉진 프로모션 실시(딜러 연계)

phase 2 LG 뮤직 페스티벌

주요 행사

» 노래 경연 대회 최종 결선(1부)
» KG195 셀럽 '알리자파(Alizafar)' 축하 공연 외 다수의 유명 가수 노래 실연
» 참관 대상 : LG GSM 충성 딜러 & 가족(무료 티켓), 라호르 일반 시민(입장권 판매)

LG 준비

» LG 뮤직폰 시리즈 전시(행사장)
» 신문, 잡지 광고(+전단지)
» 방청객 즉석 할인 판매

당초 노래 경연 대회와 LG 뮤직 페스티벌을 기안한 취지는 파키스탄 학생과 LG GSM 딜러 그리고 라호르 인근 지역 주민에게 한바탕 신나게 놀 수 있는 공간 제공이었다. 그런데 초도 출시된 LG '뮤직폰'의 적시 적절한 제품 전시와 미디어를 통한 간접 광고 효과, 그리고 딜러와 연계한 판매촉진 활동은 '덤'이었다.

Nokia, Samsun의 거대한 진입 장벽을 뚫고 경쟁사가 가지고 있지 않은 디자인·기능·개념으로 한 발짝 더 소비자에게 접근하기 위한 처절한 몸부림이었다.

'LG 패밀리'라는 테두리 안에 LG GSM 충성 딜러 네트워크를 더욱 견고히 하고, 다시 소비자(LG 충성 고객)를 끌어들여 **'LG만의 방식'**으로 사업 영역을 넓혀 나가고자 했음이 좀더 정확한 표현이라고 하겠다.

학생 노래 경연 대회_Students' Singing Competition, 기자 초청 간담회

LG 뮤직 페스티벌, 라호르(파키스탄 2대 도시)_'08년 초

라호르 시내 한복판에 자리잡은 야외 스타디움에 수천 수만의 관객을 수용할 수 있는 간이 의자와 조명, 앰프 등 모든 무대 장비가 완비된 특설 무대는 보는 이로 하여금 흥분을 자아내기에 충분했다. 행사장 입구에서부터 입장객의 동선에 따라 LG 뮤직 폰 시리즈 외 추가 신모델이 함께 전시될 키오스크도 설치되어 자연스럽게 제품 데모(demo)가 가능하도록 설계했다.

행사의 피크는 KG190 모델의 셀럽인 알리자파(Alizafar)가 무대에 서면서 그야말로 최고조에 달한다. 일순간에 공연장은 환호성이 난무했고, '방글라_인도 춤'을 연상케 하는 댄서들의 격렬한 몸놀림에 LG & New Allied 관계자, 딜러와 관객은 이미 하나로 녹아들고 있었다. 그러는 사이, 김철민 차장과 지샨은 무대 뒤편에서 의미심장한 미소와 함께 내일을 다짐하는 뜨거운 포옹을 나눴다.

지샨과 함께_'08년 라호르 뮤직페스티벌

I 시골 딜러들이 모두 내 친구(북 치고, 꽹과리 치고... 아~ 황홀한 순간)

처음 지방 순회 딜러 방문하면서 들렀던 물탄(Multan)이라는 중간 크기의 도시에서 받은 신선한 충격을 김 차장은 잊을 수 없었다. 21세기에 BMW

540i와 당나귀가 끄는 마차가 먼지를 일으키며 도로 위를 함께 달리던 모습. 수많은 국가와 도시를 방문했지만, 그때만큼 과거와 현재가 하모니를 이루며 공존하는 모습은 세상 어디에서도 볼 수 없었던 진풍경이었기 때문이다. 라호르를 중심으로 이웃 위성 도시를 순회 방문하는 루트는 매번 거의 비슷했는데, 라호르에서 차를 타고 1시간 정도를 달리면 구지란왈라(Gujranwala)라는 도시가 나오고, 다시 40분 정도를 더 가면 구지랏(Gujrat)이라는 시골 동네를 만나게 된다.

김 차장은 지방 순회 방문 때면 늘 해오던 방식대로,

» 기존 거래 LG 딜러 격려(cheer up), 사업 확장을 위한 개선점, 문제점 청취(Voice of Customer) 활동

» 신규 거래 오퍼

» 경쟁사 신제품 판매 동향, 가격 동향 파악

» 딜러 들과의 관계 강화(식사 & 환담)

등의 활동을 하곤 했다. 특히 기억에 남는 한 가지 에피소드가 있었는데, 바로 구지랏을 방문했을 때였다.

김철민 차장 나잠, 이번 구지랏 방문은 이번이 3번째인가요?

나잠 네, Mr. Kim.

김철민 차장 구지랏은 보기에도 규모가 그렇게 큰 도시는 아닌 것 같은데, LG GSM 정식 출시 후 시장 변하는 좀 어떤가요?

나잠 Sir, 이곳은 말씀하신 대로 그렇게 큰 도시는 아닙니다. 다만 밀 농사를 아주 크게 짓고 있고, 인근 두바이, 사우디로 돈 벌러 나간 사람들이 많은 곳이라서 다른 도시보다 가처분 소득이 꽤 높은 지역입니다. 더욱이 라호르에서 이슬라마바드로 이동할 때 반드시 거쳐야 하는

길목으로 나름 중요한 상권이라고 할 수 있습니다.

김철민 차장 그러면 다른 도시와 비교할 때 상대적으로 중간 가격대의 모델이 많이 팔리겠군요. 딜러 몇 군데를 방문하여 어느 정도 가격대의 핸드폰이 많이 팔리는지 꼭 확인하고 싶군요. 아, 참! 그리고 새로 GSM 숍을 오픈하는 딜러가 있다면 만나 보고 싶습니다. 이곳에서도 KG200, KG300 모델이 얼마나 잘 팔리고 있는지 직접 눈으로 확인하고 싶고요.

나잠 알겠습니다. 마침 이번에 저희와 신규 거래를 튼 딜러가 있는데, 그쪽으로 먼저 가 보시죠.

김철민 차장 좋습니다.

잠시 후 팀 일행은 간판을 새로 올리고 내부 인테리어 공사로 한창인 매장 앞에 다다랐다. 그런데 갑자기 여기저기서 북 치고, 꽹과리 치고, 피리를 불어대는 바람에 정신을 차릴 수가 없었다. 게다가 하늘에서는 빨강, 하얀색의 꽃가루까지 흩날리고 있었다.

나잠 안녕하십니까? 사장님? 어떻게 지내세요? 신수가 훤해 보이시네요!

딜러_자히드 아, 어서 와요 나잠 씨.

김철민 차장 나잠, 지금 이게 무슨 상황인가요? 아주 정신없어 죽겠네. 뭔가 크게 축하하는 행사인 것 같기도 하고…. 누가 결혼 하나 보죠?

나잠 하하하 Mr. Kim, 여기 자히드 씨가 이 숍 주인이신데, 오늘 Mr. Kim 방문을 크게 축하하는 의미에서 이 퍼포먼스를 준비했다고 합니다. 예로부터 파키스탄에는 귀한 사람이 자기 집을 방문해 주거나 결혼식 때 이런 방식으로 환영 인사를 하는 풍속이 있습니다.

자히드 이번 주 토요일 정식 오픈 준비로 좀 바쁘네요.

Mr. Kim, 저는 자히드라고 합니다. 오늘 이렇게 처음으로 뵙게 되어서 매우 반갑습니다.

나잠 자히드 씨는 이곳에서 지난 7년간 GSM폰 판매를 해 오셨는데, 도매는 안 하고 소매만 하시며, 구지랏에서 Nokia 폰을 제일 많이 팔았었습니다.

김철민 차장 아, 그러시군요. 그런데 숍 간판을 LG 걸로 바꾸셨군요. Nokia에서 뭐라고 하지 않던가요? 하하하

(자히드 씨가 우루드(URDU) 말로 나잠에게 뭔가를 열심히 설명한다.)

나잠 자히드 씨는 아까 말씀드린 대로 Nokia가 No.1 딜러였는데, 이번 KG200 Celebrity 마케팅과 제품 디자인 · 성능에 큰 만족하게 되었다면서 숍 내부 인테리어도 모두 LG 중심으로 바꿀 예정이랍니다. Nokia는 많이 팔려서 좋기는 한데, 마진율이 너무 약하고 딜러들 간 가격 경쟁이 심해서 스트레스가 많았다고 합니다. 그리고 더 큰 이유는, 이 작은 구지랏에서 LG 핸드폰을 취급하는 딜러가 점점 더 늘어가고 있는데, 라호르에 있는 New Allied 프로모터들이 매일 딜러 방문해서 얘기 들어주고 또 가격 충돌이 생기지 않도록 딜러 가격을 통제해 줘서 많은 고민 끝에 이번에 LG로 갈아타기로 마음을 바꿨다고 합니다.

김철민 차장 자히드 사장님, LG GSM 핸드폰 사업에 조인하신 것을 진심으로 축하드립니다. 결정 잘 하셨습니다. 보신 대로 LG에서는 다른 경쟁사와 달리 딜러 가격을 철저히 통제할 뿐만 아니라 계약 내용대로 모델별 판매 수량에 연동하여 차등을 두어 안정된 수익이 보장되도록 할 것입니다. 더욱이 New Allied 지역 프로모터들이 주기적으로 사장님 숍을 방문해서 셀-아웃(sell-out) 촉진을 위한 마케팅 지원도 지속해 나갈 것입니다. LG와 사업하면 반드시 크게 성공하실 겁니다. 제가 약

속드리지요. 대신, 다음에 제가 뵐 때는 지난 3개월간 LG 핸드폰 판매 장부를 꼭 보여 주셔야 합니다. 앞에서는 LG, 뒤로는 Nokia 파시면 안 됩니다. 하하하

그날 김 차장은 물탄에서 느꼈던 그 묘한 감정을 구지랏에서도 똑같이 느끼게 된다.

지방 순회 딜러 방문은 아주 고달픈 작업이었다. 15일간 사랑하는 가족을 떠나서 많게는 10여 개 도시를 한꺼번에 방문하게 되는데, 차로 이동해서 시장 조사하고, 딜러 고충 듣고, 저녁 식사 같이하면서 그야말로 시장을 발로 뛰며 고객을 끊임없이 만나는 일이었다. 처음 야심 차게 시작한 후 중간에 그만두면 오히려 역효과를 낳을 수도 있었기에 어떤 일이 있어도 계속 되어야 하는 가장 힘들면서도 가치 있는 활동이었던 것이다.

그제 보고, 어제 또 보고, 오늘도 보고... 그러다 보면 내일 또 보고 싶은 것이 인지상정이다.

이렇게 할 때 책상 위에서 혹은 전화로 절대 만들 수 없는 친구, 사업 파트너를 새롭게 만나고 또 신뢰를 쌓아가게 되는 것이 아니겠는가?

구지랏에 자히드와 같은 친구가 생겼다면, 젤름에서, 또 하이드라바드에서 거의 비슷한 이유로 친구들이 하나 둘 만들어졌는데, 이런 딜러들이 작은 시골 마을에서 매달 2~3명씩 늘어난다면 파키스탄 전역에서 볼 때 매달 늘어나는 신규 딜러 수는 실로 엄청날 것이다.

인구 1500만의 대도시 카라치에서 유통되는 물량의 50% 이상이 인근 중소 도시로 빠져나가게 되는데, 온몸 구석구석 촘촘히 들어선 모세혈관을 타고 산소가 원활히 공급되어야 몸에 이상이 없듯이 인구 5만, 10만의 작은

자히드 딜러 숍 오픈 : LG 팀 방문 환영 축하 모습

시골 동네에서 친구(딜러)들을 많이 만들면 만들수록 카라치 본사에서 기획한 물동을 쳐내는 것이 가능하지 않겠는가?

김 차장과 New Allied 팀이 지방 곳곳에 절친을 많이 두려고 노력한 반면, 대부분의 경쟁사는 심장과 가까운 경동맥에만 집중해서(대도시 위주의 핸드폰 밀집 상가) 마진 더 주고, 리베이트(rebate) 주고 그렇게 하고 있었다.

5년 전이나, 지금이나… 그렇다면,

5년 뒤 누가 게임에서 이길지는 불 보듯 뻔한 것이 아닐까?

ı 당신은 나의 진정한 '친구, 가족'입니다

업계 최초 LG 핸드폰 파키스탄 딜러, '건강 검진 투어(Health Care Trip)' 실시

단말 사업에 뛰어든 지도 1년 하고도 6개월이 지난 시점이었다.

친구(LG GSM 파트너, 딜러)도 전국적 단위로 꽤 많은 숫자가 생겨났는데, 이것은 마치 튼튼한 모세혈관이 지방 곳곳까지 뻗어져 인구 1500만의 대도시 카라치 본사에서 언제라도 제품을 보내면 인구 5만의 작은 시골 딜러에까지 이틀이면 도착하는 파이프라인(pipe line)이 형성된 것과 같은 효과를 보였다. 더욱이 고가, 중가, 저가의 가격대별로 히트 모델 창출을 위한 'Star marketing'은 전국적 단위에서 일어났는데, 최소 3개월마다 아브라(Abrar), 아티프 아슬람(Atif Aslam), 임란 하쉬미(Emran Hashmi), 알리자파(Ali Zafar) 등 해당 모델 셀럽들이 전국의 핸드폰 매장을 360도 전방위 브랜딩하게 되면서 LG GSM의 브랜드 인지도와 선호도는 날이 갈수록 상승 가도를 타게 되었다.

이 모든 변화의 주인공은 바로 LG GSM 폰을 아끼고 사랑해 준 딜러들이었다. 김 차장은 이런 그들의 희생과 노력에 대한 감사의 표시를 어떻게든 해 주고 싶었다.

김철민 차장 우스만 씨, 지난 1년 반 동안 LG GSM은 그야말로 엄청나게 성장해 왔음을 우리 모두가 잘 알고 있지요. 난, 그런 결과를 만들어준 LG GSM 딜러들을 위해 진정으로 감사드리고, 보답하고 싶군요. 그래서 며칠을 고민해 봤습니다.

'나는 그들을 단순히 장사치로만 생각하지 않습니다.'

우리가 지방을 순회할 때마다 성심성의껏 호의를 베풀며, LG GSM 폰을 한 대라도 더 팔기 위해 아까운 시간을 내주면서 아이디어를 내고 함께 토의했던 그 순간들을 잊지 못합니다. 그분들이야 말로 진정한 우리의 '가족'이나 마찬가지라고 생각합니다. 감사의 표시를 하고 싶은데, 남들처럼 단순히 물질적으로 선물을 주거나 감사패를 주고 싶지는 않은 거죠. 그보다는 LG의 진심 어린 마음을 전달할 수 있는 가장 의미 있는 선물을 해주고 싶다는 결론에 도달했지요. 특히 내가 딜러들을 만날 때 많은 사람들이 내게 '빤(빈랑 ; 입에 넣어 씹는 일종의 환각성분)'을 주면서 친근함을 표시하곤 했는데, 그분들의 이를 한번 보세요. 이가 성한 사람들이 거의 없었습니다. 이가 건강해야 오래 건강하게 살 수 있는 거 아니겠어요. 그리고 알다시피 파키스탄 음식이 매우 기름집니다. 적어도 한국인인 내가 느끼기엔 그렇습니다.

우스만 씨만 해도 키 170cm에 몸무게가 거의 100kg에 육박합니다. 맞지요?

기름진 음식이 그렇게 만들었을 것으로 난 생각합니다. 미안한 얘기입니다만, 아마 우스만 씨를 포함해서 거의 십중팔구는 성인병을 앓고 있을 겁니다. 그래서 한국의 전 세계 최고의 의료진과 기술을 LG만의 고유한… **'가족, 사랑, 존경'**의 문화를 접목시켜 이번에 한국으로 'VIP 딜러 트립(dealer trip)'을 하면서, **건강 검진 서비스**를 받게 하는 겁니다. 딜러만이 아니라 그들이 가장 사랑하는 어머니, 아내, 딸 등 가족까지 포함해서요. 건강 검진 결과는 각 개인에게 CD 형태로 전달하고, 나중에 파키스탄 어느 병원에서도 쉽게 병명이 무엇인지 알아차리게 하고, 그리고 가장 합리적인 치료 방법이 무엇인지를…, 한국 의료진이 제안 드리게 할 겁니다. 내 생각이 어떤 가요?

우스만 정말요? 깜짝 놀랐습니다. 진짜 좋은 아이디어입니다! 파키스탄 핸드폰 딜러를 위해 이런 생각과 사랑을 보내는 회사는 아직까지 없었습니다. LG가 최초일 겁니다. 분명히 딜러들 모두 이 소식을 들으면 무척 기뻐할 것입니다. 제가 김 차장님의 이런 아이디어를 우선 악타르 사장님과 지산한테 전달하고, 그들의 지원도 이끌어 보겠습니다.

김철민 차장 좋습니다. 그러면 본 프로그램에 참가하게 될 VIP 딜러를 선발해야 하는데, 내게 2가지 데이터를 뽑아 주세요.

1. 지금까지 누적으로 딜러별 전체 매출 실적 비교 데이터(정량적 평가)
2. 도시별 LG GSM 성장 기여도_ New Allied 프로모터가 작성한 자

료 근거(정성적 평가)

인원은 VIP 딜러 및 가족 50명, LG & New Allied 관계자 10명해서 총 60명으로 하고, 거기에 맞는 비용을 대략적으로 산출해 봅시다.

우스만 넵, 알겠습니다. 하지만 모든 작업을 완료하려면 적어도 저에게 2주간의 시간을 주셔야 합니다.

이렇게 해서 김철민 차장은 LG 핸드폰 파키스탄 VIP 딜러와 가족, 관계자 60여 명을 대동한 **건강검진프로젝트인** 'Health Care Trip'을 전 세계 최초로 기안 · 실행하게 된다. 2008년 10월의 일이었다.

딜러들 역시 아직 이런 경험조차 해 본 적이 없는 데다, 과연 LG가 이런 의료 서비스를 왜 본인들에게 해 주는가에 대해 처음엔 반신반의하는 눈치였다.

나잠 존경하는 파키스탄, LG 모바일 딜러 여러분!

여러분은 단지 LG의 단순한 모바일 비즈니스 파트너가 아닙니다. LG는 여러분을 진정한 '가족'으로 대우하고, 지난 1년 반 동안 일궈낸, 어느 누구도 해내지 못한 역사의 현장을 만들어 주신 데에 대한 감사의 표시로 이 자리를 마련했습니다.

한국의 의료 수준은 전 세계 최고라고 Mr. Kim이 말씀해 주셨는데, 여기서 검사한 모든 자료는 CD로 담아 여러분 각자에게 전달해 드릴 것이고, 조금이라도 징후가 있는 분들에게는 해당 의사분께서 치료 방법 및 수술 여부 등 '소견서'를 드릴 것입니다.

이런 LG의 진정한 가족애, 사랑에…, 자! 모두 박수로 고마움을 표해 주시면 감사하겠습니다.

나잠의 안내가 끝나자마자 벌써부터 이미 성인병 소견이 있는 딜러는 얼굴이 시무룩해지기도 했고, 반면 난생 처음 받아보는 건강 검진에 흥분과 설렘을 감추지 못하는 딜러도 상당수 있었다.

간호사분께서 각 검사 코스마다 어떤 검사를 받게 되는지, 그리고 주의할 사항은 무엇인지 안내가 끝난 후 정해진 순서에 따라 차례차례 검사가 진행되었고, 전원 건강 검진하는데 약 4시간 정도가 소요되었다. 당연히 건강 검진이 있기 전날 오후부터 두 끼니를 금식을 한 터라 거의 대부분이 초주검이 된 상태다.

하지만 딜러가 가장 소중하게 여기는 가족 '어머니, 아내, 딸'의 건강까지도 함께 챙긴다는 LG의 진정성에 약간은 숙연한 모습들이었다. 김 차장의 눈가에도 이슬방울이 한 방울 뚝 흘러내렸다.

Thank you, LG!

Thank you, Mr. Kim!

Thank you, Commander!

2008년 LG Mobile Pakistan VIP 딜러 트립_주한국 파키스탄 대시 찬조 연설

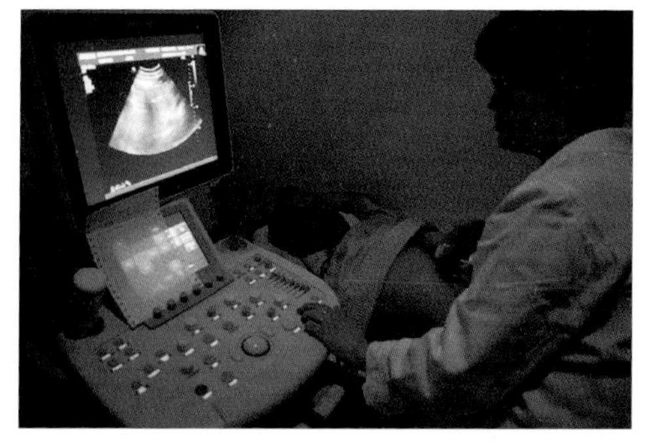

LG 핸드폰 딜러 건강 검진, 초음파 검사

건강 검진 기념 촬영. 경희의료원

김철민 차장 존경하고, 사랑하는 LG GSM VIP 딜러 여러분!

올해 200만 대 찍고, 내년에 300만 대 찍는 겁니다. 하하~!

VIP 딜러 모두 걱정 말아요. Mr. Kim!

We are all LG GSM Families, not just dealers!

(우리는 그저 단순한 딜러가 아닌 LG GSM 가족입니다.)

We will support you to make it happen!

(우리는 LG가 원하는 목표를 이룰 수 있도록 함께할 겁니다.)

변화의 순간들

| 시장 점유율(Market share) 2% 찍고, 다시 점유율 7%의 순간! 그리고 또다시 점유율 26% 찍다!

문득 얼마 전, 모 지사장이 한 말이 생각났다. "LG 가전은 발로 차도 시장 점유율에 2% 나오는데, 단말기(핸드폰)는 죽을힘을 다해도 2% 만들기가 어렵다"라고. 그만큼 가전 사업에 비해서 핸드폰 사업이 훨씬 더 어렵다는 얘기일 거다. 그도 그럴 것이 예를 들어 TV의 경우 매장에 나가면 경쟁사 포함 판매되는 모델은 아무리 많아봐야 30~40개 정도지만, 핸드폰은 최소 200~300개 모델이 전시·판매되고 있고, 많을 때는 800여 모델에 이른다. 더욱이 당시 Nokia가 중동·아프리카 지역 내 대부분의 국가에서 시장 점유율이 평균 50~70%였는데, 하물며 20달러짜리 초저가 폰만 하더라도 소비자 구매 행태를 보면 가격·기능 불문… "그냥 Nokia 폰 주세요!" 이것이 엄연한 현실이었다.

그러니 '06년 12월 GSM 단말 사업을 본격적으로 시작하면서 제대로 갖추어진 게 하나도 없던 상태(조직, 채널, 브랜드 인지도, 서비스 센터 등)에서 더욱 황당한 것은 핸드폰 판매에 관련된 아무런 경험도 없던 가전 전문 디스트리뷰터였던 New Allied를 통해 GSM 사업을 하겠다는 것 자체가 LG에는 '모험'이요 '도전'이었다.

시장 점유율(market share) 0%에서 1년 내 100만 대를 팔면 시장 점유율이 약 12% 정도 되는데, 사업 초기 서너 개 모델로 시장 점유율 자체를 운운하는 것은 '개가 봐도 웃을 일'이었다.

다시 기억을 되살려 백(back) 도! (윷놀이) 한번 해 보자. 김철민 차장이 핸드폰 관련 제품 지식, 판매 경험이 전혀 없었던 지샨과 우스만을 거의 6개월을 매일 저녁 7시에서 12시, 혹은 새벽 1~2시까지 '나머지 공부' 했던 내용을….

단말기(핸드폰) 조직을 새로 짜고 충원하고, 연간/분기/월별 목표 판매 수량 연계한 제품 출시 계획을 짜고, 모델별 가격/수익성 분석 & 운영 전략을 짜고, LG 본사에 구매오더 내는 주기와 모델별 적정 재고 운영 기간을 설정하고, 딜러 채널 진입 전략도 짜고, 연간 마케팅 계획 작성, 구체 실행 계획하고, 대 고객 서비스는 어떻게 하고… 등.

동시에 진입 초기에 비교적 상대하기 쉬운 Sony Ericsson과 Motorola의 점유율을 뺏기 위해 딜러 회유 작업을 위한 최우선 전략으로 3개월마다 지방 9개 도시를 순회하는 'Dealer Get Together' 활동을 통해 신모델 소개, 가격 & 마진 확정해 주고, 마케팅 계획 소개하고 그들과 관계 형성 · 강화했으며, 히트 모델 창출을 위한 'Star marketing'의 360도 전방위적 강도 높은 마케팅 실시, 그리고 각종 이벤트 특히 **'노래 경연 대회'**와 **'LG 뮤직 페스티벌'** 통한 경쟁사와의 차별화 마케팅, 반기 **딜러 트립**(trip) 실시… 등 실로 엄청난 실행 과제들을 모두 소화해 냈어야 했다. 그러자 **일순간 '기적'이 일어나기 시작했다.**

KG270과 KG200 모델에서 각각 월 만 대씩 실판매가 일어나면서 단말 사업 최초로 출시 6개월 만에 시장 점유율 2%를 확보하기에 이른 것이다.

이건 분명 기적이었다.

LG가 시장에서, 딜러들 사이에서 노이즈(noise)를 일으킬 때 처음엔 수수방관하던 Nokia, Samsun이 가만히 있지 않았다. Nokia는 한꺼번에 특정 모델 가격을 20% 후려치기도 한 반면, United Mobile에서 딜러 마진을 기존 2%에서 갑자기 올리는 등 대부분의 경쟁사들이 서서히 진입 장벽을 치기 시작한 것이다. 그래도 LG & New Allied 단말 팀은 묵묵히 한 걸음 한 걸음 발걸음을 내딛었다.

'Star marketing'이 결정적으로 먹히던 순간, 일본 '나가사키'에 수십 톤의 원폭이 투하된 것처럼 일대 변혁이 일어났다. 딜러들 사이에서 LG GSM 폰을 달라는 요구가 봇물처럼 터져 나왔다. 라호르 마피아가 그랬고, 라왈핀디의 유세프가 그랬다. **'딜러 Get Together'** 행사를 위한 LG & New Allied 지방 순회 팀에 러브콜(love call)을 보내기 시작했다.

어느덧 시간은 흘러 '07년 상반기 끝 무렵에, 그야말로 큰 것이 제대로 터졌다. KG200 모델이 월 3만 대, 저가폰인 KG270 모델이 월 9만 대까지 판매되면서 시장 내 LG GSM의 위치는 점점 더 확고해졌다. 6개월 전의 나약한 LG GSM이 아니었다.

매직 포인트(Magic point)에 도달한 것이다. 시장 점유율 0%에서 시장 점유율 2%를 6개월 내 만든 것은 거의 '기적'에 가까웠다. 다시 시장 점유율 2%에서 5개월이 지난 시점에 **시장 점유율 7%의 매직 포인트**(magic point)를 찍은 것이다. 사업 시작 후 꼭 1년 만이다.

'07년 130만 대 판매하면서(sell-in 기준) LG GSM은 **이미 1년 전의 '하룻강아지'가 아니었다.** 시장 점유율 7%를 찍는 순간, 그동안의 모든 힘겨움이 한순간에 날아가 버렸다.

어느 날, 김 차장이 라호르로 이동하기 위해 카라치 공항에서 기다리던 중, 갑자기 "사랑해요~, 사랑해요~, 사랑해요, 엘~지"라는 벨 소리(ring tone)가 울려왔다. 한 군데가 아니라 여기저기서… 마치 김 차장이 두바이 법인에서 LG 브랜드 노트북 PC를 전 세계 최초로 출시하면서 시장 점유율 8%를 찍던 순간, 한 소매 매장으로 시장 조사(market survey)를 나갔었는데, 그때 LG 노트북을 사서 막 숍을 나가는 소비자를 직접 보게 된 것이다. 그 때의 그 기분은 아무나 느낄 수 없는, 벅찬 감정 그 자체였다. 죽을힘을 다해 하루 4시간만 자면서 공부 한끝에 일류 대학에 입학한 수험생만이 느낄 수 있는 감정, 그 비슷한 감정을 김철민 차장은 카라치 공항 대기실에서 느낀 것이다.

이것이 **시장 점유율 7%의 매직 포인트**(magic point)**가 보낸 '긍정적 실체'**가 아니겠는가?

김철민 차장 까쉽, 까쉽!

까쉽 네, 차장님!

김철민 차장 지난 달 파키스탄 단말기 수입 통관 자료 어떻게 됐지요?

까쉽 차장님, 죄송하지만 조금 더 기다려 주세요. 세관에 있는 제 친구가 아무리 늦어도 오늘까지는 자료를 줄 수 있다고, 방금 전 연락받았습니다.

당시 김 차장은 LG GSM 폰의 시장 내 포지션(market share, shelf share)을 정확히 파악하기가 매우 어려운 환경을 가지고 있는 파키스탄에서 나름의 객관적 데이터 확보 & 비교를 위해 2가지 소스(source)를 이용했다. 그중 하나는 지역별 프로모터들이 숍을 주기적으로 방문하면서 주 단위 판매 실적을 받아오도록 했고, 다른 하나는 지사 슈퍼바이저였던 까십을 통해 실제 수입 통관 자료를 받아오도록 한 것이었다.

이 두 가지 데이터를 근거로 상호 비교 확인하면서 본사로부터 구매할 수량을 가늠하거나, 월별 수입 통관 수량 & 파키스탄 전역 셀 아웃(sell-out) 데이터를(딜러 채널 커버리지 70%) 작성, 본사에 정기 리포트를 할 때 활용했다. 왜곡되거나 가공한 자료를 본사에 보낼 수는 없는 노릇이었기 때문이었다.

김철민 차장 휴~, 이 많은 데이터를 또 언제 엑셀 파일에 옮겨 담지? 매월 동일한 작업을 하는 데에만 거의 반나절이란 시간을 소비해야 했다. 그래도 할 것은 해야 하지 않겠는가? 본사에 왜곡된 자료를 보낼 수는 없지 않은가…!

혹은 나에게 유리하도록 특정 숍에서 추출한 셀 아웃(sell-out) 데이터만을 가공해서 공유하는 것은 '**LG 정도 경영**'에 어긋나는 짓이라 생각되었기 때문이었다.

(2007년 10월 어느 날)

김철민 차장 우스만, 까십~! 와서 이 데이터를 좀 보세요. 이게 정말 맞는지 나로서는 믿기지가 않는군요!
2008년 4월, 실제로 파키스탄에 수입된 전체 핸드폰의 수량과 금액입니다. LG GSM 폰 상황이 어떤지 한번 확인해 보겠어요? 우리가 드디어 No.2에 올랐다고~!
'07년 상반기 시장 점유율 7%를 찍고 나서 처음으로 맛보는 쾌거였다. 이미 LG GSM 폰의 시장 점유율은 2%를 넘어섰고, 10%대 후반을 향해서 치닫고 있는 현실이 파키스탄 수입 통관 데이터에서도 그대로 확인된 것이었다.

김철민 대리 우~와, 기분 째진다! 누가 그러지 않던가. **'군인은 명예를 먹고, 영업 맨은 시장 점유율을 먹고 산다'**고…. 얼른 지샨한테 이 사실을 얘기해 줘야겠다. 무척 좋아하겠지…. 하하!

김 차장이 지샨에게 나머지 공부시키면서 속으로 약속한 것이 하나 있었다. 내 기필코 지샨을 아버지 악타르보다 더 훌륭한 사업가로 만들어 낼 것이다. 양아치에서 사업가로…. 시장 점유율 7%라는 매직 포인트를 찍고, 다시 시장 점유율 12%를 찍는데 3개월 이상이 걸렸다. 카라치 시내 158개 소매상점의 실 판매 셀 아웃(sell-out) 데이터에 의하면 '07년 3분기 LG의 포지션은 이미 시장 점유율 20% 근접하는 그야말로 믿지 못할 상황이 벌어졌다. 만일 김 차장과 지샨, 우스만이 나머지 공부하면서 '하기로 했던 것'을 하지 않고 중도 포기하거나 마케팅 비용을 이슈로 하기로 했던 계획들을 실행에 옮기지 않았다면 시장 점유율 20%의 숫자는 결코 나올 수 없었을 것이다.

그러나 정식으로 GSM 핸드폰 사업에 뛰어든 지 1년 안에 시장 점유율 2%→시장 점유율 7%→시장 점유율 12%의 그림을 만들 수 있었던 가장 중요한 핵심은 LG & New Allied 핸드폰 팀의 **'지칠 줄 모르는 열정'**이었을 것이라는 데 토를 달 사람은 아무도 없을 것이다. 그냥 하늘에서 뚝! 하고, 어느 날 2%에서 7%로, 다시 12%로 만들어진 것이 결코 아니란 얘기다.

"죽을힘을 다하지 않으면, 결코 '양에서 질로의 변화'는 일어나지 않는다."

Each position by Vendor (Karachi mobile market) for 3 months ('08 Jul/Aug/Sep)

Brand	Q'TY	Share
LG	74,333	20%
Nokia	192,604	53%
SEMC	37,591	10%
S사	50,187	14%
Motorola	8,147	2%
Total	362,862	100%

* Data source : 158 retail shop

'08년 9월, 카라치(Karachi) 모발일 상권 내 LG GSM 폰 점유율_프로모터 실측치

김철민 차장 여러분! 이번 딜러 방문 시에는 뮤직 폰 시리즈 중 KF510 모델의 적극적인 제품 홍보가 필요합니다. 슬라이딩 타입인 데다 터치 기능, 카메라 성능은 기본이고… 액정이 '강화 유리'로 되어 있어 쉽게 스크래치가 나질 않는데, 경쟁사 모델과 비교할 때 훌륭한 세일즈 포인트(sales point)가 될 것 같군요.

오늘 방문할 숍은 어디인가요?

나잠 Mr. Kim, Samsun의 주요 디스트리뷰터인 Mobile Zone으로부터 지원을 받고 있는 'Bhutta Center'입니다. 사업 초기부터 Samsun 제품을 취급해온 터라 아직까지 LG GSM 비중이 상대적으로 약한 딜러인데, 100% 소매만 하고 있지요.

김철민 차장 걱정 마세요. 이미 카라치에서 우리의 점유율이 20%까지 치고 올라온 상황입니다. 기존 KG200, KG300, KG195 모델의 구매 비중을 더 높이면서, 이번 KF510 모델을 보게 되면, 깜짝 놀라게 될 겁니다.

사실 파키스탄에서는 대부분 고등학생 정도만 되면 오토바이를 타는데, 드레스 형태로 된 남성 옷(Shalwar Kameez Kurta)을 보면 주머니에 동전, 오토

바이/자동차 열쇠, 각종 액세서리 용품을 한꺼번에 넣고 다닌다. 한번 생각해 보자! 주머니 안에 핸드폰도 넣을 것이고, 쇠로 된 각종 열쇠, 동전을 넣고 오토바이를 타면 핸드폰 액정이 어떻게 되겠는가? 100이면 100 모두 심한 스크래치가 날 것이 불을 보듯 뻔하지 않겠는가?

만일 어떤 회사라도 쉽게 스크래치가 나지 않는 액정의 핸드폰을 공급한다면, 대부분의 남성들이 그런 폰을 선호하지 않을까? 김 차장은 뭔가 아이디어가 번뜩이면서 이상 야릇한 미소를 지었다. 무조건 혹하게 돼있다.

김철민 차장 안녕하세요? 사장님. Samsun 폰 판매는 잘 되고 있습니까?

Mobile zone 딜러 아, 나잠 씨 그리고 LG 핸드폰 팀 여러분! 네, 덕분에 잘 나가고 있습니다. 나잠 씨, 이번 달 LG KG195 모델이 우리 숍에서 소비자 구매 기준 No 1이 되었어요.

성공 신화 주인공_우스만 나잠과 함께

나잠 와우~, 축하합니다! 지금 카라치, 라호르 여기저기서 KG195 판매가 장난 아닙니다. 더 많은 수량이 필요할지도 모르겠어요. 라호르 지점에 연락 주시면 제가 물량을 따로 챙겨드리겠습니다. 그리고 오늘은 LG가 이번에 새롭게 출시하는 뮤직폰 3개 모델을 들고 왔습니다. 와서 보시지요?

김철민 차장 여기 KF510이라는 모델은…(블라 블라~) 이것 한번 보세요.

그러고는 갑자기 shutter knife(일명 '셔터 칼')를 가방에서 꺼내더니, KF510의 액정 화면에 칼을 대고 아래로 쭉~ 긋는 시늉을 하자 주위의 있던 사람들 모두, 깜짝 놀라며…

"어허이~, Mr. Kim, 그럼 액정 화면 나가요." 하면서 극구 김 차장을 제지했다.

김철민 차장 제가 왜 이러는지 직접 눈으로 확인하셔야 합니다. KF510 모델은 '강화 유리'로 제작되어 있어서 칼끝으로 아무리 그어도 화면에 스크래치가 나질 않습니다.

여러분! 파키스탄 남성분들은 거의 모두 샤르와(Shalwar)를 입습니다. 주머니 안에 온갖 것들을 넣고 다니지요. 그럼 핸드폰 액정이 어떻게 되죠? 모르긴 몰라도 100% 화면에 주름지고, 깨지고 난리났을 겁니다. 만일 LG KF510 모델을 사용한다면 어떻게 될까요? 한번 시연해 보이겠습니다.

그러고는 김 차장은 사정없이 KF510 액정 화면에 '셔터 칼'로 이리저리, 가로 세로로 죽~죽 그어 내려갔다. 그런데 화면은 아무리 칼로 여기저기 그어도 전혀 스크래치가 나질 않았고 멀쩡했다.

"와!"

거기에 있던 모든 사람들의 입이 쩍~ 하고 벌어진 채로 한동안 침묵의 시간이 흘렀다.

박수~~~! 짝짝짝!

솔직히 김 차장도 처음에는 이런 아이디어를 생각해 내지 못했다가, 그 숍을 방문하면서 **즉석에서 바로 시연을 하였는데, 그게 제대로 먹힌 것이다.**

김철민 차장 자! 그럼, Nokia, Samsun 모델 어느 것이라도 좋습니다. 아, 저기 Nokia 꽤 비싸 보이는 모델이 있군요. 제가 한번 똑같이 '셔터칼'로 액정 화면을 그어 보겠습니다.

모두 어, 어, 어 안돼요~~ 하하하.

Mobile zone 딜러 과연 놀랍습니다. 역시 LG GSM이 달라도 뭔가 다르네요. 정말 놀랍습니다. 나잠 씨, 정말 놀랍습니다! 자…! 제가 오늘 저녁을 쏘겠습니다.

김철민 차장 나잠, 오늘 숍에서 내가 보인 시연 잘 봤지요? 빨리 전 프로모터들에게 메시지 날려서 숍 방문 시마다 내가 했던 대로 똑같이 **셔터 칼로 사정없이 그어 내리라고 전달하십시오.**

이렇게 LG & New Allied 핸드폰 지방 순회 팀은 젤름(Zehlm)에서 구지란완라(Gujranwala)로 다시 구지랏(Gujrat)으로 계속해서 자동차를 몰았다. 뮤직폰 시리즈의 출시에 맞춰 지방 순회하면서 딜러들에게 적극 홍보하고, 또 숍 단에서는 데모 폰 전시 포함 각종 프로모션을 걸고, 라호르, 뮤직 페스티벌에서 별도의 키오스크에 제품 전시 공간을 마련했다.

(몇달 후 New Allied 라호르 지점 사무실)

김철민 차장 아니, 이게 진짭니까? 난 도저히 믿을 수가 없군요. LG 시장 점유율이 드디어 마의 20% 벽을 깨고 또다시 신기록을 경신했어요. 무려 시장 점유율 26%를 찍었습니다. 여러분, 이 모든 것은 여러분의 지칠 줄 모르는 열정과 노력의 대가로 생각합니다. 정말 자랑스럽습니다. **New Allied는 이 세상에서 가장 강한 회사**입니다.

여기 지샨은 진정한 'Great Man'입니다. New Allied와 함께 일하는 제 자신이 그저 감사할 따름입니다. 지샨, 정말 잘했어요. 굿 잡!

New Allied, 파이팅!

I GFK(IT & 핸드폰 시장 조사 기관) 두바이와의 인터뷰(benchmarking)

우스만 차장님, GFK 두바이 지사의 크리스(Kris)라고 하는데, 전화 한번 받아 보시겠어요?

김철민 차장 누구시죠? GFK 두바이 지사라고요? 저는 김철민이라고 합니다만,

크리스 반갑습니다. Mr. Kim. 저는 GFK 두바이 지사에서 핸드폰을 담당하고 있는 크리스(Kris)라고 합니다. 제가 전화를 드린 이유는… 다음 주에 저와 함께 인터뷰를 좀 하실 수 있겠는지 확인차 전화드렸습니다. 3~4시간 정도면 됩니다.

김철민 차장 아, 그래요…? 문제 없습니다. 그런데 왜 저에게 인터뷰 요청을 하시는지 그 이유를 아직도 모르겠습니다.

크리스 이유는… 나중에 찾아뵙고 말씀드리도록 하겠습니다.

김철민 차장 좋습니다. 그럼. 언제 몇 시에 하실 예정인가요?

크리스 화요일 저녁 비행기로 카라치에 갈 예정입니다. 수요일 오전에 보면 좋겠습니다.

김철민 차장 그럼 10시가 어떨까요? 네, 좋습니다. 그럼 그 시간에 뵙도록 하겠습니다. Bye~ (뚝!) 참! 알다 가도 모를 일이네. 왜 GFK 지역본부에서 날 보자는 거지? 우스만, 무슨 이유 때문에 그러는지 감이 좀 와요?

우스만 아, 아뇨. 당일 크리스 공항 픽업 준비하도록 하겠습니다.

(수요일 오전, LG 카라치 사무실)

크리스 안녕하세요? Mr. Kim. 만나 뵙게 되어 영광입니다.

김철민 차장 굿모닝, 크리스? 이리 와서 자리에 앉으시죠? 커피 아니면 차?

크리스 차로 하겠습니다. Mr. Kim. 제가 여기 온 이유는…, Mr. Kim도 잘 알다시피 GFK 두바이 오피스는 중동 · 아프리카 지역 내 가전 제품 포함 모바일 폰, 자동차 등 고객사의 요청에 의해 매월 소매 기반 시장 데이터를 조사 · 리포트해 오고 있습니다. LG전자 역시 GFK의 중요한 고객 중의 하나이기도 하고요. 물론 S사도 정기 리포트를 구독하고 있습니다. 한 가지 놀라운 사실을 발견했는데, '06년 하반기부터 파키스탄 GSM 시장에서 LG GSM 폰이 저희가 관리하는 300여 개 표본 조사망에 나타나기 시작했으며, 당시 수량은 아주 미미한 정도였습니다.

김철민 차장 맞습니다. '06년 LG전자에서 초콜릿폰을 전 세계에 출시하면서 파키스탄에서도 적은 수량이지만 테스트 삼아 약간의 수량으로 출시한 바 있습니다. 당시에는 파키스탄 시장에 적합한 모델이라기보다는 글로벌로 출시된 몇 개 모델을 몇몇 딜러들에게 공급해서 시장, 소비자 반응을 알아보는 정도였습니다.

크리스 그런데 갑자기 '07년 상반기에 시장에서 변화 조짐이 보이기 시작했습니다. KG200과 KG270 모델이 소매에서 월 7~8천 대 숫자가 잡히기 시작한 겁니다. 그러다가 9~10월 경, LG GSM 시장 점유율을 보고 저희는 깜짝 놀라지 않을 수 없었지요. KG200이 월 3만 대, KG270 모델이 9만 대까지 판매된 것으로 나왔습니다. 맞나요?

김철민 차장 정확히 보셨습니다. 그 시점이 저희가 말하는⋯ GSM 오픈 시장에서 매직 포인트라 할 수 있는 시장 점유율 7%를 찍은 때이기도 합니다.

크리스 아니, 어떻게 그 짧은 시간 안에 그런 변화가 있을 수 있지요? 저희 GFK가 중동 · 아프리카 지역에서 지난 20여 년간 소비재 · 완제품 대상으로 조사해 온 이래 그런 획기적인 사례를 보지 못했습니다. 어떻게 그런 '변화'가 가능했는지, 그것을 알고 싶습니다. 그래서 제가 Mr. Kim에게 인터뷰를 요청드렸던 것입니다.

김철민 차장 과찬의 말씀이십니다. 얘기하자면 굉장히 긴데, 1~2시간으로는 설명이 안 될 수도 있습니다.

크리스 저는 괜찮습니다. 제가 알기로는 중동 · 아프리카 어느 국가를 막론하고 Nokia의 시장 점유율이 50%를 넘는데요, 그리고 10여 년 전부터 S사가 공격적으로 진입, 두각을 나타내면서 국가별로 약간의 차이는 있겠지만 한 20~30% 정도는 되는 것 같습니다. 과거 Razer로 명성을 날렸던 Motorola와 Sony Ericson은 점차 점유율이 정체이거나 줄어드는 트렌드를 보이고 있기는 합니다.

GSM 오픈 시장은 사업자 중심의 시장과 크게 달라서 '무한 경쟁' 속에 상위 그룹인 Nokia와 Samsun의 포지션이 워낙 강해 신규 브랜드가 짧은 시간 내에 시장 점유율 10% 이상 확보한다는 것은 거의 불가능하다는 불문율이 있지요. 그런데 파키스탄에서는 LG가 정식으로 시장에 뛰어든 지 불과 1년도 안 돼 시장 점유율 12%로 올라서는 아주 특이한 기록을 만들어 낸 것입니다. 제가 보기에는 분명히 뭔가 경쟁사가 하지 못한 것을 했던가, 아니면 경쟁사와 크게 차별화 포인트가 있는 '새로운 뭔가'가 있을 것 같습니다.

김철민 차장 하하하. 역시 GFK는 남들이 보지 못하는 인사이트(insight)가 있으시군요. 그런데 아까도 말씀드렸지만, 단순하게 '무엇 때문에 가능'했다…라고 답을 드리기가 어렵습니다. 하지만 제가 생각하는 수준에서 최대한 크리스의 궁금증이 해소될 수 있도록 설명드리도록 하겠습니다.

크리스 오, 정말 고맙습니다. Mr. Kim! ^^

김철민 차장 지난 '06년 초, 저는 MC 본부 GSM 오픈 시장 태스크 팀에서 중동 · 아프리카 여러 국가를 방문하면서 사업 기회를 발굴하고, 이미 출시된 국가에서의 사업 개선 활동을 했었지요. 그중에서 파키스탄 시장을 보고, 당시 동 지역에서 가장 시장 잠재력이 큰 국가임을 발견했습니다. 1억 6천만의 엄청난 인구와 U Fone, Mobilink, Telenor 등 통신 사업자들은 정부의 전폭적인 지원하에 자체 무선 통신망을 확대해 나가고 있는 중이었습니다. Nokia가 거의 시장을 독점하는 형태였고, Sony Ericson과 Motorola가 약 35%의 점유율을 점하고 있었는데, 여러 국가에서 이미 이 두 브랜드는 페이드 아웃(fade out)되는 징조가 나타나기 시작했고, 아직은 Samsun의 시장 점유율이 17% 정도로 다른 국가보다는 상대적으로 낮은 상황이었습니다.

본사에서는 미래 성장 가능성을 보고, 파키스탄 GSM 오픈 시장에 진입하는 것으로 의사 결정되었지만 한 가지 큰 문제가 있었습니다. '어떤 디스트리뷰터를 통해 제품을 유통할 것인가?'가 큰 과제였습니다. 당시 1인 태스크를 수행하면서 기존의 모든 디스트리뷰터와 만나서 직접 사업 제안도 했습니다만, 모두 시큰둥한 반응을 보였지요. 누구는 Nokia 전문 디스트리뷰터라서, 누구는 Samsun의 독점 디스트리뷰터라서…. 그런데, 사실 그들이 외면한 가장 큰 이유는 LG전자가 CDMA에서는 글로벌 탑 수준이었지만, GSM에서는 사업 경험이 거의 없는데다 두바이에서의 LG 핸드폰이 그리 강하지 않은 부정적 이미지 때문이었습니다.

그래서 본사에 건의, 파키스탄 GSM 오픈 시장에 뛰어들 적기(right timing)인 것은 맞다. 하지만 제품을 유통할 마땅한 디스트리뷰터가 없다. 할 거냐, 말 거냐? 만일 할 거면, 당시 LG 가전 제품을 10년 이상 유통해 온 New Allied가 있는데, 선택의 여지가 없다. New Allied를 통해서 GSM 폰을 유통하되 철저하게 가전 사업과 분리해서 운영해야 하는 것을 전제로 해야 한다. 그럴 자신이 없다면 파키스탄 GSM 사업 출시는 또 다른 실패 사례가 될 것이다…라고 본사에 보고 했었습니다.

이것은 큰 '모험'이자 '도전'이나 마찬가지였지요. 왜냐면 통신 업계에서 가전 디스트리뷰터를 통해 GSM 단말기 유통 사업을 한 사례가 전 세계적으로 없었으며, 그동안 LG전자는 중동 · 아프리카에서 명실상부한 가전 No.1 회사라는 이미지가 강했는데, 역설적으로 GSM 단말기를 출시하면서 성공한 지역, 국가가 없었기 때문입니다. 그런데 만일 파키스탄에서 가전 업체인 New Allied를 통해 GSM 폰을 출시, 성공하는 사례를 만들기만 하면, 이는 다른 국가에서도 '할 수 있다'라는 독특한 사례가 될 수 있기 때문이죠. 아무튼 본부에서도 큰 결심을 해야 할 상황에서 '도전'이라는 과감한 선택지를 취한 것으로 생각됩니다. 지금 현 상황에서는 '옳은 선택'이었다고 말씀드릴 수 있습니다.

크리스 아, 아주 흥미로운데요. 기존 통신 업계에서는 전혀 사례가 없었고, 성공하지 못한 사례를 LG 파키스탄 지사에서 결국은 만들어 낸 것이군요. 저, 미안하지만, 시원한 콜라 한잔 마실 수 있을까요? 너무 흥분되어서 자꾸 목이 마르네요. ^^

김철민 차장 까십, 콜라 좀 가져다줄래요? 펩시로 하시겠습니까, 아니면 코카콜라?

크리스 펩시가 좋겠습니다.

김철민 차장 자, 여기까지는 LG전자 본사에서 왜 파키스탄 GSM 오픈 시장에 뛰어들었으며, 왜 New Allied가 LG의 GSM 핸드폰 디스트리뷰터가 되었는지에 대한 상황을 말씀드렸습니다. 그런데 사실… 문제가 한둘이 아니었습니다! 한국 속담에 '지피지기면 백전불태'라는 말이 있는데, New Allied는 LG전자 가전 제품으로 파키스탄에서 10여 년 이상을 시장 점유율 No.1 지위를 이어 왔습니다만, 가전에 강한 만큼 핸드폰 제품에 대해서는 지식과 사업 노하우(know how)가 전혀 없었습니다. 그래서 제품 관련 기술적인 부분과 제품, 가격에 대해서는 LG 카라치 지사에서 오너십(ownership)을 갖고 New Allied를 지원하고, New Allied는 채널과 유통, 현지 마케팅을 책임지도록 역할 분담을 했습니다.

크리스 그래서요? 그다음에 과연 어떤 '작업'이 진행되었는지 궁금해지는데요?

김철민 차장 모든 것을 'zero base'에서 시작해야만 했지요. New Allied의 CEO이신 악타르 씨는 제가 특별히 존경하는 분인데, 그분에게는 아들이 둘 있습니다. 여러 우여곡절 끝에 큰아들인 지샨 악타르에게 GSM 사업을 맡기는 것으로 내부 결정이 되었습니다만, 그 과정에 제가 악타르 사장님께 지샨이 아니면 제가 본사로 돌아가겠다고 엄포를 놓았었는데, 이 또한 저의 계략이었습니다. 하하하

이건 사담인데, 악타르 사장님은 내심 후계자로 지샨을 생각했지만, 사실 지샨은 사업적인 면에서 아버지의 신임을 크게 얻지는 못했습니다. 오히려 둘째아들이 셈도 빠르고, 수완이 좋았지요.

그런 점을 제가 역이용한 겁니다. 아버지가 여전히 기대하는 것은 지샨이었습니다. 그런데 신임이 가질 않는다. 그렇다고 둘째아들에게 사업 전권을 넘기기에는 몹시 마음이 불편하다. 만약 제가 둘째아들과 사업 파트너로 GSM 사업을 이끌었다면, 중간중간 어려운 고비를 만났을 때 아마도 사업을 쉽게 포기할 수도 있었을 것입니다. 왜냐면 막대한 선투자가 집행되어야 하고, 가전 매출의 몇 배가 넘는 GSM 사업에

서의 실패는 곧 New Allied의 돌이킬 수 없는 '퇴출'과도 같은 최악의 상황으로 전환될 수도 있기 때문이죠. 따라서 큰아들에게 사업을 맡기고 싶어 하는 아버지의 간절한 마음을 이용한 겁니다. 어려운 고비가 있어도, 자금이 일시 부족하더라도, 전재산을 털어서라도 큰아들을 밀어주고 싶은 그런 부모의 마음을 말이죠.

크리스 또 그런 전략적 판단과 선택이 있었군요. 맞아요. 저도 두바이에 있으면서 수많은 사업가와 상담도 하고 인터뷰를 해서 들은 건데, 유독 중동 지역 사업가들은 큰아들에게 사업을 넘기고 싶어 하는 마음이 강하더라고요.

김철민 차장 네, 동감입니다. New Allied라는 가전 디스트리뷰터와 그동안 후계자 수업 과정에서 여러 제품 사업 테스트를 해 봤지만, 신임을 크게 얻지 못했던 지샨을 LG GSM 사업이라는 큰 중책을 맡게 한 것은 LG전자의 큰 결심이었던 것은 맞습니다. 그래서 그런 지샨을 진정한 GSM 핸드폰 사업의 오너로 만들기 위한 힘겨운 작업이 뒤따라야 했습니다.

저도 사실은 꽤나 힘든 일이었지요. 아내와 10살, 6살 두 아들을 둔 상태에서 거의 6개월을 매일 저녁 7시부터 밤늦게까지 GSM 사업과 관련한 기술 동향, 기술적 & 기구적인 지식, LG GSM 기술 현황, 출시 모델 정보, 경쟁사 대비 우위점, 시장 공략을 위한 전략과 전술 등 거의 모든 대부분을 제가 알고 있는 수준에서 지식을 전달하고 지샨과 토론 · 협의하는 과정을 밟은 것이었습니다.

우선 New Allied가 가전 중심의 조직, 영업 활동을 해 왔기에 완전히 핸드폰 사업을 위한 별도의 조직을 갖추도록 했습니다. 처음에는 거래선에서 가전 조직을 전부 이용하거나 일부 전용해도 되지 않느냐, 이미 업계 최고의 영업, 프로모터 조직이 있다, 마케팅에서 가전과 핸드폰이 다를 것이 뭐가 있냐…는 식의 반대가 있었지만, 이는 제가 New

Allied 경영진과 절대 타협할 수 없는 것 중의 하나였습니다. 왜냐면 가전 중심의 마인드로 핸드폰 사업을 해서 실패한 사례를 이전에 태스크 활동을 하면서 무수히 많이 봐 왔기 때문이었습니다.

크리스 과연 그런가요? 조직을 별도로 두면 그만큼 인건비 측면에서 loss가 아닐까요?

김철민 차장 그렇지 않습니다. 별도의 법인 혹은 사업체 개념으로 반드시 profit & loss 관리를 해 줘야 합니다. 오히려 조직을 혼합해서 운영할 경우, 크리스가 지적한 대로 손해(비용 측면)가 발생할 수도 있습니다. 역시 제 판단은 지금도 옳았다고 생각합니다.

그다음은 무엇을 어떻게 팔 것인가에 대해 심도 있는 연구와 토론이 있었습니다. 글로벌 출시 모델을 그대로 파키스탄 시장에 팔 것인가? 아니면 시장과 고객의 라이프 스타일과 니즈(life style & needs)를 충족하는 모델을 팔 것인가? 시간은 좀 걸렸습니다만, 유럽이나 아시아, CIS에서 판매되는 모델을 가져와서 팔기보다는 파키스탄 고객들에게 더 맞는 제품을 개발하고, 선호하는 색상과 특화 기능을 강화하는 방식으로 모델을 구체화했습니다.

GSM 핸드폰은 GFK 자료에서도 쉽게 확인할 수 있지만, Nokia 모델의 경우 라이프 사이클(life cycle)이 2.5년 이상 가는 모델이 수두룩한 반면, 기타 브랜드 경우 짧게는 3개월에서 아무리 길어야 1년을 넘기기가 어렵습니다. 브랜드력과 관련이 있기도 하지만, 수시로 변동하는 시장 가격에 맞추려면 새로운 모델을 꾸준히 시장에 내놓아야 하는 물리적 한계도 있지요. 그래서 LG GSM은 글로벌 출시 이력이 채 5년도 안 된 상태였기에 Nokia나 Samsun과 같은 제품 라인업을 갖추는 데는 역부족이었습니다.

그 말이 무슨 의미인가 하면, 출시한 모델을 반드시 9개월 이상 끌고 가야 한다는 부담감과 시장 판매 가격을 가격대(price tier)로 구분, 해당 가격대 내에서 최대한의 승률을 만들지 않으면, 즉 모델 출시 후 3개월도 채 안 돼 단종되거나, 미미한 수준으로 판매가 된다면 초기 투자한 비용을 커버할 수 없게 되고, 이는 New Allied라는 큰 회사가 일순간에 자금 부족, 유동성 문제에 심각한 문제를 줄 수도 있는 위험성이 항시 존재했기에 **'제품 운영 전략_ PRM 전략'**은 아주 중요한 과제 중의 하나였습니다.

크리스 아, 그래서 GFK 데이터에 나타난 LG 핸드폰은 모델 수가 상대적으로 적었던 이유와 단일 모델당 판매 수량 즉, 승률이 높았던 이유가 그래서 설명이 되는 군요. 그리고 또요?

김철민 차장 조직과 제품(모델)이 정해지고 나면, 당연히 어떻게 플레이할 것인가로 귀결되는데, 곧 '어느 정도 가격대에 제품을 **포지셔닝** 할 것인가?'가 뒤따라야 합니다. 제품의 초도 출시 가격은 매우 중요합니다. GSM 오픈 시장은 '무한 경쟁'이라고 했습니다. 그리고 최소한 라이프 사이클(life cycle)을 9개월 이상 끌고 가려면 어떤 가격으로 출시해서 단종할 시점에 수익성은 어느 정도로 가져갈 것인가? 즉 누적으로 한계이익 개념에서 가격 운영 전략을 세워야 하는 거죠. 아주 힘든 작업 중의 하나입니다.

해당 모델의 가격대에서 경쟁사의 유사 모델 가격 변화 추이까지 꿰뚫고 있어야 합니다. 심지어는 딜러들이 가격 장난을 치는 것은 아닌지, 경쟁사가 후속 모델을 출시하기 전에 고의로 기존 가격을 덤핑하는 것은 아닌지… 까지도 파악할 줄 알아야 합니다. 그러기 위해서는 세일즈맨이 책상 위에 앉아 있는 시간이 많으면 안 되고, 하루 8시간 중의 90% 이상은 시장에서 고객(딜러, 소비자)과 있어야 합니다.

발로 뛰는 영업이 필요하다는 얘기입니다.

크리스 시장의 모든 변화를 알려면 딜러와의 관계도 좋아야 하고, 경쟁사에 대한 정보도 많이 알아야겠군요.

김철민 차장 당연합니다. 저와 우스만, 그리고 지샨이 '나머지 공부'를 하면서도 **3개월마다 전국 7대 도시, 많게는 10개 도시를 순회하면서 딜러와의 관계 형성**을 위한 노력을 한 것도 그런 이유 때문입니다. 경쟁사는 폭탄이 터져서, 너무 위험해서, 전화로 연락해도 되니까… 하면서 딜러들과의 만남을 기피하거나 소홀히 한 반면, 주기적으로 만나서 그들의 애로 사항을 들어주고, 지원 약속하고, 같이 식사하면서 '친구 관계(friendship)'을 쌓은 LG와 경쟁한다면 누가 이기겠습니까? 당연히 LG가 이기는 싸움입니다.

그래서 아침 9시에 출발해서 딜러 숍 방문하고, 딜러와 저녁까지 함께 하고 호텔에 돌아오면 밤 10~11시가 됩니다. 한번 나가면 15일 동안 이런 생활을 했지요. 무척 고달픈 일입니다. 지난 1년 반 동안 5번을 했는데, 그래도 중도에 포기하지 않고 한 이유가 그 때문입니다. 아, 얘기가 잠시 다른 데로 흘렀네요. 미안합니다. 벌써 2시간이 지났는데, 10분간 휴식 시간을 가질까요? 혹시 담배 피우세요?

크리스 아뇨. 담배 못 피웁니다. 저는 우스만 씨와 잠깐 내일 두바이 복귀 일정 관련해서 몇 가지 확인해 보겠습니다.

김철민 차장 크리스, 시작할까요?

크리스 네, Mr. Kim. 방금 전에 조직 구축, 제품 운영 전략, 그리고 가격적인 부분에 대해 말씀해 주셨습니다. 또 어떤 획기적인 내용이 나올지 솔직히 흥분되는데요. ^^

김철민 차장 좀 전에 GSM 핸드폰의 라이프 사이클(life cycle)에 대해 잠시 말씀을 드렸었습니다. 언제 출시해서, 어떤 가격으로 판매하다가 어느 시점에 단종할 것인가는 매우 중요한 전략적 의도가 들어가 있다고 설명드렸습니다.

또 하나 중요한 것이 제품이 출시된 후 채널에서 피드백이 오는 시점이 적게는 2개월에서 길게는 3개월 정도 걸립니다. 그런데 파키스탄에 있는 오더 데스크(order desk)에서 LG전자 본사로 구매 오더를 넣고, 생산하고, 비행기로 보내서 New Allied 창고까지 오는 데 적어도 1.5개월은 걸립니다. 그럼 3+1.5개월 즉 4~5개월은 판매 수량을 미리 예측해서 구매 수량을 정해야 하는 시점상 어려운 점이 있습니다.

처음에 우리가 예상한 판매량에서 50%밖에 달성 못했을 경우 그 여파(피해)가 3개월 이상은 악영향을 끼칠 수 있다는 얘기입니다. 즉 한 달에 10만 대 판매를 예상한다면, 순조롭게 판매가 진행된다는 전제하에 적어도 30만 대를 즉시 판매 가능한 오더로 관리해야 하는데, 만일 실제 판매가 50% 밖에 안된 경우, 곧바로 미래 구간의 2~3개월 구매 오더를 50% 수준으로 조정해야 한다는 단순 계산이 나옵니다. 그런데 이게 그렇게 간단치가 않습니다. 이것은 LG전자 본사나 New Allied 모두에게 매우 어려운 숙제가 아닐 수 없습니다. 예측력, 판단력, 결단력이 동시에 잘 맞아떨어져야 합니다. 이 부분에서 저와 우스만, 지샨이 수많은 난상 토론을 했던 기억이 납니다. 하지만 어떤 경우에는 뱃심을 잡고 '지르는 것'도 필요합니다.

그때는 그만큼 판매 촉진을 위한 총알이 더 필요하겠지요. 하하하. 오더 넣고, 줄이고, 본사 담당자와 수없이 많이 싸우기도 했습니다.

지금까지는 주로 전략 · 전술적인 부분에서 말씀을 드렸는데, 사업은 절대로 펜대에 의해서 생각한 대로 이뤄지지 않습니다. 수많은 판매 촉진을 위한 후속 작업, **실행**(execution)이 필요합니다. 그 중에서 단연코 '마케팅'을 빼놓고 얘기할 수는 없겠지요. 사업 초기 LG GSM에 대한 시장 내 반응과 소비자 인식은 거의 'zero'였습니다. 적게는 300~400개 모델이 숍에서 전시되고 판매됩니다. 결국 소비자는 400개 모델 중에서 한 달에 월급이 100달러도 채 안 되는 운전기사, 가정부에서 기업체 간부에 이르기까지 핸드폰을 구매할 때 주위 사람들이 어떤 브랜드의 어떤 모델을 쓰는지 가장 관심 있게 볼 것이고, 최종 선택하는 단계에서는 선호 브랜드, 기능, 가격 등 모든 것을 고려할 것입니다. LG가 TV, 냉장고, 세탁기, 에어컨 만드는 회사라는 것은 이미 익히 알고 있는데, GSM 핸드폰까지 생산한다는 것을 아는 소비자는 거의 없었습니다. 그리고 실제 구매 단계에서 LG는 객관적으로 최후선으로 결정될 것이라는 전제 조건을 인정하면서, 이 약점을 변화시키는 것이 무엇보다 중요하고, 시급하다는 데 반대할 사람은 없을 것입니다.

그래서 LG는 우선 브랜드 이미지 빌드 업(build-up) 내지 개선을 위해 동종 업계 내 경쟁사가 한 번도 써보지 않은 **'스타 마케팅**(Star marketing)'을 제품 마케팅의 주요 콘셉트로 끌고 갔습니다. 그것은 핸드폰 가격대를 고가, 중가, 저가, 초 저가로 구분해서 LG 모델 중에 가장 경쟁력이 있다고 판단되는 KG200과 KG270 모델에 당시 파키스탄 청소년 · 장년 남성들이 가장 선호하는 가수를 얼굴마담으로 해서 제품 광고, 숍 간판, 제품 박스, TV/신문/라디오 등 각종 광고, 제품 로드 쇼 등 보여지는 모든 매체, 수단에 Atif Aslam과 Abrar 등 셀렙(Celebrity)을 활용한 것입니다. 그것도 제품 판매 주기 동안 지속적으로…(제품 출시 때 잠깐 1~2달 하고 마는 것이 아님).

아울러 좀 전에 잠깐 말씀드렸던 'Dealer Get Together' 활동을 통해서 딜러들에게 더 많은 혜택(favor : 마진, 리베이트, 인센티브)을 주는 등, 적극적으로 제품 홍보를 한 결과 출시 6개월 만에 크리스 씨가 GFK 데이터를 통해 확인한 숫자가 현실로 된 것입니다.

크리스 와우! 정말 어메이징(amazing)합니다. 훌륭합니다! 지금까지 이런 전략적인 부분과 전술적인 부분이 교묘히 맞아떨어진 복합적인 영업 활동을 본 적이 없습니다.

김철민 차장 우스만, 오늘 인터뷰 끝나고, 내일 크리스 씨가 두바이 가시기 전에 시장을 조금이라도 견학시켜 드리세요. 내가 한 말이 '뻥'이 아님을 두 눈으로 직접 봐야 그게 진정한 벤치마킹(benchmarking) 아닐까요?

크리스 네, 맞아요! Mr. Kim. 정말 실제로 그게 사실인지 제 두 눈으로 꼭 확인해 보고 싶어요.

김철민 차장 마케팅은 그야말로 '매체'와 '수단'이 보조적으로 갖추어져야 합니다. 많은 비용이 투입되는 만큼 버려지는 비용(sunk cost)이 되지 않기 위해 저는 지산을 포함 New Allied 마케팅 팀에 '원자폭탄'과 같은 파괴력 있는, 생동하는 마케팅 활동을 주문한 바 있습니다. 신모델 나오면 TV나 빌보드를 통해서, 더러는 숍에서 포스터 몇 장 붙이는 경쟁사의 마케팅 활동과는 차원이 다릅니다. 연속성 있게, 화끈하게…

크리스 Mr. Kim, 한 가지 궁금한 사항이 있습니다. 제품, 가격, 유통(channel), 마케팅, 모든 것이 이뤄졌습니다. 그런데 핸드폰은 TV나 냉장고와 달라서 고장이 났을 경우 소비자 클레임을 어떻게 최소화하고, 적절히 대응하는가가 매우 중요할 것 같습니다. 애프터서비스는 어떻게 하셨나요?

김철민 차장 아주 좋은 지적입니다. 당연히 '소비자 만족'과 '재구매'를 위해서는 최상의 **애프터서비스(A/S)가 반드시 수반**되어야 합니다. 그래서 LG와 New Allied 핸드폰 팀은 사업 초기에 전국적으로 흩어져 있는 가전 서비스 센터를 활용하기도 했지만, 한 가지 착안한 사항은…핸드폰을 사용하다가 고장이 나거나, 파손이 되면 소비자는 바로 서비스 센터로 가질 않고, 핸드폰을 구매한 매장에 가서 숍 주인에게 컴플레인(complain)하고, A/S를 요청하지요. 그러면 어떤 숍은 자체적으로 해결(교환, 수리)하기도 하지만, 대부분의 숍은 1주일 단위로 문제의 핸드폰을 모아서 서비스 센터로 보낸다는 점을 발견하게 되었지요.

그래서 가전 서비스 센터에 맡기던 것을 그만두고, **'핸드폰 전용 서비스 센터'**를 전국적으로 12개 소 오픈하고, 딜러 숍에서 매일매일 프로모터가 고장났거나 파손된 폰을 수거해서 서비스 센터로 보내는 **'컬렉션 포**

인트(collection point)'를 전국적으로 100여 개소 운영하고 있습니다. 어떤 브랜드, 어떤 제품이든 소비자가 일시적으로 불만감을 가질 수는 있겠지만, 경쟁사보다 훨씬 효과적이고 빠른 A/S에 나중에는 LG 서비스에 대한 인식이 업계 1위인 Nokia보다 더 좋게 피드백 되고 있습니다. 이는 두바이에 위치한 LG 서비스 법인에서 정기적으로 각국의 소비자 제품 만족도 조사를 한 것에도 그대로 반영되어 나오고 있지요.

크리스 짝! 짝! 짝! 짝! 원더풀~, Mr. Kim.

이제서야 LG GSM 핸드폰이 정식 출시 후 1년도 안 된 상태에서 파키스탄 GSM 오픈 시장에서 No 2로 올라선 이유를 충분히 알게 되었습니다. Mr. Kim, 한 가지 부탁이 있습니다. 파키스탄에서 LG GSM의 놀랄 만한, 믿기 어려운 성과와 그것을 가능케 한 이유에 대해 GFK에서 활용해도 가능한지 묻고 싶습니다.

김철민 차장 음…그것은 좀…상당 부분 기업 비밀에 해당하는 내용이 있어서 외부로 유출되지 않고 GFK 내부적으로만 벤치마크(benchmark) 차원에서 활용한다는 조건이라면 괜찮을 것 같습니다. 우선 본사에 가능 여부를 확인한 뒤, 따로 메일로 컨펌 드리도록 하겠습니다.

크리스 Ok, Mr. Kim. 오랜 시간 동안 놀라운 성과와 변화를 만들어 낸 LG의 저력에 큰 박수를 보냅니다. 감사합니다. 나중에 또 연락드리겠습니다. 다시 한번 감사합니다!

| '08년 LG GSM 폰이 파키스탄 '국민 브랜드'로 등극!

("사랑해요~, 사랑해요~, 사랑해요~, L~G~", 갑자기 지샨한테서 전화가 걸려온다.)

지샨 여보세요~, Sir, Sir, Sir! 차장님께 말씀드릴 희소식입니다(Big, Big, Big news for you Sir!).

김철민 차장 안녕, 지샨. 무슨 좋은 일이라도…왜 그렇게 기뻐하지요?

지샨 Sir, 우리가 정말 대단한 결과를 만들어 냈다고요(We really made fabulous one this year).

김철민 차장 그래서, 뭐예요? 하하하 지샨~. 지금 판매 숫자에 대해 얘기하고 싶은 건가요? 아니면...,

지샨 Commander!

방금 전 파키스탄 품질표준관리국(파키스탄 Standards & Quality Control Authority)으로부터 아주 놀라운 전화를 받았어요. 우리가… 우리가….

김철민 차장 아하~, 지샨! 빨리 말하라니까…. 흐흐, 정말 궁금해 미치겠네.

지샨 Sir, LG GSM이 '올해의 브랜드'로 선정되었다고요.

김철민 차장 우~와! Really? 정말? 지금 뻥치는 거 아니죠?

LG가 휴대폰 분야에서 **'올해의 브랜드'**로 선정되었다고?

O~~~~~K! 야~~~호! 지샨, Congratulations!

You are the 'Great Man', really!

지샨 Sir, Sir, Sir. 어찌 저 혼자 만든 거겠어요. 우리 둘이 만든 거지요. 지금 정말 너무 흥분돼서, 어떻게 무슨 말을 해야 할지 모르겠어요. (Commander! I'm really so happy…!)

이제는 아무도 나를 '햇병아리'로 보지 않겠지요?

김철민 차장 지샨, my friend! 내 장담하는데, Nokia 제1 디스트리뷰터, United Mobile의 '이끄발'도, Samsun 제1 디스트리뷰터, Mobile Zone의 '임란'도, **지샨을 함부로 대하지 못할 걸**….

2008년 12월 어느 날이었다. 파키스탄 정부가 주관하는 '2008 브랜드 of Year Award'에서 LG가 휴대폰 분야에서 **'국민 브랜드'**로 선정된 것이다.

Nokia도 Samsun도 아닌 LG가…, 브랜드 인지도, 선호도, 제품 시장 점유율, 성장률을 종합적으로 판단해서 내려진 최고의 선물이었다.

2년 전 LG GSM은 김철민 차장이 GSM 오픈 시장 태스크의 일원으로 파키스탄 시장과 딜러들을 헤집고 다니면서 본사에 'GSM 사업 출시 가능' 리포트를 한 후 정확히 2년 만의 일이다.

모든 것이 'zero'인 상태에서 **시장 점유율 26%**, '07년 Biz 성과를 바탕으로 LG GSM이 **'파키스탄 국민 브랜드'**로 선정된 것이다. 어느새 하룻강아지는 큰 범이 되어 2009년 3백만 대 판매라는 큰 밑그림을 그리기 위한 '객관적 타당성'을 공식적으로 인정받은 것이다. '09년 3백만 대 판매 달성을 위해 LG 카라치 지사는 지난 '07, '08과는 또 다른 전략과 전술을 기획 · 실행에 옮기는 또 다른 도전이 필요한 것은 말할 나위도 없었다.

"시장과 고객은, 자만에 빠진 회사와 제품을 결코 용납하지 않기 때문이다."

LG전자 휴대폰, 파키스탄 '올해의 브랜드'로 뽑혀

LG전자(www.LGe.co.kr) 휴대폰이 파키스탄에서 국민 브랜드로 등극했다. LG전자는 최근 파키스탄 정부가 주관하는 '2008 Brand of Year Award' 휴대폰 분야에서 '올해의 Brand'로 선정됐다.'올해의 Brand'는 파키스탄품질표준관리국(파키스탄 Standards & Quality Control Authority)이 카라치, 라호르, 이슬라마바드 등 파키스탄 주요 도시의 소비자들을 대상으로 인지도 및 선호도를 조사하고, 제품의 시장 점유율, 성장률 등을 종합적으로 판단해 선정된다.올해에는 휴대폰 분야에서 LG전자, 가전 분야에서 필립스, 소프트웨어 분야에서 마이크로소프트가 선정됐다. 시상식에는 파키스탄 총리인 '유수프 라자 길라니(Yousuf Raza Gilani)'가 직접 참가했다.특히 LG전자 휴대폰은 '06년 시장 진입 이래 1년 만인 2007년 1백만 대 판매를 돌파해 시장 점유율 2위를 기록

한 것은 물론, 높은 소비자 인지도 및 선호도가 긍정적으로 평가됐다. 파키스탄은 1억 5천만 명의 인구가 있으나 휴대전화 보급률이 50%로 이하로 모바일 분야에서 성장 잠재력이 큰 아시아권의 신흥 시장으로 떠오르고 있다. LG전자 휴대폰이 파키스탄에서 성공을 거둘 수 있었던 것은 현지인의 생활 습관과 문화에 대한 철저한 이해를 바탕으로 한 '스타 마케팅'과 딜러들을 대상으로 한 '스킨십 마케팅'이 성공했기 때문이라고 분석된다. 파키스탄과 같은 이슬람 문화권에서는 종교적인 이유로 술을 마시지 못한다. 그래서 이들은 노래와 춤·영화에 몰두하고, 스타 연예인들에 대해 높은 선망을 가지게 된다. LG전자는 이에 착안, 지역 최고의 가수인 아티프 아슬람 등 3명의 가수와 가장 인기 있는 영화배우인 임란 하쉬미를 휴대폰 모델로 채용하는 스타 마케팅을 전개했다. 또한 올해 8/16일에는 라호르에서 톱가수들의 대부분 참가하는 LG Music Festival 개최했으며, 약 5천여 관중 참석했다. 이러한 스타 마케팅을 통해 특히 젊은층에 대한 인지도가 폭발적으로 증가했다는 것.현지 딜러들에 대한 '스킨십 마케팅'도 성공에 한몫했다. 파키스탄은 현지 딜러들의 영향력이 무엇보다 강한 시장이라 LG전자는 전국 8개 주요 도시를 직접 누비며 딜러들을 직접 찾아가 신모델 소개는 물론 생일 파티, 만찬 등 밀착 마케팅을 전개했다. 000 카라치 지사장은 "LG전자는 고객에 대한 인사이트를 바탕으로 현지화 마케팅을 통해 파키스탄 국민과 함께 즐기고 공감하는 국민 브랜드의 위상을 더욱 공고히 해 나가겠다."라고 말했다.

출처 : 전자신문인터넷 장윤정 기자〈linda@etnews.co.kr〉

발행일 : 2008.12.08.

4_

아! 신이시여,
왜 이런 시련을 주시옵니까?

'사나이'들의 뜨거운 눈물(내일 또다시)

"LG는 영원한 나의 마음의 고향, 놀이터, 안식처"

2008년 미국 발 서브 모기지론 사태로 촉발된 글로벌 리세션(recession)은 파키스탄 같은 개발 도상국에도 여지없이 쓰나미가 되어 덮쳤다. 이때 부동산 가격 하락, 환율 인상, 물가 인상 등으로 자영업자 줄 도산 등 엄청난 소용돌이에 휘 몰렸던 기억이 난다. 한때는 무샤라프 대통령이 주관하는 파키스탄 경제인과의 조찬 모임에까지 참석하며 파키스탄 경제계·사회적으로도 명망이 높았던 New Allied의 악타르 회장도 그 충격의 회오리에서 벗어나질 못했다.

(김철민 차장이 본사에 급히 전화를 한다)

김철민 차장 여보세요. 카라치 지사의 김철민입니다. 담당 님, 이쪽 상황이 매우 안 좋게 돌아가고 있습니다. New Allied에서 유동성 문제가 급격히 악화되어 이달 구매 물량이 당초 예상 대비 30% 수준에 그칠 것 같습니다. 은행에서도 거래선에 추가 여신을 안 주고 있습니다. 그나마 일부 부동산을 매각해서 그 정도의 물량이라도 가져가려는 성의로 봐 주셔야 할 것 같습니다. 지속 추이 경과 보고드리겠습니다.

본사 담당 아, 이거 큰일 났군요. 거래선만의 잘못으로 볼 수도 없으니 달리 방도가 없군요. 알았어요. 김 차장. 현지 상황 변화 지속 모니터

링해 주시고, 상황 공유 부탁합니다. 다음 달 구매 물량도 썩 긍정적이지 않겠군요.

김철민 차장 네, 그렇게 보셔야 할 것 같습니다. 최소한 6개월에서 길게는 1년 정도 파키스탄 정부에서 외화 유출을 철저하게 관리할 것 같습니다. 연일 신문에서는 줄 도산하는 회사들이 보도되고 있고, 부동산 가격이 전년 대비 40% 수준으로 폭락하고 있다는 내용도 있고요.

본사 담당 그러면 현지 판매는 어떻습니까?

김철민 차장 지역에 따라 다소 차이는 있습니다만, 작년 동월 대비 50~70% 수준으로 급감되고 있고, 대형 딜러의 경우 늘어나는 재고로 현금 확보를 위해 가격 덤핑하면서 그야말로 최악의 상황입니다. New Allied 핸드폰도 평월 대비 셀인(sell-in)이 50%로 준 상태입니다.

본사 담당 경쟁사는요?

김철민 차장 상황은 거의 대동소이합니다. 수입 물량도 급감하고, 딜러들에게 주는 마진 · 인센티브도 최저 수준으로만 관리하고 있는 실정입니다. 마케팅 투자는 거의 올 스톱(all stop)입니다.

본사 담당 알겠습니다. 상황이 더 악화되면 특단의 조치도 필요할 것 같기는 한데, 1~2달 더 지켜봅시다.

김철민 차장 네, 알겠습니다.

그렇다. '98년도 IMF 때의 한국 상황이 김 차장의 머릿속을 스쳐간다. 아~, 이거 큰일이군! 소비 자체가 줄고 있고, 더더욱 핸드폰 구매가 줄어든다면 아마 11월경에는 본사로부터 구매 중단을 해야 할지도 모르겠군.

지사장 핸드폰 상황은 좀 어때요?

김철민 차장 지사장님. 시장은 더욱 악화되고 있고, 문제는 거래선 쪽인데 L/C(Letter of Credit) 자체를 열 수 없는 지경에까지 와 있습니다. 어제도 지역 본부에서 파키스탄 단말 이슈가 최대 화두가 되었다고 합니다.

지사장 그런데 달리 방법이 없지 않습니까? 다음 주에 지역 본부에서 정밀 진단팀이 나와서 향후 파키스탄 단말 사업에 대한 계획 B를 협의하자고 하는 것 같던데….

김철민 차장 현 상황은 비단 New Allied만의 이슈가 아닙니다. Nokia, Samsun 디스트리뷰터 상황도 매한가지입니다. 좀더 본사 측에 상황을 공유하면서 지사 입장을 피력해 보겠습니다.

(며칠 후)

김철민 차장 담당님, 안녕하세요? 자꾸 안 좋은 소식만 전해 드려서 죄송합니다. 파키스탄 모바일 수요가 급감한 상태이고, 거래선에서도 장기 재고 증가 및 유동성 이슈로 다음 달 신규 구매는 못할 것 같습니다. 지난 주 지역 본부에서 진단팀이 와서 전반적 상황, 거래선 자금 현황, 향후 단말 사업 검토 등, 여러 가지 현안 이슈들에 대해 지사와 협의하는 시간을 가졌었습니다. 지역 본부에서는 단말 사업이 지사 매출의 70% 정도가 되는데, 거래선이 신용장(L/C)조차 열 수 없는 상황이라면 거래선 교체까지도 검토해 봐야 하지 않겠냐는 의견입니다.

본사 담당 그거 참 답답하군요. 중아 지역에서 이번 글로벌 경기 위축으로 가장 사업에 차질을 빚고 있는 국가가 파키스탄이라고 보는데, 나라 자체가 미국 포함, 사우디 원조에 의존하는 부분이 커서 자생 능력이 크게 떨어진 게 문제인 것 같습니다. 김 차장 생각은 어떻습니까?

김철민 차장 담당님, 잘 아시겠지만, 2년 전 저희가 파키스탄에 GSM 핸드폰 사업을 시작하면서 New Allied로부터 많은 부분을 지원받아 현재 Nokia 다음으로 포지션된 상황입니다. 그런데 거래선의 자금 유동성(cash flow)이 안 좋다는 이슈로, 그로 인해 매출이 반 토막 났다고 해서 지금 거래선 교체 운운하는 것은 맞는 대처 방법(right solution)이 아닌 것 같습니다. 제 생각에 앞으로 6개월에서 1년 정도만 버티면, 또 지난 2년간 우리가 해 온 이상으로 더 열심히 한다면…, Nokia의 지위를 빼앗고 No 1의 위치까지 오를 수 있습니다. 이건 오로지 제 생각입니다.

LG에서 파키스탄 GSM 사업을 법인 운영하듯이 직접 하는 겁니다. 기존 활동에서 New Allied의 역할을 제품 유통, 채널 관리 정도로 제한하고, 제품/가격/프로모션 심지어 마케팅까지도 100% LG에서 오너십(ownership)을 갖고, 투자 개념으로 '사업의 방식'을 바꾸는 겁니다. 인건비 역시 이곳 대졸자들의 급여 수준이 채 400달러도 안 됩니다. 라호르 지점의 총괄 매니저인 나잠과 프로모터 전체 인원들의 급여라고 해 봐야 월 2만 달러면 충분합니다.

지금까지 저희가 파키스탄에서 핸드폰 사업을 하면서 2년간 만들어 놓은 결실을 거래선의 유동성 이슈 하나만으로 이 시점에서 거래선을 바꾼다면, 시장 내 깔려 있는 유통 재고와 만기 도래 전인 거래 대금(payment) 확보가 어렵게 되어 New Allied가 정말 도산할 수도 있습니다. 더 큰 문제는 글로벌 리세션(recession)이 완전히 끝나고 파키스탄 경제가 정상화되었을 때, 재진입하려고 한다면 그 비용은 자금까지 들인 비용의 몇 배가 될 수도 있고, 회사 이미지가 어떻게 시장에서 받아들여질지 걱정됩니다. 본사에서 일종의 투자 개념으로 생각하시고 진지하게 검토해 주실 것을 간곡히 요청드립니다.

(그러나)

2008년 글로벌 리세션(recession)에 따른 New Allied의 유동성 악화 문제로 더 이상 사업 진행 불가.

» 거래선 교체

» New Allied와의 기존 레거시(legacy) 비용, 최대한 빠른 시일 내 정리, 피해 최소화로 결론.

아~, 신이시어 왜 이런 시련을 주시옵니까?

무(無)에서 유(有)를 창조하기 위한 대장정은 여기서 끝나야 하는가. LG 카라치 지사와 New Allied는 성공적인 GSM 핸드폰 사업을 위해 폭탄 테러가 난무하고, 부토 여사 사망으로 촉발된 무정부 상태에서도, 그리고 탈레반의 지속된 반 정부 투쟁으로 안전이 담보되지 않은 상황에도 불구하고 시골 구석구석을 돌아다녔다.

딜러들을 만나기 위해 2년간 진행된 7번에 걸친 100일간의 대장정, 낮이나 밤이나 1년을 하루같이 시장에서 딜러와 호흡을 같이 했던 수많은 직원들의 열정과 희생.

시장 점유율 0%에서 26%를 찍은 날, LG GSM 폰이 파키스탄에서 '국민 브랜드'로 등극한 그날의 환희!

60여 VIP 딜러(가족 포함)와 함께한 LG전자 본사 방문, VIP 딜러 한 분 한 분 건강 검진 후 본사 최고 경영진에 300만 대 판매 달성을 다짐했던 엄숙하면서도 열기 띤 현장!

이 모든 노력과 희생이 이렇게 한순간에, 한 줌의 흙이 되어 사라져 가야 하는 건가요?

"저는 그 상황이 아직도 제 마음속에서 용서가 되질 않습니다!"

김철민 차장 지샨, 브라더!

정말 미안한데, 나는 본사로 복귀해야 할 것 같아요. 내가 더 이상 이곳에서 할 것이 없습니다(I am really sorry to say that I am forced to back to head office. Nothing I can do here anymore).

지샨 커맨더! 저는 어떻게 하고요? 저는 여기서 다른 데로 도망갈 수도 없다고요. 저에게는 저를 믿고 지금까지 함께 달려온 팀이 있고, LG 충성 딜러(Loyal dealer), 그리고 핸드폰 매장 곳곳마다 LG GSM폰이 있다고요(I cannot run away from here, I have my team and LG loyal dealers, LG GSM still).

흐흐흑!

김 차장은 달리할 수 있는 것이 아무것도 없었다. 지샨을 부둥켜안고 '사나이'로서의 찐한 눈물과 미안하다는 말밖에 더 이상 나눌 수 있는 것이 없었다.

"정말 미안해, 지샨~!"

김철민 차장은 본사, 지역 본부에서 GSM 사업을 위한 거래선 교체 카드를 결정 한 순간, 김 차장은 마지막 딜러 방문 일정을 잡았다. 이것만이 최소한의 예의라고 생각했다.

김철민 차장 **여러분, 상황이 여전히 좋지 않지만 New Allied와 나잠, 그리고 지샨에게 더 많은 사랑과 지원을 협조 요청드립니다.**

그리고 라호르에서 카라치로 돌아오기 위해 공항으로 이동하던 중, 도로변에 차를 세우고 김 차장과 나잠(New Allied, 라호르지역 매니저), 우스만(카라치 지사)은 차에서 내려 도로변에 선 채 가만히 있었다. 10여 분 동안 아무도 말을 하지 않은 채….

김철민 차장 나잠! 으아악~앙(가슴 저 아래서 치밀어 오르는 울음을 끝내 참을 수가 없었다)!

나잠 커맨더(Commander)! 알라 신께서 우리를 끝까지 인도하실 것으로 저는 굳게 믿습니다. 누구도 원망하지 않습니다(으흐흑, 으~악…, 나잠도 끝내 참았던 울음을 터뜨렸다).

옆에 있던 우스만도 소리 내어 엉엉 울었다.

지금까지 수많은 자살 폭탄 테러와 온갖 어려움을 극복하면서 함께한 세 명의 진정한 '사나이'들이…, 그동안의 모든 힘겨움, 고통, 희생, 즐거움, 환희를 가슴속에 주워 담으며 대성통곡을 하고 있었다. 그냥 흐느끼는 것이 아니라, 대성통곡 그 자체였다. 그들은 서로 단순한 사업 파트너 관계가 아니었다. 찐한 형제애, 가족이었음을 느끼면서 그렇게 셋이서 한참을 울었다.

“

지난 2년간의 모든 것들이 주마등처럼 스쳐간다.

인생이 늘 그러하듯이.

사업 또한 오름과 내림이 있는 법.

한때는 ‘불나방’ 같이

제 몸이 타 들어가 두 날개를 잃을지라도,

회사와 각자의 보스(boss)를 위한 ‘사나이의 눈물’은 그렇게 사라져 간다.

그러나, 육신이 한 줌의 흙이 되어 땅으로 되돌아가는 그 순간까지

그날의 영광은 절대 잊지 않으리~.

LG는 나의 영원한 고향, 놀이터, 안식처.

New Allied는 나의 영원한 동반자.

지샨, 나잠, 우스만은 나의 영원한 친구!

후회는 털끝만큼도 없다.

정말 재밌게 놀았다.

그리고 몇 십 년이 지나, 내 두 아들에게 ‘아빠는 이런 사람이었어!’라고

한 마디 남기고 싶다.

김철민은 그렇게 ‘치열한 삶의 현장’에 있었다고….

”